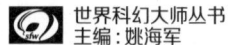世界科幻大师丛书
主编：姚海军

BEGGARS
IN SPAIN
西班牙乞丐

[美]南希·克雷斯 著　邵莉敏 译

四川科学技术出版社

BEGGARS IN SPAIN

Copyright © 1993 by Nancy Kress

This edition arranged with The Lotts Agency Ltd.

through Andrew Nurnberg Associates International Limited

Simplified Chinese edition copyright:

2023 Sichuan Science Fiction World Co., Ltd.

All rights reserved.

图书在版编目（CIP）数据

西班牙乞丐 / [美] 克雷斯 著；邵莉敏 译.

--成都：四川科学技术出版社，2007.8（2023.7重印）

（世界科幻大师丛书）

ISBN 978-7-5364-6269-4

Ⅰ.①西… Ⅱ.①克…②邵… Ⅲ.①科学幻想小说－美国－现代 Ⅳ.①I712.45

中国国家版本馆CIP数据核字(2007)第082156号

图进字号：21-2021-61号

世界科幻大师丛书

西班牙乞丐

SHIJIE KEHUAN DASHI CONGSHU
XIBANYA QIGAI

丛书主编　姚海军
著　　者　[美]南希·克雷斯
译　　者　邵莉敏

出 品 人　程佳月
责任编辑　宋　齐　姚海军
特邀编辑　汪　旭
封面绘画　李凌蕊
封面设计　姚　佳
版面设计　姚　佳
责任出版　欧晓春
出　　版　四川科学技术出版社
　　　　　成都市锦江区三色路238号　邮政编码 610023
　　　　　官方微博：http://weibo.com/sckjcbs
　　　　　官方微信公众号：sckjcbs
　　　　　传真：028-86361756
成品尺寸　140mm×203mm　　印　张　17.625
字　　数　330千　　　　　　插　页　2
印　　刷　四川南方印务有限公司
版　　次　2007年8月成都第一版
印　　次　2023年7月成都第四次印刷
定　　价　60.00元

ISBN 978-7-5364-6269-4

邮 购：成都市锦江区三色路238号新华之星A座25层　邮政编码：610023
电 话：028-86361770

我的无眠梦想

[美] 南希·克雷斯

《西班牙乞丐》的首版时间是在1993年，但其创作灵感的历史渊源却可以追溯到很早，一直到我的童年时代。

不同的作家因不同的原因而提笔，著名作家海明威的经典名言是——"为了名声、荣耀、金钱以及所爱的女人"而写作，但实际上，他的写作原因并不仅限于此，被他漏掉的动因之一便是"羡慕"。

我是一个睡眠较多的人，总是特别羡慕那些睡眠较少的人。回想孩童时期，在蒙眬的睡眠中，大好时光悄然流逝；少女时代，因为太好睡，错过了许多快乐的"睡衣晚会"①；成年后，我所有的时间要在工作、照顾小孩、洗衣做饭，以及社交活动中做出平衡。通常情况

---

① 十几岁的女孩子们于晚间聚集在一个朋友家里，穿着睡衣一直聊天玩耍到天亮的一种聚会。

下，我最多也只能熬到凌晨两点。由于需要比别人更多的睡眠，我觉得自己每天比别人少活了两个小时，五十年加起来等于少活了四年！因此，我心中时时萦绕着一种羡慕之情。

因为羡慕，我用我的笔创造了从不需要睡眠的人，一些异于我们的人！而我在天马行空的想象中获得了感同身受的美好体验！

我最早创造的无眠者形象是在1977年写的一个短篇恐怖小说中，小说里的无眠者是自发性基因突变现象的产物，一群迷失在大山中的登山者。那篇故事遭到了科幻出版界几乎所有编辑的退稿（在我将稿子辗转寻求发表的过程中，由于编辑人员调动，我的稿子甚至在罗伯特·西尔弗伯格的手里被退稿两次），而我当时只是一名初出茅庐的作者，没有能力去客观地评估自己的作品，只觉得这篇故事大概是推销不出去了，于是只得将它束之高阁。

五年后，我又做了一次尝试。这一次，故事里无眠者的基因突变是有意为之，由一位疯狂的科学家创造出来，最后他本人也死于自己的实验中。这有点像一出情节剧，又有点虚无。这篇小说遭到了同样的厄运，一次次被编辑给退了回来。

1990年，我准备做第三次尝试，对于那些不睡觉的人的羡慕仍然是一个很强烈的动因。这时我的境况有所改变，我已是一个全职作家，孩子们也都长大了，青少年形象占据了我的头脑。最后，我的兴趣落在了探索科学的发展是如何创造出无眠者上（不再是疯狂科学家在地下室里搞出来的那些东西了）。

于是，我的中篇小说《西班牙乞丐》就这样诞生了。虽然这部小说同时获得了星云奖和雨果奖，但我一直在想，蕾莎的故事只是一个开始。这种想法一直萦绕在我的脑际，因此，我开始做进一步的探索。我一直在思考，基因改造创造出来的在各方面都占据优势的无眠者，对美国经济势必产生长期的影响，必将使社会贫富两极分化日益明显。在《西班牙乞丐》中，只要在试管里改变为数不多的几个基因，就可以造就天才的无眠者；而在现实中，我们还做不到这一点。虽然自1990年以来，我们离这个目标已经越来越近了，基因工程正在成为现实，但许多人还没有做好准备去认可它，更遑论接受它；另一方面，基因改造也像被放出魔瓶的妖怪，一旦被释放出来，就无法再将它收回去。我们现在已经知道如何操纵和改变人类基因，毫无疑问，我们将会付诸实践。在世界各地——美国、中国、英国、澳大利亚、俄罗斯的实验室所进行的实验让我们对人类基因有了越来越多的了解，中国的人类基因组研究中心在这方面同样做出了令人振奋的努力和贡献。在对待我们人类自己基因组的问题上，我们将会有什么样的发展，约占世界人口五分之一的中国无疑将起到重要作用。

在我的《西班牙乞丐》的两部续集——《乞丐与选民》和《乞丐的愿望》中，对于改变人类基因的探索穷尽了我的想象力，然而即便如此，也难以接近和涵盖未来几十年里基因工程将给我们带来的令人振奋、震惊和争议的种种变化。我只希望，自己在有生之年能够目睹这些变化,并继续以其为题材笔耕不辍。

之所以羡慕,还有一个原因就是——

有些东西是永远也不会改变的。

2007年7月于家中

目 录

第一卷 蕾 莎

2008年

"要精神抖擞、彻夜不眠、保持警惕地向前推进，以赢得我们的胜利。"

——亚伯拉罕·林肯致约瑟夫·胡克少将

1863年

1

　　他们僵直地坐在埃姆斯式①古董椅上。这两个人不想待在这里；也可能是其中一个人不想待在这儿，而另一个对此很是恼火。翁博士以前见过这种场面，因此，不到两分钟他就认定：女方正在默不作声地激烈反抗。她没成功，不过男方会为此付出代价——在以后的很长时间里，以不同的方式。

　　"我想你已经完成了必要的账户信用检查。"罗杰·卡姆登愉快地说，"就让我们赶紧说说细节吧，可以吗，博士？"

　　"当然，"翁说，"为什么不呢？就先说说你们想要宝宝做怎样的基因修改吧。"

　　坐在椅子上的女方突然换了个姿势。她大约三十岁不到，显然是罗杰·卡姆登的第二任妻子，但她面容憔悴，仿佛和他一起生活让

―――――――――

　　①查尔斯·埃姆斯(1907～1978)：美国设计家，以颇有创意的椅子系列而闻名。

她筋疲力尽——翁认为很有这种可能。这位卡姆登夫人的头发是褐色,眼睛是褐色,皮肤也略带褐色,如果脸颊上再有些血色的话,她会相当漂亮。她穿了件虽不时髦但也花费不菲的棕色大衣,脚蹬一双跟衣服有些不太搭配的鞋。翁瞥了一眼病历档案,看到了她的名字:伊丽莎白。他打赌这种名字常常容易被人遗忘。

在她身旁的罗杰·卡姆登则显得活力十足。他是个四十几岁的中年人,那子弹形的脑袋和仔细修剪过的发型,配上身上的意大利西装一点也不协调。翁不需要参看档案,也能记起关于卡姆登的资料。昨天《华尔街日报》的头版就在显著位置配了一幅关于这个子弹脑袋的讽刺漫画:**卡姆登在跨国数据环礁投资上大力出击**。不过,翁不太清楚什么是跨国数据环礁投资。

"一个女孩。"伊丽莎白·卡姆登说。翁没料到她先开了口,让他更加吃惊的是她的上流社会的英式口音,"金发,碧眼,高个,苗条。"

翁笑了,"外表的要求最容易达到,我想你是知道的。我们所要做的只是在苗条这个方面为她做个基因设置。你喂养孩子的方式会自然而然——"

"是的,是的。"罗杰·卡姆登说,"这些都想得到。我还要智力,要高智商,要勇敢。"

"对不起,卡姆登先生,性格目前还不能够完全用基因——"

"只是试一下。"卡姆登笑着说,翁猜想这笑容大概是表示快乐。

伊丽莎白说:"音乐才能。"

"对不起,卡姆登夫人,我们所能保证的只是让她爱好音乐。"

"足够了。"卡姆登说,"当然,还要对任何可能导致健康问题的基因做修正。"

"当然。"翁博士说。两个客户都沉默了。到目前为止,以卡姆登的财力来看,他们所提出的要求都很合理。翁在以往总是不得不去说服大多数客户,使之放弃矛盾的基因改造或超负荷改造,甚至是完全不切实际的改造期望。翁等待着,紧张的气氛让他感觉整个房间有点闷热。

"还有,"卡姆登说,"不用睡觉。"

伊丽莎白·卡姆登猛地侧过头看着窗外。

翁从办公桌上拿起一个磁铁纸夹,他竭力让自己的嗓音显得温和,"我想请问一下,你怎么能确定是否有这样的基因改造项目存在呢?"

卡姆登咧嘴一笑,"你不用否认它的存在。我会支付足够的费用,博士。"

翁控制住自己的情绪,"我想问问你怎么知道存在这样一个改造项目?"

卡姆登把手伸进西装内袋,撑得西装裤起了皱。身体和衣服显得如此格格不入,仿佛两者来自不同的阶级。卡姆登是——翁想起来了——他是个谷贝主义者,谷贝贤三本人与卡姆登私交良好。卡姆登递给翁一份打印件:项目说明。

"博士,不用费心查找你们数据库的安全漏洞了,你找不到,别人也找不到。除了我们,没有其他人知道这件事,也许这能让你有所安慰。现在,"他突然身体前倾,语气也变了,"我知道你总共已经制造出了二十个完全不需要睡眠的孩子,迄今为止十九个都很健康、聪明,而且精神正常。实际上,他们比正常人更优秀,都异乎寻常地早熟。最大的一个已经四岁了,能用两国语言阅读。我知道你打算在几年后把这个基因改造项目公开,并投放市场。我想要的只是一次机会,现在就为我的女儿购买这个项目,随便你开什么价。"

翁站了起来,"我没有权利单独和你讨论这个问题,卡姆登先生。不管是盗窃我们的数据——"

"这不是盗窃,你的系统自发形成的一个信息回流泡进入了公共网络。这是你的疏忽,你的责任——"

"对,是我的责任。同时,我无权让你购买这个特殊的基因改造项目。无论数据失窃还是购买项目的事,都得和研究所的董事会商量。"

"当然,当然,那我什么时候能和他们谈?"

"你?"

卡姆登仍坐在椅子上,抬头望着他。在翁看来,很少有人能在低于水平视线十八英寸①的位置还显得这么信心十足。"是啊,不管真正掌权的是谁,我得有机会说服他接受我提出的要求啊。这可是

_____

①一英寸约二点五四厘米,十八英寸大概四十五点七厘米。

桩好买卖。"

"这不仅仅是单纯的商业交易,卡姆登先生。"

"这也不仅仅是单纯的科学研究。"卡姆登反驳说,"你们可是以营利为目的的企业。有种指控就是为了对付那些违反了《公平应用法》的企业……"

卡姆登说的话让翁一时摸不着头脑,他问道:"《公平应用法》?"

"制定该法律就是为了保护少数民族,让他们也能参与科学技术应用实验。我知道这个法律还不适用于享受科学应用技术的消费者——除非他们没得到人人必须具备的Y能量装置①——但它仍是有效力的,翁博士。少数民族有权像非少数民族那样参与产品的实验过程。我知道贵机构不会乐意惹上一场官司的,博士,你的二十个贝塔基因实验②家庭中没有一个是黑人或犹太人。"

"打官司……但你也不是什么黑人或犹太人啊!"

"我是另一类少数民族,美国裔波兰人,祖上姓卡明斯基。"卡姆登站起身,热情地微笑着,"瞧,这很荒唐。你明白,我也明白,我们都知道那些新闻记者会如何在这个问题上小题大做。你也知道我并不想因为这么个荒谬的理由起诉你,用这种幼稚的恐吓和不利的公开来得到我想要的。我根本不想威胁你,请相信我,我只想让你为我的女儿提供这种非凡的先进技术。"他的神色改变了,脸孔上流露出一种让翁意想不到的神情——渴望,"博士,你知道如果我这辈

---

①是作者虚拟的一种能源,非常易得、廉价。
②即指无眠基因改造实验。

子不用睡觉的话,能完成多少大事吗?"

伊丽莎白·卡姆登提高了嗓门,"你现在就几乎不睡觉!"

卡姆登低头看着她,似乎刚才忘记了她的存在,"哦,是的,亲爱的,现在是这样。但在我年轻时……读大学那会儿,我本可以完成大学学业并且继续……咳……现在都无关紧要了。重要的是——博士,让你、我和你们的董事长达成协议。"

"卡姆登先生,请你离开我的办公室。"

"我的话惹你生气了?你要我在你失去控制前离开?没关系,你并不是第一个朝我发火的人。我希望在下周末安排一次会面,当然,时间地点由你挑。你可以和我的私人秘书黛安·克莱弗联系细节问题。任何时候,只要你方便。"

翁没有送他们到门口,他气得太阳穴上青筋暴突,跳动不停。伊丽莎白·卡姆登在门口转过身,"那第二十个发生了什么事?"

"什么?"

"第二十个婴儿。我丈夫说他们中有十九个是健康正常的。那第二十个怎么了?"

这问题太尖锐了,越发让人焦躁不安。翁明白自己不该回答,然而,就算卡姆登的妻子不清楚真相,卡姆登本人可能已经知晓。最终,翁还是回答了问题——他觉得自己以后肯定会为现在缺乏自制力而深感后悔。

"第二十个婴儿死了。他父母的关系不稳定,做父亲的在妻子怀孕期间与她离了婚，而他的母亲无法忍受不睡觉的婴儿二十四小时不间歇地哭闹。"

伊丽莎白·卡姆登睁大了双眼，"她杀死了孩子？"

"意外事件，"卡姆登简明扼要地说，"她把小宝宝摇晃得太厉害了。"他朝翁皱起眉头，"博士，孩子应该由保姆轮流照看。你应该挑选那些富有的家庭，那些父母负担得起全天候保姆。"

"太可怕了！"卡姆登夫人失声叫了出来。翁不清楚她的叫声是因为孩子的死，或是缺乏保姆的照顾，还是机构的疏忽大意。翁闭上了眼睛。

卡姆登夫妇走后，翁服用了十毫克三号环苯扎林①，用来消除背痛——只是为了他的背，旧伤又开始疼了。之后他在窗口伫立良久，手里仍握着那块磁铁纸夹，感到太阳穴下的压力渐渐消退，感到自己逐渐平静下来。窗外的密歇根湖中，湖水静静地拍打着湖岸。昨晚，警察又采取了一次搜捕行动，赶走了无家可归者。这些流浪汉一时间还不会回来，只有他们的残留物品乱糟糟地扔在湖岸公园的灌木丛中：破烂废品、报纸和被踩得稀巴烂的塑料袋。在公园睡觉是违法的；没有居住证擅自进入公园是违法的；没有住处无家可归也是违法的。翁看到穿制服的公园管理员开始有秩序地收拾起废报纸，把它们塞进自动清洁垃圾桶中。

翁拿起电话找生物科技研究所的董事会主席。

---

①一种缓解肌肉酸痛、抗抑郁的药物。

　　四男三女围坐在会议室里光可鉴人的红木会议桌边。大夫、律师、印第安酋长，苏珊·梅林思忖着，从翁看到沙利文再看到卡姆登，她笑了。看到她的笑容，翁的神色不由变得肃然。研究所的律师朱迪·沙利文转身和卡姆登的律师轻声交谈。卡姆登的律师是个紧张不安的瘦削男子，一副奴颜婢膝的模样。他的主人罗杰·卡姆登，也就是印第安酋长本人，似乎是这个房间里最兴高采烈的人。这个厉害的小个子男人是如何白手起家变得如此富有的？苏珊当然永远都不会知道。他精神焕发、满面红光，一点儿不像苏珊印象中为人父母所应该有的样子。通常未来的准爸爸和准妈妈——尤其是准爸爸——坐在那儿的表情会肃穆得像是在参加一场企业合并仪式，而卡姆登看起来仿佛是在参加一场生日派对。

　　当然，他就是这种人。苏珊朝他撇嘴笑笑，高兴地看到他也报以微笑。这个贪婪残酷的家伙居然带着这样一副快乐的神情，显得那么天真无邪——他在床上会是什么样子？

　　翁严肃地拧着眉头，站起身说道："女士们、先生们，我看大家已经准备就绪了。先按顺序介绍一下：罗杰·卡姆登先生，卡姆登夫人，当然他们就是我们的客户；约翰·加沃斯基先生，卡姆登先生的律师。卡姆登先生，这是朱迪·沙利文，研究所的法律代表；塞缪尔·克伦肖，他代表研究所董事长布莱德·马斯坦尔博士，董事长很抱歉今天不能出席；苏珊·梅林博士，是她发明了无眠基因的改造方法。

针对双方的一些法律事宜——"

"等会儿再讨论合同的事,"卡姆登打断说,"让我们先谈谈睡眠问题。我有些问题要问。"

苏珊说:"你想知道些什么?"在卡姆登率性的面孔上,他的蓝眼睛显得尤为吸引人,但他并不是苏珊喜欢的类型。至于卡姆登夫人,没人把她介绍给大家,她也没有律师——加沃斯基是作为她丈夫的而不是她的律师被介绍给大家的。为此她显得有些愠怒,也可能是胆怯——很难形容那到底是什么样的神情。

翁幽幽地说:"我们就从梅林博士的简短阐述开始吧。"

苏珊倒是宁可一问一答,这样就可以看看卡姆登会问什么问题了,但她已经惹恼了翁,所以就顺从地站起身来。

"请允许我先对睡眠做一点简短介绍。很早以前,研究者就发现睡眠实际上有三种状态,一种是'慢波睡眠',可以用脑电图扫描仪根据大脑的δ波①测量出来;一种是'眼球快速运动睡眠',又叫快速眼动睡眠,这是更浅的睡眠,大多数梦都是在这个状态下做的。这两种在一起组成了'核心睡眠'。第三种是'选择性睡眠',之所以取这么个名称,是因为人们没有它也不会有任何不良的反应。一些睡眠时间短的人一晚只睡三四个小时,他们根本没有这种睡眠状态。"

"就像我,"卡姆登说,"我训练自己少睡。难道不能让每个人都

———————

①一种平缓的脑电波,其频率略低于每秒六个周期(6Hz)。它从前脑发出,与正常成年人的熟睡状态有关。

做到这点吗?"

毫无疑问,他们最后还是要一问一答了。"不行,真正的睡眠机制是很灵活的,每个人需要的睡眠量都不尽相同。位于大脑的中缝核——"

翁说:"我看我们不需要讨论这种程度的细节问题。苏珊,就讲些基础的吧。"

卡姆登说:"中缝核控制着神经传递素和产生睡眠作用的肽之间的平衡,不是吗?"

苏珊情不自禁地露齿一笑。卡姆登这个敏锐冷酷的金融家做出一副正襟危坐的样子,就像个等着自己的家庭作业得到表扬的三年级小学生。翁有些烦躁。卡姆登夫人则转过脸看向窗外。

"是的,很正确,卡姆登先生。看来你做过研究了。"

卡姆登说:"要知道,这可事关我未来的女儿。"苏珊屏住了呼吸。她最后一次听到如此郑重的话语是什么时候? 不过房间里其他人似乎都没怎么在意。

"哦,那么,"苏珊说,"你应该已经知道,人们之所以睡觉,是因为生成于大脑的某种压力在要求睡眠。过去二十年的研究表明,这就是人们睡觉的唯一原因。在身体和大脑都清醒的时候,慢波睡眠和快速眼动睡眠都无法发挥功能。在睡眠过程中运行的许多功能,其实醒着时也一样在运行,只是需要某些激素来调节。

"睡眠在进化中发挥的作用是很重要的。以前饥饿的哺乳动物一旦填饱了肚子或完成了交配,睡眠就可以让它保持静止不动,以躲避掠食者。睡眠是一种生存之道,但现在它对生存机制已经没有作用了,就像阑尾退化成了多余的器官是一样的道理。睡眠在每个夜晚来临,但对它的需求已经不存在了,所以我们在它的源头——在基因上——关闭了开关。"

翁瑟缩了一下。他讨厌苏珊这样把事情过分简单化,或者说,他讨厌的是这种率性而为。如果换作马斯坦尔阐述,就不会有什么"以前饥饿的哺乳动物"之类的说法。

卡姆登问:"那人类对做梦的需求呢?"

"并不需要。这种用大脑皮质残留的兴奋来保持半清醒状态的功能,是为了防止睡眠中有掠食者攻击。完全清醒状态下能更好地防止攻击。"

"那么,为什么没有用完全清醒来取代呢,在进化之初?"

他是在考验她。苏珊爽朗地朝他笑了笑,她欣赏他打破砂锅问到底的精神,"我告诉过你了,是为了躲避掠食者。但在现代,当一个掠食者——比如说一个跨国数据环礁投资者吧——进攻时,那还是保持清醒更安全些。"

卡姆登瞪了她一眼,"那怎么解释胎儿和婴儿在成长过程中的大量时间里都在睡觉?为什么快速眼动睡眠占据了他们如此多的时间?"

"这些仍然是进化的残留物。其实,就算没有睡眠,大脑一样可以发育得很好。"

"不过,神经中枢能够在慢波睡眠中自我修复,不是吗?"

"慢波睡眠中,神经中枢确实在自我修复。但只要对DNA做些调整,清醒时神经中枢一样也可以修复,而且就我们所知,神经中枢的效率不会有任何损失。"

"那么在慢波睡眠中大量释放的人体生长酶又如何呢?"

苏珊钦佩地看着他,"没有睡眠,生长酶也在释放。与睡眠相关的基因所做的调整,也会使松果体①的相关方面有所改变。"

"关于——"

"副作用呢?"卡姆登夫人抢言道,她撇着嘴唇,"关于那些讨厌的副作用呢?"

苏珊转向伊丽莎白·卡姆登,苏珊几乎忘记了她的存在。这位比苏珊更年轻的女人嘴角向下撇着,盯着她看。

"很高兴你提到这个问题,卡姆登夫人。确实有些副作用。"苏珊停顿了一下,"和同龄人相比,不睡觉的孩子——没有做过智力基因改造的那些——他们更聪明,更善于解决问题,也更开朗。"

卡姆登掏出一支烟。这让苏珊吃了一惊——抽烟很不卫生,而且这种习惯早已过时了。但随后她就明白他是故意的——罗杰·卡姆登在把众人的注意力吸引到他手中的奢侈品上,以掩饰自己的感受。他的打火机是纯金的,上面雕刻着字母,显得非常华而不实。

---

①大脑中松果状的组织,大多数脊椎动物大脑中都有这种分泌褪黑激素的组织。

"让我解释一下。"苏珊说,"快速眼动睡眠促使脑干的神经中枢随意地刺激大脑皮质。梦的产生,是因为少量被刺激的大脑皮质努力想让被激活的影像和记忆具备某种意义。做梦要花费大量能量,没有这些能量的支出,无睡眠者的大脑就避免了损耗,在现实生活中就能做得更好,因而就会更聪明,更善于处理问题。

"而且,六十年前,医生就发现抗抑郁剂——用于提高病人情绪的那种药——也能完全抑制快速眼动睡眠。在过去十年间,医生已经证明,如果将其因果关系颠倒过来也是正确的——只要能抑制快速眼动睡眠,人就不会感到抑郁,所以无睡眠的孩子都很开朗、外向……快乐。诸如此类。"

"那代价是什么?"卡姆登夫人问。她挺直脖子,下巴微微抖动着。

"没有代价,根本就没有不良的副作用。"

"迄今为止。"卡姆登夫人迅速应对道。

苏珊耸耸肩,"迄今为止。"

"他们只有四岁!最大的孩子才四岁!"

翁和克伦肖仔细打量着卡姆登夫人。苏珊注意到卡姆登夫人也有所察觉,她靠回到椅背上,裹紧身上的毛皮大衣,一脸漠然。

卡姆登没有看他的妻子,他悠然自得地喷出一口烟,"凡事都有代价,梅林博士。"

她喜欢卡姆登叫自己名字时的语气,"一般来说没错,尤其在基因改造方面。尽管难以置信，但坦率地讲，我们在这个项目中确实还没有发现任何问题。"她直视卡姆登的眼睛，笑着说，"难道就不能相信上天会有那么一次赠予我们某种十全十美的东西，某种实实在在的恩惠，让我们前进一大步并且没有隐藏其后的忧患？"

"不是靠上天，而是靠像你这样智慧的大脑。"卡姆登说，这话让苏珊比任何时候都更感诧异。他的目光紧紧地锁住苏珊的眼眸，苏珊感到自己的心揪紧了。

"我想，"翁博士一本正经地说，"关于宇宙的哲学已经超过了我们所要讨论的范围。卡姆登先生，如果你没有进一步的医学问题要问，也许我们可以转到沙利文女士和加沃斯基先生提出的法律问题上了。谢谢你，梅林博士。"

苏珊点点头，她没有再看卡姆登，但他就在那里，她对他口中所说、心中所想心知肚明。

这栋房子正符合她想象中的样子——芝加哥北部密歇根湖边的一幢庞大的都铎式建筑。院门和主宅之间种满了郁郁葱葱的树木，树林环绕着宅邸和湖水，冬天的草坪上点缀着片片白雪。卡姆登一家接受基因手术已经有四个月了，但这是苏珊头一次开车造访他们的家。

苏珊走向房子时，另一辆汽车从她身后开了过来。不，是辆卡车，沿着蜿蜒的车道开往房子侧面的一个工作用出入口。一个男人摁响了门铃,另一个男人开始从卡车后部卸下用透明塑料包裹着的婴儿围栏——可以看到白色围栏上画着粉红色和黄色的小兔子。苏珊眨了眨眼睛。

卡姆登亲自开的门,看得出他在努力掩饰自己的焦虑,"你不必开车过来的,苏珊,我可以进城!"

"不用,不用麻烦你,罗杰。卡姆登夫人在家吗?"

"在起居室。"卡姆登领着她走进一间大房间。里面有石头壁炉和英式乡村风格的家具,还有一些绘有狗和船的画高挂在离头顶十八英寸的地方。这个房间大概是伊丽莎白·卡姆登亲自设计装饰的。当苏珊进来时,伊丽莎白一动不动地坐在高背椅里。

"我长话短说吧,"苏珊说,"我不想打扰你们。我们已经得到了羊膜穿刺术①、超声波,还有兰顿测试②的所有结果。胎儿很好,两星期以来的发育都很正常,胚胎在子宫壁的着床情况也良好。但与此同时,也出现了一个有点棘手的问题。"

"什么问题?"卡姆登说。他掏出一支烟,看看妻子,没有点燃,又把烟放了回去。

苏珊平静地说:"卡姆登夫人,因为纯粹的巧合,上个月你的两个卵巢都释放了卵子,我们取出其中一个做了基因改造手术。但更为凑巧的是,第二个卵子也受了精并在子宫里开始发育。你怀了两

①用针刺入腹腔以便从子宫中抽取少量羊水样品的步骤。随后对羊水进行分析,以检测胎儿是否遗传异常,或用以确定胎儿性别。

②作者杜撰的一种医学测试。

个胎儿。"

伊丽莎白·卡姆登愣住了，"双胞胎？"

"不是。"苏珊说，随即她明白了卡姆登夫人的意思，"我的意思是，没错，他们是双胞胎，但不是完全一样的——只有一个做了基因改造，另外一个就不会如同其他双胞胎那样和改造过的那一个在外貌上很相像。这个孩子就是所谓的普通婴儿。但我知道你们不想要一个普通孩子。"

卡姆登说："是的，我不想要。"

伊丽莎白·卡姆登说："我想要。"

卡姆登朝她狠狠地瞪了一眼，苏珊说不清那是种什么表情。他再次拿出香烟，点着它。他侧脸对着苏珊，陷入了沉思。苏珊怀疑他已忘了香烟的存在，也忘了自己正在抽烟。"胎儿会受另一个的影响吗？"

"不会。"苏珊说，"不会，当然不会。它们只是——共存。"

"你能拿掉它吗？"

"除非两个都拿掉。单独取出那个没改造过的胎儿会引起子宫内膜的变化，这可能会导致另一个自发性流产。"她深吸一口气，"当然，这是可以选择的。我们可以重新再操作一次。但正如我当初告诉你们的，你们非常幸运，能在第二次尝试后就体外受精成功，一些夫妇要试八到十次才行。如果我们从头开始，整个操作时间可能会很长。"

卡姆登问："这第二个胎儿的存在会危害到我的女儿吗？争夺营养或别的什么？或者在以后的怀孕期间改变什么？"

"不会，只是有早产的可能。两个胎儿在子宫里占据的空间会更多，如果空间太拥挤，可能会早产。但是——"

"早产？会危及胎儿生命吗？"

"绝大多数情况下不会。"

卡姆登继续抽着烟。一个男人出现在门口，"先生，伦敦来电。是詹姆斯·肯德尔打来的，关于谷贝先生的事。"

"我就来。"卡姆登站起身。苏珊看见他在观察自己的妻子。随后他开了口，是对他妻子说的，"好吧，伊丽莎白。就这样。"他离开了房间。

很长一段时间，两个女人默默地坐着。苏珊感到很失望，这不是她所希望看到的卡姆登一家。她注意到伊丽莎白·卡姆登正饶有兴致地打量着她。

"哦，是的，博士。他就是那种人。"

苏珊什么也没说。

"十足的专横跋扈。幸亏这次没有。"她兴奋地轻轻笑起来，"双胞胎呀。你……你知道另一个胎儿的性别吗？"

"两个胎儿都是女孩。"

"我想要个女孩，你知道的。现在我就要得到了。"

"接下来你就要进入妊娠期了。"

"哦,是的。谢谢你的来访,博士。"

她下了逐客令。没人送苏珊出来,但当她正要钻进自己的轿车时,卡姆登飞快地跑出屋子,连外套也没穿,"苏珊!谢谢你。谢谢你大老远亲自跑来告诉我们。"

"你已经谢过我了。"

"是的。嗯,你确定第二个胎儿不会对我的女儿有任何威胁吗?"

苏珊故意说:"就像基因改造的那个胎儿也不会对自然受孕的那个胎儿产生威胁一样。"

他笑了。

他的嗓音低沉,充满渴望,"你以为我在乎的只是胎儿,但并非如此。为什么我要欺骗自己的感情呢,尤其是对你?"

苏珊打开车门。她还没准备好接受卡姆登的表白,也许她应该改变主意,也许该做点别的什么。但这时卡姆登俯身要为她关上车门,他的口气中没一点轻浮的挑逗或虚情假意的引诱,"我最好再订一个婴儿围栏。"

"是的。"

"还要再买个婴儿用车座。"

"是的。"

"但用不着再雇个晚班保姆。"

"这取决于你。"

"也取决于你。"他突然俯下身吻了她——一个如此彬彬有礼，却让苏珊震惊不已的吻。从没有什么欲望或征服能让她震惊，但这个吻做到了。卡姆登没给她反应的机会，他为苏珊关上车门就转身走回屋子去了。

苏珊向大门口开去，双手在方向盘上颤抖，直到欣喜代替了震惊——这个冷淡的礼仪之吻是个精心策划的谜面。也许这正是个再明确不过的暗示：还会有下一个吻。

她想知道，卡姆登一家会给他们的女儿起什么名字呢？

翁博士大步流星地穿过医院走廊，走廊上的灯没有完全点亮，光线显得昏暗。有个护士从产科的护士台向他走来，像是要阻止他——现在是午夜，早就过了探视时间。护士仔细看了看，认出他后，就又退回到了护士台里。拐角处是育儿室的探视玻璃窗，让翁烦恼不已的是，苏珊·梅林正站在那儿，紧贴着玻璃窗，更让他烦心的是，她正在哭泣。

翁发觉自己从来就不喜欢这个女人。也许他从来就没喜欢过哪个女人，即使是那些头脑卓越的女人，似乎也无法避免被她们自己的情感冲动弄得像个十足的傻瓜。

"瞧，"苏珊微微笑了笑，神色激动地说，"博士，瞧啊。"

玻璃窗后面是罗杰·卡姆登，他穿着消毒服、戴着口罩，怀里正抱着个穿着白色婴儿服、裹着粉红色毯子的新生儿。卡姆登的眼睛蓝得出奇,一个男人真不该有这么引人注目的眼睛。婴儿的脑袋上覆着一层金色的柔软胎毛,她有双大大的眼睛,还有着粉嫩的皮肤。卡姆登口罩上方的眼睛在说:没有别的孩子能拥有这样的容貌。

翁问道:"顺产?"

"是的。"苏珊·梅林哽咽着,"非常顺利。伊丽莎白很好,已经睡着了。难道这个小家伙不漂亮吗? 卡姆登真是太有胆魄了。"她用袖子擦了擦鼻子,翁注意到她喝醉了,"我告诉过你我曾订过婚吗? 十五年前,在医学院的时候。后来我解除了婚约,因为他变得那么平庸,那么无趣。噢,上帝,我不该和你讲这些。我很抱歉,对不起。"

翁从她身边走开了。在玻璃窗后面,罗杰·卡姆登把婴儿放在一张有滑轮的小婴儿床上——标识牌上写着"女婴卡姆登一号五点九磅①"。有位护士在一旁尽心地看护着。

翁没有等卡姆登从育儿室出来,或去聆听苏珊·梅林的滔滔不绝,现在他要为这个项目做书面记录。在这种情况下,苏珊的报告似乎不太可靠。在这样一个空前绝佳的机会——记录一次史无前例的基因改造面前,苏珊却更关注于自己的多愁善感。显然,翁不得不自己征询细节,亲自写报告了。他急于了解所有的内容,不只是卡姆登怀里那个脸蛋粉嫩的婴儿,他还想知道在另一扇玻璃窗后

---

①一磅大约零点四五千克,五点九磅约二点六七千克。

的婴儿床上那个孩子的全部细节:"女婴卡姆登二号五点一磅"。这个深色头发的婴儿有着红扑扑的脸蛋,长着雀斑,正蜷缩在粉红色的毯子里酣睡。

2

　　蕾莎最早的记忆是那些并不存在的流动的线条。她之所以知道它们不存在，是因为当她伸出手去抓它们时扑了空。后来，她意识到那些流动的线条是光线——阳光从她房间的窗帘之间，从饭厅的木制百叶窗间，从温室的十字栅格间一条条斜斜地射进来。

　　那一天，当她明白金色的流体就是光线时，她为这令人兴奋的发现快乐地朗声大笑。正在往盆里种花的爸爸这时候也转过身朝她微笑。

　　整幢房子都充满了阳光。湖面反射的光线在高高的白色天花板上流动，在闪闪发光的木地板上跳跃。她和艾丽斯不停地在光线中穿梭。有时蕾莎会停下来，扬起脑袋让光线流过她的面庞。她能感觉到它们，就像水一样。

　　当然，最棒的光线在温室，那是爸爸赚钱回家后最喜欢待的地方。爸爸边浇水种花，边哼哼着，蕾莎和艾丽斯就在木制的花台间跑来跑去。这里有着好闻的泥土味道。她们俩从长着巨大紫色花朵的温室背阴处跑到布满黄色花朵的向阳处，来来回回地跑，在阳光下钻进钻出。"成长，"爸爸对她说，"是花儿在履行它们的诺言。艾丽斯，小心！你差点儿撞到那株兰花！"艾丽斯听见这话，就会很顺从地停下来待上一阵子。不过爸爸从来没叫过蕾莎不要跑。

等到光线消失了，艾丽斯和蕾莎就去洗澡。那时候的艾丽斯会变得寡言少语，要不就焦躁不安，就算蕾莎让她来先选游戏或把最好的洋娃娃都给她，她也没法和蕾莎好好相处。然后等保姆把艾丽斯抱上床，蕾莎就和爸爸聊天，直到爸爸说他得拿一些文件去书房工作赚钱为止。每当爸爸必须要去工作时，蕾莎都会感到有些沮丧，但这种情绪不会持续很长时间，因为马赛尔会来给蕾莎上课。她很喜欢上课，学习是多么有趣的事情啊！蕾莎已经能唱二十首歌，会写字母表上所有的字母，还能数到五十了。等到学习结束，光线就又回来了，然后就到了吃早餐的时间。

早餐时分是蕾莎唯一不喜欢的时间。爸爸已经去办公室了，蕾莎和艾丽斯一起跟妈妈在大餐厅用早餐。妈妈穿着红色罩袍坐在那里，蕾莎喜欢她的这身衣服，而且这时候妈妈身上的味道和谈吐的方式也不像她在傍晚时所表现出的那么古怪。但早餐依然是很无聊的。妈妈总喜欢从提问开始。

"艾丽斯，亲爱的，睡得好吗？"

"很好，妈咪。"

"你做了什么美梦吗?"

很长一段时间艾丽斯都说没有。但有一天她说:"我梦见了一匹马。我在骑它。"妈妈拍了拍手,吻了艾丽斯,还给了她一个特别可口的小甜甜圈。打那以后,艾丽斯每天都会告诉妈妈一个梦。

一次蕾莎说:"我也做了个梦。我梦见阳光从窗户照进来,它像毯子一样裹着我,然后在我的眼睛上亲了一下。"

妈妈重重地放下咖啡杯,因为太使劲儿,咖啡都溅出来了,"别对我撒谎,蕾莎,你没有做梦。"

"不,我做了。"蕾莎说。

"只有睡觉的孩子才能做梦。别对我撒谎,你没有做梦。"

"不,我做了! 我做了!"蕾莎大叫。她几乎能看见从窗户外流淌进来的阳光像金色的毛毯一样裹着她。

"我不会容忍小孩子撒谎! 你听见了吗,蕾莎? 我不能容忍!"

"你才在撒谎!"蕾莎大声嚷嚷,但她明白这话不对。蕾莎讨厌自己,因为自己随口乱说话,却更讨厌妈妈,可这种想法也是不对的。艾丽斯呆呆地坐着,睁大眼睛一动不动。艾丽斯很害怕。这都是蕾莎的错。

妈妈尖叫道:"保姆! 保姆! 立刻带蕾莎回她的房间,要是她不停止说谎,她就不能和文明人坐在一起!"

蕾莎哭了起来。保姆带她离开了餐室。她还没吃早饭呢,虽然她并不在乎。当她哭的时候,她只能看到艾丽斯的眼睛,艾丽斯如此恐惧,惊惶的眼眸反射出点点破碎的光线。

不过蕾莎没有哭太久。保姆给她讲了个故事,又陪她玩了会儿跳棋。等艾丽斯进来,保姆就开车带她俩进城去逛动物园。那里可以看见很多奇妙的动物,蕾莎和艾丽斯做梦都梦不到的动物。等她们回到家,妈妈已经回自己房间了,蕾莎知道接下来的一整天妈妈都会待在那儿,和那些闻着味道怪怪的玻璃瓶在一块儿,蕾莎不会见到她了。

但那天晚上,蕾莎去了妈妈的房间。

"我要上厕所。"她对马赛尔说。

马赛尔问:"要我帮忙吗?"

艾丽斯上厕所时还需要别人帮忙,但蕾莎不需要,她谢绝了马赛尔。虽然她什么都拉不出,但她还是在马桶上坐了一分钟,这样一来,她对马赛尔说的话就不算是谎话了。

蕾莎踮着脚尖穿过走廊。这是她头一回进艾丽斯的房间。在靠近儿童床的墙上,亮着一盏昏暗的壁灯。而蕾莎的房间里没有儿童床。蕾莎透过围栏看着她的妹妹。艾丽斯闭着眼睛侧身躺着,她的眼皮在快速地跳动,就像被风吹动的窗帘。艾丽斯的下巴和脖子看起来很松弛。

蕾莎小心翼翼地关上门,又走到她父母的房间。

他们没有睡在儿童床上,而是睡在一张巨大无比的床上,这床大到足够在他俩之间塞下更多的人。妈妈的眼皮没动,她仰面躺着,鼻子里发出"嘘嘘"的声音。她身上那种怪怪的味道更重了。蕾莎转过身蹑手蹑脚地走到爸爸那头。爸爸睡觉的样子和艾丽斯很像,只是他的脖子和下巴的皮肤更加松弛,层层叠叠地折在一起,像是后院里倒下的帐篷。他的这副模样把蕾莎吓了一跳。随后,爸爸倏地睁开眼睛,如此突然的举动让蕾莎不禁失声尖叫起来。

爸爸一骨碌翻身起床把蕾莎抱起来,飞快地瞅了一眼妈妈。妈妈没有反应。爸爸只穿着内衣内裤,他把蕾莎一口气抱到走廊上。马赛尔一边往这边跑一边说:"噢,先生,我很抱歉,她刚才说要上厕所——"

"没什么。"爸爸说,"我来照顾她。"

"不要!"蕾莎尖叫,因为爸爸只穿着内衣内裤,因为他的脖子看上去这么滑稽,还因为妈妈使得房间里的气味很难闻。但爸爸把她抱到了温室,让她坐在一条长凳上,他自己则把一张绿色塑料薄膜裹在身上——那大概是用来罩植物的——然后坐在她身旁。

"好了,发生了什么事,蕾莎?你在做什么?"

蕾莎没有回答。

"你在观察人们睡觉,是不是?"爸爸问道。爸爸的声音那么柔和,蕾莎喃喃地回答道:"是的。"她立刻感觉好多了。不撒谎的感觉真好。

"你观察人们睡觉,因为你不睡觉而你又很好奇,是不是?就像你的图画书里好奇的乔治?"

"是的，"蕾莎说，"我以为你整晚都在书房赚钱！"

爸爸笑了，"不是整晚，是晚上的一部分时间，然后我就睡觉，尽管睡的时间不长。"他把蕾莎抱到腿上，"我不需要睡很长时间，这样一来，和大多数人相比，我就可以在晚上做更多的事情。睡眠时间的长短因人而异，有的人睡眠时间很短，非常非常短，就像你。你根本就不需要睡觉。"

"我为什么不需要？"

"因为你很特殊，比其他人都出色。在你出生前，我让一些医生帮忙，让你不用睡觉。"

"为什么这样做？"

"这样你就可以做任何你想做的事，以证明自己的独一无二。"

蕾莎在父亲怀里扭过身子望着他。这些话她一点儿都不明白。爸爸伸出手触摸从一株高高的盆栽树上垂下的一朵花。那朵花有着厚厚的白色花瓣，白得就像爸爸加进咖啡里的奶油一样，它的花心是淡淡的粉红色。

"瞧，蕾莎，这棵树能开出这朵花，是因为它可以做到。只有这种树才能开出这种奇妙的花朵。那边高挂着的植物就不能，那些也不能，只有这棵树可以。所以对这棵树来说，世界上最重要的事情就是开出这种花朵。这朵花就是这棵树的独一无二之处，也就意味着只有它才能证明这棵树的独特，其他的都不行，其他的都无关紧要。"

"我不明白,爸爸。"

"你会明白的。有朝一日。"

"但我想现在就弄明白。"蕾莎说。爸爸快活地大笑起来,抱住了她。拥抱的感觉真好,但蕾莎仍想弄明白刚才的疑惑。

"那赚钱,就是你的独……独什么之处吗?"

"是的。"爸爸高兴地说。

"那么其他人都不会赚钱了吗? 就像只有那棵树能开出那种花吗?"

"其他人都不会用我这种方式赚钱。"

"你要钱做什么呢?"

"我用它给你买东西。这幢房子、你的裙子、给你上课的马赛尔、出门坐的轿车。"

"那这棵树要这种花做什么用呢?"

"以它为傲。"爸爸的话她还是听不懂,"超凡就是它的价值,蕾莎。而超凡要靠个体的努力才能达到。这正是它的可贵之处。"

"我冷,爸爸。"

"我带你回马赛尔那儿。"

蕾莎没有动。她用一根手指碰了碰那朵花,"我要睡觉,爸爸。"

"不,你用不着,亲爱的。睡觉是浪费时间,浪费生命。睡觉就是短暂的死亡。"

"艾丽斯就睡觉。"

"艾丽斯不像你。"

"艾丽斯不特殊吗?"

"是的。但你很特殊。"

"你为什么不让艾丽斯也变得特殊?"

"艾丽斯本来就这样了。我没机会让她变特殊。"

整件事太难捉摸了。蕾莎不再戳那朵花,她从爸爸腿上滑下来。爸爸朝她微笑着,"我的小疑问家,等你长大了,就会找到自己的超凡之处,那一定是种崭新的、前所未见的特殊才能。你也许会成为谷贝贤三那样的人,他制造的谷贝能源发生器影响了整个世界。"

"爸爸,你裹着塑料薄膜的样子真滑稽。"蕾莎笑起来,爸爸也笑了。但她随后说道:"等我长大了,我要想办法用我的特殊才能让艾丽斯也变特殊。"

爸爸不笑了。

爸爸领她回到马赛尔那儿。马赛尔教她写自己的名字,她对写名字这件事兴致高昂,也就忘记了和爸爸那段莫名其妙的谈话。一共六个字母,都不一样,组合在一起就成了她的名字①。蕾莎一遍又一遍地写着,开怀大笑起来,马赛尔也笑了。但到了早上,蕾莎又想起了和爸爸的谈话。她时常琢磨爸爸的话,在脑海里反复揣摩那些新奇的话语,但她想得最多的不是词句,而是当她告诉爸爸要用自

---

① 蕾莎的英文名字为 Leisha,一共六个字母。

己的才能让艾丽斯也变特殊时,爸爸那双眉紧锁的表情。

　　每个星期梅林博士都会来看望蕾莎和艾丽斯,有时是一个人来,有时也带其他人来。蕾莎和艾丽斯都很喜欢梅林博士,因为她常常笑,而且她的眼睛又明亮又亲切。她来的时候爸爸经常也在场。梅林博士会和她们一起做游戏,一开始是和艾丽斯、蕾莎分别玩,然后大家就一起玩。她还给她们拍照,称体重。她让她们躺在一张桌子上,把一些金属小玩意儿贴在她们的太阳穴上——这听起来好像很吓人,其实一点儿也不,因为她们躺在桌子上时能看见好多机器,听见它们发出那么多有趣的声音。梅林博士和爸爸一样很善于解答问题。蕾莎曾经问道:"梅林博士是个特别的人吗? 就像谷贝贤三?"爸爸笑着瞥了一眼梅林博士,说:"噢,是的,确实如此。"

　　蕾莎五岁时就和艾丽斯一道开始上学了。爸爸的司机每天接她们去芝加哥市区。她们被分在不同的班级里,这让蕾莎很失望。蕾莎班级里的孩子都比她大,但上学第一天她就爱上了学校。这里有奇特的科学仪器,塞满数学难题的电脑,在这里还可以和其他孩子一块儿从地图上找出各个国家。半年后,她转到了另一个班级,这里的孩子仍然比她大,不过他们都对她很好。蕾莎开始学日语。她喜欢在厚厚的白纸上画漂亮的字符。

　　"索雷学校是个上选。"爸爸说。

　　但艾丽斯不喜欢索雷学校,她希望像厨师女儿那样乘坐一辆黄色的校车去上学。她在索雷学校又哭又闹,把颜料扔到地上。后来妈妈走出了她的房间——蕾莎已经有好几个星期没看见妈妈了,尽管蕾莎知道艾丽斯一直能看到她——从壁炉架上拿起几个蜡烛台扔到了地板上。那些蜡烛台是瓷的,立刻就全碎了。爸爸妈妈在客厅的楼梯口扯着嗓子朝对方吼叫时,蕾莎跑过去捡起碎片。

"她也是我的女儿! 我说她能去!"

"对此你没权利说任何话! 一个哭哭啼啼的酒鬼,你这种样子只会对她们俩产生最坏的影响……我本以为自己娶的是个优雅的英国贵族!"

"种瓜得瓜,种豆得豆! 你活该一无所得! 你从来就不需要从我这里或任何人那里得到什么!"

"别吵了!"蕾莎叫着,"别吵了!"大厅里顿时一片寂静。蕾莎被瓷片割破了手指,鲜血涌出,滴在地毯上。爸爸冲过来一把抱起她。"别吵了。"蕾莎抽泣着。当爸爸平静地开口说话时,蕾莎还有点迷糊。"你不要哭,蕾莎。别人做的任何事都不该伤害你。你必须要坚强。"

蕾莎把头埋在爸爸的肩头。艾丽斯转到了卡尔·桑德伯格小学,和厨师的女儿一块儿乘黄色的校车上学。

几星期后,爸爸告诉她们,妈妈去了医院,要戒掉酗酒的习惯。等妈妈出院了,爸爸说,她要在别处待一段时间,蕾莎、艾丽斯会和爸爸一块住,他们可以时不时地去看望妈妈。他非常谨慎地告诉她们这件事,为了说清事实而仔细地斟酌词句。事实是非常重要的,蕾莎已经明白这点。事实就是对你自己、对你特殊才能的忠实,是你的独一无二之处。一个独一无二的人尊重事实,所以总是说真话。

妈妈没有尊重事实——爸爸没有说,但蕾莎明白。

"我不要妈妈走。"艾丽斯说,她开始哭泣。蕾莎以为爸爸会把艾丽斯抱起来,但他没有。他只是站在那儿看着她俩。

蕾莎用胳膊搂着艾丽斯,"好了,艾丽斯,没事的!我们会让一切好起来的!我们不上学的时候我会一直陪你玩,这样你就不会想妈妈了!"

艾丽斯紧紧地依偎着蕾莎。蕾莎转过头去,这样就不必看着爸爸的脸了。

3

　　谷贝贤三要来美国做演讲,题目为"廉价能源的深远政治影响"。他会在纽约、洛杉矶和芝加哥巡回演讲,并在华盛顿向国会发表这个特别演说。在父亲的安排下,十一岁的蕾莎·卡姆登要在芝加哥演讲结束后,被私下引荐给谷贝。

　　蕾莎已经在学校学习了冷聚变①理论。在谷贝贤三之前,这还是一套不可行的理论,而现在由于谷贝的发明,这个理论具有了超值的应用效益。蕾莎的老师已经追踪到世界因为谷贝的专利发明而引发的改变:第三世界繁荣崛起;旧体系濒临崩溃;石油输出国日渐衰弱;美国的经济力量得到复兴。蕾莎所在的研究小组制作了一部专题纪录片,是用学校的专业设备拍摄的,内容是关于一个处于1985年的美国家庭如何在能源价格极为高昂,同时对政府的福利制度心存信赖的状况下生活;与此相对应的是,一个处于2019年的美

———————
　　①冷聚变指的是在室温下可以实现的聚变反应。

国家庭又如何在能源价格低廉，同时把契约看作是文明基础的状况下生活。蕾莎负责研究的一部分内容让她本人都困惑不解。

"日本人认为谷贝贤三是国家的叛徒。"晚餐时，蕾莎对爸爸说。

"不，"卡姆登回答，"是某些日本人这样认为。注意普遍性和个别性之间的差异，蕾莎。谷贝之所以在美国申请Y能量的专利许可，是因为这里至少还残留着一些独立的企业。因为他的发明，我们整个国家正逐渐走在世界的最前列，而日本则被迫紧随其后。"

"你父亲总是坚信这一点。"苏珊说，"把你的豌豆吃掉，蕾莎。"蕾莎吃掉了她的豌豆。苏珊和爸爸结婚不到一年，她的出现还是让人感觉有点怪怪的。但蕾莎很高兴苏珊住进来。爸爸说苏珊聪明、有激情、开朗，她的到来就像是为家里添加了一笔财富。就像蕾莎自己。

"记住，蕾莎，"卡姆登说，"一个人本身的价值以及对社会的价值，并不取决于他认为别人会怎么做、怎么想、怎么感觉，而只取决于他自己，取决于他真正能做什么而且是否把它做好。人们用他们能做好的东西做交换，这样人人都得利。文明的基本手段就是契约。契约是自愿的、双方互利的，所以要反对错误的强权。"

"强者没有权利强行夺取弱者的任何东西。"苏珊说，"艾丽斯，亲爱的，把你的豌豆也吃掉。"

"弱者也不能强行抢夺强者的东西。"卡姆登说，"这是今晚你会听到的谷贝贤三演说的基本要点，蕾莎。"

艾丽斯说:"我不喜欢吃豌豆。"

卡姆登说:"你的身体喜欢。它们对你有好处。"

艾丽斯笑了。蕾莎感觉自己的心提了起来,艾丽斯从没在晚餐时这样笑过。"我的身体和豌豆没有契约。"

卡姆登有点不耐烦地说:"不,有的。你的身体从豌豆那里得利。现在快吃。"

艾丽斯的笑容消失了。蕾莎低头看着她的盘子。她突然想到了一点,"不对,爸爸,瞧,艾丽斯的身体得利,但豌豆没有!这不是双方互利的结果,所以就不是契约!艾丽斯是对的!"

卡姆登爆发出一阵大笑,他对着苏珊说:"才十一岁——十一岁啊。"连艾丽斯也笑了,蕾莎得意洋洋地挥舞着汤勺,汤勺闪烁的光线映照到碗里,跳跃的银色光芒又反射到对面墙上。

不过,即便如此,艾丽斯也不想去听谷贝贤三的演讲,她要去她的朋友朱莉家过夜。她们打算一起做鬈发。更让人诧异的是,苏珊也不去了,她和爸爸在底楼有些古怪地互相对视着——蕾莎是这么觉得的。而蕾莎太兴奋了,无暇多加思索,她一定要去听谷贝贤三的演讲。

谷贝是个小个子男人,又黑又瘦。蕾莎喜欢他的口音。她还喜欢谷贝的另一个特点——她花了点时间才想出该怎么形容。"爸爸,"在昏暗的观众席里蕾莎轻声说,"他是个快乐的人。"

爸爸在黑暗中搂了搂她。

谷贝谈到了精神性和经济:"一个人的精神性,也就是他作为人的尊严,取决于他自身的努力。尊严和价值不是高贵的出身自动赋予的,我们只要看看历史就知道。尊严和价值也不是继承的财富自动赋予的。一个风光的继承人可能是一个贼、一个废物、一个冷酷的家伙、一个剥削者、一个对世界的贡献少得可怜的人。尊严和价值也不会因自然人的存在而自动赋予。一个杀人犯存在,但他对社会只有负面的价值,在他杀人的欲望中没有尊严可言。

"是的,唯一的尊严、唯一的精神性存在于一个人用自身努力所创造出的成就中。剥夺一个人成功的机会,阻止其用自己的成果和别人交易,就是剥夺一个人之为人的精神上的尊严,这就是为什么在我们的时代,强权主义会失败。所有强权——为掠夺靠自己努力获得成功的人所使用的全部暴力——都导致了精神的毁灭和社会的削弱。强行征募、偷窃、欺骗、暴力、过剩的福利、立法机构的不健全,都是在剥夺一个人选择的权利,剥夺了他靠自己成功、并用自己取得的成果和别人交换的机会。强权是一种欺骗,它创造不出任何新东西。只有自由,获得成功的自由,随心所欲交换成果的自由,才能创造出适合一个人的尊严和精神性的环境。"

蕾莎激动地鼓掌,手都拍疼了。随后她跟爸爸到了后台,蕾莎觉得自己都无法呼吸了。谷贝贤三!

但后台比她预料的要拥挤得多,到处都是摄像机。爸爸说:"谷贝先生,请允许我介绍我的女儿蕾莎。"摄像机立刻快速地靠近,对准了蕾莎。一个日本人凑近谷贝的耳朵悄声说了些什么,谷贝仔细地打量着蕾莎,"哦,对!"

"看这边,蕾莎!"有人在叫,她照做了。一架自动摄像机移过来对准了她的面孔。它凑得如此之近,以致把蕾莎吓得往后退了几步。爸爸对着一些人高声讲了些什么,然后又对另一些人说话。摄像机始终没有移开。一个女人突然蹲在蕾莎面前,朝她伸出一支话筒:"从来不睡觉是什么感觉,蕾莎?"

"什么?"

有人在笑,笑声并不友好。"人工培育的天才……"

蕾莎感觉有只手搭在了自己的肩头。谷贝贤三紧紧地抓住她,把她从摄像机前拉开。刹那间,就像变戏法似的,一排日本人出现在谷贝身前,只让出一点空隙让爸爸通过。在这道防线后面,三个人进入一间化妆室,谷贝贤三关上了门。

"别去管他们,蕾莎。"谷贝贤三用他那特别的口音说,"永远不要受他们干扰。有句古老的亚洲谚语说道:'商队前行,岂管狗吠。'永远不要让你自己的商队因为一些粗俗或妒忌的狗的乱叫而耽误行程。"

"我不会的。"蕾莎喘着气说,虽然她还不太明白这句谚语到底是什么意思,但以后会有机会搞清楚的,到时可以和爸爸谈谈。现在她完全被谷贝贤三迷住了,这个活生生的人没有使用蛮力,没有使用武器，只依靠他特殊的个人成就在改变着世界，"我们在学校学习过您的哲学理论，谷贝先生。"

谷贝贤三看看爸爸。爸爸说："一所私人学校。蕾莎的妹妹在公立学校也在学习它，尽管他们教得很粗略。"蕾莎注意到爸爸没有提艾丽斯为什么今晚没和他们一起来。

回到家，蕾莎在自己房间里一坐就是好几个小时，思索着之前发生的所有事情。第二天早晨，艾丽斯从朱莉家回来，蕾莎迎向她。但艾丽斯似乎在为什么事生气。

"艾丽斯，怎么啦？"

"你不觉得我已经在学校受够这些事了吗？"艾丽斯嚷嚷着，"其实早就尽人皆知了，不过至少在你保持沉默时事情还不算严重，他们还不会嘲笑我！你干吗非要这么做？"

"做什么？"蕾莎不解地问。

艾丽斯把一样东西扔给她，是一份晨报，它的纸张比卡姆登报业的更薄。报纸落在蕾莎脚边，摊开着。她看到了自己和谷贝贤三在一起的照片，照片相当醒目，标题上写着："谷贝和未来：还有我们其他人的位置吗？Y能量发明者和金融大亨罗杰·卡姆登的'永不睡眠'的女儿会晤。"

艾丽斯踢了踢报纸，"昨晚的电视上也播了。电视上。为了不在同伴中间显得自高自大或讨人厌，我费了多大力气啊，可瞧你如今干的好事！现在朱莉可能都不会邀请我参加下周的睡衣晚会了！"她冲上宽大的弧形楼梯，飞奔进自己的房间。

　　蕾莎低头看着报纸。她的脑海里响起了谷贝贤三的声音：**商队前行，岂管狗吠**。她望着空荡荡的楼梯，大声叫道："艾丽斯，你的头发这样卷着真的很漂亮！"

4

　　"我想见见其他人。"蕾莎说，"为什么这么长时间你都不让他们和我见面？"

　　"我根本没阻止他们和你见面。"卡姆登说，"没有提起并不代表不同意。为什么你不先问问呢？毕竟你才是想要跟他们见面的人。"

　　蕾莎注视着他。蕾莎已经十五岁了，这是她在索雷学校的最后一年。"为什么你没提起呢？"

　　"为什么我就应该提起呢？"

　　"我不知道，"蕾莎说，"但其他什么事你都为我做了呀。"

　　"包括给了你提出要求的权利。"

　　蕾莎在寻找矛盾之处，她找到了："为了我的学习，你所提供的大多数东西都是我没有要求过的，因为我还不懂得提出要求，而你作为成人是懂得的。但你从没有提供机会让我和其他不睡觉的突变异种见面——"

"不许用这个词。"卡姆登严厉地说。

"所以你肯定是认为与其他无眠者见面对我的教育没什么重要性,要么就是你有其他动机不想让我和他们见面。"

"错。"卡姆登说,"还有第三种可能。我认为和他们见面对你的教育很重要,我希望你去见他们,而这件事提供了一个契机——等你来提出要求,这样能进一步发展你的主观能动性。"

"好吧。"蕾莎有点不服气地说。也不知为什么,最近他俩总是针锋相对。她放松肩膀,挺起正在发育的胸脯,"我提几个问题:一共有多少无眠者,他们是谁,他们在哪儿?"

卡姆登说:"既然你使用这个术语——'无眠者',说明你已经对自己的事有所研究了。你可能知道,迄今为止在美国有一千零八十二个与你情况相同的人,其他国家更多。他们大多数分布在大城市中。在美国,有七十九个这样的人住在芝加哥,他们大多数还是小孩子,只有十九个比你大。"

蕾莎没有否认自己的确做了些调查。卡姆登在书房的椅子上前倾身体,凝视着她。蕾莎怀疑他是不是需要戴眼镜了。他的头发现在已经完全花白了,不但稀稀拉拉,还硬邦邦的,就像被收割过的零零星星的麦秆茬儿。《华尔街日报》把他列为美国最富有的一百个人之一;《妇女每日服饰报》说他是本国唯一不参加国际社交聚会、慈善舞会,也没有社交秘书的亿万富翁。卡姆登的私人喷气飞机载着他到世界各地参加商业会议,会晤谷贝经济研究所的主席,再就是处理一些杂务。这些年来,他更为富有,更加深居简出,也更睿智了。

蕾莎侧身坐到一把皮椅上,两条修长的腿搁在椅子扶手上晃荡。她心不在焉地挠了挠大腿上蚊子叮咬的肿块。"哦,那么我想见见理查德·凯勒。"理查德·凯勒住在芝加哥,是第二批贝塔无眠者实验对象中年龄和她最接近的一个。他现在十七岁。

"为什么要问我?你干吗不直接去?"

蕾莎觉察到爸爸的口气有点不耐烦。爸爸希望蕾莎先自己去探究,然后再把相关情况报告给他。不管是探究还是报告,二者都很重要。

蕾莎笑了,"知道吗,爸爸,你的心思很好猜。"

卡姆登也笑了。两人正笑着,苏珊进来了。"他才不是这样的。罗杰,周三在布宜诺斯艾利斯的会议怎么办?开还是不开?"见他没回答,苏珊提高了嗓门,"罗杰,我在和你说话!"

蕾莎转过脸去。两年前,苏珊终于还是放弃了基因研究,以便料理卡姆登的家,安排他的日程。在与卡姆登登记结婚之前,她本想把两样都做好的,但太艰难了。在蕾莎看来,自从苏珊放弃了生物科技研究后,她就变了,尤其是声音更严厉了。她对厨师和花匠的要求越来越苛刻,她要他们按她说的不折不扣地完成工作,不能有一丝偏差。她的金发不再扎成辫子,而是改烫成长波浪卷儿,僵硬的发型像是雕刻出来的一样。

"开。"罗杰说。

"哦,谢谢,你总算开金口了。我要一起去吗?"

"如果你想去的话。"

"我想去。"

苏珊离开了房间。蕾莎站起来伸了个懒腰。她踮起脚尖伸直长腿。接触,伸展,感受阳光从宽大的窗户倾泻到脸上,这种感觉真好。她朝父亲微笑,却看见他用某种莫名的眼光望着自己。

"蕾莎?"

"怎么?"

"你可以去见凯勒,但要小心。"

"小心什么?"

卡姆登没有回答。

电话里的声音很含糊,"蕾莎·卡姆登?对,我知道你是谁。星期三下午三点吧?"

房子很朴素,是一幢有三十年历史的殖民时代风格的建筑,位于一条安静的郊外街道。从前窗可以看到在街上骑自行车的小孩。周围的树木——粗壮高大的老糖槭树——看起来也都很漂亮。

"请进。"理查德·凯勒说。

他没有蕾莎高,但身体敦实,脸上满是青春痘。大概除了睡眠,他没做别的基因改造,蕾莎猜想。他有一头浓密的黑发,一个低低的前额,以及两道粗黑的浓眉。在他关上门前,蕾莎注意到他在盯着自己的车和司机看,车就停在车道上一辆锈迹斑斑的十速自行车旁。

"我还不能开车。"蕾莎说,"我只有十五岁。"

"学起来很容易的。"理查德说,"那么,你可以告诉我来意吗?"

蕾莎喜欢他的直截了当,"来见见其他的无眠者。"

"你是说你从没有见过? 没见过我们中的任何人?"

"你的意思是你们所有人都互相认识?"她没料到会有这种事。

"到我房间来,蕾莎。"

蕾莎跟着他来到后面的房间,看来没有其他人在家。他的房间宽敞通风,塞满了电脑和档案柜。房间一角摆放了一台健身用划船机。这里很像索雷学校那种尖子学生的房间,只不过更简陋,而且因为没有床,空间更显宽敞。蕾莎走到一台电脑的显示屏前。

"嘿,你在研究博斯科方程式?"

"关于它们的应用。"

"具体哪方面?"

"鱼群迁徙模式。"

蕾莎笑了,"对啊,可以应用于这方面。我从没想到过这点。"理查德似乎不知该如何应对她的微笑。他望望墙,然后看着她的下巴,"你对盖亚模式①感兴趣? 关于环境应用方面?"

---

①作者杜撰的一种数学模式。

"哦,不是。"蕾莎坦白说,"不是特别感兴趣。我打算去哈佛学政治。法学预科。当然,我在学校学过盖亚模式。"

理查德凝视的目光终于从她的脸上移开了。他用一只手捋了捋自己的黑发,"请坐,如果你愿意的话。"

蕾莎坐下来,开始欣赏墙上的装饰画——绿色逐渐晕染成蓝色,像海浪,"我喜欢这些画。是你自己设计的吗?"

"你和我想象的完全不一样。"理查德说。

"你想象我是什么样?"

他没有犹豫,"高傲自大,目中无人,浅薄——当然,你的智商除外。"

蕾莎觉得受到了伤害,而且比自己预料中的要深。

理查德不假思索地继续脱口道:"你是仅有的两个真正富有的无眠者之一——你和詹妮弗·沙里夫。当然,这些你都知道。"

"不,我不知道,我从没调查过。"

理查德拖过一把椅子坐在她身边,粗壮的双腿向前伸直,一副懒散模样,"有意思,真的。有钱人并不在乎让他们的孩子通过基因改造的方法变得高人一等——按照他们的价值观,他们认为自己的孩子已经高人一等了。而穷人又负担不起手术费用。我们这些无眠者都来自中产阶级家庭,没有更高层的了。我们都是教授、科学家,还有那些重视头脑和时间的人的孩子。"

"我父亲重视头脑和时间。"蕾莎说,"他是谷贝贤三最忠实的支持者。"

"哦,蕾莎,你以为我连这个都不知道吗？你是想向我炫耀还是有别的什么意图？"

蕾莎故意用很重的口气说："我是在和你交谈。"她能想象到自己脸上满是受伤的表情。

"对不起。"理查德嗫嚅着。他从椅子上猛地站起来,大步走到电脑那儿又走了回来,"我真的很抱歉。但我不是……我不明白你干吗来这里？"

"我很孤独。"蕾莎说,这话把她自己也吓了一跳。她抬头看着理查德,"是真的,我很孤独。是的。我有朋友、爸爸和艾丽斯,但没人真正明白、真正理解——怎么说呢？我都不知道自己在讲些什么。"

理查德笑了。微笑让他的面容起了变化,仿佛是阴霾在光线下豁然开朗。"我明白,噢,我明白。当他们说'我昨晚做了个这样的梦'时你会做何感想？"

"没错!"蕾莎说,"不过这还好。当我说'今晚我帮你查查资料'的时候,他们脸上就会露出奇怪的表情,那意思是说'我睡觉时她就干这个'。"

"那还不算什么。"理查德说,"当你晚饭后在体育馆打完篮球,吃过消夜后提议说'我们一起去湖边散步吧',他们会说'我真的很累了。我现在要回家睡觉了'。"

"那还不算什么。"蕾莎跳起来说,"当你沉醉在一部电影中,正好看到一幅美妙的画面,你忍不住跳起来喝彩:'好!好!'这时候苏珊会说:'蕾莎,真是的,你在高兴之余就不考虑考虑别人吗?'"

"谁是苏珊?"理查德问。

情绪被破坏了——如果她真的有情绪的话。蕾莎可以回答说"是我的继母",尽管苏珊本可以成为的样子和她已成为的样子之间有很大的差距。理查德就站在离她几英寸远的地方,心领神会地微笑,仿佛他对此完全理解。蕾莎突然感到全身无比放松,她径直走向理查德,一把搂住他的脖子。当两人紧贴在一起时,她感觉到理查德猛然一惊,她开始抽泣——她,蕾莎,从来不哭的蕾莎,在抽泣。

"好了,"理查德说,"好了。"

"太棒了,"蕾莎边说边笑了起来,"多棒的谈话啊。"

她能觉察到理查德尴尬的笑。"想看看我的鱼群迁徙曲线图吗?"

"不。"蕾莎抽噎着说,理查德继续抱着蕾莎,笨拙地轻拍她的后背,无声地告诉她该回家了。

尽管已经过了午夜,但卡姆登还在等她。他已经抽了很多烟。在袅袅的蓝色烟雾中,他平心静气地问道:"过得愉快吗,蕾莎?"

"是的。"

"我很高兴。"他说,然后掏出最后一支烟,走上楼梯——步履缓慢、僵硬,他现在已经快六十岁了——准备上床睡觉。

这一年来他们形影不离：游泳、跳舞，上博物馆、剧院、图书馆。理查德把她介绍给其他人，一个由十四到十九岁的孩子组成的十二人小团体。他们都很聪明热情。都是无眠者。

蕾莎知道了他们的情况。

托尼·英迪维诺的父母和她父母一样，已经离婚了，十四岁的托尼和他母亲生活在一起。他母亲并不是特别想要个无眠孩子，可是他的父亲想要。他的父亲最后得到了一辆红色跑车和一个在巴黎设计人体工程学椅子的年轻女朋友。母亲禁止托尼告诉任何人，包括亲戚、同学，说他是个无眠者。"他们会把你当成怪物。"他母亲说着把目光从儿子脸上移开了。有一次，托尼违背她的命令告诉自己的一个朋友他从来不睡觉，结果她打了他，然后把家搬到一个新的小区。那时他九岁。

珍妮·卡特，几乎和蕾莎一样苗条，也有一双长腿，她正在为参加奥运会进行滑冰训练。她一天练习十二个小时，没有一个上高中的普通人能在训练上花那么长时间。迄今为止，媒体还不知道她的事。珍妮担心如果让报纸知道了，他们就不会让她参加比赛了。

杰克·别林汉姆，和蕾莎一样，九月份就要上大学了。但和蕾莎不同的是，他已经开始了自己的事业。要处理法律事务先得进法律学院，而要做投资需要的只是钱。杰克没有太多钱，但他利用准确的金融分析，通过炒股，让自己暑假打工攒下的六百美元增值到三千美元，然后又增加到一万美元，这样一来他就有足够的资本进行投资了。杰克只有十五岁，还没到能做投资生意的法定年龄，因此所有事务均以凯文·贝克的名义打理。凯文是无眠者中年龄最大的，住在奥斯丁。杰克告诉蕾莎："当我连续两个季度收益利率达到84%时，数据分析师就会调查我。真讨厌。嗯，即使资金总额其实很小，但调查是他们的工作职责。他们关心的是投资模式。如果他们不厌其烦地去对照数据库，然后发现凯文是无眠者，他们会禁止我们投资吗？"

"你太多虑了。"蕾莎说。

"不，不是的，"珍妮说，"蕾莎，你不明白。"

"我明白你是指我一直生活在父亲的金钱关爱下。"蕾莎说。没人反感她这样说，他们所有人都坦诚相待，不会含沙射影。

"是的。"珍妮说，"你父亲很棒。他养育你并教导你：成功应该不受束缚。感谢上帝，他是个谷贝主义者。嗯，很好，我们为你高兴。"她的语气中并没有讽刺的意味，蕾莎点点头，"但这个世界并不总是那样。他们恨我们。"

"你言重了，"卡罗尔说，"不是恨。"

"嗯，也许吧。"珍妮说，"但他们和我们不同。我们更优秀，他们自然对此愤愤不平。"

"我不明白什么叫'自然对此'。"托尼说，"为什么就不该对更优秀的人表示油然而生的钦佩呢？我们就是这样啊，我们大家不都对谷贝贤三的才能钦佩不已吗？还有对尼尔森·韦德，那个物理学家？或者凯瑟琳·拉杜斯基[1]"

"我们不讨厌他们是因为我们更优秀。"理查德说，"证明完毕，谨此作答。"

"我们应该拥有属于我们自己的社会。"托尼说，"为什么我们要遵循他们的规则来束缚我们与生俱来、堂堂正正的优势？为什么珍妮就不能和他们一起比赛滑冰，杰克不能和他们一样参与投资，就因为我们是无眠者？他们中不是也有人比另一些人更聪明、更有毅力吗？确实，我们注意力更集中，生理特性更稳定，可支配的时间更多，不过所有人生来就是不平等的。"

"公平地讲，杰克，还没有人被禁止做任何事。"珍妮说。

"但我们会遇到这种情况的。"

"等等，"蕾莎说，她被这场对话弄得迷惑不解，"我的意思是，没错，在很多方面我们都更优秀，但你断章取义，托尼。《独立宣言》没有说所有人生来在能力上是平等的，它指的是公正和权利：法律面前，人人平等。我们没有权利另造一个社会，或者特立独行、不受社会的约束。除非大家遵循相同的契约规则，否则没有办法来自由交换我们的劳动成果。"

"听起来就像个真正的谷贝主义者。"理查德握紧她的手说。

"我可听够了这些智力辩论了。"卡罗尔笑着说，"我们已经在这上

---

[1]该处所提人名均为作者杜撰。

面花了好几个钟头了。看在上帝的分上,这可是海边,谁想和我一起去游泳?"

"我,"珍妮说,"来吧,杰克。"

他们都站起来,掸掉衣服上的沙子,摘下太阳眼镜。理查德拉着蕾莎站起来。在他们打算下水的时候,托尼把瘦小的手搭在蕾莎的胳膊上,"还有个问题,蕾莎。考虑一下,如果我们比其他绝大多数人都成功,如果我们在互惠的前提下和睡眠者做交易,不区别对待弱者和强者,那么对那些弱小到没有东西可以和我们交换的人,我们有什么义务呢?我们已经准备好付出大于回报,但当我们一无所得时,我们还有必要这么做吗?我们必须用自己的劳动成果来照顾那些畸形的、残疾的、病弱的、懒惰的、无能的人吗?"

"难道睡眠者就有义务去照顾那些弱者吗?"蕾莎反诘道。

"谷贝贤三会说不。他是个睡眠者。"

"他会说即使他们不是契约的直接参与者,他们也会得到契约交易的惠利。整个世界会因为Y能量而更加团结、更加健康。"

"好啦!"珍妮喊着,"蕾莎,他们在拽我下水!托尼,你别唠叨了!蕾莎,快来帮我!"

蕾莎大笑。在过去抓住珍妮前,她先望了望理查德和托尼的脸庞:理查德完全是副色眯眯的神色,而托尼则一脸怒气。他在生她的气。但为什么?她做了什么惹恼他了?

这时候杰克朝她身上泼水,卡罗尔把杰克推到温暖的海浪里,理查德笑着用胳膊搂住她。

等她把眼睛上的水抹掉时，托尼已经走了。

午夜。

"好吧。"卡罗尔问，"谁先来？"

六个十几岁的少年坐在灌木丛中的空地上面面相觑。一盏Y能量灯——为了制造气氛，光线调得很暗——灯光的阴影映在他们的脸上和光溜溜的腿上。在空地周围，罗杰·卡姆登栽种的树木长得郁郁葱葱。天气非常热，八月的空气显得滞闷沉重。他们一致反对带上Y能量空调，因为这次就是要回溯一下蛮荒、原始、危险的体验。

六双眼睛盯着卡罗尔手上的玻璃瓶。

"好了，"卡罗尔说，"谁想喝光它？"她得意洋洋且拿腔拿调地声明，"为了弄到它我可费了不少工夫。"

"你怎么弄到它的？"理查德问，除了托尼，他是这个集体中和家里联系最少的成员，他也不拿家里的钱，"——这样一种饮料？"

"詹妮弗弄到的。"卡罗尔说。五双眼睛齐刷刷看向詹妮弗·沙里夫。詹妮弗两个星期以来都住在卡罗尔家里，这让所有人都很费解。詹妮弗出生在美国，是一位好莱坞影星和一位曾想创造一个无眠者王朝的阿拉伯王子的女儿。那位影星是个日渐衰老的瘾君子，而王子已经死了。早在谷贝贤三申请第一个专利时，王子就把财产从石油转到了Y能量项目中。詹妮弗·沙里夫有一天或许会比蕾莎更富有,而且绝对更善于获取自己想要的东西。玻璃瓶里装着的液体是白细胞介素1[①],一种免疫系统增强剂,许多物质有导致大脑快速进入深睡状态的副作用,白细胞介素1就是其中一种。

蕾莎凝望着玻璃瓶,一股灼热感从下腹部蔓延上来,但这与她和理查德做爱时的感觉不一样。见到詹妮弗在注视自己,她立刻羞红了脸。

詹妮弗让她不安;而且,因为一些显而易见的原因——詹妮弗的长长的黑发、高挑的个子、穿着热裤和肚兜式背心的苗条身材——詹妮弗也让托尼、理查德和杰克不安。不过詹妮弗让蕾莎不安的原因与这些不同。詹妮弗没笑过,蕾莎从来没有遇见过不笑的无眠者,也没碰到过这么寡言少语的无眠者,还总是故意摆出一脸不以为然的表情。蕾莎总是会不自觉地去猜测詹妮弗不愿说出的话——直接揣摩体味另一个无眠者真是种奇怪的感觉。

托尼对卡罗尔说:"把它给我!"

卡罗尔把玻璃瓶递给他,"记住,你只需要抿一小口。"

托尼举起瓶子放到嘴边,停下,用眼角余光扫视了所有人,表情激动,然后喝了一口。

卡罗尔拿回了瓶子。大家都注视着托尼。一分钟后,他就躺在

---

①联系白细胞间相互作用的因子统称为白细胞介素,白细胞介素1是一种重要的细胞因子,主要由单核-巨噬细胞产生,它不仅对多种免疫活性细胞有重要的调节功能,而且与发热、炎症发生以及某些疾病的病理变化有关。

了凹凸不平的地面上;两分钟后,他闭上眼睛睡着了。

这可不像观察父母睡觉,或是观察兄弟姐妹和朋友睡觉,这次的对象是托尼。他们别过脸,避免大家的目光互相接触。蕾莎感觉到两腿间那种灼热感刺激着她,令她有些尴尬。她没有去看詹妮弗。

轮到蕾莎喝了,她慢慢饮下,然后把瓶子递给了理查德。她的头变得好重,像是塞满了湿漉漉的破布。空地周围的树木变得模糊不清,灯光也不再清晰,而是迷迷蒙蒙、影影绰绰,似乎只要她伸手去碰就会融化成一片露水。随即黑暗猛地侵袭进脑海,将她的思想席卷一空。"爸爸!"她想叫,想抓住他,但黑暗湮没了她。

事后,所有人都头痛不已。在微弱的曙光中拖着身子穿过树林真是一种折磨,其间还混杂着奇怪的羞愧感。他们彼此都保持着距离。蕾莎则尽可能远离理查德。

詹妮弗是唯一开口说话的人。"现在我们总算弄明白了。"她说道,口气中有种异样的满足感。

过了一整天,蕾莎脑袋里悸颤的疼痛和胃里的恶心感才消失。她独自待在房间里,等待着痛苦过去。尽管天很热,她整个身体却在发抖。

根本就没做任何梦。

"我希望你今晚和我一起去。"蕾莎说,这是她第十次,要不就是第十二次恳求了，"两天后我们都要去上大学了，这是最后的机会。我真的希望你去见见理查德。"

艾丽斯俯卧在自己床上。她那黯淡的褐色头发披散在脸旁。她穿了件昂贵的黄色丝绸衣服，是安·帕特森设计的连衫裤，衣服在膝盖处起了皱。

"为什么要去？我见不见理查德对你有什么要紧的？"

"因为你是我妹妹。"蕾莎说。她知道这比说"我的双胞胎妹妹"要好，没什么比那句话更能让艾丽斯立马火冒三丈的了。

"我不想去。"但过了一会儿，艾丽斯的神情变了，"哦，对不起，蕾莎，我并不想这么傲慢无礼。但……但我不想去。"

"不是去见他们所有人，只是见见理查德。就一个小时左右。然后你就可以回来收拾行李准备去西北大学。"

"我不去西北大学。"

蕾莎望着她。

艾丽斯说："我怀孕了。"

蕾莎坐到床上。艾丽斯转过身，把挡在眼前的头发拨开，大笑起来。蕾莎充耳不闻。"瞧你。"艾丽斯说，"好像怀孕的人是你似的。不过你永远不会，不是吗，蕾莎？除非到了合适的时间。你才不会呢。"

"怎么会发生这种事情呢？"蕾莎问，"我俩都把避孕套……"

"我拿掉了避孕套。"艾丽斯说。

"你想要怀孕？"

"你想骂我行为不端就骂吧。对此爸爸可就无能为力了。当然，除了取消我所有的信用卡，但我认为他不会那么做的，你说呢？"她又大笑起来，"即便是对我？"

"但是艾丽斯……为什么？不会只是想惹爸爸生气吧？"

"不是。"艾丽斯说，"可能你也猜到了，对吧？因为我想去爱点儿什么，某种属于我自己的、与这所房子没有任何关系的东西。"

蕾莎回忆起许多年前，自己和艾丽斯在温室里穿梭奔跑的情形，她和艾丽斯飞奔着在阳光下穿进穿出。"在这所房子里长大并没有那么糟糕。"

"蕾莎，你真蠢。我不明白一个如此聪明的人怎么会这么蠢。离开我的房间！出去！"

"但艾丽斯，一个婴儿——"

"出去！"艾丽斯尖叫着，"去你的哈佛吧！去一举成功吧！给我滚出去！"

蕾莎退缩着离开床边，"你疯啦！你失去理智了，艾丽斯。你不为以后着想，毫无计划，一个孩子——"蕾莎从不会生气太久。怒火渐渐平息，她的脑子一片空白。她默默地看着艾丽斯，艾丽斯突然伸出手臂，蕾莎迎上前让她搂着自己。

"你才是个孩子！"艾丽斯感叹说，"你就是个孩子。你是这么……我不知道该怎么说。你就是个孩子。"

蕾莎什么也没说。在艾丽斯的臂弯里的感觉是那么温暖,那么踏实,似乎又回到了当年两个孩子在阳光下跑来跑去的时光。"我会帮助你的,艾丽斯。如果爸爸不同意——"

艾丽斯猛地把她推开,"我不需要你的帮助。"

艾丽斯站起身。蕾莎揉搓着胳膊。艾丽斯朝一旁打开的空行李箱踹了一脚,那本来是为去西北大学准备的。然后她莞尔一笑,这是一个让蕾莎不忍再看的微笑。艾丽斯在用加倍的玩世不恭来振作自己,但她说出的话却非常温柔,"祝你在哈佛学习愉快!"

5

她爱上了这里。

从第一眼看见比美国独立的时间还长上半个世纪的麻省楼[1]，蕾莎就感觉到了在芝加哥时所缺失的东西：岁月，根，传统。她抚摸着韦德纳图书馆的墙砖，触摸着皮博迪博物馆的玻璃展示台，恍若它们就是圣杯。她对神话和戏剧从来就没有特别的感受：朱丽叶的痛苦有点惺惺作态；威利·罗曼[2]的痛苦不过是杞人忧天；只有亚瑟王为创造一个更好的社会秩序而斗争——这让她很感兴趣。如今，漫步在秋意浓郁的大树下，她突然瞥见一种力量，它跨越数代，超越财富，馈赠出不可想象的知识和功绩。跨越、坚持了数世纪的个人奋斗终将成功。她停下脚步，透过树叶缝隙仰望天空，仰望着那些充满意志的大厦。这一刻，她想到了父亲卡姆登，他硬是改变了整

---

①剑桥城最古老的建筑是哈佛园内的麻省楼，建于1720年。

②亚瑟·米勒著名的剧本《推销员之死》中的主人公。

个基因研究所的意向,根据自己的意愿创造出她。

一个月后,所有这些胡思乱想都被抛到一边。

即使对她而言,学习负担也重得难以承受。以前的索雷学校鼓励她按自己的步调独立探索,而哈佛则很清楚能从她这儿发掘出什么——以学校的步调发掘她。学院的领导在年轻时就惶恐地注意到日本经济的崛起。在过去二十年里,哈佛已经成为一个颇受争议的先驱者——因为它又回归到教授一些边缘内容,比如如何解决问题、如何使知识产生效率等上面。在来自世界各地的入学申请中,哈佛每两百人中只录取一个。英国首相的女儿因为第一年学习没通过测试,只能打道回府。

蕾莎在一栋新宿舍里有个单独的房间。住宿舍是因为她多年来一直在芝加哥离群索居,她渴望和别人交流;而选择单间是因为她不想在彻夜学习的时候打扰别人。在她入住的第二天,一个男孩信步从走廊逛了进来,靠在她的书桌边。

"这么说你就是蕾莎·卡姆登?"

"是的。"

"十六岁?"

"快十七了。"

"打算胜过我们所有人,我的理解是,'不费吹灰之力'?"

蕾莎的笑容消失了。这个男孩低垂着眉毛盯着她看。他正在微笑,目光犀利。通过理查德、托尼还有其他人,蕾莎已经能够分辨出这是一种表现鄙视的愤怒。

"是的，"蕾莎冷冷地说，"就是我。"

"你肯定吗？就凭你这蓬乱的短发下那突变异种的脑袋瓜？"

"咳，别惹她，汉纳维。"另一个声音响起。是个金发的高个男孩，他非常瘦，身上突出的肋骨看起来就像是在褐色沙地上划出的纹路。他穿牛仔裤，打着赤脚，站在那里弄干他的湿头发，"你就不能不四处瞎逛讨人嫌吗？"

"那你呢？"汉纳维问。他直起身，离开书桌，朝门口走去。金发男孩给他让路。蕾莎追了上去。

"我能比你做得更好——"蕾莎泰然地说，"——是因为我有你不具备的优势，包括不睡觉。等我超过你以后，我会很乐意帮助你准备考试的，这样你也能及格了。"

正在擦干耳朵的金发男孩大笑起来，但汉纳维一动不动地站着，他的神情让蕾莎不禁后退了几步。他一把推开蕾莎，怒气冲冲地跑开了。

"干得好，卡姆登。"金发男孩说，"他活该。"

"但我是说真的。"蕾莎说，"我会帮助他学习的。"

金发男孩放下毛巾瞪着她，"你想帮助他，不会吧？你当真？"

"是的！为什么人人都对此有所怀疑呢？"

"哦，"男孩说，"我没有。如果我学习上碰到困难你可以帮助我。"突然他笑了，"不过我不会有困难的。"

"为什么不会有?"

"因为我在任何方面都和你一样优秀,蕾莎·卡姆登。"

她打量着他,"你不是我们中的成员。不是无眠者。"

"用不着非是不可。我了解自己能做什么,努力、生存、创造、交易。"

她高兴地说:"你是个谷贝主义者!"

"当然。"他伸出手,"斯图尔特·萨特。一起去'亚德'吃鱼肉汉堡怎么样?"

"好极了。"蕾莎回答。他们一块走出去,兴奋地谈论着。当别人盯着她看时,她尽量不予理睬。她在这儿、在哈佛、在她面前有广阔的空间、时间去学习,还有和斯图尔特·萨特一样向自己挑战的人在身边。

她全身心投入自己的学业中。罗杰·卡姆登来看望过她一次,和她一起在校园里散步,一路微笑着倾听她的侃侃而谈。而卡姆登在这里也比蕾莎预想的更加自在。他认识了斯图尔特·萨特的父亲和凯特·亚当斯的祖父。他们谈论哈佛、商业、哈佛、谷贝经济研究所、哈佛。"艾丽斯怎么样了?"有一次蕾莎问,但卡姆登说他也不知道。艾丽斯已经搬出去了,不想看见他。他通过律师给了她一笔津贴。他说这些的时候神情黯然。

蕾莎和斯图尔特一起去参加返校节舞会。斯图尔特也主修法学预科,不过比蕾莎早读两年。蕾莎利用一个周末乘坐第三代协和式飞机,和凯特·亚当斯以及另外两个女友一起去了巴黎。她和斯图尔特争论超导电性是否和谷贝主义有异曲同工之处,真是一场傻气的讨论。他们都知道这有多愚蠢,但还是争辩起来,之后两人就成了情侣。以前蕾莎和理查德对性进行过笨拙的摸索,相较而言,斯图尔特在这方面则显得成熟老到得多。斯图尔特总是轻轻地微笑,教蕾莎如何获得快感。蕾莎被迷住了。"多幸福啊。"她说。斯图尔特温柔地看着她,蕾莎总感觉这股温柔中还夹杂着些许忧虑,但不知道原因。

她在大一的期中考试中获得了最高分,答对了试卷上的所有题目。于是蕾莎和斯图尔特外出喝啤酒庆祝。

等他们回到蕾莎的房间时,屋里一片狼藉:电脑被砸烂了,数据库被删除了,纸张和书籍被塞在一个金属废纸篓里闷烧,她的衣服被撕成碎片,书桌和梳妆台被劈成了两半。唯一没被动过、完好无损的是床。

斯图尔特说:"这些事不可能是悄无声息干下的,这层楼的所有人,还有楼下的肯定都知道。有人会报警的。"没人报警。蕾莎坐在床边,茫然无措地望着她在返校节舞会上穿的礼服变成的破布。第二天,戴夫·汉纳维朝她肆意地长笑一声。

卡姆登怒不可遏地飞来东部,他为蕾莎在剑桥城租了一间带电子安全系统的公寓,还配了一位名叫敏雄的保镖。卡姆登走后,蕾莎解雇了保镖,但留下了公寓。这里让蕾莎和斯图尔特有了更多私密的空间,他们就在这里无休止地争辩他们所面临的境遇,蕾莎确认宿舍发生的事只是有人一时糊涂犯下的。

"憎恨总是存在,斯图尔特。憎恨犹太人,憎恨黑人,憎恨移民,憎恨比你更积极更有尊严的谷贝主义者,我只是憎恨者的最新目标。这不新鲜,也不反常,这并不意味着睡眠者和无眠者之间势不两立。"

斯图尔特从床上坐起来,伸手拿过床头柜上的三明治,"难道不是吗,蕾莎?你们是完全不同的一类人。从进化角度看,你们更加适合生存,也更容易获得成功。你所提到的那些仇恨的对象在他们的社会中都是没有力量的,他们身处社会底层,而你们恰好相反。哈佛法学院的三个无眠者全都在《法律评论报》工作——三个全部。凯文·贝克,你们中年纪最大的,已经成功创办了一家生物软件公司并且正在盈利,赚了很多钱。每个无眠者都取得了辉煌的成绩,没一个有心理问题,身体都很健康,而你们大多数甚至都还没成年。一旦你们撼动了金融、商业的上层建筑,占据了大量高位,掌握了国家政权,想想你们会招致多少仇恨?"

"给我一块三明治。"蕾莎说,"我有证据证明你是错的,证据就是你自己,还有谷贝贤三、凯特·亚当斯、莱恩教授,以及我父亲。每个睡眠者都身处公平交易、双方得利的契约式世界里。你们相信通过多数有能力者之间的竞争引发的交易对所有人——不管是强者还是弱者——都是最有利的。在许多领域，无眠者正在为社会做真实具体的贡献，所创造的价值超过了我们造成的不便。我们对你们有益处，你们很清楚这点。"

斯图尔特掸掉床单上的面包屑，"对，我知道，谷贝主义者都知道。"

"谷贝主义者支配着商业、金融和学术领域，或者说他们会这么做。作为精英阶层，他们应该这么做。你低估了多数人，斯图。道德规范对旁观者是没有限制的。"

"我希望你是对的。"斯图尔特说，"因为，你知道，我爱上你了。"

蕾莎放下自己的三明治。

"快乐，"斯图尔特伏在她的胸口喃喃低语，"你就是我的快乐。"

回家过感恩节时，蕾莎告诉了理查德关于斯图尔特的事，理查德抿紧嘴唇听着。

"一个睡眠者。"

"一个人。"蕾莎说，"一个善良、聪明、进取的人！"

"你知道你那些善良、聪明、进取的睡眠者都做了些什么吗？珍妮已经被禁止参加奥运会滑冰比赛——'基因改造，就像滥用类固醇一样是丧失体育道德、卑劣的优势创造法'。克里斯·德弗罗已经离开了斯坦福大学，他们破坏了他的实验室，毁掉了两年来他在记忆信息蛋白质领域的所有研究成果。凯文·贝克的软件公司正在对付一场恶意的广告战。当然这些广告战都是秘密进行的,对方煽动说孩子们使用的是由非人类大脑设计出的软件,并诋毁说这些软件会对孩子们进行精神奴役,还说软件具有使人变得堕落邪恶的影响,说整个软件公司就是一出巫术骗局。醒醒吧,蕾莎!"

理查德一口气把话说完。时间一分一秒地过去,理查德像拳击手那样站着,足弓拱起,咬紧牙关。最后他极为平静地说:"你爱他吗?"

"是的,"蕾莎回答,"对不起。"

"这是你的选择。"理查德冷冷地说,"在他睡觉的时候你做什么? 一直盯着他看?"

"你把我说得像个变态。"

理查德一言不发。蕾莎深吸一口气,语速极快地说:"斯图尔特睡觉的时候我就工作,和你一样。理查德,别这样,我没想要伤害你,我也不想失去这个集体。我认为睡眠者和我们一样都是人。你想为此惩罚我吗? 你想要加深这种仇恨吗? 你要告诉我,我不能属于一个更广阔的世界,即便那个世界包括了那么多诚实的、值得为之付出的人,因为他们需要睡觉就得一概否定? 你要告诉我最重要的区别在于基因而不是经济上所蕴含的精神性? 你要强迫我做出选择,站在我们一边还是他们一边? 而你明知我可能口是心非。"

理查德摆弄着一根手链,蕾莎认出了它,是她送给理查德的。他的声音很平静,"不,这不是一个选择。"他把玩了一阵金色手链,然后看着她，"现在还不是。"

到了春天，卡姆登的行动更迟缓了，他要吃药控制血压和保护心脏。他告诉蕾莎他和苏珊要离婚了。"自从我们结婚以来，蕾莎，她就变了。你看到的，她本来具有独立性、创造性，开朗快乐，但几年后她就完全变了，成了一个泼妇，一个满腹牢骚的泼妇。"他非常困惑地摇头，"你看到了那种变化。"

蕾莎是看到了。她回忆起来，当年苏珊带着她和艾丽斯做"游戏"时——那些其实是大脑功能受控检查——苏珊的发辫在她闪亮的眼睛周围飞扬。艾丽斯也在那时爱上了她，就和蕾莎一样。

"爸爸，我要艾丽斯的地址。"

"在哈佛时，我就告诉过你我没有她的地址。"卡姆登说。他在椅子里换了个姿势，衰老的身体传达出不耐烦的信号。一月份，谷贝贤三因患胰腺癌去世，卡姆登很难接受这个事实，"我通过律师给她津贴。根据她的要求。"

"我要律师的地址。"

那个毫不通融的律师约翰·加沃斯基拒绝透露艾丽斯的行踪，"她不愿意被找到，卡姆登小姐。她想彻底断绝关系。"

"不是和我。"蕾莎说。

"正是和你。"加沃斯基说，他的神色变了，眼里流露出蕾莎曾在戴夫·汉纳维脸上看到的那种眼神。

蕾莎推迟了一天去学校,在回波士顿之前先飞到奥斯丁。凯文·贝克取消了和IBM公司的一个会议,接待了她。她告诉贝克自己的需要,贝克为她调遣来最好的网络数据人员。不出两小时,蕾莎就从加沃斯基的电子档案中查到了艾丽斯的地址。她意识到,自己这是第一次向一位无眠者求助,而且立刻就得到了帮助,不求回报。

艾丽斯住在宾夕法尼亚州。第二个周末,蕾莎租了辆飞行车,雇了个驾驶员——她已经学会开车,但只是那种在地面行驶的车——来到了阿巴拉契亚山脉的高桥村。

这是座偏僻的小村庄,最近的医院也在二十五英里①外。艾丽斯和一个名叫艾德的男人一起住在树林中的小屋里。那个男人比她大二十岁,是个沉默寡言的木匠。小屋里有水和电,但没有通信网络。早春的阳光下,冰冷的溪水冲刷着荒芜空旷的大地。艾丽斯已经有八个月身孕。他们显然生活拮据。

"我不希望你来这里。"她对蕾莎说,"你干吗要来?"

"因为你是我妹妹。"

"上帝,看看你。在哈佛他们就穿成这样?这种靴子?什么时候你才能变得时髦点儿,蕾莎?你总是忙于学习而不注意穿着。"

"怎么回事,艾丽斯?为什么你会在这儿?你在做些什么?"

"生活。"艾丽斯说,"远离亲爱的爸爸,远离芝加哥,远离颓丧酗

---

① 一英里约为一点六千米,二十五英里约四十千米。

酒的苏珊——你知道她酗酒吗？就像妈妈一样。爸爸总把人变成那样，但我不会被他影响。我逃脱了。不知道你会不会也这么做。"

"逃脱？就为了过这样的生活？"

"我很快乐。"艾丽斯愤愤地说，"难道这不正是我们所期望的吗？难道这不正是你那伟大的谷贝贤三的目标吗——通过个人努力得到快乐？"

蕾莎想说就她现在所见，艾丽斯并不快乐。但她没说出口。一只小鸡径直穿过小屋前的院子。屋后，蓝色雾霭中是层峦叠嶂的群山。蕾莎想象着这个地方冬季的景象，这里和人们为了目标而奋斗、学习的世界隔绝开来。

"我很高兴你能快乐，艾丽斯。"

"是吗？"

"是的。"

"那么我也很高兴。"艾丽斯几乎是挑衅地说。接着她突然抱住蕾莎，非常用力，她隆起的大肚子顶在两人中间。艾丽斯头发的气味很好闻，有股阳光下青草的清新味道。

"我会再来看你的，艾丽斯。"

"不用了。"艾丽斯说。

6

"无眠者杂种请求恢复被篡改的基因!"便利店的报刊亭高声播放着报纸的新闻标题,"'请让我像真正的人那样睡觉吧!'一个孩子在恳求。"

蕾莎输入信用卡号码,按下新闻报刊亭的按钮,等待报纸输出——其实她通常是不理会这些电子小报的。标题继续在循环播出。便利店里一个正在往货架上码放盒子的员工停下来,看着她。布鲁斯,蕾莎的保镖,也看着那个员工。

蕾莎二十二岁了,今年是她在哈佛法学院的最后一年,她现在是《法律评论报》的编辑。在毕业班上她的成绩无疑仍是头名。她最有力的三个竞争者是乔纳森·科基亚拉、列恩·卡特和玛莎·文茨。全都是无眠者。

她在公寓里浏览了这份电子小报,然后进入奥斯丁的"组织网",网站上有更多关于那个孩子的新闻故事,以及来自其他无眠者的评论。就在她想调出相关内容的时候,凯文·贝克正好上线,并通过语音和她取得联系。

"蕾莎,真高兴你在线上,我正要找你。"

"斯特娜·贝温顿的情况怎么样,凯文? 派人去调查过了吗?"

"派了兰迪·戴维斯去。他是芝加哥人,但我想你没见过他,他还在读高中,住在帕克瑞奇。斯特娜住在斯科奇。斯特娜的父母不肯和兰迪交谈——事实上他们满口脏话——但兰迪还是设法和斯特娜见过面了。看起来不像是虐童案,只是寻常的愚蠢行事。父母想要个神童,为此节衣缩食地攒钱,现在神童真来了他们却接受不了。他们朝她吼叫,要她睡觉,当她不听话时就冷落她,但迄今为止没使用过暴力。"

"精神虐待可以起诉吗?"

"我想还没到对簿公堂那一步。我俩会和斯特娜保持密切联系。斯特娜有调制解调器,她没有告诉父母我们这个网络的事。兰迪会每周开车去她那儿一次。"

蕾莎咬了咬嘴唇,"小报上说她只有七岁。"

"是的。"

"也许她不应该留在那儿。我是伊利诺伊州的居民,如果凯蒂事务太多的话,我可以在这儿申请虐待案……"才七岁的孩子。

"不,我们再看看。斯特娜也许会很好,你知道的。"

确实如此。不管社会上那些愚笨家伙如何攻击无眠者,大家几乎都过得很好。那些攻击者不过是一部分愚众——蕾莎自我安慰地想道——他们的数量和地方少数民族一样稀少,大多数人能够、也会调整适应无眠者逐渐增加的现实,只要大家能清楚地看到无眠者的存在不仅增强了国力,而且为整个国家获取了利益。

凯文·贝克现年二十六岁,靠微芯片发了笔财,这种芯片如此先进,以至于人工智能这个曾经有争议的梦想正逐年接近现实。卡罗林·里佐罗,二十四岁,其撰写的剧本《晨光》赢得了普利策戏剧奖。杰里米·罗宾森还在斯坦福大学读研究生时就完成了意义非凡的超导电性的应用课题。威廉·塞恩在蕾莎刚到哈佛时就是《法律评论报》的编辑,现在供职于一家私人法律事务所。他从没打输过一场官司,现年不过二十六岁的他所接受的案子也越来越重要,相对年纪而言,他的客户更看重他的才干。

但不是每个人都和蕾莎持有同样的看法。

凯文·贝克和理查德·凯勒建设起来这个数据网,以便把无眠者紧密团结在一起,同时便于关注每个人的情况。蕾莎·卡姆登则从财力上资助合法的斗争:为那些父母没能力供养的无眠者提供教育经费,帮助那些遭受精神虐待的孩子们。朗达·拉维列是一位有资质的领养人,她住在加利福尼亚。只要有需要,组织就会安排朗达照顾那些脱离原来家庭的年幼无眠者。现在组织里有三名注册律师,而明年之内会有五名以上的律师分别在五个不同的州注册开业。

　　曾经有一次，他们没法让一个遭受虐待的无眠者孩子脱离他的家庭，于是就绑架了这个孩子。

　　孩子名叫提米·德马佐，今年四岁。蕾莎反对这项行动。她曾质疑这项行动的道德意义及其将会产生的效果。她觉得如果相信自己的社会、相信法律，并且作为参与自由交易的具有生产力的个体，从属于这个社会，就必须接受社会契约性法律的束缚。绝大多数无眠者都是谷贝主义者，他们应该清楚这点。另外，要是被FBI抓住，法庭和媒体会把他们生吞活剥的。

　　结果他们没有被抓住。

　　提米·德马佐还太小，不懂得上"组织网"寻求帮助，组织成员是从凯文公司做技术支持的警察记录自动程序中获悉他的情况的。提米被他们从位于维奇塔的自家后院中偷了出来。接下来，提米一直过着与世隔绝般的生活，不过只要有调制解调器在，就不会有与世隔绝的地方。他由一位领养人照顾，那是位一辈子都住在当地、法律资质上完全无懈可击的养母。这个女人非常开朗，是一位无眠者的表妹，而且头脑比她外表所表现出的要聪明得多。她是个谷贝主义者。

　　任何数据库上都没有关于这个孩子存在的记录：美国国税局没有，学校没有，甚至当地杂货店的电脑收银系统上也没有。为这个孩子专门采购的食物每月由一辆货车送来，车主是宾夕法尼亚州立大学的一个无眠者。在美国出生的所有三千四百二十八个无眠者中,二千六百九十一个人通过网络和组织保持联系,另外的人中有七百零一个年纪还太小,不会使用调制解调器,还有三十六个因为种种原因没有加入组织。组织里的其中十个人了解这次绑架事件。

这一次绑架事件是由托尼·英迪维诺策划的。

"我想和你谈谈托尼。"凯文对蕾莎说,"他又开始了。这次他是认真的。他在买地。"

蕾莎把报纸叠成很小的一块,轻轻放在桌上,"在哪儿?"

"阿勒格尼山脉,纽约州南部。一大片地。他现在正在修公路。到春天就开始造第一栋建筑。"

"詹妮弗·沙里夫还在资助他?"自那次在树林里喝催眠剂已经过去六年了,但那晚的情景蕾莎仍感觉历历在目。想必詹妮弗·沙里夫也是如此。

"是的,她有钱做这些事。托尼开始有追随者了,蕾莎。"

"我知道。"

"给他打个电话。"

"我会的。随时告诉我关于斯特娜的情况。"

她为《法律评论报》工作到午夜,接着准备自己的功课到凌晨四点。早上四点到五点她为组织处理一些法律事务。早上五点,她给托尼打了电话。托尼仍待在芝加哥。他早已经完成了高中学业,现在在西北大学攻读。圣诞假期中,他和母亲爆发了一场冲突,起因是他母亲强迫他像睡眠者那样生活。在蕾莎看来,这场冲突永远不会结束。

"托尼吗？我是蕾莎。"

"我知道你会问哪些问题，我对这四个问题的回答是：是的。是的。不。还有——见鬼去吧！"

蕾莎咬了咬牙，"很好。现在告诉我，你认为我会问什么问题？"

"'你真的要让无眠者退缩到他们自给自足的小社会中吗？''詹妮弗·沙里夫愿意资助建造一座有一定规模的小城市吗？''你不认为这是对大家的蒙骗吗？''原本通过耐心同化是可以让组织进入主流社会的。生活在一座武装起来的孤立城市中，却还要和外界进行贸易，如何解决这个矛盾呢？'"

"换作我，就不会对你说'见鬼去吧'这种话。"蕾莎说道。

"你还真伟大啊。"托尼说。过了一会儿，他加了句，"对不起，我说那些脏话反倒让自己像那些愚民的一员了。"

"你要建造城市的想法是错误的，托尼。"

"谢谢你没说我实现不了。"

蕾莎不想去猜测他能否实现得了，"我们不是一个隔离的种群，托尼。"

"这话对睡眠者说去吧。"

"外面是有仇视者，仇视者总是存在的，但放弃……"

"我们没有放弃。我们创造的任何东西都可以进行自由贸易：软件、硬件、小说、信息、学说、辩护律师。我们可以自由进出。这样我们会有一个安全的地方可以回去,那里没有那些吸血鬼——这帮家伙仅仅因为我们比他们优秀,就以为我们欠他们一切。"

"这不是欠不欠的问题。"

"真是这样吗?"托尼说,"让我们好好讨论一下,蕾莎,彻底地讨论一下。你是个谷贝主义者,你相信什么?"

"托尼……"

"说啊。"托尼说。他的声音让蕾莎仿佛又看到了十四岁时候的托尼,理查德正在把他介绍给她。与此同时,她仿佛看见了父亲,不是他现在做过心脏搭桥手术后的模样,而是蕾莎还是个小姑娘时,他抱蕾莎坐在自己腿上,向她说明她很特殊时的样子。

"我相信自愿的贸易是双方得利的。只有当一个人依靠自身努力生存下来的时候,他才能获得精神上的尊严;只有当他们的劳动成果通过社会的相互合作进行交易的时候,他才能获得精神上的尊严。而这种尊严的标志就是契约。为了能进行最全面、最有利的交易,我们彼此需要。"

"很好,"托尼顿了一下,"那么关于西班牙的乞丐呢?"

"什么?"

"假如在一个国家,比如西班牙,你走在一条大街上,看见一个乞丐,你会给他一块钱吗?"

"有这个可能。"

"为什么? 他没东西和你交换,他一无所有。"

"我知道,只是出于好意和同情。"

"假如你看见六个乞丐,你会给他们每人一块钱吗?"

"也许吧。"蕾莎说。

"你会的。但假如你看见了一百个乞丐,而你又不像现在这么有钱,你还会给他们每人一块钱吗?"

"不会。"

"为什么不会?"

蕾莎按捺住性子。很少有人会令她有挂断电话的冲动,而托尼就是其中之一。"这样会耗尽我的财产。我挣的钱首先得保证自己的生存。"

"好的。现在考虑一下这个,在生物研究所——你和我开始的地方,亲爱的义姐①——梅林博士昨天已经——"

"谁?"

"苏珊·梅林博士。哦,老天,我都忘了她曾经嫁给你的父亲!"

"我和她失去了联络。"蕾莎说,"我没想到她又回去搞研究了。艾丽斯曾说过……没什么。研究所怎么了?"

"——公开了两件至关重要的事。第一,已经对卡拉·达彻怀孕一个月的胎儿做了基因分析。'不眠'基因是显性的,会遗传给下一代并发挥作用。无眠者的后代也不会睡觉。"

"这个我们都知道了。"蕾莎说,卡拉·达彻是世界上第一个怀孕

①因为蕾莎和托尼是在同一家研究所诞生的,所以托尼称蕾莎为义姐。这里托尼有嘲讽之意。

的无眠者,她的丈夫是个睡眠者,"全世界都盼着呢。"

"总之,媒体有忙的了,等着瞧吧。他们会打上标题,'杂种后代!''下一代孩子开始新的竞争!'"

蕾莎没有否认,"那第二件事呢?"

"是件伤心事,蕾莎,我们中第一次有人去世了。"

她的胃抽紧了,"是谁?"

"伯尼·库恩。他住在西雅图。"她不认识他,"是起交通事故。事情很明了,在一处险峻的弯道上他的刹车失灵了,车失去了控制。他刚驾车几个月,才十七岁。但意义在于,他的父母把他的大脑和身体捐给了生物研究所。研究所正在与芝加哥医学院病理系合作,他们打算给他做解剖,头一次可以好好看看无眠基因对身体和大脑到底有什么影响。"

"他们应该会这么做的。"蕾莎说,"可怜的孩子。但你害怕他们会发现什么?"

"我不知道,我不是医生。但不管那会是什么,只要仇视者能利用它来对付我们,他们就会那么做的。"

"你太多疑了,托尼。"

"绝非如此。无眠者的性格比普通人更冷静,对现实更乐观。你不是读过相关的文献吗?"

"托尼——"

"如果你走在西班牙的大街上,有一百个乞丐都向你讨一块钱,你不给。他们没有东西和你交换,但他们很无耻,对你拥有的东西怒火中烧,他们把你打倒在地,抢走钱,然后因为纯粹的嫉妒和绝望揍你一顿,你怎么看待此事?"

蕾莎没有回答。

"你打算说那不是人会干得出的事,是吗,蕾莎? 不可能发生那种事?"

"会发生。"蕾莎平静地说,"但不会经常发生。"

"胡说,多读点历史吧,多读点报纸。问题在于,你欠那些乞丐什么? 真心相信互利契约的谷贝主义者面对没有任何东西可供交换、只想一味索取的人应该怎么办呢?"

"你不是——"

"怎么样,蕾莎? 请你从最客观的角度考虑,我们欠那些只会索取、不会创造的寄生虫什么吗?"

"我先前已经说了:好意,同情。"

"即使他们没有东西可以回报? 为什么?"

"因为……"她闭上了嘴。

"为什么? 为什么遵纪守法、辛勤工作的人亏欠那些既不创造也不守法的人? 有什么哲学、经济或精神上的正当理由证明我们欠他们东西? 坦白承认吧。"

蕾莎把头搁在膝盖间。这个问题让她无言以对,但她不准备逃避,"我不知道。我只知道我们应该这么做。"

"为什么?"

她没回答。过了一会儿,托尼开口了,他声音里那种雄辩时的挑衅语气已经消失,他几乎是温柔地说:"春天的时候你过来吧,来看看庇护所。那时楼房就会建造起来了。"

"不。"蕾莎说。

"我希望你来。"

"不,武装撤退并不是办法。"

托尼说:"乞丐们正变得越来越无耻,蕾莎。而无眠者正变得越来越富有。我指的并不是金钱。"

"托尼——"蕾莎欲言又止。她不知道该说什么。

"别老拽着谷贝贤三的那套大道理不放了。"

三月,一个寒意逼人的三月天,寒风沿着查尔斯河呼啸而过,理查德·凯勒来到了剑桥城。蕾莎已经有三年没见过他了。他在"组织网"上并没对蕾莎说要过来。而蕾莎此刻正步履匆匆地赶回自己的公寓。她用红色羊毛围巾蒙住头,只露出眼睛,抵御飞雪天的寒冷,他则站在上锁的门口。蕾莎身后的保镖警觉起来。

"理查德! 布鲁斯,没事,是我的一个老朋友。"

"你好,蕾莎。"

他长得更魁梧了,相貌更为刚毅,还有一副蕾莎从前不曾留意到的宽肩膀。不过脸还是理查德的脸,苍老了些,但没变,低低的黑眉毛,桀骜不驯的黑发,还留了胡子。

"你还是那么美。"他说。

进到屋里,蕾莎递给他一杯咖啡。"你来这儿出差?"她通过"组织网"了解到理查德完成硕士学业后,在加勒比海做海洋生物学方面的研究工作,而且干得相当出色,但一年前离开了那里,也从网络上消失了。

"不是,高兴就来了。"他突然笑起来,往日的熟悉笑容又在他黝黑的脸上绽开,"我几乎忘了已经过了这么久。满足,是的。我们善于在持续的工作中获得满足。但快乐呢? 冲动呢? 奇思怪想呢?你最近一次做傻事是什么时候,蕾莎?"

蕾莎微笑着,"我一边淋浴一边吃棉花糖的时候。"

"真的? 为什么要那么做?"

"想看看棉花糖会不会融化成粉红色的黏液。"

"它融化了吗?"

"是的。非常可爱的粉红色。"

"那是你最近一次做的傻事? 什么时候做的呢?"

"去年夏天。"蕾莎大笑着说。

"哦,那我要比你晚些。就是现在。我来波士顿没别的理由,就是一时兴起想来看你。"

蕾莎停止大笑,"这个'一时兴起'听着有些严肃,理查德。"

"是的。"他严肃地说。蕾莎再次哈哈大笑,但他没有笑。

"我去了印度,蕾莎,还有中国、非洲。主要是思考,还有观察。一开始,我乔装成睡眠者旅行,以免引起注意。然后我去见在印度和中国的无眠者。他们人数很少,你知道,那里很少有父母来美国做这种手术,但那里的人都接受了他们,没人被孤立。我不明白为什么经济相对更为发达的美国却积累起越来越深的仇恨。"

蕾莎问:"你找到答案了吗?"

"没有。不过通过观察那些地方,我找到了另外一些东西——我们太强调个人主义了。"

蕾莎心中倍感失望。她仿佛看见了父亲的面庞:超凡就是它的价值,蕾莎,而超凡要靠个体的努力……她伸手去拿理查德的杯子,"再来点咖啡吗?"

理查德抓住她的手腕,抬起头看着她的脸,"别误解我的意思,蕾莎,我不是指工作,而是指我们在生活的其他方面太个人主义了。感情上太过理性,太过孤立。其实孤立抹杀了很多东西,它抹杀了快乐。"

他没有放开蕾莎的手腕。蕾莎低头望着他的眼睛,凝视着她以前从没看到过的眼眸深处。这种感觉仿佛是目光深入到矿井坑道,既眩晕又害怕,因为知道在底部的可能是黄金也可能是黑暗深渊——或者两者皆有。

理查德温柔地说:"斯图尔特呢?"

"我们结束了,已经分手很久了。"她的声音听起来都不像是自己的。

"凯文呢?"

"不,从来没有——我们只是朋友。"

"不会吧。有其他人?"

"没有。"

他这才松开手。蕾莎羞赧地瞄着他。他突然笑起来,"高兴点儿,蕾莎。"她的脑海里响起一声回音,但她故意将其忽略,随即声音消失了。她也笑起来,笑声轻快又甜蜜,让人不觉联想到轻盈的气泡和夏天粉红色的棉花糖。

"回家来,蕾莎。他的心脏病又犯了。"电话里,苏珊·梅林的声音很疲惫。

蕾莎问:"有多严重?"

"大夫们还不能确定,或者说他们无法确定。他想见你。你能请假吗?"

现在是五月,是她毕业考试最后的冲刺阶段。之后还有《法律评论报》的校对工作。理查德开始从事一项新业务:一直令波士顿渔民头大的交替洋流总是不期而至,理查德为他们做海洋学咨询,一天要工作二十个小时。"我会回去的。"蕾莎说。

芝加哥的天气比波士顿冷,树木才刚开始发芽。父亲宅邸东面是密歇根湖。蕾莎发现苏珊就住在这栋房子里,她的化妆刷搁在卡姆登的梳妆台上,她的杂志放在大厅的书柜上。

"蕾莎!"卡姆登叫道。他看上去老了,苍白的皮肤,深陷的双颊,焦躁迷惑的眼神,而这个男人曾坚信力量就像空气,和生命须臾不可分离。在房间一角的一张十八世纪的小摇椅上,坐着个矮小粗壮、梳着褐色发辫的女人。

"艾丽斯?"

"你好,蕾莎。"

"艾丽斯,我找过你……"不该提起这事,蕾莎有些后悔这么说,因为艾丽斯并不想被找到,"你好吗?"

"我很好。"艾丽斯说。她态度温和,但似乎有些疏远,不同于六年前在偏僻的宾夕法尼亚群山里的那个愤怒的艾丽斯。卡姆登在床上痛苦地动了动,他那明亮的蓝色眼眸注视着蕾莎。

"我叫艾丽斯来的。还有苏珊。苏珊来了有一阵子了。我要死了,蕾莎。"

没人驳斥他的话。因为蕾莎知道父亲向来懂得面对事实,所以她保持着沉默。对亲人的爱让她胸口作痛。

"约翰·加沃斯基持有我的遗嘱,你们都不得违背。但我想亲口告诉你们遗嘱的内容。几年前我就开始变卖财产,兑换成现金,现在我的大部分财产都可以自由支取了。我把其中的十分之一给艾丽斯,十分之一给苏珊,十分之一给伊丽莎白,剩下的都给你,蕾莎,因为你是唯一有能力使用这笔钱、并让它发挥最大潜力以获得成功的人。"

蕾莎激动地望着艾丽斯，对方则用陌生淡泊的冷静目光凝视着她，"伊丽莎白？我的——母亲她还活着？"

"是的。"卡姆登回答。

"你告诉过我她已经死了！在很多很多年以前！"

"是的，我以为这样对你会比较好。她不喜欢你，她嫉妒你的一切，她没什么能给你的。她唯一会给予你的只是情感上的伤害。"

西班牙乞丐……

"错了，爸爸，你错了，她是我的母亲……"她说不下去了。

卡姆登没有畏缩，"我认为自己没做错。但你现在是成年人了，如果你愿意，可以去看望她。"

卡姆登继续用那双明亮、深陷的眼睛望着蕾莎，蕾莎觉得周围的空气突然凝滞了。父亲对她撒了谎。苏珊仔细地打量着她，嘴角浮现出一抹浅浅的笑意。不知道苏珊是因为卡姆登在女儿心目中的地位有所动摇而高兴呢，还是在嫉妒他们父女间的关系，嫉妒蕾莎……

蕾莎像托尼一样思考着。

那些想法在她脑海里只盘桓了一小会儿。她继续注视着卡姆登，而对方的目光也执拗地回瞪过来，毫不动摇——这个男人即使在生命垂危之际仍坚持认为自己是正确的。

艾丽斯的手搭在蕾莎的胳膊上，"他现在已经说完了，蕾莎。"声音很轻,除了蕾莎谁都没听见。

两年前,艾丽斯和丈夫带着儿子住到了加利福尼亚。她丈夫叫贝科·沃特罗斯,一个建筑承包商,他们是在加州人工岛上的旅游胜地等待空餐桌时结识的。贝科收养了乔丹[1],艾丽斯的儿子。

"认识贝科前真是段糟糕的日子。"艾丽斯用她疏离淡漠的语气说,"你知道,在怀乔丹的时候我经常梦见他会是个无眠者,就像你。每晚我都做这个梦,不过等我一早醒来,因为妊娠反应呕吐时,我想他只会成为像我这样一无是处的笨蛋。我和艾德在一起,在阿巴拉契亚山脉,记得吗?你曾去那里看过我一次。我和他在一起有两年多。他揍我,我却很高兴。我希望爸爸能看见,起码艾德在碰我。"

蕾莎喉咙里挤出一点声音。

"我最终离开是因为担心乔丹。我去了加利福尼亚,一年里什么都不做,只是吃。我的体重增加到一百九十磅。"据蕾莎估计,艾丽斯身高五英尺[2]四英寸,"然后我回来看望母亲。"

"你没告诉过我。"蕾莎说,"你知道她还活着,却不告诉我。"

"她半数时间都在一家戒酒中心。"艾丽斯用冷冰冰的语气简洁地说,"如果你去看她,她是不会见你的。但她见了我,激动得语无伦次,认为我才是她'真正'的女儿。然后她把污物吐在了我的裙子

---

①美国法律规定,只有办理过收养手续,继父和继子之间才能成为真正的父子关系。

②一英尺等于三十点四八厘米。

上。我从她身边退开，望着那条裙子，清楚这裙子活该被吐脏，因为它太难看了，实在太难看了。她开始叫嚷着爸爸如何毁了她的生活，毁了我的生活，全都因为你。你知道我做了什么吗？"

"做了什么？"蕾莎问，她的声音在颤抖。

"我回家，烧掉了所有的衣服，找了份工作，开始上大学，减了五十磅体重，让乔丹接受游戏疗法①。"

姐妹俩默默地坐着。窗外是一片幽暗的湖水，间或有月光或星光将其照亮。蕾莎突然打了个寒战，艾丽斯拍拍她的肩膀。

"告诉我……"蕾莎不知道自己想要听到什么，也许她只是想在黑暗中听到艾丽斯的声音。艾丽斯现在的态度温和却又疏远，她不再遭受蕾莎的存在所带给她的伤害？蕾莎的存在本身就是伤害，"告诉我乔丹怎么样了。他现在五岁了吧？长得什么样？"

艾丽斯转过头，面无表情地看着蕾莎的眼睛，"他是个快乐、平凡的小男孩。非常非常普通。"

一星期后卡姆登去世了。葬礼结束后，蕾莎到布鲁克菲尔德戒酒戒毒中心，想要看望母亲，结果她被告知，伊丽莎白·卡姆登除了她唯一的孩子艾丽斯·卡姆登·沃特罗斯，谁都不见。

一袭黑衣的苏珊·梅林开车送蕾莎去机场。苏珊故作轻松地和蕾莎谈论她的学习，谈论哈佛和《法律评论报》，蕾莎只用单音节作

---

①用游戏的方式来治疗一些心理疾病。

答。但苏珊继续提问,并非常固执地坚持要得到答案。蕾莎什么时候参加律师资格考试?她去哪儿面试找工作?渐渐地,蕾莎从麻木中恢复了过来——自从父亲的棺木被缓缓放进墓穴中,她就一直浑浑噩噩的。她意识到苏珊不停地问问题是出于善意。

"他让很多人成了牺牲品。"蕾莎突然说。

"我没有成牺牲品。"苏珊说,"也许只有一阵子,在我放弃工作去协助他时。罗杰并不太欣赏奉献精神。"

"他错了吗?"蕾莎说,她的提问显露出本不想示人的绝望。

苏珊悲哀地微笑,"不,他没错。我从来就不应该放弃我的研究。我花了很长时间才找回自我。"

他就是那样对待别人的,蕾莎听见自己脑海里的声音。她第一次感到了迷惘。她似乎又看见父亲在以前的温室里——现在那里已经空置了——栽种他喜爱的异国花卉。

她累了。她知道这是压力下肌肉产生的疲劳感,休息二十分钟就能恢复。她还不习惯流泪,眼睛会因为泪水而灼痛。她把头向后靠在车座靠背上,闭上了双眼。

苏珊把车径直开到机场停车场的深处,熄了火,"有点事我要告诉你,蕾莎。"

蕾莎睁开眼睛,"是关于遗嘱吗?"

苏珊匆匆一笑,"不是。你真的不用为他这样分割财产感到抱歉,好吗?这对你很合理。我要说的不是这个。生物科技研究所和芝加哥医学院的研究小组已经完成了对伯尼·库恩大脑的分析。"

蕾莎把头转向苏珊,她被苏珊脸上的复杂表情吓了一跳。苏珊的表情中掺杂了决断、满意、愤怒,还有蕾莎形容不出的其他东西。

苏珊说:"下星期我们要在《新英格兰医学杂志》上公布分析结果。目前采取了极为周到严密的保密措施,不会向大众媒体提前泄露一丝一毫。但我想现在就告诉你,亲口告诉你我们所发现的,让你有所准备。"

"说吧。"蕾莎说,她感觉自己的胸口绷紧了。

"你还记得你和其他无眠者喝白细胞介素1、想看看睡着是什么感觉的那件事吗?就在你十六岁那年。"

"你怎么知道这个的?"

"其实你们这些孩子被看守得非常紧,其程度比你们以为的还要严密。还记得你的头痛吗?"

"是的。"她和理查德、托尼、卡罗尔、詹妮弗,还有珍妮——她被奥委会拒绝后就再没滑过冰,现在在蒙大拿的比尤特城做幼儿园教师。

"我要和你谈的就是白细胞介素1。至少我要谈到的部分内容和它有关。它是促进免疫系统的一套完整的物质组成之一。它刺激抗体的生成,激发白细胞的活性,而且具有增强各种免疫机能的作用。普通人在慢波睡眠中会释放大量的白细胞介素1,那就意味着他们,以及我们,在睡眠的时候,免疫系统将得到促进。二十八年前我们这些研究者疑惑的问题之一就是:无眠儿童无法获得大量的白细胞介素1,他们会不会更容易经常生病?"

"我从没生过病。"蕾莎说。

"不,你生过。你在快五岁的时候得过水痘和三次小感冒。"苏珊精确地说,"但总的来说,你非常健康。所以研究者们得出了和'睡眠促使免疫系统增强'相反的理论。免疫系统之所以增强,实际上是为了对付睡眠,因为在睡眠中身体更加脆弱,更容易得病,也许这种增强以某种方式影响到了快速眼动睡眠中人体体温的波动。换句话说,睡眠导致免疫系统更容易遭受攻击,于是产生了像白细胞介素1这样的内热原①来抵抗。睡眠才是罪魁祸首,免疫系统增强是解决之道。没有睡眠,就没有了问题。你能够跟上这个思路吗?"

"没问题。"

"你当然能跟上,这个问题我问得真傻。"苏珊把发丝从脸上撩开。她两鬓的头发已经花白,右耳下有块很小的黄褐斑。

"这么多年来我们收集了成万,也许是成百万张你们这些孩子的单光子大脑断层扫描图片,无数张脑电图记录,还有脑脊髓液的样本,等等。但我们不能真正看到你们大脑的内部,无法真正了解里面的情况,直到伯尼·库恩撞上了那道防护栏。"

"苏珊,"蕾莎说,"请直截了当地告诉我,别再拐弯抹角了。"

"你不会变老。"

①可以使温度升高的一种物质。白细胞介素1可以使体温升高以便杀死病毒,所以它是一种内热原。

"什么？"

"哦，外表上看，会有一点老——因为地球引力作用会导致肌肉下垂，也许吧，不过睡眠肽①的缺乏和其他一些东西以我们不知道的某些方式影响着免疫和组织修复系统。伯尼·库恩有完美的肝脏、完美的肺、完美的心脏、完美的淋巴结、完美的胰腺和完美的延髓②。不单单是健康，或年轻——而是完美。组织再生功能加强了，显然它源自免疫系统的运转，但它又和我们所揣测的有根本上的区别。器官没有任何耗损，甚至连在一个十七岁少年身上可能出现的最小损伤都没有，它们进行着自我修复，非常完美地、持续不断——不断地。"

"能持续多长时间？"蕾莎轻声问。

"谁知道呢？伯尼·库恩还很年轻。也许存在某种补偿机制，这种机制就犹如一条悬挂着道林·格雷③画像的长廊，一旦触动到某一点，就会完全崩溃。但我不这样认为。我也不认为组织修复会永远继续下去，没有哪个组织再生系统能做到这点。不过它应该会持续很长很长时间。"

蕾莎注视着倒映在挡风玻璃上的模糊影像。她仿佛看见父亲躺在灵柩中，头枕着蓝色绸缎，周围放了一圈白色玫瑰花。他的心

---

①一种影响睡眠的自然或人工的合成物。

②居于脑的最下部，与脊髓相连，其主要功能为控制呼吸、心跳和消化等。

③奥斯卡·王尔德的小说《道林·格雷的画像》中的主人公。他让肖像代替自己衰老，本人则永葆青春。当他欲用刀毁掉画像时，死的却是自己。

脏,那不能修复的心脏,已经停止跳动了。

苏珊说:"就这点而言,未来是不可知的。我们知道睡眠肽促使普通人入眠,这种肽的结构类似细菌的细胞壁。也许在睡眠和病原体的容受性之间存在某种关联①,我们还不清楚。但是,那些小报是绝不会置若罔闻的。我想让你有所准备,因为你会被称为'超人''完人''妇孺皆知的家伙''长生不老的人'。"

两个女人沉默不语地坐着。最后蕾莎说:"我要去告诉其他人,通过我们的网络。别担心保密问题。是凯文·贝克设计的'组织网',没人能知道我们不想让他们知道的事。"

"你们现在已经有完善的组织了?"

"是的。"

苏珊的嘴动了动,偏过脸去,"我们最好进去,否则你要误飞机了。"

"苏珊……"

"什么?"

"谢谢。"

"别客气。"苏珊说。从苏珊的声音里,蕾莎听出了在她脸上觉察到的、但一时又叫不上来的东西:渴望。

组织再生。很长很长时间。在飞往波士顿的航班上,蕾莎的耳

---

①此处指睡眠肽可能是一种古老病毒的残余,睡眠更类似于疾病。

畔时时响起这些话,她感觉激动不已。组织再生。最后结果:永生。不,不是那样的,她严厉地告诫自己。不是那样。可偾张的血液不听她的话。

"你笑得好开心。"在头等舱内,她旁边座位上的男人说道,他是个商务旅行者,没有认出蕾莎,"你刚在芝加哥参加完盛大派对吗?"

"不,是一个葬礼。"

那人先是震惊,继而露出反感嫌恶之色。蕾莎看着窗外,望着渐渐远离的地表。田野整齐得像一张张索引卡片。地平线之上,松软的白云像大团大团锦簇的异国花卉,在充满阳光的温室内怒放。

这封信并不比其他纸质信件厚,但手写的纸质信件对他俩中的任何一个来说都十分少见,这种物品让理查德很担心,"可能是炸弹。"蕾莎看着放在客厅书柜上的这封信。"蕾莎·卡姆拉小姐收"。粗体字,有错字。

"看起来像是小孩子的笔迹。"她说。

理查德叉开两腿站着,低下头,脸上露出疲倦神色,"也许是故意冒充孩子的笔迹。他们大概想到你可能更愿意打开一封小孩写来的信。"

"他们? 理查德,我们是不是疑心太重了?"

他没有回避这个问题,"是的。从邮件炸弹出现时开始。"

一星期前,《新英格兰医学杂志》发表了苏珊谨慎严肃的文章。

文章见刊一小时后,广播和网络上的新闻报道就炸开了锅:有猜测的、有构思出剧本的、有愤怒的、有害怕的。通过"组织网",蕾莎、理查德和所有的无眠者分别追踪分析了这四种反应,以找出哪种反应占主导地位——猜测("无眠者也许能活几个世纪,这会导致随之而来的问题……"),剧本("如果一个无眠者只找睡眠者结婚,那么他的超长寿命可以让他一辈子接连娶上一打新娘,每次结婚再生上一打小孩,一个多么混乱的混合家庭……"),愤怒("篡改自然规律只会带给我们非自然的所谓的人,他们拥有不公平的时间优势,他们有时间繁衍出更多的血缘后代,拥有更多力量、更多我们无法知晓的财富……"),害怕("超级种族会在多么短的时间内就统治世界?")。

"他们都在害怕,只不过是换一种形式而已。"卡罗林·里佐罗最后说道。"组织网"停止了识别追踪。

蕾莎正在参加她在法学院最后一年的期末考试。每天闲言碎语都跟着她来到校园——从走廊到教室。每天她都在令人筋疲力尽的考场上忘却它们——在这里,所有学生都被还原成为这所伟大学府里身份相同的求学者。考试结束后,她忍受着暂时的疲惫不堪,默默无语地走回公寓,和理查德见面,上"组织网"。一路上,她注意到了人们看她的眼神,注意到她的保镖布鲁斯大步流星地走着,把她和人群隔开。

"会平静下来的。"蕾莎说。理查德没有吱声。

得克萨斯州的盐泉镇通过了一项地方法令：无眠者不能领取贩酒执照。在这块土地上，公民的权利建立在《独立宣言》所说的"人人生来平等"的基础上，但无眠者显然没被包括在内。实际上，盐泉镇方圆一百英里内根本就没有无眠者，在过去十年里也没人申请过贩酒执照，但这件事还是被《联合新闻报》和《网络消息报》报道了。不出二十四小时，言辞激烈的各种社论就发表了，全国上下对此事持两种不同的意见。

更多的地方性法规被制定了出来。宾夕法尼亚州的波勒克斯镇拒绝出租房屋给无眠者，因为无眠者长时间不睡觉，加重了所租房屋的损耗，还增加了公共事业维护费用；加利福尼亚的格兰斯顿-伊丝特斯镇禁止无眠者二十四小时工作，因为这样会造成"不正当竞争"；纽约州的易洛魁县禁止无眠者加入县法庭的陪审团，因为根据这些人对时间的理解，他们辩称有无眠者参加就不能组成"一个性质同等的陪审团"。

"高等法院会驳回这些法令的。"蕾莎说，"但是上帝啊！浪费金钱和时间就为干这些！"她内心的一部分觉察到自己刚才说话的口气就像罗杰·卡姆登。

凯文·贝克设计了一个软件用来高速扫描网上新闻，并标记出所有涉及歧视或攻击无眠者的内容，然后根据类型加以分类。这些文档公布在"组织网"上。蕾莎浏览了一遍，接着给凯文打电话，"你能不能再建个类似的程序，标记出与这些社会歧视现象相悖的相关内容？总是看那些负面消息会让我们形成片面的印象。"

"你说得对，"凯文有些诧异地说，"我没想到。"

"考虑一下吧。"蕾莎严肃地说。注视着她的理查德则一言不发。

最让她难过的是关于那些无眠儿童的内容。在学校被孤立，被兄弟姐妹辱骂，被蛮横的邻居小孩欺负，被父母的愤怒弄得彷徨无措——这些父母只是想要个与众不同的孩子，但没指望是个能活几个世纪的人。艾奥瓦州冷河市的教育部门一致决定禁止无眠儿童上常规班，因为他们快速的学习能力"让其他孩子产生挫败感，影响他们接受教育"。该部门建立了一项基金，让无眠儿童在家接受家庭教师教育，但教师队伍中没有一个是志愿者。蕾莎开始花大量时间在"组织网"上和孩子们交流，和他们彻夜交谈，同时她还在准备7月份的律师资格考试。

凯文很快设计出了蕾莎提议的那个程序，用它来筛选出倡导公平对待无眠者的社论：丹佛市的教育部门设立了鼓励天才儿童——包括无眠者——的奖学金，让他们发挥自己的才能，并通过团队配合辅导更加年幼的孩子；路易斯安那州的瑞乌波市选举无眠者丹妮尔·迪·彻尼为市议员——尽管丹妮尔只有二十二岁，从理论上讲过于年轻而不能胜任；颇具声望的哈雷-霍尔医药研究公司大张旗鼓地公开聘用了克里斯托夫·奥姆兰，一位拥有细胞物理学博士学位的无眠者。

但与此同时,斯特娜·贝温顿停止上网了。

而多拉·克拉克,一个住在达拉斯的无眠者,在打开一封寄给她的信时被一个塑胶炸弹炸掉了胳膊。

蕾莎和理查德盯着那封放在客厅书柜上的信。纸质挺厚,奶油色,但不昂贵,是一种被染成仿羊皮纸颜色的粗糙的新闻用纸。上面没有回邮地址。理查德联络了莉斯·毕肖普,一位在密歇根主修犯罪司法学的无眠者。理查德以前从没和莉斯打过交道,蕾莎也没有,但莉斯立刻就在"组织网"上回应了他们,并告诉他们如何打开信封,或者只要他们愿意,她会飞过来亲自帮助他们。理查德和蕾莎根据她的指示在公寓地下室做遥控爆炸试验。没有任何东西爆炸。打开信封,他们取出信纸读起来:

尊敬的卡姆登小姐:

你待我非常好,我很抱歉这么做,但还是要辞职。工会把我逼得很紧,不是公开的,但你明白是怎么回事。如果我是你,就不会再通过工会雇用保镖了,我会私下去找。请保重。我再次向你道歉,但我也得生活。

布鲁斯

"我不知道是该笑还是该哭。"蕾莎说,"我们俩摆弄这个仪器,还花了好几个小时在这个装置上,结果没有炸弹,也没有爆炸……"

"反正我有许多空闲时间做这事。"理查德说。自从反对无眠者的愤怒声浪日趋高涨以来,他所有的客户——除了两个咨询海洋学的委托人——都遭到商会和公众舆论的攻击,他们全都取消了原来的订单。

蕾莎电脑上的"组织网"仍然打开着。这时候"组织网"突然发出刺耳的紧急情况警报声。蕾莎第一个跑到电脑前。是托尼·英迪维诺。

"蕾莎,如果你愿意的话,我需要得到你的法律援助。为了庇护所的事,他们要给我点颜色看看。请快些飞过来。"

暮春时节,大地上一片盎然生机,庇护所就像是大地上的几道褐色伤口。庇护所坐落在纽约州南部的阿勒格尼山脉,由于岁月侵蚀,山脉变得浑圆,漫山遍野生长着松树和山胡桃树。一条平整的公路从最近的小镇科恩万戈通往庇护所。一些无须维护的低层建筑矗立着,它们设计简朴,但线条优美,基本都接近完工。詹妮弗·沙里夫一脸严肃地接待了蕾莎和理查德。六年里她没什么变化,但黑色的长发很蓬乱,一双黑眼睛里充满了紧张和疲惫,"托尼想和你谈谈,但首先他要我带你俩四处看看。"

"出什么事了?"蕾莎镇静地问道。

"待会儿再说,先看看庇护所吧。托尼非常重视你的意见,蕾莎,他想让你参观所有地方。"

每幢宿舍楼有五十个房间,外加做饭、用餐、休闲和洗浴的公用房间,还有一排密集但独立的办公室、工作室和实验室。"撇开词源学不谈,反正我们都管它们叫'宿舍'。"詹妮弗说。詹妮弗的解释本该让人感觉俏皮幽默,蕾莎却从中听出她虽然故作镇定,但目前其实已经疲惫不堪。

托尼规划的生活设施之完善令她印象深刻,既有公用部分,又设计了极为隐秘的私用部分,还有一座体育馆和一家小医院——"到明年年底,我们就有十八名持有美国医药协会执照的医生了,他们中有四位考虑来这里。"——一所日托幼儿园、一所学校、一个高产量的农场,"当然,大部分食品会从外面运进来。大多数人尽可能地在这里工作,大家还可以通过网络与外部协调,所以我们并没有与世隔绝,只是创造一个安全的地方来和外界交易。"蕾莎没有回应。

除了能源供应厂——由它们提供自给自足的 Y 能量——最让她印象深刻的是人员编制。托尼已经注意到来自现实生活中各个领域的无眠者既需要照顾自己,也需要和外界保持联系。"律师和会计师将最先到达这里。"詹妮弗说,"那是我们用来保护自己的第一道防线。托尼认识到,现代的权利之战是在法庭和会议室打响的。"

这些还不是全部。最后,詹妮弗带他们参观了外部的防御规划,她绷紧的身体头一次看起来微微放松了些。

每个设备都是基于阻止进攻者但不伤害他们的前提而设计

的。全面环绕这块一百五十平方英里土地的电子监视设备是詹妮弗购买的。有些县还不及这里的面积大,蕾莎有些头昏眼花地想。如果有人企图闯入,电子大门就会启动直径半英里的能量场,把入侵者当场击昏。"只针对站在能量场外的人。我们不想伤着我们的孩子们。"詹妮弗说。如果敌人让仪器或机器人开展无人侦察任务,庇护所的一个系统能够识别出来。该系统能定位在庇护所里的具有一定质量的所有移动金属。唐纳德·波斯普拉,一位拥有重要电子配件专利的无眠者,他设计了一种特殊的信号发射装置,任何没带这种装置的移动金属都会被系统视为可疑目标。

"当然,我们还没能做好应对空袭或全面武装袭击的举措。"詹妮弗说,"但我们不希望有这种事发生。那些仇视者只是怀着个人仇恨。"

蕾莎用手指触了触安全计划的打印件,这些事令她困扰,"如果我们不能融入这个世界……自由贸易应该意味着自由行动。"詹妮弗敏捷地应答道:"除非自由的行动意味着自由的思想。"她的语气让蕾莎抬起头,"我有事要告诉你,蕾莎。"

"什么事?"

"托尼不在这儿。"

"他在哪儿?"

"在科恩万戈的卡塔罗格斯县监狱。是真的,我们为了庇护所能自治而进行了斗争——自治!在这个偏僻的角落里!但这是题外话了。今天早上出了点事,托尼因为绑架提米·德马佐的事被逮捕了。"

蕾莎感觉一阵天旋地转,"FBI?"

"是的。"

"怎么……他们怎么会发现的?"

"某个警探最终破了这个案子。他们没告诉我们是怎么做的。托尼需要一位律师,蕾莎。比尔·泰恩已经答应做辩护,但托尼想要你去。"

"詹妮弗,我要到七月份才能参加律师资格考试!"

"他说他可以等。这期间比尔会担当他的律师。你会通过考试的吧?"

"当然。不过我已经在纽约的'摩尔豪斯-肯尼迪-安德森律师事务所'找到了一份工作……"她的声音戛然而止。理查德正严肃地看着她,詹妮弗的表情显得高深莫测。蕾莎轻声问,"他想怎样辩护?"

"他想认罪,"詹妮弗说,"以求——法律上叫什么? ——减轻处罚。"

蕾莎点点头。她本来担心托尼要做无罪辩护,那样将会有更多的谎言、借口和丑陋的政治手段。她的脑子飞快地转动,考虑着可使罪行减轻的情况、惯例、成功的先例……他们可以参考克莱门斯对沃伊一案……

"比尔现在在监狱。"詹妮弗说,"你和我一起开车过去吗?"她像发出挑战一般提出这个问题。

"好的。"蕾莎说。

在卡塔罗格斯的县政府大楼内,官员不允许他们见托尼。担当托尼律师的比尔·泰恩可以自由进出,蕾莎根本还没有律师资格,所以哪儿也去不了——在地方法院检察官办公室里的一个家伙告诉了他们这些。他一直面无表情地和他们说话,就在他们转身离开,刚迈出脚步时,此人就朝地上吐了口唾沫,也不顾这样一来办公室的地板上会无端多出一块污迹。

理查德和蕾莎开着他们租来的车去机场乘飞机回波士顿。在路上,理查德告诉蕾莎他要离开了,他要搬到庇护所去,就是现在,即使庇护所还起不了作用,他还是要去帮忙规划和建设。

蕾莎大多数时间都待在公寓里,要么拼了命地为参加律师资格考试而学习,要么在"组织网"上调查无眠儿童的情况。她没有再雇用保镖填补布鲁斯的位置,这样就必须尽量减少出门的次数。接二连三的棘手事件让她自己跟自己生起气来。每天她会有一两次闲暇浏览一下凯文的电子新闻剪报。

有一些希望的迹象。《纽约时报》上发表了一篇社论,在电子新闻媒体上广泛转载:

繁荣与憎恨：

一道我们不愿看见的逻辑曲线

美利坚合众国从来都不是一个非常重视冷静、逻辑和理性的国家。作为人，我们更倾向于为这三种事物冠上"冷酷"二字；作为人，我们更倾向于推崇感情和行动。我们在小说中和纪念碑上歌颂——不是为了宪法的制定，而是歌颂硫磺岛战役①；不是为了莱纳斯·鲍林②的知识成就，而是歌颂查尔斯·林德伯格③的英雄主义激情；不是为了把世界联系在一起的单轨铁路和计算机的发明者，而是歌颂那些用愤怒的革命歌曲离间我们的作曲家们。

此现象的一个奇特之处在于：在繁荣昌盛时期，这种现象表现得更为强烈了。我们的国民越是富足，就越是对引导他们走向这一天所经历的过程表现出更多的蔑视，也就越是热衷于在情感中放任自己。想想上个世纪喧嚣的二十年代奢华庸俗的过度放纵，以及六十年代鄙视一切的反正统浪潮。想想我们自己的时代由Y能量带来的空前繁荣，然后再想想谷贝贤三，除了他的追随者，大家都把他看成是个贪婪冷酷的逻辑学家。而与此同时，我们的国民却对新虚无主义作家史蒂芬·卡斯泰利吹捧有加，对女演员布伦达·福斯"感触良多"，对冒失鲁莽的重力井④潜水者吉姆·莫尔斯·卢特推崇备至。

---

①二战时美军与日军间的一场著名战役。
②莱纳斯·鲍林（1901～1994），美国著名量子化学家。
③人类航空史上的先驱、美国著名飞行家。1927年首次独自驾机成功飞越大西洋。
④引力作用形成的空间弯曲。重力井潜水是作者杜撰的一种极限运动。

自从生物科技研究所和芝加哥医学院公布了他们的联合发现,宣称无眠者的组织能够再生以来,我们大多数人——和在Y能量房间里反思此现象的你一样,认为目前有太多的非理性情感在针对"无眠者"。

大多数无眠者是睿智的。大多数无眠者也都很冷静——如果用"冷静"这个词来形容他们本身的性格,这个词多多少少就带了些贬义;但如果用"冷静"来形容他们解决问题的能力的话,那倒是很恰当的。(要知道,就算是普利策奖获得者卡罗林·里佐罗这样的无眠者,尽管她给我们写出了一个令人震惊的好剧本,她仍然不会拥有狂热无序的激情。)他们所有人都具有事在必成的天性。他们拥有比普通人多三分之一的时间,这也促使他们能够发挥天性,坚定不移地前进并获得成功。他们的成就大多出现在逻辑领域而非感性领域,比如计算机、法律、金融、物理、医学研究。他们是理性的、有秩序的、冷静的、智慧的、开朗的、年轻的,而且还可能非常长寿。

然而,在我们空前繁荣的美利坚合众国,他们正日益遭人仇视。

我们已经看到,在过去几个月,这种仇恨的浪潮确实发展起来了,而且越来越高涨,其中有许多人在对"非公平优势"大呼小叫。无眠者已经在工作保障、晋升、金钱和成就方面超过我们了吗?这是对无眠者美好未来的妒忌吗?抑或是源自有害的、根植于我们传统的鲁莽行事的美国式作风:厌恶逻辑、冷静、思索?憎恨杰出头脑的存在?

如果是这样,也许我们应该认真回顾一下我们国家的奠基者们:杰斐逊、华盛顿、佩因[1]、亚当斯——他们全都是理性时代的代表。这些人制定出秩序井然、平衡有度的法律体系,保护个人通过不懈努力和理性头脑创造出的财富和成就。对于我们所信仰的庄严法律和秩序来说,无眠者的出现也许是一次最为严峻的内部考验。不,无眠者不是"创造出的对手",我们对待他们的态度应该依靠我们最庄严的法律体系的谨慎公正来检验。我们可能动机不纯,但作为人,我们的信誉可以依赖于这场考验的理性和智慧来检验。

不过,上个月公布的研究发现所导致的公众反应显然是缺乏理性和智慧的。

法律不是儿戏。在我们意图用法律阐述虚夸及戏剧性情感前,我们必须非常确定我们理解了其中的区别。

蕾莎双臂环抱,高兴地凝视着屏幕,微笑着。她打电话给《纽约时报》,询问是谁写的这篇社论。对方的接待员一开始热情地接了电话,但过后就变得很不客气,"时报不会透露此类消息,只能提供给内部人员查询。"

但这不能消减她的情绪。之前连续几天她都枯坐在书桌或电脑屏幕前,现在她快乐地绕着房间转圈。喜悦自然而然地带动起行动:她洗了碟子,收拾好书本。橱柜里的一些隔层空了,那里原来放

---

[1] 罗伯特·特雷特·佩因(1731~1814):美国革命领导人和法学家,《独立宣言》的签署者。

着理查德的东西。现在家里显得有点太安静了,她想。她走过去关好橱柜门。

苏珊·梅林打电话告知她关于时报社论的事,她们愉快地聊了几分钟。苏珊刚挂断电话,铃声再次响起。

"蕾莎吗?你的声音听起来还和从前一样。我是斯图尔特·萨特。"

"斯图尔特。"蕾莎已经有四年没见过他了。他们俩的罗曼史持续了两年,然后无疾而终。分手不是因为发生了什么痛苦的事情,甚至都不是因为两人所承受的学习压力太重。站在通信终端边,听到他的声音,蕾莎立刻再次回忆起在宿舍狭窄的床上,他的手放在自己胸脯上的感觉——那是她多年来第一次发现床有个很好的用途。幻想中的双手又变成了理查德的手,蕾莎只觉得心被猛扎了一下。

"听着,"斯图尔特说,"我打电话来是因为有些消息我想你应该知道。下周你要参加律师资格考试,对吗?然后你会到'摩尔豪斯-肯尼迪-安德森律师事务所'实习。"

"你怎么知道这些的,斯图尔特?"

"男人房间里的闲聊。哦,没那么糟。不过纽约法律协会——至少是其中的一部分——比你以为的要小,更何况你是个相当惹人注目的人物。"

"是啊。"蕾莎不温不火地说。

"没人怀疑你会通不过资格考试,但有人对你在'摩尔豪斯-肯尼迪-安德森律师事务所'的工作有疑问。你本来已经得到两位高级合伙人艾伦·摩尔豪斯和塞思·布朗的首肯,但他们改变了想法,因为这次……恐慌'让公司被曝光并陷入不利境地','让法律陷入一个怪圈',等等。你知道这是常有的事。但你也有两个有力的支持者:安·卡莱尔和迈克尔·肯尼迪——老板自己。他相当有头脑。反正,我想让你知道这些,这样你就可以正确辨别形势,了解在混战中能指望谁。"

"谢谢你,"蕾莎说,"斯图……为什么我能否得到这份工作让你这么在意?为什么它对你如此重要?"

电话两端都一片静默。然后斯图尔特用非常低沉的声音说:"并不是所有人都是傻瓜,蕾莎,对我们一些人来说,公正依然很重要。所以,努力奋斗吧。"

似乎有光芒从蕾莎的体内升腾而起,一束如气泡般轻盈灵动的光线。

斯图尔特说:"对于庇护所要求自治的冒失斗争,这里也有很多你们的支持者。你可能没意识到,但确实如此。学院委员会的集会就是想推动……但他们一向习惯于凡事冲到最前面,你知道的。总之,等到要上法庭的时候,你会得到你需要的所有帮助。"

"建立庇护所根本不是我的主意。"

"不是吗?哦,我指的是'你们'。"

"我想说,谢谢你。你过得怎么样?"

"很好。我现在当爸爸了。"

"真的? 男孩女孩?"

"女孩。一个漂亮的小丫头,叫贾丝廷,她活泼得快把我逼疯了。我希望以后能让你见见我的妻子,蕾莎。"

"我也希望。"蕾莎说。

这个晚上的剩余时间她都用来准备资格考试。气泡停伫在她的身体里,她认出了那到底是什么:快乐。

一切都会好的。她和她的社会——谷贝贤三的社会,罗杰·卡姆登的社会——之间那还未起草的契约将会被执行,尽管会有赞同、反对、冲突和一些仇恨。她突然想到托尼的西班牙乞丐理论,乞丐之所以对强者充满愤怒,是因为乞丐不是强者,是的。但契约会被执行的。

她相信。

她行动。

7

蕾莎在七月参加了资格考试。考试对她来说并不难。考试结束后，三个同班同学——三个睡眠者，两男一女，站在路旁佯装轻松地和蕾莎聊天，直到她安全地上了一辆出租车，司机显然没认出她——那两个蠢头蠢脑的在校男大学生，脸刮得很干净、金发、长脸、一副呆蠢的自大样，远望着蕾莎鄙夷地讥笑，蕾莎的女同学和他们一起笑。

蕾莎明早要乘飞机去芝加哥，艾丽斯会在那儿和她会合。她们必须把湖边的那套大房子清理干净，处理掉罗杰的私人财物，再卖掉房子。蕾莎之前一直都没时间做这些事。

她回忆起父亲在温室的情景。父亲总戴着一顶不知从哪儿捡到的旧平顶帽，莳弄着兰花、茉莉花，还有西番莲。

门铃的响声吓了她一跳，她几乎从没有过什么来访者。蕾莎急切地打开门外的摄像头，也许是乔纳森或玛莎来波士顿要给她个惊喜、为她庆祝。为什么她以前没有想到搞点儿庆祝之类的呢？

理查德站在门外，抬头看着摄像头。他在哭。

她迅速打开门。理查德没有挪动脚步进门。蕾莎这才发觉在摄像头中看到的情绪不是悲伤而是别的。那是愤怒的泪水。

"托尼死了。"

蕾莎不知所措地伸出手，理查德没有握住。

"他们在监狱里杀死了他。不是狱警，是其他犯人干的。杀人犯、强奸犯、抢劫犯，社会的渣滓，他们认为自己有权杀死他，就因为他与众不同。"

理查德猛地抓住她的胳膊，抓得那么紧，以至于肌肉下的骨头都发出呻吟，"不只是不同，是更优秀。因为他更优秀，因为我们更优秀，所以我们他妈的没有站起来呼吁过……上帝啊！"

蕾莎把胳膊挣脱出来揉了揉，茫然地注视着理查德扭曲的面孔。

"他们用铅管把他活活打死。甚至都没人知道他们是怎么弄到那根铅管的。他们打他的后脑勺，然后把他翻过来——"

"别说了！"蕾莎开口道，声音变成了一阵抽噎。

理查德看着她。之前尽管他号叫，尽管他粗暴地抓着自己的胳膊，蕾莎却有着模糊的感觉：现在才是他第一次认真地看着自己。蕾莎继续揉胳膊，一脸恐惧地望着他。

他平静地说："我来带你去庇护所，蕾莎。丹·詹金斯和弗农·布瑞斯在外面的车里。如果需要，我们三个会把你拖出去。但你会主动跟我们走，你明白的，不是吗？你在这儿不安全，加上你这高挑的身材和出众的相貌，只要有人想要伤害我们，你肯定是天然的首选目标。我们还需要强迫你吗？或者你最终会明白我们别无选择——那些杂种逼得我们别无选择——除了庇护所。"

蕾莎闭上眼睛。托尼，十四岁的托尼，在海滩上。托尼，他的目光灼热、炯炯有神，第一个伸手去拿白细胞介素1的瓶子。西班牙的乞丐。

"我会去的。"

她从没感受过如此的愤怒。整个漫漫长夜，愤怒一直在和她较量，令她惶恐不堪，而这感觉刚刚有所减弱又再次卷土重来。理查德用胳膊搂着她，两人背靠书房的墙坐着。

他的拥抱根本无济于事。

时而愤怒爆发成一声叫喊，而蕾莎听见自己的叫喊声时心想，我已经不认识我自己了；时而愤怒演变成哭泣；时而谈论起托尼，谈论他们所有人。喊叫、哭泣、谈论都不能让她放松下来。

计划要稍做变动。她用自己都辨认不出的冰冷干涩的声音对理查德说，她要去芝加哥处理那栋房子。她必须去，艾丽斯已经到那儿了。如果理查德、丹和弗农把她送上飞机，而艾丽斯带上保镖在那边接她，她就会相当安全。接着她会把飞往波士顿的回程机票改成去科恩万戈,到时理查德再开车接她到庇护所。

"大家都已经陆续抵达了。"理查德说,"詹妮弗·沙里夫正在加紧组织,她用大量金钱贿赂身为睡眠者的供应商,金额之大令他们无法拒绝。这间公寓怎么办,蕾莎? 你的家具、电脑,还有衣服。"

蕾莎环顾这熟悉的房间。尽管大多数法律书的内容在网上都能找到,但是那些红的、绿的、棕色的法律书籍仍旧整齐地排列着。一个咖啡杯放在书桌的打印机上。打印机旁边是她今天下午从出租车司机那儿得到的一张收据。今天她刚结束律师资格考试,却遇到这么多令人应接不暇的事情,这张收据就当是记住今天的纪念品,她想把它装裱起来。书桌上方还有一幅谷贝贤三的全息肖像。

"就让它们烂掉吧!"蕾莎说。

理查德的手臂紧紧环抱住她。

"我从没见过你这个样子。"艾丽斯柔声说,"不是因为要处理掉这栋房子的缘故,对吗?"

"我们继续干活儿吧。"蕾莎说。她从父亲的衣橱里拽出一件西装,"你想拿几件这样的衣服给你丈夫吗?"

"它们不太合身。"

"这些帽子呢?"

"不要。"艾丽斯说,"蕾莎,出什么事了?"

"我们接着干活儿吧!"她从卡姆登的衣橱里使劲拽出所有的衣

服,把它们堆在地板上,在一张纸上潦草地写上"给慈善机构",然后把纸丢在衣服堆上。艾丽斯一言不发把柜子里拿出的衣服放在上面,这些衣服已经贴上了一张字迹潦草的字条:财产拍卖。

房子里所有的窗帘都已经取下来了,艾丽斯昨天做的。她也卷起了所有地毯。落日在没有遮挡的木地板上映射出红色的霞光。

"你以前的房间怎么办?"蕾莎问,"有什么你想拿走的吗?"

"我已经贴好标签了。"艾丽斯说,"星期四搬运工会来拿的。"

"很好。还有其他什么吗?"

"温室。桑德森一直都在给那里的植物浇水,但他并不真正清楚该浇多少,所以一些植物都——"

"解雇桑德森。"蕾莎简洁地说,"让那些异国花卉自生自灭吧。要么就把它们送给医院,如果你想的话。不过要当心那些有毒的。好了,我们去图书室。"

艾丽斯在卡姆登卧室中间一堆卷起的地毯上慢慢坐下。她剪了头发,蕾莎觉得她的新发型很难看,就像是在她宽阔的脸盘儿上围了一堆锯齿状的褐色尖刺。她的体重也有所增加。她越来越像她们的母亲了。

艾丽斯说:"你还记得那晚吗,我告诉你我怀孕了? 就在你要去哈佛上学前的那天?"

"我们去图书室收拾吧!"

"你怎么啦?"艾丽斯说,"看在上帝的分儿上,你就不能有那么一次听听别人说话吗,蕾莎? 你非要无时无刻都像爸爸那样吗?"

"我不是爸爸!"

"你当然不是。你实际上是他所造就的样子。但那不是重点。你还记得那个晚上吗?"

蕾莎跨过地毯走出门口,艾丽斯依旧坐着。过了一会儿蕾莎又走回来,"我记得。"

"你差点哭了。"艾丽斯难以释怀地说,尽管她的声音很平静,"我已经记不得确切是为了什么原因。也许是因为我不打算去大学了。但我用胳膊搂着你,那是多年来的头一回——这么多年,蕾莎——我感觉你真的是我的姐姐。尽管你整晚在房间里游荡,和爸爸卖弄式地争论,上特殊学校,拥有长腿和金发,这些都不值一提,当时你似乎需要我的拥抱,你似乎需要我,你似乎需要。"

"你在说什么?"蕾莎正色道,"你只能在别人遇到麻烦、需要你的时候才接近别人吗? 只有我处于某种痛苦中、痛苦难抑时你才能做我的妹妹吗? 那就是你们睡眠者之间的纽带吗? 只有当我说'在我神志不清、像你一样无助时,请保护我'的时候,你才能拥抱我吗?"

"不是。"艾丽斯说,"我是说当你痛苦的时候你才会把我看作姐妹。"

蕾莎盯着她,"你真傻,艾丽斯。"

艾丽斯冷静地说:"我知道。和你比起来,我是傻。我知道。"

蕾莎立即抬起头,她对自己刚才说的话感到羞愧,然而它是真话,她们俩都知道它是真话。怒火仍然充斥在她的体内,犹如一片黑暗的虚空,无形却又强烈。无形是最糟的,没有形状,就不能有所行动,没有行动,怒火就继续炙烤着她,令她窒息。

艾丽斯说:"十二岁那年,苏珊在我们生日时送了我一条裙子。你当时跑到别的地方去了,去参加你那所实行革新教育的学校经常举办的露营活动。裙子是丝绸的,淡蓝色,缀着蕾丝花边,非常漂亮。我太兴奋了,不仅仅是因为它漂亮,也因为它是苏珊特意为我买的。她送你的是软件,这条裙子是我的。我心想,是给我的。"在越来越暗淡的光线下,蕾莎几乎看不清艾丽斯平凡普通的胖脸,"我第一次穿上它时,一个男孩说,'偷你姐姐的衣服了吧,艾丽斯? 是在她睡觉的时候偷的吗?'然后他疯狂地大笑,他们男孩子经常那样嘲笑人。

"我扔掉了那条裙子。我都没向苏珊解释过,虽然我认为她会理解的。是你的就是你的,不是你的也是你的,这就是爸爸建立的观念。他把这个观念深深烙进了我们的基因里。"

"你也是如此吗?"蕾莎说,"你和那些嫉妒的乞丐有什么不同?"

艾丽斯从地毯卷上站起身,缓缓掸掉皱起的衬衫背后的灰尘,从容不迫地抚平这件印花织物。然后她走过来,一拳击中蕾莎的嘴巴。

"现在你看到真实的我了吗?"艾丽斯平静地问。

蕾莎用手捂着嘴,她感到血流了下来。这时电话铃响了,这个私人电话号码应该没人知道才对。艾丽斯走过去,拿起电话,听着,然后冷静地把听筒递给蕾莎,"找你的。"

蕾莎呆呆地接过来。

"蕾莎吗?我是凯文。听着,出了点事。斯特娜·贝温顿找到我,是打电话来的,不是通过'组织网',我猜她父母拿走了她的调制解调器。我接电话时她在尖叫:'我是斯特娜!他们在打我,他喝醉了——'然后电话就断了。兰迪去了庇护所,见鬼,他们都走了。你离斯特娜那儿最近,她还住在斯科奇,你最好尽快赶过去。你有值得信任的保镖吗?"

"有。"蕾莎说,其实她并没有,但此时,愤怒有了形状,"我能处理好。"

"我不知道你怎样才能把她带出来。"凯文说,"他们会认出你,他们知道她给别人打过电话,他们可能已经把她揍得……"

"我会处理的。"蕾莎说。

"处理什么?"艾丽斯问。

蕾莎脸朝着她。尽管她知道不应该,但她还是说了:"你们这些人干的好事。对我们的一个同伴,一个七岁小孩,她父母打她就因为她是无眠者,就因为她比你们优秀——"她跑下楼梯,出门,走向她的汽车,那是她从机场租来的车。

艾丽斯跟着她奔下来,"别用你的车,蕾莎,他们能够追踪这种租来的汽车。用我的车。"

蕾莎嚷道:"如果你以为你是——"

艾丽斯猛地打开她那辆破破烂烂的丰田车的车门——车型太旧了,Y能量装置都没法隐蔽地安在里面,只能像赘肉似的悬挂在一边。她把蕾莎推上后座,砰地关上车门,然后费劲地把自己塞到驾驶座上。她两手稳稳地握着方向盘,"去哪儿?"

蕾莎只觉得眼前一黑。她低下头,在狭小的丰田车里尽可能深地把头埋在两膝间。已经有两天,不对,是三天没吃过东西了。从律师资格考试前的那晚开始她就没吃过食物。晕眩刚刚消退,可一抬起头,又立刻漫袭上身。

她告诉了艾丽斯斯特娜在斯科奇的地址。

"你就待在后座上。"艾丽斯说,"小储藏箱里有条围巾,把它围上。低下头,尽可能把你的脸遮起来。"

艾丽斯把车停在了四十二号高速公路边上。蕾莎说:"这里不是——"

"这是个找临时保镖的地方。我们必须看上去有所保护,蕾莎。这里的人不会问东问西。我很快就回来。"

三分钟后,她和一个穿着廉价黑西装的壮汉走了出来。那人一声不吭地挤进艾丽斯身旁的副驾驶座。艾丽斯也没有介绍他。

这所房子很小,有些简陋,底楼有点灯光,楼上一片漆黑。第一批升起的星星在远离芝加哥的北方夜空上闪烁着。艾丽斯对保镖说:"下车后就站在车门边,不对,再往亮处站点儿,不要轻举妄动,除非我被袭击。"那人点点头。艾丽斯准备走上门廊。蕾莎匆忙从车后座钻出来,在离前门不远处拦住艾丽斯。

"艾丽斯,你到底想干吗?我必须——"

"小声点儿。"艾丽斯说,她朝保镖瞄了瞄,"蕾莎,动动脑子,你会被认出来的。在这里,在芝加哥附近,你这样一个大名鼎鼎的无眠者、卡姆登的女儿,无人不知,无人不晓——这里的人多年来一直在杂志上看到你的照片,他们看到过你从小到大的各种全息图像。他们认识你,他们甚至知道你打算当律师。而我,他们从没见过。我是无名小卒。"

"艾丽斯——"

"看在老天的分上,你快回到车上去!"艾丽嘶哑着嗓子说,随即去敲前门。

蕾莎退下去,躲在一棵柳树的树荫下。一个男人打开了门,他的脸上完全没有任何表情。

艾丽斯说:"儿童保护中心。我们接到一个小女孩的电话,就是这个地址。请让我进去。"

"这里没有小女孩。"

"根据《儿童保护法》第一百八十六条。"艾丽斯说,"这是紧急事件,有优先权。请让我进去!"

那个男人仍旧一脸漠然,他瞟了眼车旁站着的彪形大汉,"你有搜查令吗?"

"作为具备优先权的儿童紧急事件,我不需要搜查令。如果你不让我进去,你就准备好应付一大堆你想都没想过的法律程序吧。"

蕾莎紧抿着嘴唇。没人会相信艾丽斯这些信口开河的法律说辞……她被艾丽斯击中的嘴唇正在抽搐。

男人让到一边,让艾丽斯进去。

那个保镖走上前去。蕾莎犹豫了一下,还是任他行动。他和艾丽斯一起进去了。

蕾莎一个人在黑暗中等待着。

三分钟后,他们出来了。保镖抱着一个孩子。艾丽斯的阔脸庞在门廊的灯光下隐约显出苍白。蕾莎跑出来打开车门,帮助保镖把孩子放进车里。保镖警惕又迷惑地看了蕾莎一眼,蹙起了眉头。

艾丽斯说:"拿着,这是额外的一百美元。你自己回城。"

"嘿……"保镖正欲开口,不过他还是沉默地接过了钱。他站在一边目送艾丽斯她们离开。

"他会直接去报警的。"蕾莎绝望地说,"他不得不这么做,否则会有失去工会成员资格的危险。"

"我知道。"艾丽斯说,"不过那时我们已经不在这辆车里了。"

"那在哪儿?"

"在医院。"艾丽斯说。

"艾丽斯,我们不能——"蕾莎没把话说完,她转身看向后座,"斯特娜? 你清醒着吗?"

"是的。"一个微弱的声音说。

蕾莎摸索着,直到手指碰到了后座的照明灯开关。斯特娜平躺在座位上,她的面孔因为疼痛而扭曲。她用右手扶着自己的左胳膊。她的左眼上有块瘀伤,脑袋上的红头发纠结成一团,脏兮兮的。

"你就是蕾莎·卡姆登?"孩子说完就哭了起来。

"她的胳膊断了。"艾丽斯说。

"宝贝儿,你能——"蕾莎感到喉咙哽咽,很难发出声音,"你能坚持住吗,直到我们送你去医院?"

"是的。"斯特娜说,"只要别再送我回去!"

"我们不会的。"蕾莎说,"永远。"她瞥了眼艾丽斯,仿佛看到了托尼的脸庞。

艾丽斯说:"朝南大约十英里有家社区医院。"

"你怎么知道的?"

"我去过一次。吸毒过量。"艾丽斯简略地说。她弓起背,抓紧方向盘,脸上一副正在飞快思考的神情。蕾莎也在转动大脑,想找到办法对付因为这次绑架而可能引起的法律诉讼。她们大概不能说孩子是自愿出来的,虽然斯特娜毫无疑问会配合,但以她的年纪和情况,应该算是"没有法律资格者",她的证词不会有法律效力……

"艾丽斯,我们没有医保证明,没法送她去医院。他们会在电脑上核实的。"

"听着,"艾丽斯没有直接对着蕾莎,而是越过蕾莎的肩膀对着后座位置说,"我们这么办,斯特娜,我会告诉他们你是我女儿,我们停车在路边一个野餐区吃快餐时,你从一块大石头上往下跳,结果摔倒了。我们正要开车从加利福尼亚去费城看望你的外婆。你的名字叫乔丹·沃特罗斯,你今年五岁。记住了吗,亲爱的?"

"我今年七岁,"斯特娜说,"都快八岁了。"

"你是个个头挺大的五岁孩子,你的生日是3月23日。能记住吗,斯特娜?"

"能。"小女孩说道。她的声音有些力量了。

蕾莎望着艾丽斯,"你能行吗?"

"我当然能行。"艾丽斯说,"我可是罗杰·卡姆登的女儿。"

艾丽斯半搀半扶地把斯特娜带进了这家小型社区医院的急诊室。蕾莎在车里观望着:一个矮小敦实的妇女,一个胳膊扭曲的瘦弱孩子。她把艾丽斯的车开到停车场最偏远的角落,停在一棵枫树下,然后锁好车,用围巾小心地遮掩好面孔。

艾丽斯的姓名和车牌号现在肯定传送到了警察局和每家租车点的数据库上。医疗系统的数据库可能接收得慢些,政府数据库的更新频率一般是一天一次,究其原因还得归结到政府什么都要插一脚——不管世界大战还是私人企业。艾丽斯和斯特娜在这家医院应该不会有事的。或许吧。但艾丽斯肯定没法去弄到别的车了。

蕾莎可以。

在租车行里关于艾丽斯·卡姆登·沃特罗斯的数据档案里可能包括、也可能没包括她是蕾莎·卡姆登孪生妹妹的信息。

蕾莎看了看停车场上的一排排汽车：一辆珠光宝气的克莱斯勒，一辆池田牌运货车，一排中产阶级常用的丰田车和奔驰车，一辆99年出产的凯迪拉克——蕾莎能想象到如果它丢了，车主会有怎样的表情，另外还有十或十二辆廉价小汽车，一辆气垫车，里面穿制服的司机趴在方向盘上睡着了。此外还有一部破破烂烂的农用卡车。

蕾莎朝那辆卡车走去。一个男人坐在方向盘后面抽着烟——她想到了自己的父亲。

"你好。"蕾莎说。

那人摇下车窗，但没吱声。他有一头油腻的棕色头发。

"看见那边那辆气垫车了吗？"蕾莎说。她让自己的声音听起来有些幼稚、高傲。那人漠不关心地瞅了眼那辆车，从这个角度不可能看见气垫车里的司机在睡觉。"那是我的保镖。他以为我还在医院里，是父亲硬逼我来的，去看嘴唇。"她能感觉到挨了艾丽斯一拳后的嘴唇肿起来了。

"那又怎样？"

蕾莎跺跺脚，"我不想待在里面。保镖是个浑蛋，爸爸也一样。

我想离开这儿。我给你四千块钱,买你的卡车。现金。"

那人的眼睛瞪大了。他扔掉香烟,又望了望那辆气垫车。气垫车司机的肩膀很宽,他离这边的距离不远不近,如果有人尖叫他会很容易听到的。

"没事,是合法的。"蕾莎说道,试图挤出一个傻笑。她感觉膝盖都发软了。

"让我看看钱。"

蕾莎从卡车边往后退,退到他碰不到的位置。她从手袋里拿出钱。她通常总是带很多现金,过去有布鲁斯,或像布鲁斯那样的人陪伴,所以一直安然无事。

"你从卡车的另一边下来。"蕾莎说,"然后锁好车门,把钥匙留在座位上,放在我能看见的地方。然后我把钱放在车顶你能看见的地方。"

那人大笑起来,"十足的小达布尼·恩格,不是吗?这就是他们在贵族学校教你的社交礼仪吗?"

蕾莎不知道达布尼·恩格是谁。她掩藏起心中的不屑,等待着,观察那人是否会想办法欺骗她。这一刻,她又想到了托尼。

"好吧。"他说着下了卡车。

"锁上门!"

他咧嘴一笑,再次打开车门,锁好。蕾莎把钱放在车顶,随即猛地拉开驾驶座另一边的车门钻进去,锁上门,摇起车窗玻璃。那人大笑。她把钥匙插进点火器,发动了卡车,朝街上开去。她的手在颤抖。

她慢慢绕着街区转了两圈。等她开回来时,那人已经走了,气垫车的司机还在睡觉。她本来还猜测那人会不会叫醒司机——并不一定是出于纯粹的恶意——但他没那么做。她停好卡车,等着。

一个半小时后,艾丽斯和一个护士推着斯特娜从急诊室出来。蕾莎从卡车里探出身,挥舞着两条手臂喊道:"这里,艾丽斯!"天太黑了,看不清艾丽斯的表情,蕾莎只希望艾丽斯别对这辆破卡车失望,她又没告诉自己想要一辆红色轿车。

艾丽斯向护士介绍说:"这位是朱莉·贝尔加东,是你们在固定乔丹胳膊的时候我叫来的一个朋友。"护士冷淡地点点头。两个女人帮斯特娜登上高高的卡车驾驶室,卡车上面没有后排座位。斯特娜的胳膊打上了石膏,她看起来有些昏沉沉的。

"怎么回事?"在她们开车离开后艾丽斯问道。

蕾莎没有回答。她看见一辆气垫警车停在了停车场的另一头。两个警官从车里下来,径直大步地走向停在稀疏枫树下的那辆车。

"老天!"艾丽斯说。从她的声音可以判断出,她头一回感到害怕了。

"他们不会追踪到我们的。"蕾莎说,"查不到这辆卡车,放心吧。"

"蕾莎。"艾丽斯的嗓音因为恐惧而尖利起来,"斯特娜睡着了!"

蕾莎瞄了眼孩子,她正瘫软地靠着艾丽斯的肩膀,"不,她没有,她是因为打了止痛剂而失去了知觉。"

"要紧吗?正常吗?对……她?"

"我们也是会昏倒的。我们甚至能体验药物引起的睡眠。"托尼、理查德、珍妮和她在灌木丛里的那个午夜……"难道你不知道这些,艾丽斯?"

"不知道。"

"我们对彼此都不够了解,不是吗?"

她们默默无语地向南开去。最后艾丽斯问:"我们把她带到哪儿去,蕾莎?"

"我不知道。任何一个无眠者的家都有可能是警察首先搜查的地方——"

"你不能冒险,这样行不通。"艾丽斯疲惫地说,"可是我所有的朋友都在加利福尼亚。我不认为在这个锈迹斑斑的大铁桶报废前,我们能开着它到那么远。"

"它肯定做不到。"

"我们该怎么办?"

"让我想想。"

在一个高速公路出口处有间付费电话亭,它不会有"组织网"那样的数据防御系统。凯文的通信线路会不会被监听呢?也许。

毫无疑问,庇护所的线路肯定会遭到监听。

庇护所。他们所有人准备去或者已经去那儿了,凯文说过的。隐居起来,让环绕他们的阿勒格尼山脉形成一个安全的小洞穴。只是像斯特娜这样还没有独立行为能力的孩子去不了。

到底去哪里?和谁一起?

蕾莎闭上眼睛。不能去找无眠者帮忙,那样的话,警察会在几小时内找到斯特娜。苏珊·梅林?但她曾经是艾丽斯的继母,这层关系尽人皆知,而且苏珊也是卡姆登的遗嘱受益人之一,再说她们几乎没法立即联系上她。必须是和艾丽斯没有关系的什么人,只能是一个蕾莎认识的、并且能够信任的睡眠者。但为什么就该有人完全符合这些描述呢?她凭什么让别人冒这么大风险呢?

她在黑暗的电话亭里站立许久,然后走向卡车。艾丽斯睡着了,她的头向后靠着座椅,一道细细的口水顺着下巴淌下来。在电话亭微弱的光线下,她的脸色显得苍白又疲惫。蕾莎走回到电话那儿。

“是斯图尔特吗?斯图尔特·萨特?”

“你是?”

“我是蕾莎·卡姆登。出了点儿事。”她简单地把事情经过告诉了他,未加任何掩饰。斯图尔特没有打断她。

“蕾莎——”斯图尔特正要开口,又放弃了。

“我需要帮助,斯图尔特。”

"我会帮你的，艾丽斯。""我不需要你的帮助。"一阵风低吟着吹过电话亭旁幽暗的田野，蕾莎打了个冷战。她仿佛听见风中一个乞丐的卑微渴望声。风中，是她自己的声音。

"好的。"斯图尔特说，"这事我能办到。我有个堂姐住在纽约州的里普利，从宾夕法尼亚跨过州界，你就往东开。必须到纽约，我的律师执照是纽约的。带小女孩去那个地方。我会给堂姐打电话告诉她。她现在上了年纪，年轻的时候她可是个相当活跃的激进分子。她叫珍妮特·帕特森，住的小镇在——"

"你凭什么确信她愿意参与进来？她会因此进监狱的。你也一样。"

"她曾经被关进监狱的次数多得你都无法相信。但这次没人会进监狱。我现在是你的辩护律师，我有特权。我会在本州为斯特娜申请监护权。有你在斯科奇拿到的医疗记录，应该不会很困难。然后她可以被转移到纽约的寄养家庭。我认识一户人家，人很正直善良。还有艾丽斯——"

"斯特娜的居住地在伊利诺伊州，你不能——"

"不，我可以。自从那些关于无眠者会长寿的调查发现公布后，立法者们就被一些畏惧、嫉妒，或纯粹是愤怒的愚蠢选举人纠缠，结果出现了一个纠结了矛盾、谬论和漏洞的所谓的法律体系。它不会运行很长时间，或者至少我如此希望，但与此同时它还是可以被好好利用。我能用它为斯特娜制造出一桩大家所见过的最错综复杂的案子,同时她不会被送回家。但艾丽斯需要一个有伊利诺伊州执照的律师,否则就不起作用。"

"我们有一个。"蕾莎说,"坎迪斯·霍尔特。"

"不行,不能是无眠者。这事交给我吧,蕾莎。我会找到好律师的。有个家伙住在——你在哭吗?"

"没有。"蕾莎哭着说。

"啊,老天。"斯图尔特说,"那帮浑蛋。我很难过发生了这样的事,蕾莎。"

"没关系。"蕾莎说。

弄清楚如何去斯图尔特的堂姐家之后,她回到卡车上。艾丽斯还在睡觉,斯特娜仍在昏迷中。蕾莎尽可能轻地关好车门。发动机不听使唤地隆隆作响,但艾丽斯没有醒。

在逼仄昏暗的驾驶室里似乎有一群人和她们在一起:斯图尔特·萨特、托尼·英迪维诺、苏珊·梅林、谷贝贤三、罗杰·卡姆登。

蕾莎想对斯图尔特·萨特说,你打电话告诉我"摩尔豪斯–肯尼迪–安德森律师事务所"的情况。你为了斯特娜,把自己的事业和堂姐置于危险中。你不求任何回报,就像苏珊提前告诉我伯尼·库恩大脑的情况一样不求回报。苏珊,为了爸爸的梦想放弃自己的生活,又靠自己的力量重新找回属于自己的生活。没有为双方考虑的契约就不是契约,每个一年级小学生都知道。

蕾莎想对谷贝贤三说,交易并不总是一对一双方签订契约的,你漏掉了这点。如果斯图尔特为我付出，我为斯特娜付出，然后斯特娜因为我的付出在十年后脱胎换骨，她再为现在还不知道的某某人付出——这是个生态系统，一个交易的生态系统，是的，每个个体都是有用的，即使他们不受契约的约束。一匹马需要一条鱼吗？是的。

对托尼，她想说，是的，在西班牙有着什么都交换不出、什么都给不了、什么也做不了的乞丐。但西班牙不光有乞丐。在乞丐面前退缩，就是在整个社会面前退缩，就是在这个互助的生态系统的各种可能性面前退缩。这正是许多年前艾丽斯在她卧室里所想说的。怀孕、恐惧、愤怒、嫉妒，当时她想帮助我，我没要她帮忙，因为我不需要，但现在我需要，而她也帮了我。乞丐需要被别人帮助，也需要帮助别人。

最后，只剩下爸爸了。她能看见他那明亮的眼眸，强壮有力的双手中托着叶片厚实的异国花卉。对卡姆登，她说，你错了，艾丽斯是特殊的。哦，爸爸，艾丽斯有她的特殊之处！你错了。

一想到这点，光芒就盈满了她的全身。不是气泡般轻盈的快乐，而是别的什么。阳光温柔地穿过温室的玻璃，两个孩子在光线下跑进跑出。一瞬间她感觉到了阳光，似乎自己成了光的媒介，并不轻盈，但却透明，光芒将她完全穿透，再发散到别的方向。

她开着车，载着熟睡的女人和受伤的孩子穿越夜幕，朝着州界驶去。

第二卷　庇护所

2051年

　　"一个国家可以说是由它的领土、它的人民以及它的法律组成的。而领土是其中唯一持久的部分。"

——亚伯拉罕·林肯致国会咨文

1862年12月1日

8

乔丹·沃特罗斯站在"我们睡觉"摩托车厂的前门口,面朝尘土飞扬的密西西比大道。车厂四周架着八英尺高的电网,因此尽管没有Y能量场,没有尖端保安装置,也能实现很好的防护。不过目前对这家工厂的攻击也只是小规模、没有组织、口头形式的。今后他们会需要Y能量场,霍克这么说过。

在河对岸的阿肯色州,三星-克莱斯勒工厂的Y能量锥形装置在晨曦中闪闪发光。

乔丹睨视着大道的尽头。汗水浸湿了他的头发,顺着脖子往下淌。门卫——一个穿着褪色牛仔裤、身材健硕、浅黄色头发的女人——从门房探出脑袋问道:"你很热吗,乔丹?"

乔丹转过头说:"我一向感觉热,梅利恩。"

她笑了。

"你们这些加利福尼亚男孩一到户外就吃不消了。"

"我想我们不像你们这些河鼠①一样能吃苦。"

"孩子，并不是只有我们这种人才能吃苦，你瞧瞧人家霍克先生。"

在"我们睡觉"工厂里大伙儿还会对霍克有别的评价吗？霍克当然赢得了梅利恩满口的尊敬。去年冬天，梅利恩刚被雇用，那时的乔丹作为霍克的私人助理也才干了四个星期，就和霍克一道拜访了梅利恩的小棚屋。虽然有便宜的Y能源提供充足的供热——这是《救济福利法》规定的每个公民的权利——不过棚屋里还是没有室内管道系统，家具也少得可怜，一群浅黄色头发的孩子瘦得皮包骨头，拿着寥寥可数的几件玩具，直瞅着乔丹的皮夹克和夹在衣领上的微型通信器。而上星期，梅利恩骄傲地宣布，她买了个抽水马桶和一个带花边的枕套。乔丹现在明白，这种骄傲和抽水马桶一样实际。他之所以知道这些是因为卡尔文·霍克告诉过他。

乔丹转身继续观察着大道。梅利恩问："在等人吗？"

乔丹的目光缓缓逡巡了一圈，"霍克没打电话过来吗？"

"打什么电话？他什么也没跟我讲过。"

"老天！"乔丹说。门房里的通信终端尖啸起来，梅利恩把脑袋缩了回去。乔丹透过塑胶玻璃望着她。她接听电话时神色变得非常严肃，这种坚毅表情只有密西西比人才会有。其表情变化之快，宛如蒸腾的热气瞬间冻结成冰块。在加利福尼亚他从没见过这样

---

①对当地人的别称。

的人。

显然，霍克不仅告诉她让一个访客进来，而且还告诉了她这个访客是谁。

"是的，先生。"她对着通信终端答道，这让乔丹忍不住要退缩了。在这个工厂里没人叫霍克"先生"，除非他们是在气头上。但没人会对霍克发火，他们会转移怒气。一向如此。

梅利恩走出门房，"是你干的，乔丹?"

"是的。"

"为什么?"她问。乔丹到底还是板起了面孔——霍克说他总是要很长时间才会发火。

"这与你有何相干，梅利恩?"

"任何发生在这家工厂的事情都跟我有关。"梅利恩说。这也是实话，霍克让全厂八百名员工都成了工厂的主人。"我们不希望她那种人来到这里。"

"霍克显然很希望。"

"我问你为什么?"

"你干吗不去问他为什么。"

"我是在问你。该死的，为什么?"

在大道另一头，一片尘土飞扬起来。是辆地行车①。乔丹忽然感到一阵担忧：有人告诉过她别坐三星-克莱斯勒牌的汽车过来

___
①与在空中飞行的"飞行车"相对应的、作者杜撰的交通工具。

吗？不过相信她已经了解到一些诸如此类的事情。她总是无所不知。

梅利恩咆哮着："我在问你问题，乔丹！霍克先生干吗让他们中的一个进我们厂？"

"你这是在发号施令，不是问问题。"这时候发发火感觉不错，他的焦虑不安一扫而光，"不过，无论如何我还是会回答你的，梅利恩，只告诉你一个人，蕾莎·卡姆登来这里是因为她要求来这里而霍克准许了。"

"我不明白！我还是不明白为什么！"

汽车驶近了大门。这辆车全副武装，不是三星－克莱斯勒牌的。司机走下车，打开车门。

"为什么？"梅利恩重复着，如此憎恨的语气让乔丹也吃了一惊。他转过身，看到梅利恩的薄嘴唇因为咆哮而扭曲了，眼神里满是恐惧。乔丹了解——霍克曾教过他如何辨别——她不是害怕这些人的血肉之躯，而是害怕由这些人间接造成的境地，这种境地迫使她不得不面对令人窘迫的选择，别人根本不屑一顾的一点小钱，她却要仔细计算，小心翼翼地花费。比如说，两美元是去买半包香烟，还是去买一双暖和的袜子？用救济配给额给孩子们买营养牛奶，还是理一次发？梅利恩的恐惧不是因为害怕挨饿，不是因为害怕住在一个以廉价能源为基础的繁荣国家里，而是因为害怕被排除在这种繁荣之外，成为二等公民，成为一个寄生虫。她害怕因为不够优秀而无法得到体现成人尊严的基本标志——工作。愤怒从乔丹身体内流泻而出，他郁闷地感觉着它的消失。与这种感觉相比较，发脾气反倒是相当轻松的。

他尽可能温和地对梅利恩说："蕾莎·卡姆登来这里是因为她是我母亲的姐姐，是我的姨妈。"

不知道这次会面霍克能否收敛起脾气，也不知道他能收敛多久。

"每辆摩托车需要十六道装配工序?"蕾莎问。

"是的。"乔丹说。他们和蕾莎的保镖站在一起参观8-E号车间，每个人都戴着安全帽和护目镜。三名工人把两打摩托车放置在一起，他们全神贯注地工作，完全忽视了这些参观者。这种全神贯注比产品本身更加引人注目。

六个月前，在加利福尼亚，在乔丹的小妹妹的十八岁生日派对上，蕾莎非常详尽地询问了乔丹关于工厂的情况，把他所知道的事情盘问得一清二楚，最后她要求前来参观。没有想到的是霍克居然同意了。

她说："我本来认为霍克先生会亲自前来介绍情况的，至少，我是打算和他见一面的。"

"他说参观结束后带你去他的办公室。"

在厚厚的防护镜下，蕾莎不禁莞尔，"是想提醒我正站在谁的地盘上？"

"我猜是的。"乔丹迟疑地说。他讨厌霍克总是在出其不意的时候摆出一副高人一等的姿态。

让乔丹惊讶的是，蕾莎将一只手搭在他的胳膊上，"别介意我的说法，乔丹。这并不是说他没有资格。"

乔丹能对此说什么呢？要知道，是否具备资格才是主要的问题。而想要具备资格就得先搞清楚谁得到了什么，怎样得到的，以及为什么得到。

乔丹还是觉得自己并非评论这个问题的合适人选，他甚至都不是家族里有资格得到什么或询问为什么的人。

他母亲和姨妈的关系如此奇怪，或者，用"牵强"来形容更为恰当。不过事实又似乎并非全然如此。蕾莎只在传统节假日前来拜访住在加利福尼亚的沃特罗斯一家。艾丽斯虽然从未去芝加哥看望过蕾莎，不过艾丽斯喜欢园艺，所以她每天都从自家花园里采摘一束鲜花空运到蕾莎的公寓。如此耗费巨资、兴师动众在乔丹看来简直就是发疯。而且这些鲜花都很普通，都是些耐寒的庭院花卉：草夹竹桃、向日葵、萱草、柠檬香味的金盏花，这些花蕾莎在芝加哥的大街上花几美元就能买到了。"难道蕾莎姨妈不喜欢那些室内的奇花异草？"乔丹曾经问过一次。"是的。"他母亲微笑着回答。

蕾莎总是给乔丹和他的妹妹莫伊拉带些奇妙的礼物：儿童用的电子工具箱、望远镜，可以在数据网上买卖的股票。这些礼物总是让艾丽斯看上去和孩子们一样开心。当蕾莎教乔丹和莫伊拉使用这些东西，譬如如何调整望远镜的观测方位和高度、怎样在宣纸上写书法时，艾丽斯总会离开房间。经过了开头几年之后，乔丹有时希望蕾莎也能离开，让他和莫伊拉自己阅读说明书。蕾莎解释得太快、太难懂、太啰唆，而且当乔丹和莫伊拉不能一下子就记住全部内容时，蕾莎会感到很沮丧。就算知道蕾莎姨妈是自己感到泄气而不是针对他们，他们的心情也无法轻松下来，这只会让乔丹感觉自己很笨。"蕾莎有她自己的方式。"碰到这种情况时艾丽斯总会如是说，"而我们也有我们的办法。"

而艾丽斯所采取的办法中最怪异的举动就是加入双胞胎协会。当蕾莎听说这件事时，起初很震惊，然后是伤心，继而是愤怒。艾丽斯每周在协会义务工作三天。协会保存了一些双胞胎的资料，这些双胞胎能进行远距离交流，能知道对方在想什么，一方遇到麻烦另一方会感应到疼痛。他们也研究托儿所的双胞胎们，看他们如何作为单独的个体来区分彼此。这个超感觉力、通灵学和科学方法混杂的研究让乔丹迷惑不解，一直到十七岁他才有所了解。"蕾莎姨妈说你们大多数的'超感觉力'事件可以用统计学上的巧合来证明。我想你和她不是同卵双胞胎！"

"我们不是。"艾丽斯说。

最近两年乔丹和他的姨妈见过许多次面，他没把这事儿告诉母亲。蕾莎是个无眠者，是商业对手，但她也很公正，慷慨，充满理想主义。乔丹实在不清楚该如何看待姨妈。

有太多事让他困惑了。

参观工厂花了一个小时。乔丹试着通过蕾莎的眼睛观察这个地方。工厂里,工人代替了高效廉价的机器人;生产线上人声鼎沸;摇滚乐开得震天响;来自质检处的不合格产品稍加打包便被装进肮脏的纸板箱;有人把吃了一半的三明治踢到角落。

乔丹最终带着蕾莎来到霍克的办公室,霍克从乔治亚松木打造的宽大厚重的办公桌后面起身,"卡姆登女士,幸会。"

"霍克先生。"

她伸出手,霍克握住了,乔丹看见她的手略微向后缩了一下。第一次见到卡尔文·霍克的人通常都会退缩。人们之所以会有这样的举动,并不是因为霍克的体型巨大,而是他身上会透露出令人惶恐的凌厉气势,鹰钩鼻、斧凿般的颧骨、洞察一切的黑色眼睛,他甚至还有一串曾属于他曾曾曾祖父的锐利的狼牙项链。他的那位祖先住在山上,娶过三个印第安妻子,杀死过三百个印第安勇士——反正霍克是这么说的。乔丹在想,都快有将近两百年历史的狼牙怎么可能还如此尖利?

但是霍克的狼牙就是这样。

蕾莎抬头朝霍克微笑。尽管她的个头算高的了,可和霍克比起来,还是差了大约一英尺。蕾莎说:"谢谢你让我来参观。"见霍克没吭声,她直接加了一句,"你为什么会这么做?"

他答非所问地说道："你在这里很安全。就算没有你身边那些呆瓜也不要紧。在我的工厂里不会有没来由的仇恨。"

乔丹想到了梅利恩，不过什么也没说。在公开场合你可不能和霍克对着干。

蕾莎冷静地说："一个有趣的用词，'没来由的'，霍克先生。在法律上我们称之为暗示性用词。既然现在我在这里，如果可以的话，我想问几个问题。"

"当然。"霍克说。他把粗壮的手臂交叉在胸前，倚靠着身后的桌子，一副欣然同意要帮忙的架势。办公桌上放着台通信器、一个印有哈佛大学标志的咖啡杯，还有一个切罗基人①传统仪式上用的木偶。今天早上它们都还不存在呢，乔丹想，霍克肯定是特意布置了一番。他只觉得后脖颈儿一阵发麻。

蕾莎说："你们的摩托车都是些过时的式样，用的是最简单的Y能量锥形装置，和市场上的同类产品相比，开发的余地少多了。"

"确实。"霍克悠然地回答道。

"它们的耐用性也比其他产品低。它们在更短的使用时间里需要替换更多的零部件。事实上，只有其中的Y能量锥形导向装置防护罩还算过得去，但是这种导向装置是有专利权的，而你们没有签订过此项配件的转包合同，没有得到过专利权。"

"你做了不少功课。"霍克说。

---

① 美洲土著人。

"这种摩托车的最高时速只能达到每小时三十英里。"

"没错。"

"它们的售价却比施温①、福特或索尼的同类产品高10%。"

"也没错。"

"然而你的产品却占据了国内32%的市场。去年一年你就新开了三家工厂,在该行业的平均收益率只有11%的情况下,你申报的企业收益占了总资产的28%。"

霍克微笑着。

蕾莎上前一步,强调说:"别再继续这么干了,霍克先生,这是个可怕的错误。这个错误不是影响到我们——而是影响到你们。"

霍克和蔼地说:"你是在威胁我的工厂吗,卡姆登女士?"

乔丹的胃抽紧了。霍克是在故意曲解蕾莎的话,把请求歪曲成威胁,这样他就有理由用武力来代替讨论了。这就是为什么他会同意让她来参观"我们睡觉"厂——他想在面对面的对峙中轻而易举地修理一下对方。一个国家政治运动中下层阶级的领导者准备和一个杰出的无眠者律师大干一场。乔丹心中涌起无限失望,霍克原本比现在高大得多。

他需要霍克比现在高大。

蕾莎说:"我当然不是在威胁你,霍克先生,这你很清楚。我只是想要指出你们的'我们睡觉运动'对国家、对你们自己都是危险

---

① 美国最知名的自行车品牌之一。

的。别这么伪善,假装不懂。"

霍克仍旧和蔼地微笑着,但乔丹看见他脖子上的一小块肌肉——就在那颗泛黄的狼牙上方——开始有节奏地律动。

"我不懂也得懂了,卡姆登女士。这么些年来你不就一直在媒体上反复唠叨吗?"

"我会继续唠叨下去的。不论让睡眠者和无眠者之间越行越远的是什么东西,最终这东西对我们双方都不会有好处。你让大家买你的摩托车,不是因为它们质量好,不是因为它们便宜,不是因为它们美观,仅仅因为它们是由睡眠者生产的,其利益也只提供给睡眠者。你,还有其他行业的你的追随者,正在从经济上把这个国家分裂开,霍克先生。在仇恨的基础上创造一种双重经济体制,这对每个人都是危险的!"

"尤其对无眠者的经济利益更具危险性吧?"霍克问道,明显一副想要漠不关心却又兴趣浓厚的神态。乔丹明白,他认为自己由于蕾莎突然的感情用事而占了先机。

"不是。"蕾莎疲倦地说,"得了,霍克先生,你心里很清楚。无眠者的经济利益是建立在全球经济上的,尤其在金融和高科技方面。你可以在美国大兴土木,大造特造所有的车辆、小玩意儿,但动不了他们一根汗毛。"

他们,乔丹心想,不是我们。他想知道霍克是否注意到了这点。

霍克圆滑地说:"那么你为什么到这儿来,卡姆登女士?"

"和我去庇护所是同样的理由。来斥责愚蠢的行为。"

霍克脖子上的那块肌肉跳动得更快了。乔丹清楚，霍克并不希望蕾莎把他和庇护所——他的敌人混为一谈。霍克的手越过桌面，按响了一个铃，蕾莎的保镖们都戒备起来。霍克轻蔑地瞥了他们一眼，当他们全都是些背叛同类的孬种。办公室的门打开了，一个年轻的黑人女子面带困惑地走进来。

"霍克，克尔特林说你要见我？"

"是的，蒂娜，谢谢你过来。这位女士对我们工厂很感兴趣。你愿意告诉她一些关于你在这里工作的情况吗？"

蒂娜顺从地转过身，未加辨认就直接面向蕾莎。"我在第九车间工作。"她说，"来这里之前，我一无所有，我的家人也是一无所有。我们到救济所，领食物，走回家，吃掉。我们就这么等死。"她继续说着，讲述了一个对乔丹来说很熟悉的故事，不同的是蒂娜用了戏剧性的夸张手法来叙述。毋庸置疑，霍克早就安排好让她出场。由救济所提供廉价食物、房屋、衣服，他们根本无力与人竞争以达到正常的经济水平，直到卡尔文·霍克和"我们睡觉运动"提供了一份支付薪水的工作。而"我们睡觉"产品之所以能在国内市场上如此热销，完全是由于一些非经济因素。"我只买'我们睡觉'的产品，我也只卖'我们睡觉'的产品。"蒂娜慷慨陈词，"这是我们得以分享利益的唯一办法！"

霍克说："要是你们群体中的人购买别人的产品，因为它更便宜或更好……"

"那种人在我们群体里可待不长。"蒂娜幽幽地说,"我们自己照顾自己。"

"谢谢你,蒂娜。"霍克说。蒂娜明白这是要她离开。她离开了,走之前瞥了霍克一眼,那目光和厂里所有人看霍克的眼神如出一辙。乔丹希望蕾莎能辨认出那种目光,当蕾莎作为律师让她的委托人从监狱里获得自由时,她的委托人就会流露出这样的眼神,把她当作自己的救命恩人。他的胃部稍稍舒缓了些。

蕾莎对霍克挖苦道:"多么精彩的表演。"

"不只是表演。个人奋斗的尊严——一个老谷贝主义者的原则,不是吗?或者是你不肯让自己认清经济现实?"

"我了解自由市场经济的所有局限性,霍克先生。供需要求把工人们放在了和小铸件一样的地位上,但人不是小铸件。你无法用你拉拢工人的方式来拉拢消费者,并以此创造健康的经济环境。"

"我现在正在靠这样的方式来创造健康的经济环境,卡姆登女士。"

"那只是暂时的。"蕾莎说,她突然倾身向前,"你认为你们的消费者能够基于阶级仇恨而永远不买更优质而且廉价的产品吗?当繁荣昌盛让人们上升到同一阶级时,阶级仇恨就不复存在了。"

"我的人永远不会上升到和无眠者同等的阶级,这你知道。根据达尔文主义的说法,你们拥有进化的优势。所以我们就利用我们拥有的——纯粹的数量。"

"但根本没必要演变成为达尔文曾强调的所谓弱肉强食般的竞争!"

霍克站立好,他脖子上的肌肉现在不再跳动了,乔丹觉察出霍克觉得自己赢了。"难道不是吗,卡姆登女士?是谁造成这种局面的?事实上,尽管无眠者的数量非常少,但如今你们控制了28%的经济,而且这个百分比还在增长。你自己就是河对岸的三星-克莱斯勒厂的股东之一——当然,你没有直接控股,而是通过奥罗拉控股公司来操作。"

乔丹惊愕不已,他对此一无所知。有那么一瞬间,怀疑自他全身蔓延开,像酸液一样腐蚀了他。他的姨妈要求来这里,要求和霍克谈谈……他又看了看蕾莎,她在微笑。不,那不是她的动机。他这是怎么了?难道他终其一生只会怀疑一切吗?

蕾莎说:"拥有股份并不违法,霍克先生。我这么做是为了更显而易见的理由:提供一个获利的机会。一个在公平竞争下生产出最优质产品以及提供最佳服务的机会,一个可以把产品卖给任何想买的人的机会。任何人。"

"很值得称许。"霍克犀利地说,"但是,当然,不是每个人都买得起。"

"的确如此。"

"那么我们至少在一件事上达成了共识,一些人被排除在了你那以达尔文进化论为基础的非凡的经济体制外,你想让他们乖乖接受这点?"

蕾莎说:"我想打开门把他们领进来。"

"怎么做,卡姆登女士? 我们怎么和无眠者在同一水平上竞争? 抑或是如何跟那些由具备金融天赋的无眠者完全资助或部分资助的主流公司竞争?"

"不要用仇恨创造两种经济体制。"

"那么该用什么呢? 告诉我。"

蕾莎刚想回答,门突然打开,三个男人冲了进来。

保镖立刻把蕾莎围住,拔出了枪。那几个人肯定早就料到了保镖的这种反应,他们挥舞着摄像机——而不是枪———阵狂拍。既然他们所能看到的只有保镖那密集的方阵,那他们就拍这个。这个场面让保镖们大感不解,个个面面相觑。与此同时,乔丹退避到一处角落,他是唯一看到墙上高处忽然闪过一道微弱光芒的人,这道光亮暴露了光学镜头,从镜头所在的位置可以安全隐蔽地监视房间的大部分范围。

"出去。"保镖头领——管他叫什么名字——从牙缝里挤出话来,摄像人员礼貌地退出去了。除了乔丹,没人注意到霍克安置的摄像头。

为什么? 霍克秘密安装摄像头是想要干什么? 当然,霍克完全可以声称这是那个摄像小组带进来的。乔丹应该把这件事告诉姨妈吗？这会伤害她吗？

霍克注视着乔丹，点了点头，目光是那么亲切，对乔丹的左右为难表示理解。这一温柔举动让乔丹立刻打消了疑虑。霍克肯定不是想对蕾莎个人有所伤害，这不是他的处事风格。他肯定是为了什么更加宏观的、广泛的、公正的目的，只不过可能会牵涉到一些个体而已，正如无眠者也不会希望蕾莎只因为个人恩怨而对付霍克一样。但是不管将来历史书上会怎么说，有一点是肯定的，为了开创自己的革命事业，霍克决不会轻易打破单个鸡蛋。

乔丹放松了。

霍克说："我很抱歉，卡姆登女士。"

蕾莎冷冷地看着他，"没有人受伤，霍克先生。"过了一会儿，她刻意加了一句，"对吗？"

"是的。我送你一件纪念品。"

"一件……"

"一件纪念品。"霍克从一个橱柜里拖出一辆"我们睡觉"牌摩托车，保镖们再次紧张起来，"当然，它也许没法开那么远、那么快，或没那么耐用，不能和你已经拥有的那辆比，但说不定你能屈尊用它代替地面或空中的汽车，因为有超过50%的人不得不这么做。"

乔丹看到，蕾莎到底还是失去了耐心。她咬紧牙关呼出气，发出断断续续的嘶嘶声。

"谢了，霍克先生。我骑'凯斯勒-鹰'牌。它是一辆质量非常棒的摩托车,是由新墨西哥州的当地土著睡眠者开办的工厂制造的。他们努力以公道的价格销售更加优质的产品。不过,当然,他们代表的是不一样的少数民族,这些少数民族的商业利益没有受到稳定的保护。我想他们应该是霍皮人①"

乔丹简直不敢正视霍克的脸色。

正要上车时,蕾莎对乔丹说:"刚才出言不逊,我很抱歉。"

"不要放在心上。"乔丹说。

"看在你的分儿上,我不会放心上的。我知道你对你们在这里做的事非常信任,乔丹——"

"是的。"乔丹平和地说,"我相信。不管怎样。"

"你说这话的时候,样子就像你母亲。"

而母亲却和蕾莎没一点相像之处,乔丹心想。虽然乔丹立刻觉察到自己这样的想法对母亲不够尊重,但这是事实。艾丽斯比四十三岁的实际年龄看上去要苍老些,而蕾莎相比之下却要年轻得多,清瘦的脸庞上有引力作用造成的衰老,却没有组织退化引发的衰老。蕾莎衰老的速度比别人慢一半。照此说来,她看上去本应该像是二十一岁半的年纪,但她并不像是二十一岁半。她看上去大约三十岁,而且显然她会一直保持这个样子。一个漂亮的、肌肤紧绷的三十岁女人,她眼睛周围淡淡的线条更像是精细的微型线路,而非

①美国亚利桑那州东南部印第安村庄居民。

柔和的皱纹。

蕾莎问道:"你母亲好吗?"

乔丹听出了这个问题所蕴含的复杂意味,但他没有费心去仔细辨别。"很好。"他说,然后又说,"你要从这儿去庇护所吗?"

蕾莎的半个身子在车内,半个身子在车外,她抬起头来看着他,"你怎么知道的?"

"每当你要去庇护所或从庇护所回来时都会是这种表情。"

蕾莎垂下目光。他也许不该提起庇护所。蕾莎说:"告诉霍克,我不会对墙上的摄像头采取法律措施,你也不必因为没有告诉我这事而自责。为了做我们的和事佬,你已经够为难的了,乔丹。但你知道,我实在厌倦像霍克先生这种令人深感压力的存在。他们把超凡的魅力、夸张的自负,以及对信仰的热情全都一股脑地向你倾泻下来,让你觉得自己像是被拳头狠揍了一顿。这些都让人疲惫不堪。"

她修长的腿跨进了车内。乔丹笑了,笑声引得蕾莎回头看了他一眼,她绿色的眼眸里流露出一丝疑惑,但乔丹只是摇了摇头,吻了她一下,替她关好车门。当汽车发动离开时,乔丹直起身,收起笑容。超凡的魅力。夸张的自负。令人深感压力的存在。

怎么可能,经过这次事件之后,难道蕾莎没有意识到自己也是这样的人吗?

蕾莎把头靠在贝克集团私人飞机的皮椅上,她是飞机上唯一的乘客。在她身下是逐渐延伸到阿巴拉契亚山脉脚下的密西西比平原。蕾莎的手扫到了放在她身旁座位上的一本书,她拿起书,准备借此转移对卡尔文·霍克的注意力。

封面做得很花哨。亚伯拉罕·林肯,没有胡子,穿着黑色双排扣礼服,戴着高顶礼帽,身后是一座正在燃烧的城市——是亚特兰大?或是里士满?只见林肯很别扭地苦着张脸。深红、橙黄的火焰舐舐着紫色的天空。深红、橙黄和紫色。如果书上用的是这些颜色,那么网上所用的颜色肯定会更加刺眼。他们肯定还会在三维全息图像上加上特别的荧光效果。

蕾莎叹了口气。林肯从来没有在一座燃烧的城市中驻足过。在这本书所讲述的年代里,林肯已经蓄起胡子了。这本书是对林肯的演说所做的谨慎的学术性研究,对象是宪法而非战争。里面没有什么可让人苦着脸的东西,也没有什么燃烧的东西。

蕾莎的手指触摸着封面上凸印的名字:伊丽莎白·卡明斯基。

“为什么用笔名?”艾丽斯曾用她直言不讳的谈话方式问道。

“这难道还不明显吗?”蕾莎说,“我办的案子总是招来太多非议,所以我希望这本书能够获得学术性的关注,体现它真正的价值而非——”

“我明白这点,”艾丽斯反驳说,“但是有那么多选择,干吗非得用这个笔名?”蕾莎没能回答。一星期后,她想到了一个答案,但那个气氛凝固的小小拜访已经结束了。蕾莎又不在加利福尼亚，没法告诉艾丽斯。蕾莎差点儿想给她打电话，但那时已是芝加哥的凌晨四点，加州的莫洛湾则是凌晨两点，艾丽斯和贝科肯定还在睡觉。而且她和艾丽斯很少互通电话。

艾丽斯，答案是因为林肯在1864年说过的一些话[①]。另外我今年已经四十三岁了——我们出生那年父亲正好也是这个岁数。这让我想起父亲当年和林肯一样，对事业孜孜以求、充满热情，而我现在如此萎靡不振实在有愧于父亲，所以我想用这个名字来纪念父母。其实，没有人，甚至包括你，会相信我对所有这一切已经厌倦了。

但事实就是如此，她大概不会对艾丽斯说这些，不管是在芝加哥还是在加利福尼亚。不管她对艾丽斯说什么，到头来都会转变成隐隐的倨傲。不管艾丽斯对她说什么——比如双胞胎协会里流传的神秘事件——似乎都会被蕾莎用逻辑和证据批驳得体无完肤。她们俩简直就像是在鸡同鸭讲，所说的语言对方根本没法理解，最后不得不简化成点头和微笑。最初的良好愿望并不足以缓和这种紧张状态。

二十年前的那一时刻，已经表明她们注定是不同的。但现在……

地球上的两万两千个无眠者，有95%在美国，而其中的80%在

---

①1864年，林肯在第二次连任总统的就职演说中提到："要坚持正义，继续努力完成正在进行的事业……"

庇护所;而且现在几乎所有无眠婴儿都不是体外受精创造出来,而是自然孕育出来的,同时其中的大多数都是在庇护所里降生的。全国各地的父母继续花钱做其他基因改造:增强智商,提高视力,增强免疫系统,填高颧骨……蕾莎清楚,不管这些是多么微不足道的基因改造,它们都在法律的许可范围内,但"无眠"并非如此。基因改造花费十分高昂,为什么要花钱给你钟爱的孩子买来一辈子要面对的偏执、成见和人身伤害呢?最好还是选择被大众所接受的基因手术。漂亮或聪明的孩子也许会自然而然地遭到嫉妒,但不会有充满敌意的仇视。他们不会被当作一个不同的种族来看待,不会被看成是对权利有无穷欲望的种族,不会被看成是永远进行幕后操纵的种族,不会永远被鄙视,不会永远令人惧怕。二十一世纪的无眠者——蕾莎在给一本全国发行的杂志的信中写道——就是十四世纪的犹太人。

她为了改变这个观念进行了为期二十年的法律斗争,但一无所成。

"我累了!"蕾莎尝试着大声喊出来。飞行员没有回头,他一向沉默寡言。两万英尺下的这片山麓丘陵毫无变化地一直向远处延伸。

蕾莎打开她的工作台。工作无法消除疲倦——不能解决她和艾丽斯之间让人烦恼的隔阂,不能解决她身后斗志昂扬的卡尔文·霍克,也不能解决她面前斗志昂扬的庇护所——问题仍旧存在,但至少她在这段时间有事可做了。飞达纽约州北部要花三个多小时，再用两小时飞回芝加哥，有足够的时间完成"考尔德对汉森冶金公司一案"的辩论提要。下午四点她要在芝加哥会见一名客户，下午五点三十有一场庭审，晚上八点见另一名客户，剩下的时间用来准备明天的审判。凡事她都做到井井有条。

法律从不会让她感觉疲惫。有一点要说明，尽管用它做了二十年不可避免的无用功，她仍然是相信法律的。一个社会如果具备廉洁有度（比如说，这个社会中80%的人没受到腐蚀）、功能完善的司法系统，它就仍然是一个值得信赖的社会。

现在心情舒畅多了，蕾莎着手处理卷宗中的棘手问题——一个表面看来证据确凿的推论，但那本仍放在座位上的书分散了她的注意力，令她想起艾丽斯的提问，以及自己未说出口的回答。

在1864年4月，林肯给肯塔基人A. G. 霍奇斯写过一封信。当时皮娄要塞发生了针对黑人士兵的种族大屠杀事件，从而激怒了北方各州。而且，由于联邦政府每天在战争上要耗费两百万美元，联邦国库几乎完全匮空。每天林肯都要遭受媒体的斥责，每周他都要面对国会的炮轰。那时林肯还不知道，下个月格兰特会在冷港失去一万人①，在斯巴萨维利亚村政府一役中会损失更多人。面对这样令人焦头烂额的局面，林肯在给霍奇斯的信中写道："我声明并没有操纵任何事件，坦白地说，是事件控制了我。"

---

① 冷港战役中，李将军凭着远弱于对手的兵力和装备，在缺衣少食的情况下击败了格兰特，硬是把强大的北军挡在了里士满以外。

蕾莎把书塞到飞机座位下面,然后趴在工作台上,一头栽进法律事务中。

詹妮弗·沙里夫从地上抬起头,优雅地站起身,弯腰收好她祈祷用的跪毯。粗粝顽强的山草有些湿润,弯曲的叶片黏附在毯子底部,避免了她身上的白色阿巴亚①沾上草叶。詹妮弗穿过树林里这一小块空地,走向她的飞行车。她那头长长的、未束起的乌黑秀发在微风中飞扬。

一架轻型飞机在头顶一掠而过。詹妮弗皱皱眉头——蕾莎·卡姆登已经来了,詹妮弗迟到了。

让蕾莎等着吧,或者让理查德和她周旋。詹妮弗根本不希望蕾莎来这里,为什么庇护所要欢迎一个事事与自己作对的女人呢?

带有贝克集团标志的小飞机消失在树林中。

詹妮弗钻进飞行车,脑子里忙于考虑接下来一天要做的事。要不是晨祷和午祷给予她内心以平和及慰藉,她不认为自己还能面对这些岁月。"可是你并不信教。"理查德曾笑着说过,"你都不是信徒。"詹妮弗没有试图向他解释宗教信仰其实不是重点:只要你愿意相信,任何信仰都能够产生它自己的力量、自己的信念,并最终产生它自己的意志,信仰的过程——不管其有何特殊的仪式——就是为了让信仰的对象真实存在,于是信仰者成为创造者。

----

①阿拉伯妇女的传统服装。

"我相信。"詹妮弗在每个黎明、每个午后,每当跪在草地上、落叶上,或白雪上时都在说,"我相信庇护所。"

詹妮弗把手遮在眼睛上方,想看清楚蕾莎的飞机消失在了哪里。詹妮弗估计,兰登探测器和防空雷达会一直追踪这架飞机。她升起自己的飞行车,在Y能量场的顶罩下平稳地飞驰。

她的曾祖母纳吉拉·法蒂玛·努尔·埃尔-达哈对她的这种信仰会说什么呢?另一方面,她的外曾祖母——其孙女,也就是詹妮弗的母亲成了美国的电影明星——是个爱尔兰移民,在布鲁克林区以从事清洁工作为生,所以她也许更能理解力量和意志这样的东西。

不管是曾祖母、外曾祖母,还是任何人的曾祖母,都不再重要了。不管是祖父还是父亲也都一样。一个新的种族为了能够生存,总是被迫牺牲掉原来的根。詹妮弗猜测,宙斯是不会为克洛诺斯①伤心,也不会为瑞亚②哀悼的。

晨曦中,庇护所在她身下伸展。二十二年间,它扩展到了将近300平方英里的范围,占据了纽约州的卡塔罗格斯县五分之一的面积。国家对保留区的信托权限一到期,詹妮弗就买下了阿勒格尼印第安保留区。她花了一大笔钱,轻松说服了住在曼哈顿、巴黎、达拉斯的塞内加族部落成员把保留区卖给她。实际上,需要说服的塞内加族人并不多。詹妮弗很清楚,不是所有遭受迫害的群体都具备无

①希腊神话中的一个泰坦神,第二代主神,后来被他的儿子宙斯废黜之前一直统治着宇宙。

②克洛诺斯的妹妹兼妻子,宙斯的母亲。

眠者这样随机应变的技巧的——比如这种在最开始主人不情愿卖出的情况下买地的技巧，或者在国际武器市场买到防空雷达的技巧。即便这些群体拥有技巧，他们也缺乏使手段变得专注、纯净、神圣的事业。他们无须为生存而战：这是一场圣战，杰哈德①。

阿勒格尼保留区是独特的，因为在美国本土的保留区中只有它保留了一座完整的非印第安城市——萨拉曼卡。这座城市是自1892年开始由城市居民向塞内加人租来的。萨拉曼卡已经被詹妮弗买下。萨拉曼卡居民没多少钱打官司，而庇护所却有全国最优秀的无眠者律师提供无偿服务，所以在经过了数次法庭较量后，所有租户都接到了搬家通知。城市里过时的建筑全部被铲平，如今这里已经具有了庇护所的高科技城市的雏形：科研医院、大学、证券交易所、能源和维护中心，以及世上最尖端的通信系统，生态养护的森林环绕着这座城市。

庇护所的大门外，詹妮弗能看见远处在山路上跋涉的货车队伍，这支队伍每天运来食物、建筑材料、低科技含量的补给品等庇护所宁可从外面进口也不愿浪费精力生产的东西。不过庇护所并不完全依赖每天的货车运送，庇护所有足够一年自给自足的贮藏量。但这并非必要。无眠者控制了那么多外界的工厂、销售渠道、农业研究项目、商品交易所，以及法律机构。庇护所还从没想过只是要苟且偷生，庇护所是个防御工事齐全的指挥中心。

---

①杰哈德，阿拉伯语中的"圣战"。

从机场接蕾莎过来的汽车已经停在了詹妮弗的家门口,房子是标准的圆拱形,造型优美,但不奢华,显得经济实用。最先在庇护所建造起来的是安全设施——二十二年前托尼·英迪维诺就曾强调过了。然后建造了科技和教育设施,接着是牢固的仓库,最后才是个人住宅。

詹妮弗整理了一下身上阿巴亚的褶条,深吸一口气,走进家门。

蕾莎站在客厅中朝南的玻璃幕墙前,凝视着镶金框的托尼全息肖像画,托尼那青春洋溢的含笑双眸似乎也回望着她。阳光照在蕾莎的金发上,熠熠生辉。听见詹妮弗走进来,她转过身。窗户外的光线被蕾莎挡住了,詹妮弗看不见她的表情。

两个女人互相注视着对方。

"詹妮弗。"

"你好,蕾莎。"

"你看起来不错。"

"你也一样。"

"理查德呢? 他和孩子们都好吗?"

"很好,谢谢你。"詹妮弗说。

然后是一阵沉默,像炎热的天气一样让人坐立不安。

蕾莎说:"我想你知道我为什么来这里。"

"为什么? 不,我不知道。"詹妮弗说。其实她心知肚明。庇护所监视着所有待在外界的无眠者的行动,尤其是蕾莎·卡姆登和凯文·贝克。

蕾莎发出一声不耐烦的嗤鼻声,"别和我玩捉迷藏了,詹妮弗。即使我们不能在其他事情上达成一致,至少我们应该坦诚相见。"

她从来就没改变过,詹妮弗想,具有那样的智慧和经验,然而她依旧没有改变,让天真的理想主义凌驾在了智慧和经验之上。

故意视而不见的结果是理所当然地看不到。

"好吧,蕾莎,让我们都坦率些。你来这里是想知道明天是否会有一场由庇护所发起的针对亚特兰大的'我们睡觉'纺织厂的袭击。"

蕾莎耐着性子盯着她,"老天,詹妮弗,我当然不是为这个来的!难道你以为我不了解吗?你不会用这种方式斗争的,尤其对方只有一家每年总收益不超过五十万元的低科技企业。"

詹妮弗忍住笑意。蕾莎居然认为不可能那么做的双重原因是道德和经济,真是有够单纯的。当然,庇护所并没有计划这样一场袭击,"我们睡觉"的那帮人都是无足轻重的。詹妮弗说道:"听到你对我们的看法有所改善,这真让我欣慰。"

蕾莎挥了挥手臂,一不留神,她的手扫到了托尼的全息像,肖像的头朝着她的方向转过来。"我的看法是无关紧要的,这点你非常清楚。我来这里是因为我从凯文那里得到了这个。"她从口袋里掏出一张打印纸,递到詹妮弗面前。当意识到那是什么时,詹妮弗的身体不快地晃了一下。

她不动声色地站在那儿，但知道已经来不及了，"不动声色"透露给蕾莎的信息只会和感情流露时一样多。蕾莎是怎么得到那张打印纸的？她脑海里思索着所有的可能性，但她不是数据网络专家。她必须让威尔·瑞纳迪和卡西·布卢门撒尔放下手头的其他工作，立刻对整个网络的门户安全、盖瑟系统①做仔细检查……

"别操心了。"蕾莎说，"凯文的电脑天才们不是从庇护所的网络上得到它的。有人通过电子邮件把它传了我——直接发给我的。是你们中的一个人。"

那就更糟糕了，庇护所里有人在秘密帮助睡眠者的支持者，有人居然没意识到这是场生存之战……除非蕾莎在撒谎。但詹妮弗从来没有见过蕾莎撒谎，这是蕾莎那可怜又危险的天真无邪的一部分——她喜欢未加粉饰的事实。

蕾莎把手里的纸捏成团，扔到客厅对面，"你怎么能这样把我们自己人进一步分裂开，詹妮弗？秘密地建立一个独立的无眠者委员会，其成员仅限于那些接受所谓的团结誓言的人——'我发誓要视庇护所的利益在一切私人的、政治的、经济的事情之上，并保证它的存在，要像保护我自己、我的生命、我的财产以及我神圣的荣誉那样保护它。'天哪，多么邪恶疯狂的宗教联盟，还有这样一个独立宣言！你对别人的劝说总是充耳不闻！"

詹妮弗一脸冷漠地盯着她看。"你真愚蠢。"这是她俩之间最难

①作者杜撰的电脑操作系统。

听的辱骂了，"只有你和凯文，还有你们那少数几个意志软弱的天真派看不出这是一场生存之战。战争就是要求划清界限，尤其在大政方针方面，我们不可能给第五纵队①提供投票特权。"

蕾莎眯起眼睛，"这不是战争。战争代表进攻和反击。如果我们不反击，如果我们继续做拥有生产力的守法公民，我们就可以依靠纯粹的经济力量进行同化，从而赢得认可——就像其他有特许权的新组织一样。我们别这样分裂成小集团！你一向是明白这个道理的呀，詹妮②！"

詹妮弗尖利地说道："别这么叫我！"她情不自禁地朝托尼的肖像瞥了一眼。

蕾莎没有道歉。

平静些后，詹妮弗说："同化不能单单依靠经济力量，它要靠我们所不具备的政治力量来获取，而我们永远不可能有这样一个民主政体。我们现在还不足以形成一个具有投票影响力的政党，你应该知道的。"

"你已经在华盛顿建立了最强大的秘密游说团体。你花钱购买需要的选票。金钱可以买来政治权利，一向如此。社会的概念就是关于资本的概念。任何我们想要改变或提倡的价值都必须在资本

---

①该词源自西班牙内战时期一位叫摩拉的将领之口。他说他拥有的四个纵队包围着西班牙首都马德里，另有一支纵队"第五纵队"在城内策应。现泛指敌人派来的间谍和内奸。

②詹妮弗的昵称。

体制中进行改变或提倡，而且我们就是这么做的。如果你把我们自己人分裂成敌对的两派，我们还怎么能够在睡眠者和无眠者之间倡导贸易平衡呢？"

"如果你和你的人能明白这是一场战争，我们就不会被分裂。"

"我所能看见的只有仇恨。它就蕴藏在你愚蠢的誓言中。"

两人的谈话陷入了僵局——又恢复到和从前相同的僵局中。詹妮弗穿过客厅走到吧台，一头乌发在身后飘荡，"想喝点什么吗，蕾莎？"

"詹妮弗……"蕾莎欲言又止。过了一会儿，经过一番明显的内心挣扎后，她继续说道："如果你的庇护所委员会成为现实……你将把我们排除在外——我、凯文、让-克劳德、斯特娜和其他人。面对媒体，我们的呼吁将不再具有权威性，我们也不再具有管理的决定权，我们甚至都不能继续帮助无眠儿童，因为宣过誓的人不可使用'组织网'，只能用庇护所网络……接下来是什么呢？采取联合抵制策略，不和我们中的任何人做生意？"

詹妮弗没有回答，蕾莎缓缓地说："噢，我的上帝，你真是这么想的，你正在考虑经济上的联合抵制……"

"那不会是我一个人的决定，那将是整个庇护所委员会的决定。我怀疑他们是否会同意这样一个联合抵制行动。"

"但你会同意的。"

"我从来就不是谷贝主义者，蕾莎。我也不相信个人才华所带来的成就能凌驾在集体力量所带来的福利之上。这两点很重要。"

"这和谷贝主义没有关系，你很清楚这点。我们谈的是控制，詹妮弗。你讨厌你不能控制的所有事——比如最差劲的睡眠者所做的事。但你比他们还要糟糕，你企图控制神圣的东西，因为你也需要神圣。这是你詹妮弗·沙里夫所需要的，但不是这个集体所需要的。"

詹妮弗走出了房间，双手紧紧地互握着，以免它们颤抖。显然，这是她的缺点，其他人就不会像她这样双手颤动。一个缺点，一个她无法克服的弱点，这是她的失败之处。在走廊上，她的孩子们从游戏室中跑出来扑进她的怀里。

"妈妈！快来看我们造的东西！"

詹妮弗把手分别放在两个孩子的头上。纳吉拉粗糙的头发上打了个结。里基的头发比他姐姐的更黑、更顺滑，摸上去像清凉的丝绸。詹妮弗的手不再发抖了。

孩子们望了望客厅。"蕾莎姨妈！蕾莎姨妈来了！"他们跑了过去，头发从詹妮弗的手指间滑开，"蕾莎姨妈，来看看我们用电脑设计建造的东西！"

"好啊。"詹妮弗听见蕾莎在说，"我很想看。不过我首先要再问你们妈妈一件事。"

詹妮弗没有转身。如果内部的叛徒已经给蕾莎发了电子邮件告诉了她团结誓言的事，那么她还收到其他什么邮件了吗？

但蕾莎只说了一句："理查德收到'辛普森对海上渔业公司'一案的传票了吗？"

"是的，他收到了。他正在准备他的证词。"

"很好。"蕾莎冷淡地说。

里基瞧瞧蕾莎又瞅瞅妈妈，他的声音里失去了原有的兴奋，"妈妈……我要去叫爸爸吗？蕾莎姨妈要见爸爸……不是吗？"

詹妮弗朝儿子微笑着。她能感觉到自己笑得有些控制不住了，她终于松了口气，放下心来。海上捕鱼权——她几乎都要同情蕾莎了，蕾莎的生活就被这样的琐事占据着。"是的，当然，里基。"她说着，转身朝蕾莎开心地笑起来，"去叫你爸爸过来吧。你们的蕾莎姨妈要见他。她当然想啦。"

9

　　"蕾莎,"她的律师办公室的接待员说,"这位先生已经等了你三个小时。他没有预约。我告诉过他你今天可能不会回来,但他坚持在这里等。"

　　那人站着,身子微微有些摇晃,肌肉因为长时间保持一种姿势而显得有些僵硬。他很瘦小,出奇地纤弱,穿了件既不便宜也不昂贵的棕色西装,皱巴巴的。他的一只手里拿了份折叠起来的小报。睡眠者,蕾莎想。她总是能够知道。

　　"蕾莎·卡姆登?"

　　"很抱歉,我现在不接待任何新客户。如果你需要律师,还是去别的地方问问吧。"

　　"我想你会接这个案子的。"那人说道,让她诧异的是,他的声音一点儿不像他的外表那么纤弱,"至少,你会对它感兴趣的。请给我十分钟时间。"他展开那份小报,递给蕾莎。头版上是她和卡尔文·

霍克的照片,下面的标题是:"无眠者对'我们睡觉运动'深感忧虑,进而展开调查……我们已经迫使他们要采取行动了吗?"

现在她明白霍克为什么允许她参观摩托车厂了。

"据说这张照片是今天早上拍的。"那人说,"我、我、我——"蕾莎这下知道他一定不是在通信联络部门工作的。

"请到我的办公室来。你是?"

"亚当·沃尔科特。亚当·沃尔科特博士。"

"是医学博士吗?"

他直直地望着蕾莎。他的眼睛是一种淡淡的、柔和的粉蓝色,如同结了霜的玻璃。"基因研究人员。"

太阳落在密歇根湖上方。蕾莎把玻璃幕墙转为透明,在沃尔科特博士对面坐下,等待着。

沃尔科特屈起双腿,他的腿特别细长,绕在椅子腿上。"我为一家私人研究企业工作,卡姆登女士,是桑普莱斯生物科技公司。我们优化基因组、加强基因组的精细程度,并把产品提供给做体外授精基因改造的更大机构。我们发展了帕斯坦手术法,创造出远超常人的灵敏听力。"

蕾莎不予置评地点点头。远超常人的灵敏听力,真是种可怕的想法,她感觉震惊不已。隔着六个房间还能听见别人窃窃私语的好处远远抵不过隔着三个房间还能听见让人神经衰弱的摇滚乐的痛苦,所以超听力儿童在两个月大的时候就要做声音控制手术。

"桑普莱斯让它的研究人员有大量的自由发挥余地。"沃尔科特停下来咳嗽，声音是那么羸弱，蕾莎还以为是幽灵在咳嗽呢，"他们说希望我们能在非计划的情况下获得惊人的发现，但事实是公司陷入了一种可怕的无组织状态，他们根本不懂如何管理科学家们。两年前我申请研究和无眠基因有关的肽。"

蕾莎漠然地说："我以为和无眠有关的东西都已经被研究过了呢。"

沃尔科特似乎觉得这很有趣，他喘着气，吃吃地笑着，缠着椅子腿的细长双腿松开来，随后交叉在一起。"大多数人确实认为没有可研究的东西了。但我在研究成人无眠基因的肽时，使用了由里昂科技研究所开创的新方法。那是加斯帕尔-蒂埃卢发明的。你了解他的工作吗？"

"我听说过他。"

"你可能不知道这个新方法，它本身非常新奇。"沃尔科特把一只手插进头发里扯了扯，他的手和头发都很纤细，"我应该先问问这间办公室有多安全。"

"百分之百安全，"蕾莎说，"否则就不会让你待在这里了。"沃尔科特只是点点头，显然他不是那些吃过无眠者安全系统苦头的睡眠者之一。蕾莎对他又多了分好感。

"长话短说，我想我已经找到了一种办法，让身为睡眠者的成年人也成为无眠者。"

蕾莎正要伸手去拿……什么？好像听见了什么。她的双手僵住了，她怔视着两手。"让……"

"目前还没有解决所有的问题。"沃尔科特开始兴致勃勃地长篇大论起来，讲述异变肽的制造、神经突触、DNA上冗余的信息编码，但蕾莎一句都没听进去。世界即将发生翻天覆地的变化，而她只是安静地坐着。

"沃尔科特博士……你确定吗？"

"关于赖氨酸传递冗余物质吗？"

"不。关于把睡眠者改造成无眠者——"

沃尔科特换用另一只手梳理自己的头发，"不，我们当然无法确定。我们怎么能确定无疑呢？我们需要做受控实验、额外的复制实验，还没算上资金——"

"不过理论上你们能够做到。"

"哦，理论上嘛——"沃尔科特支支吾吾的，让蕾莎有些错愕，堂堂一位科学家居然没有考虑过这个方面。看来沃尔科特是个实用主义者，"是的，理论上我们能做到。"

"也会带有那些副作用吗？包括……长生不老？"

"嗯，这是我们所不知道的问题之一。目前的研究还很笼统。在我们做进一步研究前，我们需要一位律师。"

这话是特意说给蕾莎听的。话里有些不对劲的地方，她找出来了。"为什么你一个人来这里，沃尔科特博士？任何和这项研究有关的法律问题都应该由桑普莱斯公司承担责任,贵公司当然有自己的法律顾问。"

"李经理不知道我来这儿。我是为了我自己来的,我个人需要一位律师。"

蕾莎拿起一个磁铁纸夹——这肯定就是她的手指刚才要找的东西,是的,怎么会不是呢? 她用手指摩挲着纸夹,一会儿打开一会儿合上。明媚的阳光从沃尔科特身后的透明窗户照射进来。"请继续。"

"当我开始意识到这项研究的发展方向时,我和我的助手就切断了和公司主机的联网。彻底切断。我们没有在公司的局域网上保留记录。除了独立运转的电脑,我们没在任何机器上做模拟实验。每晚我们都删除所有程序,只把全部进展内容的打印件——唯一的记录——带回家,这是非常简便的安全策略,文件一式两份。我们没有告诉任何人我们所做的事,即便是总经理。"

"为什么你要那样做,博士?"

"因为桑普莱斯是家上市公司,其62%的股票分别掌握在由无眠者控制的两个共同基金①手上。"

他偏转头,像是要让淡粉蓝色的眼珠吸收光线。

"其中一个共同基金是坎尼斯通·菲代利蒂的,另一个则来自庇

---

①共同基金是一种利益共享、风险共担的集合投资方式,即通过发行基金单位,集中投资者的资金,由基金托管人管理和运用资金,从事股票、债券、外汇、货币等金融工具投资,以获得投资收益和资本增值。

护所。请原谅我的直率,卡姆登女士,因为我有直率的理由。李经理并不是个特别受人尊敬的主管,他曾被指控滥用资金,不过最终没有定罪。我和我的助手担心万一他受庇护所的什么人怂恿终止这项研究,或做出别的什么事。一开始我和助手只是有些研究想法,这个想法太疯狂,我们不确定能否引起其他著名科研企业的兴趣。说老实话,我们现在也不确定。它目前还只是个理论,庇护所肯定会花一大笔钱来想办法阻止整个研究……"

蕾莎谨慎地没有回应。

"嗯,两个月前发生了一些奇怪的事。我们当然知道桑普莱斯的网络可能不太安全——实际上,有哪个网络是安全的呢?这就是我们不与之联网的原因。但蒂米和我——蒂米,也就是蒂莫西·赫林格博士,我的助手——没有考虑到人们浏览网络不只是为了查找上面已有的东西,也找上面没有的东西。显然他们是这样做的,公司外面有人定期查看网上的雇员档案列表,因为一天早晨蒂米和我进入实验室后,在我们的电脑终端上发现一则留言:'你们两个家伙两个月来到底在干些什么?'"

蕾莎说:"你怎么知道留言是来自公司外部而不是你们经理发现了真相后伪造的?"

"因为我们经理连自己屁股上的疖子也发现不了。"沃尔科特这么粗俗地说话让蕾莎吃了一惊,"不过这不是真正的理由。留言上的署名是'股东',而且,真正让蒂米和我害怕的是,留言是出现在一台独立运行的电脑上的。它没有任何形式的联网,甚至都不用电。它是一台 IBM-Y 型电脑,直接用 Y 能量锥形装置驱动。另外,实验室是锁着的。"

蕾莎只觉得胃被扎了一下,"其他人有钥匙吗?"

"只有李经理有。但那时他正在巴巴多斯①开会。"

"他把钥匙给了别人。或者有人复制了一把。或者钥匙被弄丢了。或者是赫林格博士干的。"

沃尔科特耸耸肩,"不是蒂米。不过请让我把故事讲完。我们没有理会那条留言,但我们决定把资料转移——发生那件事后我们几乎都待在实验室里——放到某个更安全的地方,所以我们毁掉了所有的资料,只留下一份拷贝,然后租下第一国家银行市区分行的一个保险柜。只有一把钥匙。晚上,我们把钥匙埋在我家后院里的一丛玫瑰下,是恩迪科特优质玫瑰—— 一种可以在春、夏、秋连开三季的玫瑰。"

蕾莎看着沃尔科特,他简直像是已经精神错乱了。他微微一笑,"你小时候有没有读过讲海盗的故事书,卡姆登女士?"

"我向来不大看虚构小说。"

"哦。这听起来有些戏剧性,但我们不知道还能做什么。"他伸出手再次捋过稀疏的头发。这次他的嗓音失去了原有的自信,变得虚弱、疲惫不堪,"钥匙仍然在那儿,在玫瑰花丛下,今天早晨我把

---

① 占据西印度群岛最东端岛屿的一个国家。

它挖出来了。但放在银行保险柜里的研究资料都不见了,柜子是空的。"

蕾莎站起来,走到窗边,无意识地擦了擦玻璃。血红色夕阳低垂在密歇根湖上,把湖水染成一片斑斓。东方,一轮新月高高挂着。

"你什么时候发现失窃的?"

"今天早上。我挖出钥匙去取资料,因为蒂米和我想增加点东西进去,于是我们去了银行。当我告诉银行人员保险柜空了时,他们说里面本来就没登记任何东西。我告诉他们,我曾亲手把九页资料放进保险柜。"

"所租的保险柜是你在网上查到的吗?"

"对,当然。"

"你有打印出的收据吗?"

"有。"他把收据递给蕾莎,蕾莎检视着,"不过后来银行经理调出电脑记录,上面显示亚当·沃尔科特博士第二天回来,取走了所有的资料,亚当·沃尔科特博士还为此签了收条。而且,卡姆登女士,他们确实有收条。"

"是你的签名?"

"是的。但我从没有签署过!是伪造的!"

"不,它可能就是你的笔迹。"蕾莎说,"你在桑普莱斯的时候一个月要签署多少份文件,博士?"

"几十份吧,我想。"

"补给品申请、资金支出、邮件递送……所有文件你都一一看过吗?"

"没有,但是——"

"最近公司出现了什么异常吗?"

"怎么……我想有的。李经理遇到了麻烦,很难继续保留这么多员工。"沃尔科特纤细的眉毛拧在了一起,"但经理并不知道我们在做的事!"

"是的,我相信他不知道。"蕾莎把交叉的两只手按在腹部。很早以前她就已经不会对任何委托人感到恶心反胃了。任何一个干了二十年的律师都会对那些道貌岸然的家伙、罪犯、唆使者、江湖骗子、疯子、受害者和浑球儿习以为常。她相信的是法律,而不是客户。

但从来没有一个律师有这么个能把睡眠者变为无眠者的客户。

她努力压抑住情绪,"请继续,博士。"

"不是什么人都能重复我们的研究工作。"沃尔科特说道,仍然是那微弱嘶哑的嗓音,"因为有些东西我们没有放进资料中,是些相当重要的方程式,蒂米和我还在计算中。但所有的成果都是我们的,我们想把它弄回来。为了我们的工作,蒂米有好几次都放弃了室内乐团的排练任务——原本总有一天他会拿个什么音乐奖的。"

蕾莎凝视着沃尔科特的面孔。这个弱不禁风的人居然把一种能够改变人类生理特征的基因改造和玫瑰丛、海盗游戏、室内乐团相提并论。她说:"你想找个律师告诉你你有哪些合法权益,就你个人而言的权益。"

"是的。还要代表我和蒂米对付银行，或是桑普莱斯——如果
事态发展到那一步的话。"他突然用直率到令人不安的眼神望着蕾
莎，他似乎振作起了精神，但只维持了一会儿，"我们来找你是因为
你是无眠者，还因为你是蕾莎·卡姆登。大家都知道你不赞成把人
类划分为所谓的两个种族，当然我们的研究会终结那种……这种
……"他挥舞着那张刊有蕾莎和卡尔文·霍克照片的小报，"还有，盗
窃就是盗窃，即使是在一个公司里。"

"桑普莱斯没有窃取你的研究成果，沃尔科特博士。也不是银
行做的。"

"那么是谁……"

"我没有证据，但我希望明天早上八点你和赫林格博士能来这
儿见我。同时——这很重要，别写下任何东西。不管在什么地方。"

"我明白了。"

蕾莎喃喃自语着，直到发出声音她都没意识到自己正在讲话，
"把睡眠者变成无眠者……"

"是的。"他说，"哦。"他把目光从蕾莎脸上移开，看向她实用朴
素的办公室对面的异国花卉。那些花朵要么色彩斑斓，要么像月光
一样苍白，它们栽种在墙角处特意制作的花坛里，沐浴在人造光线
下。

"他们都没有问题。"凯文说道。他从自己的书房走进蕾莎的书房,手里拿着打印件。蕾莎从正在撰写的"辛普森对海上渔业公司"一案的辩论提要中抬起头。她的书桌上摆放着艾丽斯坚持每天空运来的鲜花:向日葵、雏菊、基因改良过的藤蔓植物。在下一批花卉运来之前,这些花是不会凋谢的。即使到了冬天,公寓里也都塞满了来自加利福尼亚的鲜花。蕾莎并不真的喜欢它们,但却没法说服自己扔掉它们。

灯光照亮了凯文有光泽的褐色头发和坚毅光滑的脸庞,他看起来根本没有四十七岁,他的外貌比蕾莎还年轻,而他其实比蕾莎大四岁。青春永驻者,艾丽斯曾对蕾莎说过,不过她只说过那么一次。

"全都合法?"

"是的。"他说,"沃尔科特在波茨坦市的纽约州立大学和德福劳大学待过,大学时代不算出名,但还过得去。他的学习成绩中等。出过两本小书,警察局记录很干净,税务也很清白。曾担任过两个教学职位,做过两项研究,他离开学校时没有官方的不良记录,所以也许只是有些不安于现状罢了。但是赫林格有所不同。他只有二十五岁,这是他的第一份工作。他曾就读于名牌大学的生物化学专业,毕业时成绩排在班里的前百分之五,看来前途无量。不过他在快拿到博士学位的时候被捕了,经过审讯被判有罪,罪名是对受控物质进行基因改造。他获得了缓刑,但这已经足够对他找工作产生影响了,他很难找到一份比桑普莱斯更好的工作。至少在一段时间内是这样。他没有税务问题，不过也没有什么收入。"

"哪种受控物质？"

"月雪①——一种用于改变脑边缘系统的集束电脉冲。它能让你以为自己是宗教先知。审判记录显示，赫林格说自己是为了挣医学院的学费，因为走投无路才铤而走险的。他显得很痛苦。也许你想自己看一下记录。"

蕾莎说："我会看的。你觉得这个年轻人所谓的痛苦，是因为犯了糟糕的罪行而产生的自责，还是这痛苦本来就是他性格的一部分？"

凯文耸耸肩。蕾莎应该很了解他，他不喜欢对这种问题做任何判断，他感兴趣的是推理过程，而不是动机。蕾莎说："沃尔科特只写过两本小书，在学校的成绩也一般，然而他却有能力取得这样极具突破性的成就？"

凯文微笑着，"你对才智总是带有偏见，亲爱的。"

"就像我们所有人一样。好吧，也许是研究者们碰上了好运气。或许是赫林格在做真正的DNA研究工作，而不是沃尔科特；或许赫林格的科研能力非常强，但却是个任人摆布的天真汉；或许他只是不愿墨守成规。桑普莱斯的情况呢？"

"是家苦苦挣扎的合法公司，盈利情况一般，资产回报率比去年减少了3%。对于一个没有主要资本投资的高科技企业来说，这种

----

①作者杜撰的物质。

资产回报率算是相当低的。我调查了他们近一两年的情况，管理太糟糕了。那个经理，劳伦斯·李，是因为他的姓才获得了这个职位。他的父亲是斯坦顿·李。"

"那个诺贝尔物理学奖获得者？"

"是的。李经理还声称自己是罗伯特·爱德华·李①将军的后代，这都是无稽之谈，但这种寻根问祖的广告宣传效果很不错。沃尔科特告诉你的没错，桑普莱斯的记录保存一团糟。我怀疑他们能否在自己的电子档案中找着东西。领导层涣散无能，李的一班主管们谴责他的资金管理不善。"

"那第一国家银行呢？"

"绝对公正无误。所有关于那个保险柜的记录全都完整无误。当然，这并不意味着他们不会勾结外面的人在电脑和打印件上动手脚，但如果银行真的参与其中我会很惊讶的。"

"我从不认为银行会这么干。"蕾莎严肃地说，"他们的电脑安全系统很牢靠吗？"

"是最好的。我们设计的。"

这个她倒不了解，"那么，能入侵这类系统的只有两组人，你的公司是其中之一。"

凯文温和地说："那不是绝对的。有些睡眠者也能成为很棒的黑客……"

_____

①罗伯特·爱德华·李（1807～1870）：美国内战时期南方军将领。

"没有那么棒。"

凯文没有重复她对才智的偏见之类的话，反而平心静气地说："如果沃尔科特的研究成功，它就能改变世界，蕾莎。再一次改变世界。"

"我知道。"她发觉自己正凝望着他，真不知道脸上是怎样的表情，"想来杯酒吗，凯文？"

"不，蕾莎，我得完成这项工作。"

"实际上我也一样。你是对的。"

凯文走回自己的书房。蕾莎拿起她所写的关于"辛普森对海上渔业公司"一案的笔记，但她无法集中精力。她和凯文多久没有亲热了？三个星期？四个星期？

有这么多工作需要处理。事情总是发生得猝不及防。也许在她早晨离开前还能看见他。不行——他要乘另一架飞机去波恩。那么，就等这个星期的晚些时候吧，如果他们在同一座城市里，如果他们都有时间的话。她并不急于和凯文缠绵。不过，如此说来，她从来就没有急过。

蕾莎的脑海里一直萦绕着一段回忆：理查德的手放在她的胸脯上。

她倾身朝电脑终端又靠近了些，扩大对海洋法早年案例的搜索范围。

蕾莎开门见山地说："你从芝加哥的第一国家银行的保险柜里偷了亚当·沃尔科特的研究资料。"

詹妮弗·沙里夫抬起头注视着蕾莎的眼睛。在庇护所詹妮弗的家里，两个女人面对面，各自站在客厅的一头。詹妮弗束起了浓密亮泽的长发，在她身后，托尼·英迪维诺的肖像微笑着，闪烁着光芒。

"是的。"詹妮弗说，"是我干的。"

"詹妮弗！"理查德痛苦地叫道。

蕾莎慢慢转向理查德。在蕾莎看来，他痛苦不是因为詹妮弗的行为本身，而是因为要承认这个行为。可见理查德早就知道了。

他弓着脚背站着，有两道浓眉的面孔耷拉下来。那神情和他十七岁时一模一样，当时蕾莎就是在埃文斯顿那所位于郊外的小房子里见到他的。差不多是三十年前的事了。那之后，理查德在庇护所找到了一些东西，一些他需要的东西——也许他本来就一直需要。而庇护所一直就是和詹妮弗分不开的。詹妮弗和托尼。虽然如此，但蕾莎仍然难以相信理查德会甘愿成为这桩盗窃案的同谋。理查德已经变了，他会参与这件事，说明他一定是变得超乎蕾莎的了解了。

理查德激动地说："没有詹妮弗的律师在场，她不会说出任何事的。"

蕾莎揶揄道："哦，那应该不困难。庇护所现在已经窝获多少律师了？坎迪斯·霍尔特、威尔·桑达罗斯、乔纳森·科基亚拉。还有多少其他人?"

詹妮弗坐在沙发上,阿巴亚的皱褶在她四周披散开。今天的玻璃墙是不透明的,上面呈现出柔和的蓝绿色图案。蕾莎突然想到,詹妮弗向来不喜欢阴天。

詹妮弗说:"如果你要进行法律指控,蕾莎,请把法庭传票送来。"

"你知道我不是原告。我代表沃尔科特博士。"

"那么你打算把这桩所谓的盗窃案移交给地方法院检察官?"

蕾莎犹豫着。她知道,可能詹妮弗也知道,这桩案子就算是由大陪审团①做法庭审判,证据也是不足的。资料已经不见了,而且银行记录显示是沃尔科特博士自己拿走的。她所能做的最好打算是确定第一国家银行的某个新雇员或其他什么人曾经动过收据——如果他们有过新雇员的话。庇护所是怎样做先期计划的? 他们隐蔽的信息网庞大得足够覆盖在三流生物科技研究机构工作的不起眼的小研究员,只要这个不起眼的小研究项目关系到无眠者。而且蕾莎可以用性命担保,在第一国家银行没有曾经在桑普莱斯工作过的新雇员。她除了道听途说外没有任何证据,法律对她个人的看法不感兴趣,更何况她的看法也一样只是道听途说。

绝望淹没了她,她感到害怕,因为记忆中的片段是那么少:十七岁的理查德;和托尼、卡罗尔、珍妮在海浪中时起时伏;大家在欢笑;

---

①由十二至二十三人组成的陪审团,通过与外界隔绝的庭内合议来评判对某些人的犯罪指控,并决定证据是否能确定罪行。

在逐渐变暗的光线下，一片广阔的沙滩、大海和天空……她寻找着理查德的眼睛。

理查德背过身去。

詹妮弗从容地说："你到底为什么来这里，蕾莎？既然你没有法律上的事务和我、理查德或庇护所谈判，既然你的委托人与我们毫无关系——"

"你刚才还告诉我是你拿了资料。"

"我说过吗？"詹妮弗笑了，"不，你搞错了。我不会那么做或那么说的。"

"我明白了，刚才你只是想让我搞清楚状况，而现在你想让我离开。"

"是的。"詹妮弗说，有那么奇异的一瞬间，蕾莎恍若听到了婚礼仪式上的回答①。她无法理解詹妮弗的想法。站在詹妮弗的客厅里，望着绿色的螺旋状花纹在窗户上形成、消散、再形成，看着理查德颓垮的肩膀，蕾莎突然明白，自己再也不会踏上庇护所的任何一块土地了。

她对理查德——而不是詹妮弗——说道："研究成果仍然在沃尔科特和赫林格的脑子里。如果这项研究是真的，你们无法阻止事情的发生。我一回到芝加哥，就会让我的委托人把它全写下来，做成多份拷贝放在非常安全的地方。我希望你知道这点，理查德。"

---

① 西方婚礼仪式上新人所说的"我愿意"和此处的"是的"英文单词相同，均为 yes。

他没有转过身。蕾莎望着他。

詹妮弗说:"一路顺风。"

亚当·沃尔科特并没显得过于失望,"你是说我们什么也做不了?束手无策?"

"证据不足。"蕾莎从桌前起身,绕过桌子,坐到沃尔科特对面的一把椅子里,"你必须明白,博士,法庭还在为要不要把有时效性的电子文档作为证据而争论不休,恐怕在我有生之年都无法有一个结论。首先,电脑产生的文件被视为间接证据,因为它们不是正本;其次,它们之所以不被采纳,是因为有太多人可以突破电脑的安全系统。如今,自'萨比诺对兰辛'一案以后,电脑文件就被视为本身较缺乏说服力的一类证据。而签过名的打印件是有法律效力的,可想而知那些能轻易模仿他人笔迹、操纵硬件资源的盗贼或小偷肯定也是网络犯罪高手。现在一切又回到了我们开始的地方。"

沃尔科特似乎对这个司法简史没什么太大兴趣,"但是,卡姆登女士——"

"沃尔科特博士,看来你还没有抓住其中的重点。你所有的研究都在你的脑袋里,而这项研究能够改变世界。不管盗走你们资料的人是谁,他只得到了其中的十分之九,最后一页资料只在你的脑子里。你是这么告诉我的,对吗?"

"对。"

"那么就把它写出来。现在。就在这里。"

"现在?"这个纤弱瘦小的男人似乎被这个主意吓了一跳,"为什么?"

詹妮弗还以为蕾莎是个天真的家伙。蕾莎非常小心地遣词酌句,"沃尔科特博士,这个研究将来会是一笔宝贵的财富。随着时间的推移,它可能价值数十亿,不论是对你还是对桑普莱斯。如果你们双方达成协议进行分成,那么双方都会有利可图。我准备做你的法律代表,为你处理这些事务,如果你这样选择——"

"哦,那就太好啦!"沃尔科特说。蕾莎严厉地看着他,他心不在焉地用左手绕过后脑勺去挠自己的右耳朵。

蕾莎耐心地说:"但你必须清楚有资产的地方就会有小偷。你已经看到过了。你也告诉过我你还没有申请任何专利,因为你不想让李经理知道你正在从事的工作。"过了一会儿,她加了一句,"对吗?"语气中不带任何假设。

"对。"

"很好。那么你也必须意识到,为了上百万金钱而偷窃的人会——我不是说这一定会发生,只是可能会……"

她无法说完这句话。胃部的疼痛重又袭来,她屈起胳膊压住腹部。在埃文斯顿,理查德搂着她躺在他简陋的卧室里,她当时十五岁,第一次遇到无眠者同伴,浑身充满了阳光的朝气和快乐……

沃尔科特说:"你是说那些窃贼会想要杀我,杀我和蒂米,哪怕没有最后那部分研究资料。"

蕾莎说："把它全都写下来。现在。就在这里。"

蕾莎给了他一台独立运行的电脑和一间私人办公室。他只在里面待了二十五分钟，这让她颇为惊讶。不过，有谁规定写下公式和设想要花很长时间呢？这又不是写法律诉状。

她发觉自己竟然更期待看见他作为睡眠者表现出的笨手笨脚的样子。

她用一台独立运行的小复印机——这是她专门用来为特殊客户整理辩护信息的——复印了八份资料。她忍住了想要一读的渴望，反正自己多半也理解不了那些内容。她给了沃尔科特一份拷贝，外加一张不必联机的磁盘。"这样就能有所保障了，博士。这七份复印件会分别放在不同的保险库里。一份放在这里的保险箱中，一份放在贝克集团，凯文·贝克的公司里，我向你保证那里固若金汤。"沃尔科特似乎根本不知道凯文·贝克是谁，可是，任何一个基因研究人员都不可能不知道凯文·贝克的大名。

"尽可能多地告诉大家你目前匿名的研究项目有多份拷贝在不同的人手里。我也会这样做。知道的人越多，你成为目标的概率就越小。另外，作为你的律师，我劝你告诉李经理你所做的研究，并以你自己的名义申请专利。你和李接触时我会和你一起去——如果你打算脱离桑普莱斯，对这项研究建立个人的所有权关系的话。"

"好的。"沃尔科特说。他用手梳理着稀稀拉拉的头发，"你这么坦诚……我觉得我也应该坦诚。"

他的语气让蕾莎抬头扫了他一眼,目光凌厉。

"实际上,我……我写给你的研究资料……"他用另一只手撸着头发,用一只脚站着,活像只窘迫的小鹤。

"怎么?"

"不是全部。我没写最后一部分,就是小偷也没得到的那部分。"

他比蕾莎所预想的更加谨慎。蕾莎大体上赞成这样。莽撞的委托人比疑心重的委托人更糟糕——即使这些客户不信任的是自己的律师。

沃尔科特的目光越过她,望向窗外,仍单脚站立。他又恢复了原先断断续续但强有力的语气,"你说过你不知道是谁偷了第一份拷贝。但它非常值得被复印,或者对某些人而言……不保存。你毕竟是个无眠者,卡姆登女士,你可能也不希望这项研究成功。"

"我理解。但把最后一部分也写下来是很重要的,博士,是为了保护你自己。如果不在这里写,那就到别的什么绝对安全的地方去。"去哪儿呢,她思考着,去哪儿?"你应该——这是很重要的——尽可能告诉更多的人,这项研究成果除了在你的脑袋里,还在别的地方。"

沃尔科特最终把抬高的脚放回地板上。他点点头,"我会考虑的。你真的认为我会有生命危险,卡姆登女士?"

蕾莎想到了庇护所。她的胃又泛起一阵恶心感,这和沃尔科特会发生或不会发生什么事没有关系。她用胳膊压住胃部。

"是的,"她说,"我是这么认为的。"

10

　　乔丹·沃特罗斯在母亲的客厅里,在带有抽屉及书架的赫普怀特式①写字台(它被改建成了一个吧台)边又给自己倒上一杯。这是他的第三杯? 第四杯? 大概没人计算过。从临海的露台那里飘来一阵笑声。在乔丹听来,笑声有点假惺惺的,也许吧。霍克到底在说些什么呢? 他在和谁说话?

　　他本不想带霍克来的。这是他继父贝科的五十岁生日。贝科原本只想搞个小型的家庭聚会,但乔丹的母亲刚完成新居的装修,她想炫耀一下。二十年来,艾丽斯·卡姆登·沃特罗斯一直生活得十分节俭,朴素得仿佛自己没钱似的。她几乎从不碰从父亲那儿继承来的财产,除了用这些钱支付乔丹和莫伊拉的学费,还有电脑和体育运动的费用,这些都是乔丹后来得知的。在她眼中,遗产仿佛是只身型巨大、充满危险的狗,她负责看管但不会接近它。然而,在她

_____

①十九世纪末期的一种英国家具式样。

四十岁生日时,艾丽斯身上显然发生了一些乔丹不能理解的事。但这并不让乔丹惊讶——许多人的行为都让他难以理解。

艾丽斯突然在莫洛湾的海边建起这幢豪宅,灰鲸在距此几英里的地方抬起它们的尾鳍喷出水柱。她从洛杉矶、纽约、伦敦买来昂贵但不夸张的英国古董装饰房子。继父贝科是乔丹见过的脾气最好的人,即使妻子雇别的建筑承包商来建这所房子,他依然对艾丽斯宠溺地微笑着。有时候,乔丹和母亲开车来这儿,发现贝科正和木匠以及他们的机器人一块干活、钉钉子、安装托梁。等到房子完工,乔丹就在不安地等待着母亲又会弄出什么新花样:挤入上流社会? 整容? 养情人? 但艾丽斯并不理睬他们时髦的邻居们,任矮胖的体形继续矮胖,心满意足地在她的英国古董和钟爱的园艺之间忙忙碌碌。

"为什么是英国的?"有一次乔丹指着一把谢拉顿样式①的椅子问道,"为什么是古董?"

"我的母亲是英国人。"艾丽斯说,这是乔丹第一次,也是最后一次听她提及她的母亲。

贝科的生日宴会也是乔迁喜宴,艾丽斯邀请了她和贝科的所有朋友,包括她在双胞胎协会的同事,莫伊拉大学里的朋友和教授,蕾莎·卡姆登和凯文·贝克,还有一个乔丹以前从未见过的无眠者,漂亮的红发女孩斯特娜·贝温顿。艾丽斯对斯特娜又搂又亲,简直把

---

①一种英国家具风格,以简洁的设计、直线、细腿及古典装饰为特征。

她当成了另一个莫伊拉。而卡尔文·霍克则不请自来。

"我看不行,霍克。"乔丹在密西西比的工厂办公室里对霍克说,要换了其他人本可以就这样回绝掉霍克的请求了。

"我想见见你的母亲,乔迪①。大多数人不会像你那样频繁地谈论自己的母亲。"

乔丹感到自己的脸红了。确实,他常常不知不觉就会谈起母亲。从上小学开始,他就被人当面嘲笑为"妈妈的小宝贝"。霍克没别的意思……或许他有呢?最近霍克说什么都话里带刺。是乔丹的问题还是霍克的?乔丹说不上来。

"那真的只是个家庭聚会,霍克。"

"我当然不是要去打扰你的家人,"霍克圆滑地说,"但你不是说那也是大型的乔迁宴吗?我有个礼物,我想你母亲可以拿来装饰房子。它本来是我母亲的东西。"

"你太慷慨了。"乔丹说。霍克咧嘴笑了,艾丽斯灌输给她儿子的态度让霍克发笑,乔丹能够敏锐地觉察出这点,但还没有敏锐到能明白该拿霍克的请求如何是好。乔丹迫使自己直率,"但我不希望你去,我阿姨会在那里。还有一些其他的无眠者。"

"我完全理解。"霍克说。乔丹以为事情就此结束了,但它却继续发展。而且更糟糕的是那些带刺的话竟被霍克如此坦然地说出口,因为他说得这么坦率,让乔丹对拒绝霍克感到内疚。结果现在

---

① 乔丹的昵称。

霍克站在他母亲的露台上正和贝科、莫伊拉以及莫伊拉的一群优秀同事聊天，而蕾莎完全缄默不语，面无表情地看着霍克。乔丹悄悄溜掉，给自己倒上第三——还是第四杯——威士忌，他的酒斟得太快，泼溅到了母亲淡蓝色的新地毯上。

"这不是你的错。"乔丹背后响起一个声音。是蕾莎。他没听见她的脚步声。

他说："这些威士忌斑点该怎么办？用碳水化合物清洁剂？会弄坏地毯吗？"

"别去管那些地毯了。我是说霍克来这里不是你的错，我相信你也不希望他这么做的，我相信他肯定向你施压了。别自责了，乔丹。"

"没人能对他说不。"乔丹痛苦地说。

"哦，艾丽斯也许可以，如果她想的话。不用怀疑这点。他来这儿是因为得到了艾丽斯的允许，而不是因为他强迫你发出邀请。"

有个问题已经困扰了他很长时间，"蕾莎，妈妈赞成我做的事吗？就是'我们睡觉运动'？"

蕾莎沉默良久。最后她说："她没和我讲过，乔丹。"这确实是真话。乔丹立刻觉得自己问了个愚蠢的问题，未加思索就这么脱口而出。他徒劳地用餐巾纸擦着地毯。

蕾莎说："你为什么不去问问她？"

"我们没谈论过……睡眠者和无眠者。"

"是啊,我相信。"蕾莎说,"这个家里有很多话题是不谈论的,不是吗?"

他问:"凯文在哪儿?"

蕾莎有些错愕地看着他,"你怎么突然提到他?"

他感觉很尴尬,"我不是暗示——"

"没关系,乔丹。不用总是道歉。凯文必须去地球轨道上见一位客户。"

乔丹吹了声口哨,"我不知道还有无眠者住在轨道上。"

蕾莎皱皱眉头,"上面确实没有无眠者。凯文的工作主要是为全球的客户服务,不一定必须是无眠者,而是那些——"

"富有到足够雇得起他的人。"霍克在他们身后出现,说道,"卡姆登女士,你整晚都没和我说过话。"

"是我的错吗?"

他大笑起来,"当然不是。蕾莎·卡姆登怎么会有话对一个下层阶级联盟的组织者说呢?这些笨蛋把三分之一的生命浪费在了如行尸走肉般没有价值的睡眠中。"

她平静地回应说:"我从来没有这样看待过睡眠者。"

"是吗?这么说你是平等对待他们的了?你知道亚伯拉罕·林肯是怎么说'平等'的吗,卡姆登女士?你写了一本书谈论林肯对宪法的观点,用的是伊丽莎白·卡明斯基的笔名,不是吗?"

她没有回答。乔丹说:"够了,霍克。"

霍克说："林肯谈到被剥夺了经济平等权的人时，有如下一段话，'当你欺凌他，使他除了像旷野里的野兽一样生活外别无他法；当你毁灭掉他在这个世界的灵魂，熄灭他希望的火焰，让他的魂魄在黑暗中遭受折磨，你真的那么肯定已经被你唤醒的魔鬼不会回来把你撕个粉碎？'"

蕾莎说："你知道亚里士多德对'平等'是怎么说的吗？'势均力敌的对抗可以使他们变得更加卓越。这是一种创造变革的思想状态。'"

霍克的脸沉了下来，乔丹似乎看到他的骨架也暴突起来了。霍克的眼睛里有什么东西在酝酿，他想要开口说话，但显然在斟酌一番后又改变了主意，只是令人费解地微微一笑，然后转身离开了。

过了一会儿，蕾莎说："很抱歉，乔丹，在聚会上我这样对待别人是不可原谅的。我想我太习惯于法庭上的气氛了。"

"你看起来气色很不好。"乔丹突然说道，这话让他自己也吃了一惊，"你瘦了不少。脖子都耷拉下来了，脸色也很憔悴。"

"这样才和我的年纪相称嘛。"蕾莎突然高兴起来。这时候她怎么会因为这句话而如此开心？也许因为她是乔丹无法理解的无眠者，也许只因为她是女人。乔丹转过头朝露台瞄了一眼，看到了斯特娜·贝温顿一头明亮有光泽的红发。

蕾莎向前倾身，抓住他的手腕，"乔丹，你盼望过自己能成为无眠者吗？"

乔丹注视着她的绿色眼眸,这双眼睛和霍克的眼睛是如此不同:她的眼睛会把所有光线都反射给你。蓦然间他不再犹疑,"是的,蕾莎。我想。我们都想。但我们不能。这就是为什么我和霍克一起工作,组织起下层阶级这些浪费三分之一生命睡觉的笨蛋们。因为我们无法成为你们。"

他的母亲出现在他们身后。"这里一切都好吗?"艾丽斯问道,看看她的儿子又看看她的姐姐。乔丹忽然注意到,母亲脸上挂着惯有的热情表情,还穿了件相当难看的礼服——一条昂贵的绿色丝绸长裙,除了能夸大她肥硕的身材外别无益处。她的脖子上戴着贝科送她的一条古董项链,它曾经属于英国的某位公爵夫人。

"很好。"乔丹答道,再也想不出该说点什么。双胞胎——她们居然是双胞胎。三个人互相微笑着,默默无语,直到艾丽斯开口。乔丹惊觉他的母亲有点醉了。

"蕾莎,我告诉过你关于我们双胞胎协会登记的一桩新事例吗?一对双胞胎在出生时就被分开养大,当其中一个断了胳膊时,另一个的相同位置也痛了好几个星期,但却一直找不出原因。"

"也可能是后来在回顾往事的时候,"蕾莎说,"自以为感觉到了疼痛。"

"噢。"艾丽斯应道。乔丹发现母亲眼睛里流露出似乎对一切都看透了的神情,这是他过去很少见到的。和卡尔文·霍克的眼神一样阴郁。

清晨,新墨西哥州沙漠在珍珠般色泽的阳光下熠熠生辉。远处地平线上的基督圣血山逐渐清晰起来。

"很漂亮,对吧?"苏珊·梅林说。

蕾莎说:"我从不知道光线看起来会是这样。"

"不是每个人都喜欢沙漠。太荒凉、太空旷,对人类生命来说条件太恶劣。"

"你喜欢它。"

"是的。"苏珊说,"我喜欢。你来这儿有何贵干,蕾莎?这绝对不只是一次社交拜访,你身上有种危机感,犹如飓风即将来袭。文明世界的飓风。危机四伏,寒冽冷酷,要横扫一切。"

蕾莎不禁微笑起来。苏珊今年七十八岁了,在她关节炎的病症加重后就离开了医学研究所。她搬到离圣达菲五十英里远的一个小镇,这让蕾莎很费解。这里没有医院,没有大学,连可以聊天的人都很少。苏珊现在所住的房子是由土坯垒起的,墙面厚实,家具简单,屋顶上视野开阔,被苏珊当作露台使用。苏珊在刷成白色的窗台上和几块搁板上陈列着一些被风打磨得锃亮的石头、几束插在瓶子里顽强多刺的野花,甚至还有几块动物的骨头——它们被太阳晒得雪白,和远处山脉顶端的积雪一样白得晃眼。这是蕾莎头一次来这里。她不自在地穿过屋子,当看见苏珊书房里的电脑和医学杂志时,蕾莎明显松了口气,感觉自己的胸膛轻轻叩动了一下。苏珊对于她的退休只说了句:"我用脑子工作了很长时间,现在我要发掘自己的其他潜力。"蕾莎可以理解这种说法的字面意思——她曾经专门看过神秘主义方面的书籍——但似乎又不能完全参透。"其他潜力"到底指的是什么? 她很想好好问问苏珊,她可受不了智慧过人的苏珊误入歧途。千万不要是苏珊。

这时候苏珊说道:"我们进去吧,蕾莎。沙漠的美景都被你浪费了,你现在还不懂得欣赏它。我来泡茶。"

茶很好喝。苏珊坐到沙发上,蕾莎挨着苏珊坐下,说:"你还在继续关注你的研究领域的情况吗,苏珊? 比如说去年加斯帕尔-蒂埃卢发表的《基因改造研究》?"

"没错。"苏珊说。一丝快乐的光芒在她凹陷但仍明亮的眸子里闪烁。她已经不再染发,垂下的白色发辫和蕾莎记忆中的相比,不过略微有些稀疏。她的皮肤呈现出淡黄褐色。"我并没有像苦行僧似的与世隔绝,蕾莎。我定期阅读刊物,尽管我得说,已经有很长时间没有真正值得一读的东西了,除了加斯帕尔-蒂埃卢的著作。"

"现在有了。"蕾莎跟她讲了沃尔科特、桑普莱斯、研究项目以及项目的被盗事件,但她没提詹妮弗和庇护所。苏珊抿着茶,安静地听着,等蕾莎说完,一言不发。

"苏珊?"

"让我看看研究笔记。"她放下茶杯。杯子碰到玻璃茶几,发出清脆的咔嗒声。

苏珊把那些资料研究了半晌,然后走进书房运算一些公式。"只能使用独立运行的电脑,"蕾莎提醒说,"之后要删除所有程序。彻底删除。"过了一会儿苏珊才点点头。

蕾莎在客厅里踱着步,盯着那些石头。有些石头被反复无常的风刮得千疮百孔,有些石头则是那么光滑平整,它们大概在海底待了一百万年了,还有些石头兀自突起,仿佛长出了恶性肿瘤。她拿起一个洁白的动物头骨,手指在上面划过。

等苏珊回来时,蕾莎已经平静多了,抛开了所有的胡乱思绪。

"嗯,就目前来说,这个研究看起来还真像那么回事。这就是你想知道的,是吗?"

"它有希望成功吗?"

"那得取决于缺少的那部分。这里提供的内容确实是新的。但要是你能明白其中的区别,你就会发现,它的'新'主要在于研究方法——因为它采用了一条另辟蹊径的路径,所以过去还没有人尝试过——与对现有知识进行必然但艰难的开拓所取得的研究成果无关。"

"我明白。但依照这里现有的部分资料,逻辑上能否支持并最终让睡眠者真正成为无眠者?"

"有可能。"苏珊说,"他根据加斯帕尔-蒂埃卢的研究著作创造了一些离经叛道的新方法,就我能告诉你的……对。是的。有可能。"

苏珊坐到沙发上，用手捂着脸。

蕾莎说："有多少副作用会……是否有可能……"

"你是想问我，那些通过非体外受精方式成为无眠者的睡眠者，他们是否可能像你们一样，拥有不会衰老的器官？老天，我不知道。这方面的生物化学领域仍然有许多未解之谜。"苏珊放下手微笑着，但丝毫无玩笑之意，"你们无眠者没有提供给我们足够多的研究样本。你们鲜有人死亡。"

"对不起，"蕾莎解嘲道，"我们的日程都很满。"

"蕾莎。"苏珊说，她的声音不再那么沉稳了，"现在有什么状况？"

"除了桑普莱斯内部的钩心斗角以外吗？我们会以沃尔科特的名义申请专利。实际上，我已经开始着手办理这件事了，趁着还没人成功完成这项研究。至于以后的沃尔科特和赫林格——那就是另一个问题了。"

"什么另一个问题？"

"沃尔科特和赫林格。我怀疑是赫林格做出的大部分研究——如果沃尔科特能自己做出来，他是不会愿意和别人分享荣誉的。沃尔科特属于那种温顺懦弱的人，唯唯诺诺地混迹于这个世界，忘记了自己的职责，直到有人把他逼急了，他才会咆哮，露出全部利齿予以反击。"

"我了解这种类型的人。"苏珊说，"和你父亲完全不同。"

蕾莎看着她,她很少提起罗杰·卡姆登。苏珊拿起蕾莎刚才摸过的那个动物头骨,"你听说过乔治娅·奥基夫①吗?"

"她是位画家,对吗?十九世纪的?"

"二十世纪的。她画过这些头骨,还有这片沙漠,许多次。"苏珊突然松开手,头骨跌到石地板上,摔得粉碎,"蕾莎,你和凯文生个宝宝吧,你们不总是在谈论孩子吗?虽然女性无眠者还没人到绝经期,但这并不能保证你就永远不会到更年期。到时候就算输卵管看起来没有衰老,它也不能产生新的配子了。"

蕾莎走近她,"苏珊,你是想说你后悔……你希望……"

"不,我没有。"苏珊爽快地说,"我有你和艾丽斯,我现在仍然拥有你们俩。对我来说,你们俩比生物学意义上的女儿更加重要。但你有谁,蕾莎?凯文——"

蕾莎赶紧说道:"凯文和我很好。"

苏珊用一种怀疑的温柔目光望着她,蕾莎只得重复说:"我们很好,苏珊。我们一起工作得很愉快。毕竟,这才是最要紧的。"

但苏珊仍旧继续用怀疑的温柔目光看着她,她患了关节炎的手里握着亚当·沃尔科特的研究资料。

"辛普森对海上渔业公司"一案有些复杂。蕾莎的委托人詹姆

---

① 乔治娅·奥基夫(1887~1986),美国著名女画家,以给人感官享受的花卉特写绘画而著称于世。晚年定居新墨西哥州后,创作了大量沙漠景色系列以及头骨系列画作。

斯·辛普森是个无眠渔民,他宣称他的竞争对手非法使用逆转录酶病毒,故意破坏了密歇根湖鱼群的迁徙路线。他的竞争对手"海上渔业有限公司"是睡眠者开办的。这个案子要依据"坎顿-芬威克法案"——这是一起在贸易管制中对生物科技的使用进行约束的法案——做司法阐述。蕾莎必须在上午十点去法院,这样她不得不把和桑普莱斯的会面安排在早上七点。

"哦,没人喜欢一大早七点就来这儿。"沃尔科特嘟囔着,"包括我。"蕾莎严肃地盯着通信终端,望着屏幕上沃尔科特瘦削的面孔,还是感到讶异:这么个有些愚钝的脑袋居然将改变整个生物世界和人类社会。牛顿像这副模样吗?爱因斯坦呢?考林伍德(Y能量应用研究领域的天才)呢?事实上,他们还真是这样的。爱因斯坦记不住他要抵达的火车站点;考林伍德的鞋经常从脚上掉下来,他还总是拒绝让任何人替他换掉几个月没换的床单。沃尔科特也属于这一类人,不是普通的那类。蕾莎亲自给桑普莱斯公司打了电话,坚持在早上七点会面。

劳伦斯·李经理是个古铜色皮肤、相貌英俊的男人,头上扎着意大利丝绸质地的束发带。这种装扮对他来说太过年轻了些。他果然跟沃尔科特所说的一样难相处。"我们拥有这项研究,不管它到底是什么。虽说我有我的怀疑,不过这两个……研究人员为我工作,你们这些异想天开的律师别忘了这点!"

蕾莎是这里唯一得心应手的律师。桑普莱斯的法律顾问叫阿诺德·西利,顶着盛气凌人的光头,是个目光锐利的男人,可是他在本该紧抓住蕾莎不放的几个法律问题上都含糊带过了。蕾莎在会议桌对面欠了欠身,"如果我没记错,李先生,关于科研成果是有法律先例的,尤其是具有商业应用价值的科研成果。沃尔科特博士和修理你家前门廊的木匠不同,他不是体力劳动者。而且在沃尔科特被雇用时,和桑普莱斯公司签署的合同中也有些不明确的地方。我想你手上有复印件,西利先生?"

"呃,没有……等一下……"

"你怎么会没有?"李猛然打断说,"它在哪儿?上面写了什么?"

"我要查一下。"

蕾莎感到很不耐烦,每当看到这种无能的表现时她总会失去耐心。她控制住不耐烦的情绪。虽然对方的无能之举令她心情烦躁,但现在事关重大,不能因此危害到正事,否则又会横生枝节。此刻,被一天八小时的工作联系在一起的李、西利和沃尔科特全都笨手笨脚地在电子记事本里寻找劳动合同。

"找到了吗?"蕾莎轻快地问,"好的,在第二段,第三行……"她用非常简短的语言解释了关于分享科研知识版权的法律先例:具有里程碑意义的波音对费恩的"导演"从属权一案①。西利一边对着电子屏幕转动着眼珠,一边用手指敲击着桌面;李则在哇哇大叫;而沃尔科特带着一抹沾沾自喜的微笑静坐着。只有赫林格,那个二十五

①这里是作者杜撰的,指费恩发明了名为"导演"的新机种,波音公司与其争夺从属权。

岁的助手，有所领悟地倾听着。蕾莎初见他时有些诧异。赫林格体格魁梧，才二十五岁就已经谢顶了，要不是身上有股强烈的威严感，他倒更像个打手。他有个坚忍克己的清醒头脑，看起来既不符合他年轻的年龄，也不符合沃尔科特描绘的刻板古怪的天才。他们似乎是个不太牢靠的团队。

"……所以我想要建议对专利权做庭外和解。"

李又开始骂骂咧咧了。西利迅速问道："哪种类型的和解？采取佣金还是预付金的方式？"

蕾莎不动声色。对方上钩了。"我们会找到解决办法的，西利先生。"

李简直是在吼叫了，"如果你认为你能从我这里拿走属于这个公司的——"

西利转过身冷冷地对他说："我认为股东对公司是谁的还有分歧。"

实际上，庇护所也是他们的"股东"之一。当然，李没必要知道蕾莎所知道的。蕾莎和西利都在等着李明白过来。还好，李的嘴巴终于闭上了，他正用有些胆怯的目光看着蕾莎。蕾莎已经很久没像现在这样讨厌一个人了。

"也许。"李说，"我们可以谈谈和解的事。按我的条件。"

蕾莎说："很好，那我们来谈谈条件。"

他也上钩了。

会面结束后,沃尔科特陪蕾莎和她的保镖走到车边,"他们会同意吗?"

"会。"蕾莎说,"我想会的。你有一帮有趣的同事,博士。"

他警觉地看着她。

"你们的经理忘记了他掌管的是家合资公司;你们公司的律师不懂如何制定一份正确的劳动合同;你的助手在无眠者的基因研究公司工作,却骑着'我们睡觉'牌摩托车。"

沃尔科特伸出一只手在半空中挥了挥,"他还年轻,买不起汽车。当然,如果这项研究成功的话,就不会有什么'我们睡觉运动'了。再也不会有人需要睡觉了。"

"除了那些负担不起手术或一辆汽车的人。"

沃尔科特愉快地看着她,"你搞错争论对象了吧,你是不是应该支持另一方,卡姆登女士? 支持经济精英的那方? 毕竟,只有很少人能负担起把试管婴儿改造成无眠者的基因手术费用。"

"我不是在争论,沃尔科特博士,只是在纠正你的错误说法。"蕾莎隐约觉得,他也和李一样不讨人喜欢。

沃尔科特挥挥手,"啊,我想你不是有意的。我曾经遇见过一个律师……"

她重重地关上车门,把一旁的保镖都吓了一跳。

她参加庭审迟到了,法官显得很焦躁,"卡姆登女士?"

"很抱歉,法官大人,我有事耽搁了。"

"不提这个了,律师。"

"是的,法官大人。"尽管对宪法来说,这个案子具有相当重要的意义,但在法庭里的人却寥寥无几——鱼群迁徙路线吸引不了媒体的注意力。除了被告和他们的律师,她还看见一名记者,一个州联邦环境署官员,三个年轻人——估计不是法律系就是生态学系的学生,一位前法官,和三名证人。

理查德·凯勒今明两天要作为她的专家证人出庭作证。

理查德坐在房间的后排,而旁人看到的画面就是四个保镖护卫着一个正襟危坐的壮实男人。当你一年到头都生活在庇护所时肯定会变成这样,仿佛外面的世界较之从前变得更加危险了。理查德看见了她,他没有笑。蕾莎感到胸中一阵凉意。

"如果你准备好开始了,律师……"

"是的,法官大人,我们准备好了。我请求传卡尔·特雷莫里亚上庭。"

特雷莫里亚是对方的证人,这个身材魁梧的渔民从走廊上大踏步走来。蕾莎的委托人把眼睛眯起来:特雷莫里亚在翻领上别了个"我们睡觉"的电子别针。这时,门口传来一些吵闹声,有人在小声地坚持和法警讲着什么。

"法官大人,我请求法庭命令证人摘下他翻领上的别针。"蕾莎说,"考虑到本案的情况,证人的政治观点——不管是否通过言语或饰品来表达——都是有偏见的。"

法官说:"摘下别针。"

渔民从夹克上扯下别针,"你能让我摘掉别针,但你不能让我购买无眠者的东西!"

"肃静,"法官说,"特雷莫里亚先生,只有在问你问题时你才可以开口,否则我就要控告你藐视法庭。怎么回事,法警?"

"对不起,法官大人。是给卡姆登女士的留言。私人的,很紧急。"

他递给蕾莎一张纸条:立刻给凯文·贝克的办公室回电话。紧急。私事。

"法官大人……"

法官叹了口气,"去吧,去吧。"

到了走廊上,蕾莎从公文包里拿出通信器,凯文的脸出现在微型屏幕上。

"蕾莎,关于沃尔科特——"

"这不是保密频道,凯文——"

"我知道,不过没关系,我要说的是公开的消息,见鬼,几小时后全世界都会知道了。沃尔科特不能申请专利。"

"为什么不能? 桑普莱斯——"

"忘了桑普莱斯吧。那些专利在两个月前已经有人申请了,是以庇护所股份公司的名义,没有破绽……蕾莎?"

"我在听。"蕾莎木然地回答。凯文曾经告诉过她没人能伪造政府的专利文件，因为有太多的障碍：电子文档、纸质文本、没有联网的独立运行的电脑。没人能伪造政府文件。

凯文说："还有件事。蕾莎，蒂莫西·赫林格死了。"

"死了?! 不到半小时前我还见过他呢! 他骑着摩托车离开的!"

"他被一辆汽车撞了。他摩托车上的导向保护罩失灵了。一名警察在几分钟后赶到，把车祸报上了医疗网，而我刚好一直在监视着所有的网络，并标注出重要事件。"

蕾莎颤抖地问："是谁撞了他?"

"一个名叫斯泰西·希尔曼的女人，她住在巴灵顿。我已经派黑客去调查她了。但那看起来就是一场交通事故。"

"摩托车的导向保护罩是由Y能量锥形装置驱动的，它们不会失灵，这正是它们最具优势的卖点之一。它们根本不会失灵，即使是在一辆劣质的'我们睡觉'牌摩托车上。"

凯文轻叹一声，"他骑的是'我们睡觉'牌摩托车?"

蕾莎闭上眼睛，"凯文，派两个保镖去找沃尔科特。要找你能雇到的最好的保镖。不，派你自己的保镖去。半小时前他回桑普莱斯了。护送他到我们的公寓。要不，还是去你的办公室，那里是不是更安全些?"

"就去我的办公室吧。"

"我现在不能离开法院,最早也要等到两点钟。我也不能要求休庭,不能再次要求。"之前她在这个案子庭审时申请休庭去了密西西比和庇护所,而且去了两次庇护所。

凯文说:"去做你的事吧。我会保证沃尔科特的安全的。"

蕾莎睁开眼睛。法庭门口的法警正望着她。她挺喜欢这个法警,他是位慈祥的老人,喜欢给她看他孙子孙女的价格不菲的全息照片。在走廊的另一头站着理查德·凯勒,他的背不自然地挺得笔直。他站在那儿等待着,等着她。看来他知道凯文来电的内容,所以他才在那儿等着。蕾莎能够肯定,就像知道自己的名字一样肯定。理查德怎么会知道凯文打电话找她的原因?

她走回法庭,请求法官再一次休庭。

蕾莎把理查德带到自己的办公室,这里离法院有一个街区的距离。一路上两人刻意保持距离,蕾莎没有看他。在房间里,她把窗户转为不透明,直至光线完全被遮蔽。异国的西番莲、姜花和怒放的兰花开始收起花瓣。

她平静地说:"告诉我吧。"

理查德凝视着正在闭合的花朵,"这些花是你父亲种的吧?"

她了解这种口吻,她在警察局的审讯室内、在监狱里、在法庭上听到过,当一个人想把埋在心底里的事说出来时就会有这样的语气——他打算坦白所有事情,因为他已经失去了一切。这种语气里夹杂着某种解脱,却是某种让蕾莎想要回避的东西。

但她现在没有回避,"告诉我,理查德。"

"是庇护所偷了沃尔科特的研究资料。有个情报网,内部由黑客、外部由地下睡眠者支持,关系极为错综复杂。詹妮弗已经花了好几年时间建设它。全是他们干的——桑普莱斯、第一国家银行。"

没什么新鲜的。这和理查德当初在庇护所、詹妮弗在场时告诉她的一样多,"我必须说点儿事,理查德,仔细听好:你正在和沃尔科特的律师谈话,你在这里所说的一切都会记录在案。一切。根据《美国法典》第八百六十一条,詹妮弗在第三方或其他人——比如庇护所委员会——面前对你说的话是不具备军事机密特权的。一旦上了法庭,宣誓之后,你会被要求重复在这里所说的话。你明白吗?"

他几乎有些神经质地笑了,依然用那种口吻说道:"当然。所以我才来这里。如果你需要的话就录吧。"

"开始录音。"她对理查德说,"继续说吧。"

"庇护所篡改了专利文件,包括电子文档和书面文件。日期经过仔细挑选,所有华盛顿的书面申请表都盖上了'同意'的戳印,但文件都没有得到复审阶段的有效官方签名或指纹。凯文告诉你的就是这件事,对吗?"

"他曾对我说过,没人能够进入联邦系统,即使他的人也不行。"

"哈,但他只是单从外部尝试。"

"你有确凿证据吗？比如姓名、日期——在第三方面前提起过的，即使你和詹妮弗不是夫妻也会在谈话中讲到的内容？"

"有。"

"你有书面证据吗？"

理查德微微一笑，"没有，都是道听途说来的。"

蕾莎突然脱口而出："为什么，理查德？我不是指詹妮弗，而是你。为什么你要这么做？"

"有人能对这样一个问题给出一个简单的答案吗？它是用一生时间做出的抉择。去庇护所，娶詹妮弗，生孩子——"他起身走到花坛前，用手指触摸着植物毛茸茸的叶片，蕾莎也站起来跟了过去。

"那么为什么现在告诉我这些？"

"因为这是我能阻止詹妮弗的唯一方法。"他朝蕾莎抬起眼睛，但蕾莎明白他并没在看她，"是为了她好。庇护所里已经没人能再阻止她了。见鬼，他们鼓励她，特别是卡西·布卢门撒尔和威尔·桑达罗斯。我的孩子们……对篡改专利权的犯罪指控至少会让那些和她联络的外界人收敛收敛。他们都是些胆小怕事的家伙，蕾莎，我不希望她和他们有瓜葛。我知道对你而言，单凭我的证词和不受法庭支持的道听途说，这个案子是没有把握的，法院很可能不予受理——但你想，如果我认为她会受到指控我还会来这里吗？我非常仔细地研究了'韦德对特雷蒙德'以及'贾斯特罗对美国政府'的案例，我只想阻止詹妮弗。我的孩子们，他们正在学习对睡眠者的仇恨,用仇恨来面对一切。一切,蕾莎,以自我保护的名义。这让我担心。这不是托尼的初衷!"

蕾莎和理查德很久以前曾谈论过这个话题,此后再也没有讨论过托尼·英迪维诺想要完成的愿望。

理查德看来已经平静多了。他说:"托尼错了,我错了。经过了几十年,你变得和从前不一样了,与其他无眠者渐行渐远。我的孩子们——"

"怎么个不一样法?"

理查德只是摇摇头,"现在你打算怎么做,蕾莎? 把录音交给联邦检察官,让他提起公诉? 以盗窃、篡改政府记录的罪名?"

"不。以谋杀罪。"

她靠近望着他。理查德睁大了眼睛,目光炯炯。她敢用性命打赌,他对蒂莫西·赫林格的死一无所知。但一周前她还用性命打赌理查德对盗窃事件一无所知呢。

"谋杀?"

"蒂莫西·赫林格一小时前死了。情况很可疑。"

"所以你认为——"

理查德的反应没她快。她见他向前逼近,便往后退了一步。

他缓慢地说:"你打算指控詹妮弗犯了谋杀罪。而且要让我指证她——根据我刚才在这里说的话。"

不知为何,她脱口而出:"是的。"

"庇护所里没人策划谋杀!"见她没有吭声,理查德使劲抓住她的手腕,"蕾莎,庇护所里没人……即使是詹妮弗……没人会……"

他的犹豫不决才是最糟糕的。理查德不能肯定他的妻子不会搞政治暗杀。蕾莎平静地看着他。她必须听,听他讲出所有的事,因为……因为什么?因为她这么做了。因为她必须知道。

但没有更多可听的了。理查德握紧捏着花的拳头,开始放声大笑。"别这样!"她恳求道,但他继续大笑,尖锐刺耳的笑声一直持续着,直到蕾莎打开办公室的门,让她的秘书给地方检察官打电话。

11

　　这间泡沫石①材质的单人牢房有五步宽、六步长，有一张固定的床、两条可轮换使用的毯子、一个枕头、一个水槽、一把椅子和一个抽水马桶，但没有窗户和电脑。犯人的律师威尔·桑达罗斯已经对牢房里缺少通信终端提出了抗议。除了隔离室，所有牢房都有只读的简易设备，用牢固的合金焊在墙上。桑达罗斯的委托人可以在监狱里用这种只读的简易设备浏览新闻网，阅读审核过的网上书籍，还可使用美国电子邮政系统。县监狱的狱长并不理会桑达罗斯的抗议，他可不会信任任何有电脑的无眠者。他不允许犯人参加集体锻炼或到食堂用餐，也不许别人到牢房探视她，就算是桑达罗斯也不例外。二十年前，这位卡塔罗格斯县监狱的狱长还很年轻，也更严厉，他那时曾经因为狱中的一起蓄意谋杀事件失去过一位庇护所的无眠者犯人。不能让这种事情再发生了，不能在他的监狱里发生。

---

　　①作者杜撰的建筑材料。

詹妮弗·沙里夫让她的律师停止抗议。

第一天,她仔细勘察了牢房的四个角落。最南边的一角可以用作祈祷之地。闭上双眼,她似乎就能看到冉冉升起的太阳而不是泡沫石墙壁。几天后她就不再需要闭上眼睛了。太阳就在那儿,通过意志和信仰就能看见。

最北边的一角放着水槽。她每天两次彻底清洗身体,并脱下她的阿巴亚,把它也洗干净。她拒绝把衣服送到监狱洗衣房,拒绝穿监狱里的号服。即使监视器每天摄下她的裸浴镜头她也无动于衷,犹如面对泡沫石墙壁冥望太阳一样依然故我。她这么做自有道理,她才不在乎那些人面兽心的家伙怎样看待她的行为,他们色欲攻心的丑态根本无法让她看见人性的一面。

剩下的两个墙角之间架着那张帆布床。她把被褥卷起来塞在床下,从不使用。床成了她学习的地方。她穿着湿漉漉的阿巴亚,挺直后背坐在床沿。她要求的纸质阅读材料总是不定期地送来。她让自己一次只读一张报纸、一本法律书籍、一份图书馆的打印资料。在没东西可读的时候,她就通过思考学习,在脑海中构筑她能想象到的各种情景。她考虑自己的法律处境的各种可能性,思索沃尔科特的研究、庇护所的未来、蕾莎·卡姆登的抉择,以及思考怎样用经济手段巩固各个区域、组织、重要人物、专家和庇护所之间的关系。每种可能性都向好几个方向发散开,她研究所有分支,直到闭上眼睛就能看见整个宏大的结构。每做出一个决定都会产生大量的分支,然后分支上再形成分支,树形结构连接着树结构。每当她从桑达罗斯口中或阅读资料中获取到新的信息,她就在脑子里重新勾画每条受影响的分支。在每个抉择的关键点处,她都从《古兰经》里选一段经文附上,如果有模棱两可之处,就用上不止一段经文。她紧闭眼睑,就能在脑海中看到庞杂但平衡的整体构架铺展开来,之后她睁开眼睛,让自己学会在牢房中以三维视角观察它,想象它充斥着整个空间,像棵有生命的大树那样抽出枝丫。

"她所做的就是坐在那儿呆望。"女看守向地方检察官汇报说,"有时她会睁开眼睛,有时闭着。很少活动。"

"你看这是不是一种需要医治的紧张症?"

女看守摇摇头,又点点头,然后又摇摇头,"我怎么知道他们那种人需要什么呢!"

地方检察官没应声。

星期三和星期六是探视日,但她唯一能见的只有威尔·桑达罗斯,他每次都来。这个接见室平常很空,在一排监视器下,詹妮弗和他被一道厚厚的有机玻璃隔开,分坐在两边。

"詹妮弗,大陪审团受理了对你的指控。"

"知道了。"詹妮弗说,在她的决策树上没有"大陪审团驳回指控"的分支,"他们定下庭审日期了吗?"

"12月8日。保释的请求被再次驳回了。"

"知道了。"詹妮弗说,"保释"的分支也不存在了,"蕾莎·卡姆登

213

向大陪审团指证了。"詹妮弗用的是肯定语气。

"是的。证词已经发给了辩护律师,我想法弄一份复印件给你。"

"我已经两天没看到纸质刊物了。"

"我会再带点来的。其实和新闻网上的内容一样,你不会想看的。"

"不,"詹妮弗说,"我想看。"她需要了解歇斯底里的新闻网在叫嚣些什么。不是为了增加知识,而是为了更加坚定她斗争的信心。"无眠者为了统治世界大开杀戒!""起初是钱——现在是血?""神秘的无眠者垄断集团密谋颠覆美利坚合众国——以谋杀为手段!""无眠者倒戈,揭露庇护所黑手党的全部死亡内幕。""地方团伙因遭受严重挫败而愤怒叫嚣:'他是无眠者。'"

"我想你可能已经料到了。"桑达罗斯说。他今年二十五岁,从四岁起就在庇护所生活。他的父母自愿签署文件移交了他的监护权,因为他们没有得到他们想在一个接受了基因改造的孩子身上得到的东西。从哈佛法律系毕业后,桑达罗斯回到庇护所开业,只在和委托人见面或上法庭时才离开庇护所。即便如此,他仍然抗拒离开的感觉。他几乎不记得自己的父母,对他们也没什么感情。他是詹妮弗的辩护律师的第一人选。

"还有件事。"桑达罗斯说,"我有你的孩子们给你的口信。"

詹妮弗坐得笔直。每次的这个时刻都是最感艰难的,所以她才夜以继日地训练自己后背挺直地坐在金属小床坚硬狭窄的床沿上，把思想集中到冷静的计划中——就是为了能面对这样一个时刻。

"说吧。"

"纳吉拉让我告诉你，她已经完成了'三号物理软件'。里基说他从墨西哥洋流的现场数据中发现了一条新的鱼群迁徙路线，目前正在绘制它。他要让它和他父亲发表在《全球指南》上的科研成果一争高低。"

里基的口信里几乎总是能找到办法提起他父亲，纳吉拉就从来没有。他们已经得知父亲将在法庭上举证母亲，是詹妮弗坚持让桑达罗斯告诉他们的。在这个世界上，无眠儿童一旦因为接受保护而变得愚昧无知，他们就会无法生存下来。

"谢谢你。"詹妮弗镇定地说，"现在讲讲我们的对抗策略。"

等探视结束、桑达罗斯走后，詹妮弗在床沿静坐许久，任决策树在她头脑的自由空间中生长壮大。

"你真要这么做吗？"斯特娜·贝温顿漂亮的脸蛋在通信屏幕上显得生硬冷淡，"你真的打算举证对付我们中的一员吗？"

"斯特娜，"蕾莎说，"我必须这么做。"

"为什么？"

"因为她错了。还因为——"

"保护自己没有错，即使这意味着要破坏法律！你那样教过我的——你和艾丽斯！”

"这不一样。"蕾莎尽可能平静地说。从通信屏幕上看，在斯特娜的身后是加利福尼亚经过基因改造的棕榈树，长长的蓝色树叶被银色条纹一分为二。斯特娜在加利福尼亚做什么？而且，户外的通信设施没有完备的保密措施。"詹妮弗在伤害我们，伤害我们所有人，睡眠者和无眠者就像——"

"不包括我。她没有伤害我，而你所做的，是要拆散我们唯一的家，迫使我们中的一些人离开。我们不是都像你那么幸运的，蕾莎！"

"我——"蕾莎刚要开口，斯特娜已经切断了通信，蕾莎只看到一片空白的屏幕。

亚当·沃尔科特站在蕾莎和凯文的高级公寓的书房里，心烦意乱地看着一排排的法律书籍、镶了镜框的谷贝贤三全息肖像，还有蒙迪·拉斯特尔以月亮女神石雕为灵感创作的雕塑。雕塑是个雌雄同体的人形，它睿智的面庞熠熠生辉，以一个英雄式的翱翔姿势向上伸展着双臂。只见沃尔科特单腿站立，先用他的左手梳捋头发，然后又换右手，纤弱的肩膀抽动着，随后把脚放下来。怪异——没有其他词可以形容他了。沃尔科特是蕾莎所遇到过的最怪异的委托人，蕾莎甚至不清楚他是否理解了已经解释给他听的话。

"沃尔科特博士，要知道，你可以继续打这个专利权官司，以对付桑普莱斯和庇护所,同时还牵涉到沙里夫谋杀案。"她说话的声音很沉着。她有时会把自己一个人关在房间里,练习响亮地说出这个词:沙里夫谋杀案。

"但你不会做我的律师了。"他怒气冲冲地说,"你弄砸了整件事。"

蕾莎不厌其烦地又从头开始解释一遍,看来他确实不理解,"我现在一直在接受保护性监管,直到开庭,沃尔科特博士。我的生命受到极为严重的威胁。你看到的门厅、电梯还有房顶上的那些人不是我的保镖,而是联邦探员。他们在这儿保护我而没把我转移到别处,是因为这里的安全系统比其他地方的都好。差不多是这样吧。现在我不能代表你上法庭参与到专利权的案子中了,我也不认为让你等到我行动自如时再打官司是明智的。为了你自己的最大利益着想,你应该另找一位律师,我已经替你拟了一份名单让你参考。"

她拿出一张打印纸。沃尔科特没有伸手去接,他用另一只脚站立着,"这不公平!"

"不……"

"不公平。一个人为了基因革新埋头苦干,为一家卑鄙无耻的公司呕心沥血,可是公司内部互相倾轧、钩心斗角,根本无法把天才们组织起来。有人曾向我许诺过的,卡姆登女士! 这是一个本该实现的诺言!

她专心倾听着。这个瘦小男人的火暴脾气真让人有点胆战心惊。"什么样的诺言,博士?"

"赞扬!声望!应得的关注——这种关注除了无眠者还没人得到过!"他用力伸展手臂,踮起脚尖,拔高嗓门尖叫着,"有人许诺过的啊!"

他忽然注意到蕾莎在仔细瞧着他。他放下手臂,朝她笑笑,这个笑容如此做作,直令人作呕,蕾莎不由得感到脖子打了个激灵。很难想象桑普莱斯公司的李经理,那个极端自私的家伙,会许下这样的诺言。他能否认可别人的梦想都很难说,更别提许下这样的诺言了。这里面有些不对劲。"是谁向你许下这些诺言的,沃尔科特博士?"

"哦,这个嘛,"他避开蕾莎的目光,漫不经心地说,"你是知道的。怀揣年轻时的梦想,总觉得生活会给你承诺,然后诺言烟消云散。"

蕾莎的语气比她自己以为的更加严厉,她说道:"你说的人人都知道,沃尔科特博士。人人都说自己有比名望和媒体的关注更有价值的梦想。"

他似乎没在听。沃尔科特站在那儿注视着谷贝的肖像,然后他的左手绕过脑后,用心地挠着右耳朵。

蕾莎说:"另找位律师吧,沃尔科特博士。"

"好的,"他几乎是心不在焉地说,"我会的,谢谢你。再会。我自己能出去。"

蕾莎在书房的沙发上坐了很长时间,想搞清楚为什么沃尔科特这么让她心烦意乱。这似乎和这桩特殊的案子没有关系,是某种比它更庞大的东西。是因为她本来期望他是个理性的强者吗?那是美国式的神话人物:一个有能力的人,既带有个人主义思想,又具备控制自己和物质世界的社会判断力。历史不会容忍这样的神话人物出现——能人往往是不受控制,或是失去理性的。林肯的忧郁,米开朗琪罗的暴躁,牛顿的狂妄自大。她的偶像曾经是谷贝贤三,难道谷贝就不会心理失常吗?为什么她一定要在沃尔科特身上看到同样恪守规则的合理行为呢?难道理查德就不会失常吗?理查德能从道德观的角度鼓起勇气阻止妻子有害的不道德行为,但如今,在接受保护性看守期间,他整日整夜都消沉地瘫坐在角落里,不吃饭、不洗澡、不说话,除非有人逼着他做这些事情。难道詹妮弗就不会失常吗?她有杰出的战略家的头脑,却把它用在了带有强迫症性质的控制欲上。

抑或是蕾莎自己?难道她自己就不会失常吗?她居然枉顾理性,期望这些人不会是这个样子。

她从沙发上起身,在公寓里游荡。所有的电脑终端都关闭了——两天前她就已经无法忍受新闻网上那些歇斯底里的信息了。窗户都转为不透明,遮住了她公寓下面正在上演的"三国"大混战——警察和两支群情激昂的临时示威队伍之间的混战。在他们杀死我们之前杀死无眠者!一边是叫嚣的电子标语,另一边响应着:

让庇护所交出专利权！他们不是神！偶尔，两支游行队伍厌倦了和警察的对抗，就互相争执起来。过去的两天里，凯文每次回来吃晚餐都不得不在保镖的掩护下，在警察、吼叫的聚众闹事者、新闻网的全息自动摄像机中间费力穿行——为了抓拍他的特写镜头，摄像机会倏地一下冲到离他面孔只有几英寸的地方——千辛万苦才得以进入公寓。

今晚他过了时间还没回来。蕾莎发觉自己一直在偷窥钟面——她讨厌自己的这种举动，却又停不下来。平生头一回，她感到独自一人是很难捱的。以前她有过真正单独一人的时候吗？最早有爸爸和艾丽斯陪伴，接着是理查德、卡罗尔、珍妮和托尼……后来是斯图尔特，再是理查德，然后是凯文。而且还有法律一直伴她左右。学习、提问、应用，法律能让信仰不同、才干不同、目标不同的大多数人在某种程度上，比在荒蛮时代更加平等地生活。凯文对这个信条有他自己的解释，而且对其深信不疑：一个社会体系不是建立在一般文明的狭隘范畴上，也不是建立在所谓的"家庭浪漫观念"上，甚至也不是建立在无止境的科技进步上——虽然对现代的大众来说这个趋势相当明显——而是建立在公认的法律体系和经济体系这两个基础之上。只有当这两个基础都平稳存在，社会和个人才能获得保障。金钱和法律，理查德对此永远无法理解，而凯文却对两者了如指掌。正是这点把凯文和蕾莎联系在了一起。

他在哪儿？

书房的通信终端响起铃声，语音提示是私人来电。蕾莎怔了怔。会是谁？示威者？"我们睡觉"的狂热分子？庇护所？即使和蕾莎没有这层情人关系，像凯文这样的人也总是树敌颇多……蕾莎跑进书房。

是凯文打来的。

"蕾莎，听着，亲爱的，我很抱歉没早点儿打电话给你。我想过，但……"他的声音越来越小，听着都不像他本人了。通信屏幕上的他下巴微微下垂，目光落在他的左侧，"蕾莎，我不能回家了。我们在进行一项重要谈判——'斯蒂格里茨合同案'。你知道它的，我必须在场。然后我还得赶飞机去阿根廷处理他们一个子公司的一些行政分歧。我为了进出公寓还要花费力气，或者假如那些疯子堵在了屋顶上……我不能冒险。"过了一会儿，他加了一句，"我很抱歉。"

蕾莎什么也没说。

"我会待在办公室。也许等这些事结束……嗨，没什么'也许'，等斯蒂格里茨合同签署妥当，庭审一结束，我就回家。"

"当然，凯文，"蕾莎说，"当然。"

"我就知道你能理解的，亲爱的。"

"是的，"蕾莎说，"我能。我能理解你。"

"蕾莎——"

"再见，凯文。"

她从书房走到厨房给自己做了个三明治，同时猜测凯文还会不会打回来。他没有。她把三明治扔进了有机垃圾槽,回到书房。谷贝贤三的全息肖像已经变换了内容,换成了谷贝弯腰拿起Y能量锥形装置的姿势。他的黑色眼眸严肃而睿智,他穿着白大褂,袖口卷到胳膊肘上方。

蕾莎坐在一把木椅上,把头埋在双膝间。这个姿势让她想起了理查德,他正在自己的房间里一蹶不振。这种想法让蕾莎受不了。她走到窗前,把窗户调成透明,从十八层楼上望向街道,直到远处密密麻麻的示威者人潮中产生了不断扩大的骚动——很可能是有人从望远镜里看到了她。她调暗窗户,回到椅子里,笔直地坐着。

她不记得自己坐了多久,只记起了几十年前的一些往事。曾经有一次,在她还是哈佛大学的学生时,她和斯图尔特·萨特沿着查尔斯河散步。那天寒风刺骨,他们却在风中尽情奔跑、大笑,斯图尔特的两颊红得像苹果。尽管天很冷,他们依旧坐在河岸边亲吻着,直到一个几乎全裸的"苦难提醒者"踉踉跄跄地走过枯萎的草地。"苦难提醒者"是一个奇特的、让人有些害怕的宗教团体,他们执着于崇高的理想。他们伤害自己的身体,以提醒自己和其他人,世界上还有国家在遭受暴政蹂躏,还有人陷于水深火热之中,他们乞讨来的钱被用于减轻世界上的苦难。这个"苦难提醒者"切除了自己的三根手指和一半左脚。他残缺的手上文着"埃及"字样,发青的光脚上文着"蒙古",骇人的瘢痕累累的脸上文着"智利"。

他向蕾莎和斯图尔特伸出乞讨用的碗。蕾莎感到既害羞又不自在，朝碗里扔了一张一百美元。"一半为了智利，一半为了蒙古。为了那些苦难。"他哑着嗓子说。显然他也弄伤了自己的声带，以此作为一种提醒。他看蕾莎的眼神是如此透明清澈，充满了快乐，让蕾莎都不忍回望他。她把头靠在膝盖上，用手使劲绞着带霜的草叶。斯图尔特用胳膊搂着她，在她耳边喃喃低语："他很快乐，蕾莎。他确实很快乐。他是为了达成一个目标而乞讨的，他筹集大量的钱是为了世界的苦难。他在做他选择做的事，而且他做得很好。他不介意身体上的伤害。不管怎么说，他现在要走了。他离开了。瞧——他已经走了。"

12

晚上八点，堤坝上举行的露天集会达到了高潮。为了安全，一个Y能量场已经建立起来，无形的"墙"环绕着，形成一个和足球场相同大小的保护罩。保护罩覆盖了河流的一个转弯处、一百码长的宽阔堤坝，以及在摩托车厂与河流之间的一片未经修剪的草地和浓密的灌木丛。幽暗沉静的密西西比河在"墙"下流过。从最远的灌木丛里不时传出很大的动静，偶尔还伴随着咯咯的笑声。

在堤坝的南边，人们聚集在小吃摊、全息游戏亭、新闻网的彩票销售亭周围——销售亭是由"我们睡觉"组织部分资助的。在堤坝的北边是一支嘈杂的乐队——乔丹忘记它叫什么名字了——整晚都在用舞曲吵得全场鸡犬不宁。每隔三十秒就会有一个遥控的"我们睡觉"的全息标志——它是三维立体的，足有六英尺高——在空中的不同方位闪烁，离地十英尺的高空，水面上两英寸的地方，旋转的舞蹈者中间。而河对面，Y能量保护罩的边缘隐约可见，三星-克莱斯勒公司的灯光正不可一世地闪耀着。

"你蕾莎姨妈的最大缺点就是她属于十八世纪,而不是二十一世纪。"霍克说,"来点儿冰激凌吧,乔迪。"

"不用了。"乔丹说。他不想吃冰激凌,更不想再一次和霍克谈论蕾莎。他想让霍克和他一起去堤坝的北边,那里的舞蹈音乐声能把霍克的声音淹没掉。

霍克既没被引开,声音也没被淹没掉,"这种冰激凌是'新鲜基因'农场新开发的生物专利产品。草莓冰激凌的味道好得没话说。来个冰激凌蛋筒。"

"我真的不——"

"味道怎么样,乔迪?你能想到他们是从大豆基因起家的吗?这项产业上一季度的利润率是17%。"

"很好吃。"乔丹有点失望地说。他本希望这个冰激凌的味道会很一般,可结果它却是他所尝过的最好吃的冰激凌。

霍克笑了,他拿着草莓冰激凌蛋筒,目光犀利地盯着乔丹。乔丹估计,要是那家农场还没有和"我们睡觉"组织接洽过,那明天就会有位"我们睡觉"的核心成员和"新鲜基因"农场进行会晤了。堤坝上的公益集会就是为了庆祝像"新鲜基因"农场这样的个体已经成为(或是将要成为)"我们睡觉"革命运动的新成员。自从沙里夫谋杀案引起媒体轰动以来,"我们睡觉"的平均利润率已经上升到了令人咋舌的74%。蒂莫西·赫林格的死和"我们睡觉"产品的抢购风之间的联系——对乔丹来说这种过度狂热的形势实在令人痛苦——在霍克的巧言令色下,已经为其带来了成百万的新的消费用户。"我就知道!""我们睡觉"的成员们叫嚷着,既有成功的喜悦,又带着畏惧、愤怒和贪婪,"无眠者害怕我们! 他们吓得要用谋杀来控制我们!"

霍克继续把密西西比的摩托车厂当作总部——他假惺惺的粗俗态度令乔丹心中不快。工厂的生产还没稳定下来,产量就翻了一番。霍克在工厂的墙壁上张贴了产量趋势图表,他望着厂里热火朝天的景象,脸上浮起一抹微笑,神秘的微笑,然后宣布在堤坝上举办公益集会。"在我高曾祖父的时代,那里是地方长官保存鲶鱼干的地方。"

而乔丹只是个加利福尼亚人,既不知道他的高曾祖父是谁,也不知道未做过基因改造的鲶鱼可不可以吃。他侧过头,看向霍克,霍克则朗声大笑,"不是我的切罗基高曾祖父,乔丹,是另一个,我的高曾外祖父,拥有完全不同的地位。尽管他也不是像你们那样的地主之类的人。"

"不是'我们'那样的地主之类,我不是来自那种阶层。"乔丹忐忑不安地说。霍克的大笑让他如坐针毡。

"当然不是。"霍克说着,又笑了起来。

乔丹试图转移话题,但霍克仍旧自顾自地说着——只当先前关于"新鲜基因"农场的讨论没发生,"你蕾莎姨妈的最大缺点就是她根本不属于这个时代。她属于十八世纪。出生在错误的年代总是不幸的。"

"我们今晚别谈蕾莎，好吗，霍克？"

"十八世纪重视的是社会良知、理性思想，以及对良好秩序的基本信赖。那些洛克们①、卢梭们、富兰克林们，甚至简·奥斯汀们，他们也都是生在了错误的年代，凭着那些理念就打算重塑或巩固这个世界，听起来就像蕾莎·卡姆登？"

"我说——"

"不过，当然，浪漫主义者都被扫地出门了，我们永远不会退回到从前，直到无眠者出现。你不认为这很有趣吗，乔丹？一项生物学上的创新让社会价值观的时钟倒转了。"

乔丹停下脚步，面对着霍克。在乔丹左边的河面上，"我们睡觉"的全息标志出现了，图像先是明暗不定，接着在电子光束瞬间的爆发后消失了。"你真的不在乎我说的话吗，霍克？你就是要一意孤行，认为只有你的话才重要？"

霍克默不作声，目光敏锐地望着他。

"你干吗要雇用我？你想做的就是对我冷嘲热讽，把我的异议全盘否定掉，让我当众出丑，像个傻瓜和——"

"我想做的——"霍克平静地开口，他的冰激凌滴到了手上，

----

①约翰·洛克(1632～1704)：英国哲学家。他的《政府两记》影响了《独立宣言》。

"——是惹你发火。"

"惹我——"

"发火。你认为让你当众出丑,把你弄得像个傻瓜对我有什么好处吗?什么时候你才能不这么固执己见?我希望当有人踩在你头顶上时,你能感受到自己的愤怒,否则你对这项运动将毫无用处。你到底以为'我们睡觉'的首要宗旨是什么?是清醒过来和发泄怒火!"

可乔丹总觉得其中有些蹊跷,有什么地方不太对劲,或许这个"不太对劲"是因为看见霍克拿着草莓冰激凌,冰激凌正往他手上滴,霍克对自己慷慨激昂地说着话,但眼睛却注视着堤坝,扫视着人群——为什么?他是在观察是否被人偷听吗?只有一对年轻人正从"全息星辰"游戏亭朝他们走来,难道是他们在偷听……

密西西比河爆炸了。水柱冲天而起,乔丹脚下的堤坝晃动着裂开。第二次爆炸,"全息星辰"游戏亭坍塌了。那对年轻人像洋娃娃似的一下被抛到了空中。人们尖叫着。一条裂缝出现在乔丹脚下,千钧一发之际,霍克抓住了他,把他拽到了安全地带。刚才乔丹被气浪抛到半空中时,他看见遥控的全息图像出现在十英尺高的地方,夸张而怪异,显眼地布满整个集会上空。但那不是"我们睡觉"的标志,而是红色和金色的字母,闪烁的光线把影像倒映在河中:三星-克莱斯勒。

没人相信这件事。三星-克莱斯勒是家历史悠久享有盛誉的公司,他们极为愤慨,否认对此次袭击事件负有责任。就连摩托车厂的工人也不相信三星-克莱斯勒公司会在堤坝边安装水下炸弹。媒体不相信,"我们睡觉"委员会不相信,乔丹也不相信。

"是你干的。"他对霍克说。

霍克只是望着他。在这间脏乱的办公室的桌子上摊着电子小报的打印件:"庇护所幕后策划'我们睡觉'集会爆炸事件! 无眠者诉诸暴力——再一次!"廉价的纸张已经被电子报纸打印机扯出了一些裂口,裂缝处卷了起来——这些纸张是"我们睡觉"企业造的。霍克用两根粗大的手指在最长的一条口子上摩挲着。厂房里不时传来手动机器断断续续的轰鸣声和摇滚乐的杂声。

"凡事你都要加以利用。"乔丹说,"比如媒体对赫林格被杀一案的狂热关注。你所在乎的不是真相,你所在乎的是任何能够为你所用的有利条件。你比庇护所好不了多少!"

霍克说:"集会上没人受伤。"

"但他们可能会受伤的!"

"不会,"霍克说,"没有那种可能性。"

乔丹花了点时间终于明白了,"那个在你手上融化的冰激凌蛋筒就是引爆器,对不对? 你手部的皮肤下有块温度感应微芯片,所以你才能选择一个没人会受伤的时机。"

霍克温和地说:"你还在生气吗,乔丹? 你想和我一起去看望更多的得不到医疗照料的婴儿，或是帮忙运水吗？在谷贝主义的倡导下，食物和Y能量成为公民的基本福利，但医药和管道系统则属于自由市场的企业的经营范畴。结果婴儿得不到治疗，穷人装不起水管。你想去看望更多的成年人吗？他们整天自甘堕落地呆坐着，明白自己不仅无法在低水平工作上和自动化机械竞争，更加无法在高水平创作上和杀人的基因改造者竞争。你想去看望更多得了钩虫病的刚会走路的孩子吗？还有更多抢劫的青少年？针对他们的法律无处不在，但他们依旧找不到真正的工作。你还在生气吗？"

"这些结果并不能证明卑劣的行为是正当的！"乔丹大喊着。

"用不着证明。"

"你不是在帮助下层的睡眠者，你只是在——"

"我不是？你最近和梅利恩谈过吗？她最大的孩子已经去参加机器人技术职业培训了。她现在能付得起学费了。现在。"

"你是提供了帮助，但你是在用煽动更多仇恨的方式去帮助！"

"醒醒吧，乔丹。不强调分歧的话，没有哪个社会运动能发展起来，当然这么做确实会激起仇恨。比如美国独立战争、废奴运动、工会组织、民权运动——"

"那不是——"

"分歧不是我们创造的——而是无眠者干的。就像女权运动、同性恋权利、福利救济特许权。"

"别说了！别再对我灌输那些枯燥乏味的说教了！"

让乔丹惊讶的是——即使是在愤怒中,他仍感到惊讶——霍克咧开嘴笑了。他的黑色瞳仁如猎鹰的眼睛那般锐利,"'枯燥乏味的说教'?你已经是我们中的一员了。蕾莎姨妈对此会说些什么呢,那位理性的高级女祭司?"

乔丹说:"我辞职。"

霍克似乎并不诧异。他点点头,凌厉沉郁的目光像长矛一样投刺过去,"好吧,辞职吧,你会回来的。"

乔丹向门口走去。

"知道你为什么会回来吗,乔迪?因为,假使你结了婚——比如明天——你再有了孩子,你会想要改造孩子的基因,让他成为无眠者,不是吗?然而你无法忍受自己这么做。"

门打开了。

在他身后,霍克温和地说:"我们随时欢迎你回来,乔丹。"

站在工厂大门外,看着密西西比河平静地流向三角洲河口,乔丹不知自己该何去何从。

梅利恩在门房处望着他。从这个距离,他看不清她的表情。有一次他曾遇到过她的大女儿,一个和梅利恩一样有着淡黄色头发的羞怯的女孩,像她一样骨瘦如柴。机器人技术职业培训学校。钩虫病。工作。

乔丹走回摩托车厂。梅利恩替他打开大门,他走了进去。

苏珊·梅林满是皱纹的面孔出现在通信屏幕上,她身后的背景不是她在新墨西哥州沙漠的土坯书房,而是摆满电脑、玻璃器皿和机械装置的实验室。

"苏珊,你在哪儿?"蕾莎问。

"芝加哥医学院。"苏珊轻快地说,"研究所。他们给了我一间实验室。"她脸上深深的皱褶因为兴奋变浅了。

蕾莎缓缓地说:"你已经在研究——"

"是的,"苏珊打断她说,"就是在新墨西哥时我们讨论的基因问题。医学院保密的那个。"

蕾莎想到她这么谨慎的原因:这条通信线路没有经过加密,或者说还不够保密。她几乎要笑出来了——在目前的局势下,怎么才能做到"足够保密"呢?

苏珊说:"我只想让你知道我们已经开始了,我那位著名的中国同事已经安全抵达,加入了我的研究工作。"

中国人?苏珊正气定神闲地看着她,目光意味深长。蕾莎突然想起那位为了提高智力而做过基因改造的克劳德·加斯帕尔-蒂埃卢。在一次全球学术研讨会的酒会上,他喝醉后曾告诉过苏珊,组合进他遗传密码中的基因材料来自一位中国的捐献者。由此开始,他对中国着了迷。他开始收集仿制的明代花瓶和紫禁城的全息图片,最后苏珊也受他的影响迷上了中国。蕾莎本来没把这当回事,不过苏珊显然是在刻意让她回想起来。

也就是说,加斯帕尔-蒂埃卢在芝加哥医学院。只要苏珊能够向他证明沃尔科特的发现是可行的,他是一定会从巴黎飞过来的。

苏珊愉快地说:"我们解决了第一部分的问题,以相同的方式重复了早期的研究过程。现在我们遇到了障碍,但正想办法克服。我们会和你保持联系的。我们利用王先生的研究方法解决后面部分的问题,比开始那部分要困难,因为后面部分有一处地方很棘手。"

蕾莎明白,苏珊正在自得其乐。她的声音十分欢快。只要蕾莎闭上眼睛,便能看见四十年前的苏珊,她甩动着发辫,精力充沛,带着两个小姑娘做受控实验的游戏。刹那间,一股温柔涌上蕾莎心头,让她如鲠在喉。

得说点儿什么,于是蕾莎说:"解决后面那部分的问题?听起来仿佛你们有很大把握。"

"我也不太确定。"苏珊说道,她的声音轻柔下来,"你还好吗,蕾莎?"

"下星期开庭。"蕾莎说,仿佛这就是答案。也许吧。

"理查德还是——"

"没变化。"蕾莎说。

"那凯文——"

"他不回来了。"

"他真是的。"苏珊说。蕾莎不想谈论凯文,他的背叛——最让人伤心的是凯文不仅背叛了她,也背叛了整个无眠者群体。这是不是意味着她不会再有个人的爱情,只剩下带有政治目的的感情了?这个问题很令人困扰。

"苏珊,你知道昨天我明白了什么吗? 这个世界上,只有三个人理解为什么我要指证一个无眠者,对付一个被媒体称之为'我自己的同类'的人。只有三个人:你、理查德,还有⋯⋯爸爸。"

"是的。"苏珊说,"罗杰从来不认为阶级团结比事实真相更重要。其实,在他那时候,他从来就没感觉到阶级团结,他只当自己独自处于一个阶级中。但毫无疑问,蕾莎,在这个世界上不止三个人理解你。"

蕾莎的目光越过房间,停留在堆满书桌、地板、椅子的一沓沓电子小报打印件上。她从不能读它们变成不能不读它们。

"感觉上好像只有三个。"

"哈。"苏珊开口道,这也是艾丽斯常发出的声音,蕾莎以前从没有过这样的联想,"你知道吗,美国今年一年出生的基因改造的无眠婴儿,官方记录人数是一百四十二人。"

"就这些?"

"比十年前的上千人是少了些。任何理性的有头脑的人都不希望自己的孩子因此遭受危险和歧视。但要是你的沃尔科特博士的研究⋯⋯"

"不是我的,"蕾莎说,"根本就不是我的。"

"哈!"苏珊又叫了一声,听起来像是含义深远的叹息。

13

"詹妮弗·法蒂玛·沙里夫公诉一案。全体起立。"坐在证人席上的蕾莎站了起来。一百六十二个人——旁听者、陪审团、媒体、证人、律师——都同她一起站起来。一个有着一百六十二个针锋相对的脑袋的群体。几个保护性能量罩分别罩住了科恩万戈镇、法院和法庭,就像夹层手套。所有通信线路在第一层能量罩外就丧失了作用。司法体系总是不断在公众知情权和个人隐私权之间来回摇摆。

在媒体记者旁边,新闻网的全息图片画家把绘图电脑搁在并拢的大腿上,他们的手指灵活地伸缩弯曲,为下午的新闻报道描绘全息插图。目前还没有找到和绘画才能相关的可识别基因的位置。

"肃静、肃静。纽约州卡塔罗格斯县高等法院,现在开庭,由尊敬的丹尼尔·J.迪普福特法官主审。靠近些,集中注意力,审讯即将开始。上帝保佑美国和这个光荣的法庭! [1]"

---

①后两句是美国法庭开庭时常用的传统开场白。

蕾莎不知道是否只有她听出了那个激昂的叹号。

今天是庭审的第一天。单单为了选出一个陪审团就花费了两个半星期进行不间断的询问审核：你，莱特女士，你认为自己能对被告做出公正判决吗？还有你，艾拉狄纳先生，你在新闻网上看过这个案子的相关报道吗？你呢，莫拉尼斯女士，你是"我们睡觉"组织的成员吗？为什么来做陪审员？是为了美国的觉醒？为了要求人身平等的母亲们？总共筛选掉了三百八十九人——这在任何一次"一切照实陈述"的审核中①都是个不可思议的数字。陪审团最终由八男四女组成。七个白人、三个黑人、一个亚洲人、一个拉丁美洲人；五个受过高等教育，七个有高中或以下的学历；九个年纪小于五十岁，三个年纪大些；八个为人父母，三个没有孩子，一个是合法捐献卵子的代孕母亲；六个有工作，六个在领取失业救济金。没有无眠者。

"你可以开始了，霍萨克先生。"法官对提起公诉的检察官说道。检察官是个身材敦实的男人，一头浓密的灰白头发。他的外表在法庭上具有很大优势，就算静止不动也能吸引大家的注意力。正如所有接触四通八达网络的美国人一样，蕾莎了解杰弗里·霍萨克的全部情况。他现年五十四岁，打赢和打输的官司比例是23:9，税务清白，从来没有接到过美国律师协会的投诉。他的妻子只买真正的小麦面包，每星期三条面包。霍萨克订阅两份电子报纸和一个为

---

①这是证人或陪审员在接受审核时的誓语。

美国内战迷们设置的私人频道。他大女儿的三角学成绩很差。

他和迪普福特法官在法律界均以公正、诚实、能力不凡而著称。

几周前，蕾莎坐在电脑前仔细梳理了迪普福特历来的庭审记录后，她已经估计到迪普福特和霍萨克可能会参与庭审。她不认为庇护所能够操纵法官或检察官的人选。无眠者的力量大多是在经济方面，而不是政治上。他们的人数还不足以建立一个有投票影响力的集团，而且有太多人憎恶他们，使之很难通过选举获取官职。庇护所当然能买通法官、律师或国会议员，而且很可能已经这么做了，但没有任何迹象表明霍萨克或迪普福特被收买过。

更重要的是，迪普福特不是睡眠运动的支持者。他曾主持过九桩被告是无眠者的民事诉讼案——很少有起诉无眠者的刑事犯罪案。迪普福特对每个案子的判决都是公正合理的。他希望用证据说话，通过证据和法律的结合来做出公正判决，这也正是蕾莎钦佩他的地方。

霍萨克在对陪审团的开庭陈述中简洁明了地介绍了整桩案件：有证据显示蒂莫西·赫林格博士的轻便摩托车的Y能量导向装置遭人为破坏，有进一步证据认为詹妮弗·沙里夫和这个破坏有关。"女士们先生们，这辆摩托车安装了一个视觉扫描仪，上面记录下三个人：一个是当天早晨在屋外玩耍的邻居孩子；一个是赫林格博士本人；还有一个是成年的女性无眠者。我们将进一步证明这名女性是掌握庇护所最高权力的人，一个掌握着世界上最先进科技的人。"

霍萨克顿了顿，"我们还将提到在桑普莱斯公司的停车库中发现的一个挂坠，它是在赫林格博士的摩托车停放位置附近找到的。这个挂坠内部放置了一块非常先进、极为特别的微芯片，政府专家至今仍无法复制它。我们不清楚它是如何制造的，但我们清楚它是干什么用的。我们测试过它。它的作用是打开庇护所的大门。总之，本州检察院将证明摩托车被破坏是庇护所精心策划和实施的一起非法阴谋。我们还将证明策划这起阴谋的就是詹妮弗·沙里夫，她是利用黑客手段非法潜入国家银行系统和政府数据库的策划者和主使者。由于非法闯入政府网站关系重大，所以目前美国司法局成立的一支特别工作组正在进行调查——"

"反对！"威尔·桑达罗斯叫道。

"霍萨克先生，"法官说，"你显然已经超出了开庭陈词的范围。在这起谋杀案中，陪审团对任何所提及的类似调查都将不予考虑。"

陪审员全都望向詹妮弗，她穿着白色的阿巴亚，笔直地坐着，始终正视着前方。

"沙里夫女士的动机，"霍萨克继续说，"是阻止一些技术继续发展并申请专利，如果它们被开发并投入市场，就能够让睡眠者转变成无眠者，拥有和无眠者一样的生理优势。庇护所不希望我们——你们和我——拥有这些优势。以詹妮弗·沙里夫为首的庇护所为了制止这一切，不惜实施谋杀。"

蕾莎观察着陪审团，他们正在认真倾听，从这些睡眠者严肃的面孔上，蕾莎什么也看不出来。

和霍萨克相反，威尔·桑达罗斯用低沉的语调开始了他的开庭陈词。"我对原告描述的所谓真实案情感到不知所措。"他开口说道。他那轮廓分明的英俊脸庞——蕾莎记得，遗弃他的睡眠者父母曾经花钱替他做了大范围的外貌基因修改——看起来是一副恰到好处的迷惑神情。蕾莎很清楚，无眠者是不敢给陪审团留下傲慢自大的印象的。蕾莎倾身向前，不理会来自其他旁听者的好奇目光，凑近观察桑达罗斯。他看起来神情专注、精力充沛，显得精明强干。

"事实是，"桑达罗斯继续说，"根本没有需要辩驳的地方。詹妮弗·沙里夫是无辜的。原告根本没有确凿证据，正如我将说明的，詹妮弗·沙里夫和庇护所与摩托车遭到破坏、技术资料的被盗、暗杀阴谋没有任何关系。女士们先生们，原告所拥有的只是对案情牵强附会的揣测，生搬硬套地妄加联系，以及道听途说，诸如此类。"

桑达罗斯走到离陪审席非常近的地方，比蕾莎和陪审团之间的距离还要近，他向前倾身。坐在陪审席第一排的一位女士向后退缩了一下。"除此之外，原告所拥有的，女士们先生们，是一个更为荒谬的捏造的谎言，比之所谓的证据更加荒唐，其中只有含沙射影和偏见——就因为沙里夫女士是无眠者，她就得遭受无端的仇视与怀疑。"

"反对！"霍萨克叫道。

桑达罗斯置若罔闻，仍在继续，"我说这些是为了让我们大家能够彻底地看清这场审判的症结所在。詹妮弗·沙里夫是个无眠者。我是个无眠者——"

"反对!"霍萨克又叫起来,他被彻底激怒了,"对方律师正企图在这里审判原告。法律并没有对犯罪的睡眠者和无眠者加以区别,同样也没有对使用证据的标准做出规定。"

法庭上的每双眼睛——睡眠者的、无眠者的、兴奋的、忧郁的、心胸狭窄的、犹豫不决的、狂热的——都看向迪普福特法官,他没有迟疑,而且显然已经预先考虑到会出现这样的状况——"反对无效。"他平静地说。这样做与他的一贯做法相悖,显然是想让大家看到他在给桑达罗斯相当大的言论空间,以避免法庭上可能出现的偏见。蕾莎感觉到自己的右手指甲正掐着左手。这里有个陷阱……

"法官大人——"霍萨克开口说。

"反对无效,霍萨克先生。桑达罗斯先生,请继续。"

"詹妮弗·沙里夫是个无眠者,"桑达罗斯重复着,"我是个无眠者。这是场指控无眠者杀害了睡眠者的审判,她因为是无眠者而被指控——"

"反对!被告受到指控是大陪审团对证据经过考虑后决定的!"

大家都注视着霍萨克。蕾莎看出他也明白自己落入了桑达罗斯的圈套。不管证据怎么说,现在法庭上所有人都知道了詹妮弗·沙里夫受到了大陪审团的二十三个睡眠者的指控,而她恰好是个无眠者。对无眠者的恐惧、没有确凿证据、已经对她做出指控,这些都是事实。否定它们，只会让霍萨克显得既不诚实又愚蠢，让人以为他是个不能正视丑恶现实的人，他的陈述将会受到质疑。

蕾莎明白，霍萨克的公正和正义感使他搬起石头砸了自己的脚，还被人误会成是个伪善的小人。

詹妮弗·沙里夫一直没动。

最先传唤的都是蒂莫西·赫林格死亡现场的目击证人。霍萨克让好几个人出庭作证，有街上巡逻的警察、行人、一名汽车司机和一个瘦弱的妇女——她紧张得快要哭出来了。通过他们，霍萨克确定了当时赫林格开车超过了限速，并做了个急速的左转弯，而且，像大多数摩托车手一样，他多半是依赖自动的Y能量导向装置保护罩使他和旁边的车辆保持一英尺的标准距离。他的头先撞到斯泰西·希尔曼女士驾驶的地行车的一侧。而当车辆的能量场产生异变时，希尔曼女士已经开始刹车。赫林格从来不戴头盔，因为有导向装置，头盔就显得多余了，结果他当场死亡。

街头巡逻的机器人警察对摩托车做了全面检查，发现导向装置失灵——或者更确切地说，由于导向装置从来没有失灵过，所以在机器人警察的程序里没有存入这种可能性，摩托车被列为运行良好。这和现场证人的笔录完全相反。后来，一名警察小心地骑上那辆摩托车，测试了一下，然后发现了失灵的地方。于是，摩托车被送往刑侦处动力分析部门做专家鉴定。

埃伦·卡萨比安，刑侦处动力分析部门的负责人，一位语速缓慢说话谨慎的大个子女人,她让陪审团感到一种权威性,但在蕾莎看来,这也暗示了她会是那种难以对付的顽固不化的家伙。霍萨克走近她,询问摩托车的情况。

"具体是什么样的破坏?"

"在摩托车时速超过十五英里以后,保护罩一旦受到撞击就会失灵。"

"这种破坏很容易做到吗?"

"不容易。有个装置接在了Y能量锥形球上,用于使导向装置失灵。"她描述了那个配件,很快描述就变成了满是晦涩难懂的技术术语的专业介绍。不过,陪审团仍然专心地听着。

"你以前见到过这样的装置吗?"

"没有。根据我的判断,这是个新发明。"

"那么你怎么知道它是用来做你所说的那些事的呢?"

"我们对它做了详尽的测试。"

"你们现在能否根据测试结果复制这个装置呢?"

"不能。它很复杂。哦,我相信有人能。我们请国防部的专家来看过——"

"我们等一下会传唤他们出庭。"

"他们说,"卡萨比安没有跑题,她继续说道,"它涉及一些新科技。"

"这么说来,是不是需要一个技术非常高超,甚至是不寻常的聪明人才能搞这个破坏?"

"反对,"桑达罗斯说,"反对询问证人的意见。"

霍萨克说:"根据她的资格背景,她的专业意见在准许的提问范围内。"

"反对无效。"法官说。

霍萨克重复了他的问题,"这么说来,是不是需要一个技术非常高超,甚至是不寻常的聪明人才能搞这个破坏?"

"是的。"卡萨比安说。

"非同寻常的一个人,或一群人?"

"是的。"

霍萨克在检查他的笔记时,空气凝固着。蕾莎观察到陪审员们用目光搜索着法庭上的无眠者———一群不寻常的聪明人。

霍萨克说:"现在让我们谈谈赫林格博士死的那天早晨,扫描仪拍下的第三个视觉影像。你怎么能确定那是个成年的女性无眠者?"

"视觉扫描仪扫描的是机体组织。所有组织都会随着时间推移而衰老。影像中有些我们称之为'模糊点'的地方就是细胞损坏了还没有被修复,或是细胞畸形的部位。无眠者的组织不会衰老。不知为何,它能再生——"蕾莎听出了"不知为何"这个词所表达出的矛盾心理,二十一年前,她就是从苏珊·梅林那里第一次感受到这种既痛恨又渴望的心理的,"——而这次的视觉扫描图像是非常与众不同的。清晰，没有模糊点，所扫描的对象年龄越大，我们越能确定影像就是无眠者的。如果是小孩子，即使靠电脑，有时也很难区别开来。但这个肯定是一位成年的女性无眠者。"

"我明白了，影像和某位无眠者吻合？"

"不，没有找到匹配的图像。"

"请向法庭详细说明，卡萨比安女士，当被告詹妮弗·沙里夫被捕时，拍下她的视觉影像了吗？"

"是的。"

"那它和赫林格博士摩托车的扫描仪上的图像吻合吗？"

"不吻合。"

"就是说，不是沙里夫女士亲自破坏的摩托车。"

"是的。"卡萨比安说。在辩方还没来得及利用这个结论大做文章前，她先说明了控方的观点。

"这个影像和蕾莎·卡姆登吻合吗？在赫林格博士死亡前她碰巧和博士在同一幢大楼内。"

"不吻合。"

所有目光都转向蕾莎。

"但那个无眠者弯腰靠近过扫描仪——她是记录下来的最后一个人——就在赫林格当天早晨离开家至他上午九点三十二分死亡这个时段内的某个时间点。一个破坏了摩托车的无眠者。"

"反对。"桑达罗斯叫道，"这是基于部分证词的推论！"

"我收回。"霍萨克说。他沉默了片刻,紧张而又意味深长的气氛让所有人的目光再次聚焦在他身上。然后他慢慢地重复说:"一个无眠者的影像。一个无眠者。"随后只说了句,"我没有问题了。"

桑达罗斯对视觉影像图片的问题展开猛烈的攻势,一改他做开庭陈词时的态度,"卡萨比安女士,在美国的执法网上,存储了多少张无眠者的视觉影像图片?"

"一百三十三张。"

"只有一百三十三张?而无眠者的人数已经超过了两万人!"

"确实。"卡萨比安答道。她在证人席上微微挪动了一下身体,蕾莎第一次发觉,埃伦·卡萨比安不喜欢无眠者。

"看起来这是个很小的数目。"桑达罗斯惊讶地说,"告诉我,在什么情况下一个人的视觉影像图片会放进执法网存档?"

"当他被逮捕的时候。"

"就这一种方式吗?"

"或者他本身就是执法系统的人员。警察、法官、监狱守卫。诸如此类。"

"也包括律师吗?"

"是的。"

"所以这就是为什么蕾莎·卡姆登的照片也可以在上面查到。"

"是的。"

"卡萨比安女士,在一百三十三张视觉影像图片中,执法系统成员的人数所占的百分比是多少?"

卡萨比安显然不喜欢这个答案,"80%。"

"80%? 你是说一百三十三个无眠者中只有20%——二十七个人——在视觉影像记录开始存档的这九年里被逮捕过?"

"是的。"卡萨比安不温不火地说。

"你知道那些人是为什么被逮捕的吗?"

"三人妨害治安罪,两人轻度盗窃罪,二十二人扰乱公共秩序罪。"

"看起来,"桑达罗斯冷冷地说,"大多数无眠者还是相当遵纪守法的,卡萨比安女士。"

"是的。"

"实际上,从视觉影像记录看,无眠者最常见的罪行只是扰乱公共秩序罪。"

"反对。"霍萨克叫道。

"问题重复了。桑达罗斯先生,你对卡萨比安女士的证词还有其他相关问题要问吗?"

蕾莎心想,迪普福特法官之所以允许桑达罗斯对视觉影像的统计结果做出分析,显然不是因为证词的先后顺序的缘故,仅是由于其中有关联。

"我有。"桑达罗斯突然说。他的整个举止态度改变了,蓦然间他似乎更高大了,还多了些暴躁。当陪审团把注意力转向他时,他稍稍靠近刑侦专家，"卡萨比安女士，视觉扫描仪可以被第三方上传视觉影像图片吗？"

"不可以。第三方能做的最多是——比如说，如果你不在现场的话，把你的指纹留在枪上。"

"那么第三方是否能够在枪上留下你的指纹来代替别人的？如果有人用移花接木法让自己在作案时面孔不会留在扫描仪上，事先就录好视觉影像图片的扫描仪能否代替一台现有的扫描仪，而不被察觉？"

"嗯……那很困难。扫描仪是有安全技术保护的，它——"

"有这个可能吗？"

卡萨比安勉为其难地说："除非是有渊博的工程学知识和经验，一个非同寻常的人——"

"请求法庭允许，"桑达罗斯清晰地说，"我想重放刚才卡萨比安女士的证词，有关什么样的人才能对摩托车的导向保护罩做破坏的那段。"

"记录器，搜索，播放。"迪普福特说。

电脑开始播放："霍萨克先生说：'这么说来，是不是需要一个技术非常高超，甚至是不寻常的聪明人才能搞这个破坏？'卡萨比安博士说：'是的。'霍萨克先生说：'非同寻常的一个人，或一群人？'卡萨比安博士说：'是的。'霍萨克先生说：'现在——'"

"可以了。"桑达罗斯说，"我们现在得出结论：这是个有能力对

Y能量装置搞破坏的人,所以也可以肯定,用你自己的话说,卡萨比安博士,这个人也有能力对林格博士摩托车上的扫描仪来个偷梁换柱,事先就在仪器中装好图片。"

"我没说——"

"这个假设是否可能?"

"它必须是——"

"请回答问题,可能吗?"

埃伦·卡萨比安深吸一口气,她的眉毛纠结成一团,可见她多想把桑达罗斯撕碎。过了好一阵,最后她说:"可能。"

"没有问题了。"

这位刑侦处的部门负责人缄默无语,愤然盯着桑达罗斯。

午夜,蕾莎走到书房的窗边,望着窗外芝加哥的灯火。法庭正在周末休庭时期,她实在受不了科恩万戈的汽车旅馆,所以就回了家。公寓里非常安静,凯文已经在上个星期把他的东西都搬走了。

她回到电脑前。屏幕上的提示没有变化:**庇护所网络。拒绝访问。**

"取消使用密码,返回上一级菜单,使用声音和视网膜识别。"

拒绝访问。

庇护所网络原来总是向全球所有的无眠者开放,而现在蕾莎哪怕用最严格的身份识别模式也无法登录上去了。蕾莎清楚,詹妮弗想让她明白的不只是她已经被排除在外的赤裸裸的事实。

"私人电话,紧急,打给詹妮弗·沙里夫,使用密码、声音识别和视网膜识别。"

拒绝访问。

"私人电话,紧急,打给理查德·凯勒,使用密码、声音识别和视网膜识别。"

拒绝访问。

她努力思考着,但脑袋沉甸甸的,仿佛陷在了深深的水底。艾丽斯新送来的四季花束让空气中充满了黏滞的香甜味道。

"私人电话,紧急,打给托尼·英迪维诺,使用密码、声音识别和视网膜识别。"

就在这时,卡西·布卢门撒尔,庇护所委员会的一位律师,出现在屏幕上。

"蕾莎,我代表詹妮弗跟你讲话,无论你何时收到这则事先录好的留言。庇护所委员会已经投票通过团结誓言。没有宣过誓的人不能访问庇护所网络,不能接触庇护所,不能和已经宣过誓的人进行商业往来。因此你被永久性地列入拒绝往来的名单中。詹妮弗还要我叫你重新读一遍亚伯拉罕·林肯1858年在伊利诺伊州的共和党六月大会上的演讲,并要我告诉你,这段历史箴言之所以被人遗忘,就是因为谷贝贤三鼓吹个人成就凌驾在集体价值之上。作为下个月的首要行动,所有庇护所的宣誓者都将开始和你、卡姆登集团及其附属企业脱离一切商业关系。如果凯文·贝克继续拒绝参加集体的团结宣誓,那么他所有直接及间接的企业都将被封杀。就这些。"

屏幕变成空白。

蕾莎静静地坐了很久。

她径直打开图书资料库,找出林肯的演讲。词句在屏幕上滚动,一个男演员开始用铿锵有力的声音朗读。不过她并不需要继续听下去了,看到第一个单词时她就记起是哪篇演讲了。当时的林肯是在经历了债务纠纷和梦想的幻灭后重新开始他的律师生涯的。他接受了共和党提名,与斯蒂芬·道格拉斯一起竞选伊利诺伊州参议员。斯蒂芬·道格拉斯提出"人民自主权",让各州公民自己决定是否采用奴隶制,而林肯则在演讲时提出强烈的驳斥:"分裂之家不能持久。"

蕾莎关掉电脑,走进房间——过去她和凯文偶尔会在这里亲热,但他已经把床搬走了。过了一会儿,她躺倒在地板上,手平放在身体两侧,小心翼翼地呼吸。

理查德。凯文。斯特娜。庇护所。

她不知道自己还有多少可以失去。

詹妮弗隔着微微发亮的监狱保护屏,直视着威尔·桑达罗斯说:"把我和破坏摩托车事件联系起来的证据大多是间接的旁证。陪审团是否聪明到能看出这点来呢?"

威尔没向她撒谎,"那些睡眠者陪审员们……"接下来是长时间的沉默。

"詹妮弗,你吃过东西了吗? 你的脸色看起来不好。"

她真的很惊讶。没想到威尔还在考虑这些事——她的气色如何,她吃过东西了没有。惊讶之余就是不满。她原本以为桑达罗斯不是那种温柔善感的人,她需要他更加理性,这样他才能明白,绝不可以让那些琐事影响到她必须做的事,这样他才能明白他需要替她去做哪些事情。詹妮弗才不会关心自己气色如何或感觉如何之类细枝末节的小事。她是为了什么才刻意让自己吃那么多苦呢? 到底是为了什么真正重要的东西——是为了庇护所吗? 她现在处境孤立无援,和外界没有联系也不能联系,而她奋斗得如此艰辛才达到今天这个位置。她身陷囹圄,被隔离,与孩子们分开,抛弃个人的羞耻心,一路走来全都是为了达成那个目标——获得意志和成就的双重胜利。她本以为威尔·桑达罗斯能够理解。他必须走同样的道路,必须走,因为在路的尽头她需要他。

但她不能急躁。她对理查德就犯过这样的错误。她原以为理查德能够陪伴她走下去,会和她一样走得干脆利落,结果他却步履蹒跚犹犹豫豫,而詹妮弗并没有发现,最后理查德崩溃了。要为此负责的是她,因为她没有看出他的踌躇犹疑。她忽视了理查德和外界的一些联系:对于世界,对于放弃的理想,也许还有,对于蕾莎·卡姆登的感情。想到这点她并不感到嫉妒。理查德还不够坚强，这才是重点。威尔·桑达罗斯在庇护所长大，对庇护所感恩图报，因此他可以做到。詹妮弗会让他足够坚强，但不能操之过急。

所以她说："我很好。你给我带来了什么消息？"

"蕾莎昨晚访问了网络。"

她点点头，"好。我们名单上的其他人呢？"

"其他人都妥协了，除了凯文·贝克——尽管他已经搬出了他们的公寓。"

詹妮弗感到满心欢喜，"能说服他宣誓吗？"

"我不知道。要是他成为我们的一员，你希望他进庇护所吗？"

"不，让他待在外面。"

"靠监视设备是很难控制他的。詹妮弗，那些玩意儿大多就是他发明的呀。"

"我不想监视他。一点儿都不想。那不是控制凯文这种人的好办法。团结誓言也不会对他有作用。我们要用经济利益和合同条款来约束他，要用谷贝主义者的做事方法来为我们的利益服务。凡事都有弱点。"

桑达罗斯似乎还有些怀疑，但他没有争辩。这是另一个詹妮弗必须对他重新打造的地方，他必须学会和她争论——锻造过的金属总比没锻造过的更强韧。

她说："庇护所外面还有谁已经宣过誓了？"

他向她汇报了名字,还说了把这些人转移到庇护所的计划。她仔细聆听着,不过,她期望听到的一个名字不在其中。"斯特娜·贝温顿呢?"

"没宣誓。"

"还有时间。"她低下头,然后问出一个问题,她允许自己每次探视时问出这个问题——这是她最后的软肋了,"我的孩子们呢?"

"他们都很好。纳吉拉——"

"告诉他们我爱他们。现在有件事你必须开始为我做起来,威尔,这是接下来很关键的一步,也许是庇护所所采取的行动中最为重要的一步。"

"是什么?"

她告诉了他。

乔丹关上他办公室的门,噪声立刻消失了——工厂里机器的乒乓声、摇滚乐声、叫嚷声,还有最吵闹的、关于沙里夫案件审判过程的新闻报道声。霍克租了两块超大屏幕,分别架在主楼的两头。现在声音全都消失了,乔丹自掏腰包给办公室做了隔音处理。

他靠在关好的门板上,享受着宁静。通信器响了。

"乔丹,是你吗?"梅利恩从警卫室打来电话,"三号楼出了点儿问题,我四处都找不到霍克先生,你最好来一下。"

"什么问题?"

"打架,似乎是。屏幕上看不清楚,最好有人过去看一下——要是他们还不停手的话。"

"我这就去。"乔丹说着迅速打开门。

"所以我告诉她——""把那边的五号货箱递给我——""最近的证词似乎让人们对亚当·沃尔科特博士产生了怀疑,沃尔科特博士声称自己是庇护所阴谋的受害者——""和你——整晚——跳——舞——""——昨晚,无眠者的卡弗公司遭到恶意袭击,具体情况未明——"

等他的假期一到,乔丹想,他就到一个安静的、荒无人烟的、空旷的地方好好待着。一个人。

他径直穿过主厂房,跑到外面,经过一块狭长的空地——密西西比人称之为"院子"——奔向比主楼小一号的建筑,那里通常是用来检查和储存供应商运来的货物、放置摩托车存货和保养设备的地方。三号楼是进料检验处:一半是仓库,一半是分拣站,把运进来的"我们睡觉"摩托车零件分成不合格的和可以使用的。有很多零件都是不合格的。包裹板条箱的塑料胡乱丢在地上。在仓库后部两个高高的货架之间,人声喧哗。乔丹循着声音跑过去,看到一个八英尺高的架子倒在地板上,摔得四分五裂。有个女人在尖叫。

工厂保安已经在那儿了,两个穿制服的彪形大汉抓着一个男人和一个女人,这两人都在挣扎叫喊。保安显得迷惑不解——"我们睡觉"的员工出于对霍克的近乎狂热的忠诚,彼此之间很少会打架。另一个男人坐在地板上捂着脑袋呻吟。远处有个巨大的躯体浸在血泊中，一动不动地躺着。

"这里到底发生了什么事？"乔丹问道，"那是谁？是乔伊吗？"

"他是个无眠者！"那个女人尖叫道。她试图用靴尖去踢趴在地上的大块头，保安赶紧把她往后拽。那个巨大的满身是血的躯体动了动。

"乔伊是个无眠者？"乔丹说。他跨过大块头，想把他翻个身——简直像是给搁浅的鲸鱼翻身。乔伊——他没有姓氏——有三百五十磅重，六英尺五英寸高，是个力气极大、智力有些迟钝的人，霍克让他在工厂吃、住和工作。乔伊在厂里负责搬箱子，还做其他杂活，全是些除了在"我们睡觉"工厂外都已经自动化的事情。他工作起来就像个不知疲倦的机器人。霍克说，乔伊是"我们睡觉"这个阶级货真价实的一员。但他一直以来的处境其实和他在救济所时差不多，他时常遭受同事的奚落，所受的待遇和在任何福利厂受到的待遇一样难堪，这曾令乔丹十分震惊。乔丹将这一切看在眼里。但乔伊看起来却很快活，他像奴隶般盲目地感激和依赖霍克。

"他是个无眠者！"那女人啐了口唾沫，"我们这儿没地方容纳他这种人！"

乔伊是无眠者？简直胡说八道。乔丹冷淡地对还在保安的钳制下挣扎的男人说："詹金斯，保安会放开你，但如果你在我把事情调查清楚前再靠近乔伊一步，你就不用在这里干了，明白了吗？"詹金斯愠怒地点点头。乔丹对保安说："去告诉梅利恩，这里已经控制住了。让她打电话叫辆救护车，有两个人受伤。现在，你，詹金斯，告诉我这里发生了什么事。"

詹金斯说："那杂种是个无眠者。我们不想——"

"你凭什么认为他是无眠者？"

"我们一直在注意他，"詹金斯说，"特纳、霍丽和我。他不睡觉。从来都不睡。"

"他在监视我们！"那个女人尖叫道，"说不定他是庇护所和那个杀人的婊子沙里夫的间谍！"

乔丹转过身背对她，跪下来，端详乔伊血淋淋的面孔。乔伊的眼皮紧闭着，但还在抽动，乔丹突然明白，他是在假装不省人事。乔伊穿着件最廉价的塑胶纤维的衣服，现在都被撕扯烂了。他胡子拉碴，头发蓬乱，从不洗澡的身上散发出一股臭气，加上巨大的躯体血迹斑斑，乔丹觉得他就像只蜷在角落里的肮脏动物，一头受尽折磨的大象或是憔悴无力的美洲野牛。乔丹从没见到过这样的无眠者，无眠者看上去都很年轻，但乔伊看起来比上帝还老。就算他是无眠者，大概也只是对他睡觉的基因做了改造，其他方面的基因恐怕连查都没查过，否则怎么会有智力问题呢。乔丹从没听说过有智力迟钝的无眠者，而且无眠者不会丢下自己人不管的。

乔丹的身体挡住了其他人的视线，他们看不到乔伊的脸。那个愚蠢的女人还在嚷嚷着间谍和阴谋破坏。乔丹温和地问道："乔伊，你是无眠者吗?"

脏兮兮的眼皮疯狂地跳动着。

"乔伊,回答我。就现在。你是无眠者吗?"

乔伊睁开眼睛——他总是服从直接下达的命令。泪水从血迹斑斑、满是尘土的脸上滑落下来。"沃特罗斯先生,请别告诉霍克先生! 求求你,求求你,请别告诉霍克先生!"

乔丹心中充满了同情。他站了起来,让他惊讶的是,乔伊也趔趄着爬起来,靠着一个货架站稳,货架颤颤巍巍地摇晃着。乔伊蜷缩在乔丹背后,身上的臭味熏得乔丹吃不消。这个巨人受了惊吓,他害怕怒气冲冲望着地板的詹金斯,害怕正在流血呻吟的特纳,害怕满嘴脏话的霍丽——尽管她体重不过一百零五磅。

"闭嘴!"乔丹对霍丽呵斥道,"坎贝尔,你和特纳待在这儿,直到救护车过来。詹金斯,你和霍丽把这些乱七八糟的东西清理干净,到六车间再叫些人过来,要确保运往生产线的零件够用。你们两个今天下午三点到霍克的办公室报到。乔伊,你和坎贝尔、特纳一起上救护车。"

"不,不要。"乔伊呜咽着。他抓住乔丹的胳膊。外面,救护车的警报声呼啸而至。

救护人员会对无眠者有怎样的反应呢?

"好吧。"乔丹突然说,"好吧,乔伊,我让他们就在这里给你做检查。"

乔伊身上都是些皮外伤。等医护人员做完检查，乔丹领着乔伊从外面绕过主楼，通过边门回到自己的办公室。他对这个发现仍感到震惊：乔伊，一个无眠者？机能不健全、肮脏、胆小、愚笨、依赖他人的乔伊？

隔音门阻隔了所有噪声。"现在你告诉我，乔伊，你怎么到这家工厂来的？"

"我走来的。"

"我的意思是你为什么会到这里来？为什么你到一家'我们睡觉'厂工作？"

"我不知道。"

"是有人叫你来这里的吗？"

"是霍克先生。噢，沃特罗斯先生，请别告诉霍克先生！求求你了，求求你了，请别告诉霍克先生！"

"别担心，乔伊。现在听我说，在霍克先生带你来这儿之前，你住在哪里？"

"我不知道！"

"但是你——"

"我不知道！"

乔丹和颜悦色、耐心地询问，但乔伊什么都不知道，不知道他出生在哪里，不知道他的父母怎么了，不知道他自己多大了。他唯一记得的，就是一遍又一遍地重复说，是奇弗太太让他永远不要告诉别人他是无眠者，否则别人会伤害他的，还让他一到晚上就要回到自己的住处躺下。乔伊不折不扣地执行了，只因为奇弗太太跟他讲过。不过他已经记不得奇弗太太是谁，为什么对他这么好。

"乔伊，"乔丹说，"你是不是——"

"请别告诉霍克先生！"

梅利恩的面孔出现在通信器屏幕上。"乔丹，霍克先生回来了。霍丽·纽曼告诉了我发生的事。"她好奇地瞄着乔伊，"他是无眠者？"

"你可不要也和他们一样，梅利恩！"

"见鬼，我要说的不过是——"

伴随着有力的脚步声，霍克大步流星地走进房间。这间办公室立刻就成了他的地盘，他的身躯充满了整个空间。霍克的块头几乎和乔伊一样大，却比后者引人注目得多。乔丹思忖着，自己似乎已经对此习以为常——霍克再一次让他感觉自己渺小得微不足道。

"坎贝尔告诉了我发生的事。乔伊是个无眠者？"

"呜——"乔伊哀吟着。他用手捂着脸，手指血淋淋的。

乔丹希望霍克能立刻搞清楚自己的失误，并做出补救。但霍克却继续默不作声地盯着乔伊，嘴角挂着淡淡的微笑，仿佛乔伊有什么地方让他感觉良好，而且他对此毫不掩饰。

"霍克先生，我，我是，是不是——"大块头用极为痛苦的声音结结巴巴地说，"——必，必，必须，离，离，离开……"

"为什么？当然不是，乔伊。"霍克说，"如果你愿意，你可以留在这里。"

乔伊的脸上焕发出充满希冀的神采，"即使我从，从，从，从来不，不，不睡觉?"

"即使你是个无眠者，"霍克和蔼地表示赞同，他仍在微笑，"我们这里依然可以用你。"

乔伊踉踉跄跄地走到霍克跟前跪了下来。他抱住霍克的腰，把头紧靠在霍克结实的肚皮上，抽泣着。霍克没有因为他难闻的味道、肮脏的身体和血迹而躲闪，他仍旧低头凝视着乔伊，淡淡地微笑着。

乔丹感到一阵难受。

"霍克，他不能待在这里。你很清楚，他不能。"

霍克抚摸着乔伊脏污的头发。

乔丹厉声说道，"乔伊，离开我的办公室，这里仍然是我的办公室。现在就走。去——"他不能让乔伊去厂房，这时候消息肯定已经传遍整个工厂了。霍克的办公室紧锁着，其他地方更糟，在"我们睡觉"厂里没有可以让乔伊安全容身的地方……

"让他到我的警卫室来吧。"通信器上的梅利恩说，乔丹都忘了通信器还开着，"这里没人会骚扰他。"

惊诧之余，乔丹飞快地斟酌着。梅利恩掌管武器——但是，不会，她不会那么做。他听得出来，不知为何，他就是能从她的声音里听出来。

"去梅利恩的警卫室,乔伊。"乔丹尽可能用威严的口气说,"现在就去。"

乔伊没有动。

"去吧,乔伊。"霍克用他愉快的声音说。乔伊离开了。

乔丹面对着他的老板,"如果他待在这里,他们会杀了他的。"

"这个你不懂。"

"不,我懂,你也懂。你已经煽动起他们对无眠者这么深的仇恨了……"他一下打住了。那么,这就是"我们睡觉"运动的意义了——煽动对无眠者的仇恨,不只是对凯文·贝克、蕾莎·卡姆登、詹妮弗·沙里夫这些有能力的聪明人的仇恨(他们能够自己照顾自己,他们是经济上的对手,他们有最好的经济武器),而且这也是对无名无姓的乔伊的仇恨。可他根本构不成威胁!乔丹该怎么做?

"别那样想,乔丹。"霍克平静地说,"乔伊是个异数,是无眠者群体中可以忽略不计的一个点。在这场真正的正义之战中,他是无足轻重的。"

"但并不足够让你忽略掉他。如果你真的认为他是无足轻重的,就该送他离开这里,去安全的地方。他们会在这里杀了他,而你会袖手旁观,因为那是又一条鼓励他们击败无眠者的途径,不是吗?"

霍克以一种豪爽的姿态敏捷地坐到乔丹的办公桌后面,这情形乔丹已经看过一百次了。一百次,一千次,他计算着霍克蹂躏他的理想的次数。每次霍克都用他轻快的动作入座,然后愉悦地一点点蚕食乔丹的思维,欣欣然地摧毁乔丹天真的信念,轻而易举地击败一个从开始就无法和他相媲美的头脑。

但这次不会了。

霍克轻松地说:"你忽视了至关重要的一点,乔迪。任何人的尊严都是以个人的选择为基础的。乔伊选择留在这里。所有人类尊严的倡导者——从谷贝贤三,到亚伯拉罕·林肯,再往前是欧里庇得斯①——都讨论过个人的选择必须冲破社会的束缚。至于为什么,林肯自己说过——我知道你了不起的蕾莎姨妈能够引用完整的原话——关于解放黑奴所面临的危险……"

乔丹说:"我辞职。"

霍克笑了,"咳,乔迪,这话你以前不是也说过吗?结果又怎么样了呢?"

乔丹走了出去。霍克也会用不一样的方式害死乔丹的。他已经在这么做了,实际上,一直在做,只是乔丹没有看出来。或许,也可能是让乔丹彻底摆脱"可怜的乔迪"的一种激将法。霍克是故意这么做的?霍克想要他辞职?

无从证实。

工厂的噪声铺天盖地。北边的大屏幕上播放着从空中俯瞰的庇护所画面,空旷的荒野包围着萨拉曼卡市的高科技穹顶建筑。

---

① 欧里庇得斯(公元前480~前406):古希腊悲剧作家。

"军事发烧友们兴致勃勃地想要设计一套切实可行的攻击方案,用来对付庇护所这座被认为是固若金汤的——""砰砰砰。""喔欧喔欧——我光彩夺目——的宝贝——"

乔丹走出边门。乔伊比他重一百七十五磅,他没办法强行把乔伊从工厂带走。除了霍克,没人能劝动乔伊。但乔丹不能把他留在这儿。该怎么办?

警卫室里,乔伊硕大的身躯靠在一堵塑胶墙上,瘫软在地。梅利恩切断了和霍克办公室的联系,她一定听到了乔丹和霍克的整个争论过程。她避开乔丹的目光,低头看着不省人事的乔伊。

"我给他喝了点我曾祖母的茶。"

"茶……"

"我们'河鼠'知道你们这些加利福尼亚毛头小子永远都猜不到的办法。"梅利恩疲倦地说,"带他离开这里,乔丹。我已经叫了坎贝尔,只要霍克先生还没和他通过气,他会帮你把乔伊运上你的汽车。快点行动。"

"为什么,梅利恩? 为什么帮助一个无眠者?"

梅利恩耸耸肩,她的声音有些激动,"见鬼,瞧瞧他! 我家孩子的脏尿布都比他身上的味道好闻。你认为我需要通过和他斗争来获得些什么吗? 不管他是不是需要睡觉、吃饭或呼吸,反正他没有妨碍到我。"她的语气再次改变,"可怜的叫花子。"

乔丹把车停在前门。他、梅利恩和毫不知情的坎贝尔把乔伊抬进车里。在汽车发动前,乔丹把头探出车窗,"梅利恩?"

"什么?"她再次敏感地回过头。她的浅色发丝在搬运乔伊的时候散乱开了,披在脸旁。

"和我一起走吧,反正你再也不相信霍克是正确的了。"

梅利恩的脸色变了,由热转冷,"不。"

"但你明白——"

"这些就是我希望得到的,乔丹。这个工作。这个厂。"

她走进警卫室,弯腰摆弄她的监视设备。乔丹把车开走了,他所掳获并营救的无眠者占满了整个后座。乔丹没有回头看"我们睡觉"厂。这次不会了,这次,他不会回来了。

14

　　在庭审的第三个星期,当理查德·凯勒指证他的妻子时,媒体席上变得疯狂起来。全息图片画家的手指飞快地动着,新闻记者们喉结蠕动着,他们在用默读方式低声记录。蕾莎看到几个人的脸上露出一抹微笑,他们在冷酷地欣赏别人的痛苦。

　　理查德身着黑色紧身T恤,外面套了件黑色西装。蕾莎记得他不管住在哪里,都喜欢在墙上挂上各种色彩亮丽的装饰画,把窗户设置成明亮的色彩。蕾莎还记得那些颜色,它们通常是大海的色彩:绿色、蓝色、浅灰、奶白色。理查德身体前倾,手放在膝盖上,颓然地坐在证人席上,法庭的灯光正好照在他身上,身体粗壮,皮肤紧绷。蕾莎看见他的指甲参差不齐,没有清理干净。理查德他把热情都投注在了海洋上。

　　霍萨克提问:"你是什么时候第一次意识到你的妻子偷了沃尔科特博士的专利,并以庇护所的名义做了登记?"

桑达罗斯立即站了起来,"反对!这个问题建立在子虚乌有的事实上——子虚乌有!专利是否是偷来的,或是被谁偷来的,都还没有证实!"

"反对有效。"法官说,他严厉地看着霍萨克,"请注意你的提问,霍萨克先生。"

"凯勒先生,你的妻子是在什么时候第一次告诉你庇护所已经登记了让睡眠者转变成无眠者的研究专利?"

理查德用单调的声音说:"是8月28日的早晨。"

"在正式登记好专利的六个星期后?"

"是的。"

"当时你有何反应?"

"我问她,"理查德说道,他的两只手仍然平放在膝盖上,"是庇护所里的哪个人发现的这个研究成果。"

"她是怎么回答的?"

"她告诉我是从外面拿到它们的,已经抢先把它们在美国专利局系统网站上做了登记。"

"反对!这只是传闻!"

"反对无效。"迪普福特说。

"换句话说,她告诉你,"霍萨克继续问,"她对偷窃和入侵政府数据库网络是负有责任的?"

"是的。她是这么告诉我的。"

"你问过她所宣称的盗窃是怎么做到的吗?"

"问过。"

"请告诉法庭她说的话。"

这正是媒体想知道的。旁听者们从膝盖到大腿都绷紧了,就为了能够听清楚。他想听庇护所的当权者如何被内部成员曝光,如何被一个正在鼓起勇气这么做的无眠者摧毁。蕾莎能够想象出那种紧张滋味,一股类似金属的咸涩味儿,犹如鲜血的味道。

理查德说:"我曾向蕾莎·卡姆登解释过,我不是数据库网络专家,我不知道他们是怎么侵入政府网站的。我搞不懂。我所知道的仅有的一点内容都在美国司法局的记录上。如果你想听的话,就播放录音,我不想再重复了。"

迪普福特法官朝法官席的一侧倾斜身子,"凯勒先生,你在庭上宣过誓的。请回答问题。"

"不。"理查德说。

"如果你不回答,"法官说,他的口气并不严厉,"我将判你藐视法庭。"

理查德大笑起来,"藐视法庭? 判我藐视法庭?"他收起笑容,双手举到肩膀高度,像个茫然无措的拳击手。随后他把手放下来,任双手悬在身体两侧晃荡着。不管对他说什么,他都一言不发地坐着,只是偶尔笑笑,嘴里咕哝着"藐视法庭",法官不得已地宣布休庭一个小时。

等到再次开庭,迪普福特的脸色显得格外疲惫。除了威尔·桑达罗斯,每个人看起来都筋疲力尽。生吞活剥一个人——蕾莎无动于衷地想——是很辛苦的活计。

威尔·桑达罗斯看起来精神抖擞。

霍萨克在证人面前晃了晃带着根金链的挂坠,"你认识这个吗,凯勒先生?"

"是的。"理查德的脸有些浮肿,恍若一坨老面团。

"这是什么?"

"这是庇护所Y能量场的微型能量控制器。"

陪审团望向霍萨克手里的挂坠,有几个人特意向前凑了凑,一个男人缓缓摇了摇头。

挂坠呈泪滴状,由某种光滑的不透明物质制成,表面是一层鲜嫩的苹果绿色。根据车库值班员的证词,当时他注意到有个人遮着脸、戴着手套,从边上的出口逃跑了,他就追了过去。也就是在那时候,他在赫林格博士的摩托车附近发现了这个东西。那时,出口处的防护罩没有启动。"这样它就不会记录下每次进出的情况了,你明白吗?"值班员说。监控录像证实了他的说法。蕾莎一开始并没有起疑,但长期的律师经历教会她辨别证词——不要因为乍看起来和案件没关系而忽略了从相反的角度考虑它。

绿色的挂坠在霍萨克的指间轻轻晃动。

"这件东西属于谁,凯勒先生?"

"我不知道。"

"庇护所的挂坠难道不用某种方式加以区别吗？比如首字母、颜色，或其他什么？"

"不用。"

"这种挂坠有多少？"

"我不知道。"

"为什么是这个样子？"霍萨克问。

"我不负责它们的生产或分配。"

"那谁负责？"

"我妻子。"

"你指的是被告詹妮弗·沙里夫？"

"是的。"

霍萨克手里吊着挂坠，一面查看笔记。我的妻子。蕾莎几乎能够听见陪审团在心里的低语——是什么让一个丈夫指证他的妻子？她的手指攥紧了。

"凯勒先生，你是庇护所委员会的成员，你怎么会不知道一共有多少这种挂坠？"

"因为我不想知道。"

蕾莎想，如果她是理查德的律师，她永远不会让他说出"我不想知道"这样的话，但理查德拒绝了所有的律师。蕾莎忽然想知道他自己是否也有这么个挂坠。小纳吉拉有吗？里基呢？

霍萨克说:"你之所以不想知道挂坠的存在及其具体情况,难道不是因为你妻子的某些活动太让你惊骇了吗?"

"反对!"桑达罗斯愤怒地叫道,"霍萨克先生不仅在用有偏见的观点诱导证人,而且,我已经再三指出,此物证和我的委托人没有直接关系,实际上是完全无关。对方律师明知道庇护所至少有二十个人有这种挂坠,他也承认过。如果霍萨克先生认为他能为了想要的结果而胡乱编造出些无关紧要的细节——"

"法官大人,"霍萨克说,"我们正在证明庇护所和摩托车被破坏之间的联系是非常清楚的——"

"反对! 即使这个挂坠确实属于庇护所的某个人,但是你以为无眠者会傻到把它掉落在现场吗? 这显然是栽赃陷害,沙里夫女士!"

"反对!"

"请律师们到法官席前面来!"

桑达罗斯努力抑制住自己的火气。霍萨克则一脸严肃地迈步上前。迪普福特趴在法官席上欠身看着他们,因为生气,他的脸部线条变得更加坚硬。但当两位律师转身回到座位时,法官并没有桑达罗斯那么怒气冲天。蕾莎闭上了眼睛。

她心中立刻明白桑达罗斯等会儿要质询什么问题了。之前蕾莎还不太确定,但现在她知道了。

该来的总是要来。"这么说,你要告诉本法庭,凯勒先生,"威尔·

桑达罗斯用明显的怀疑口气说，"你之所以背叛你的妻子，去找蕾莎·卡姆登，其动机是——"

"请改用'反对'，"霍萨克疲倦地说，"'背叛'显然是个煽动性的词汇。"

"抗议有效。"法官说。

"那么你要告诉本法庭，你向蕾莎·卡姆登揭露你妻子在进行所谓的黑客行动和所谓的盗窃——你的动机就是为了让你妻子受法律制裁。但正是这样一个法律，由于部分睡眠者的偏见，它没有保护你的事业，任你的事业被摧毁；也没有保护你的朋友安东尼·英迪维诺[1]，任他被睡眠者杀害；没有——"

"反对！"霍萨克叫道。

"反对无效。"迪普福特说。他的脸耷拉下来。

"——没有保护你的孩子们，任他们在星条旗机场遭受一个'我们睡觉'组织的暴徒的恐吓威胁；没有保护你的海洋科研船，任它被自称是睡眠者的匿名团体弄沉——面对这些事实，在明白该法律根本无法保护你们之后，你却告发你的妻子，只为了让她受到这样一个法律的制裁？"

"是的。"理查德嘶哑地说，"因为没有其他办法阻止詹妮弗。我和她谈——我请求她——我是在还不知道赫林格的事的时去找的蕾莎……我没有……蕾莎没有告诉我——"

---

①安东尼·英迪维诺是托尼·英迪维诺的真名，托尼是他的昵称。

就连迪普福特法官也不忍地转过脸去。

桑达罗斯步步紧逼地重复说:"这么说,你向卡姆登女士揭露你的妻子是出于夫妻间的关心和好公民的义务,真是值得钦佩。告诉我,凯勒先生,你和蕾莎·卡姆登曾经是情侣,对吗?"

"反对!"霍萨克几乎是在吼叫了,"这与本案毫无关系! 法官大人——"

迪普福特把玩着他的木槌。蕾莎完全麻木了,她清楚他正打算允许提出这个问题——因为考虑到对少数人种、受害者、被习惯性歧视的人的公正。

"反对无效。"

"凯勒先生。"桑达罗斯咬牙切齿地说。蕾莎发觉,他正在变成一个复仇天使,一层层地、一个细胞一个细胞地、一个基因一个基因地变化。原来的那个威尔·桑达罗斯几乎不复存在了。"你向蕾莎·卡姆登揭露你的妻子做了所谓的不正当事情。你和蕾莎·卡姆登以前是情侣,对吗?"

"是的。"理查德说。

"在你和詹妮弗·沙里夫结婚后也是?"

"是的。"理查德说。

"什么时候的事?"在旅馆的通信屏幕上,凯文面色沉静。蕾莎谨慎地说:"在你和我同居之前。詹妮弗深陷在对托尼的回忆中不能自拔,理查德觉得——反正已经没什么关系了,凯文。"这句话一说出口,蕾莎就明白自己有多愚蠢。这太有关系了。对这场官司。对理查德。也许,甚至,还有——对詹妮弗,尽管蕾莎不了解什么对詹妮弗才重要,她无法理解詹妮弗。蕾莎对神秘莫测的詹妮弗感到迷惑、困扰,难以理解她为何宁愿选择暗中进行的阴谋诡计也不要光明磊落的战争,"这件事詹妮弗知道。她当时就知道。有时简直像是……似乎她希望我和理查德在一起。"

凯文说:"我打算向庇护所宣誓。"仿佛这就是他的回答。

过了一会儿,蕾莎才问:"为什么?"

"否则我没法做生意,蕾莎。贝克集团和唐纳德·波斯普拉公司、飞行器公司,以及许多其他的无眠者公司都有非常紧密的合作。不这么做,我的损失会相当巨大。"

"你根本就不明白什么是真正的损失!"

"蕾莎,这不是个人的决定。请理解我。这纯粹是商业的——"

"这就是你唯一关心的事情吗?"

"当然不是。但庇护所不是在要求什么不道德的东西,只是要求以稳固的经济团结为基础,以达到群体的团结。那不是——"

蕾莎切断了通信,她相信凯文所说的,相信他的决定纯粹是出于经济上的考虑。像詹妮弗这种情感上的执迷不悟是永远不会发生在凯文身上的,这种事永远不会和世故狡黠的凯文搭上边。迷恋是詹妮弗的本性——就像蕾莎自己迷恋法律存在一样。

几天前,她问自己还有什么可失去的。现在,她知道了。

神秘挂坠背后的秘密。效忠的誓言。故意设置的证据——威尔·桑达罗斯是对的,没有一个无眠者会把挂坠留在那儿。他们,他们所有人,都是极其谨小慎微的。但在法庭上,这种说法难以立足。笼统地推测,即使千真万确,即使关系重大,也永远不能让法庭信服。

蕾莎坐在旅馆的床沿上,床占据了大半个房间。第一次登记入住科恩万戈的旅馆时,她曾臆测,床之所以这么大,是因为性在旅馆生意中起了非常重要的作用。错误的猜想。浅薄的推理。

其实,真正的原因是为了睡觉。这是常识。

她并不指望法律在执行过程中是清正廉明的。没有哪个辩护律师会这样希望。经过这么多年,在面对了无数辩诉交易、伪证、流氓警察、政治交易、滥用法律、偏袒的陪审团之后,她对此已经不抱希望了。但她依然信赖法律本身。撇开它的实施过程不谈,法律如果不是清廉的,至少也是权限广泛的。足够广泛。

她还记得那个日子,那天她头一次意识到谷贝主义的经济法则还不够广泛。该法则看重个人成就,但因此也遗漏了太多人——那些没有成就也永远不会有成就的人。乞丐们,尽管他们肯定不会有所建树,但他们是否也扮演了某种不太起眼的角色,以某种方式推动了世界的运转?他们好比一头哺乳动物身上的寄生虫,哺乳动物被它们侵扰到疯狂,抓挠出血。但寄生虫的卵是其他昆虫的食物,而那些昆虫又喂肥了鸟禽,鸟禽被啮齿动物掠食,啮齿动物又是受寄生虫侵扰的哺乳动物的食物。谷贝主义的契约法则是直线性的,根本不适合在复杂的社会中执行,只有类似残忍食物链的贸易生态体系可以做到。这个体系大到足够容纳下睡眠者和无眠者、生产者和乞丐、杰出人物、普通百姓以及表面看来一无是处的人。而让这个体系有效运转的是法律。

但要是法律本身也不够大呢?

法律的容量没有大到可以接受一个无眠者所做的事——即使这件事和空气一样清白,不能接受她和理查德之间的事情,也不能接受詹妮弗所做的事,以及她这么做的理由。最重要的是,接受难以言喻的嫉妒——法律像基因一样作用强大,但却无法链接、修改、复制。法律向来都不能接受这点——对杰出者的嫉妒。它制定出无穷无尽的公民权利、法规法则来纠正人们的偏见,比如对黑人、女性、奇卡诺人①、残疾人的偏见。但在美国,还从未有过嫉妒的对象和歧视的对象属于同一群体。美国的法律没有大到可以包容这一切。

蕾莎把头埋在膝盖间。接下来的庭审会如何进行已经显而易见了:桑达罗斯会把她描述成一个醋海生波、一心对付别人合法妻子的情妇,她的证词将不足为信。理查德的证词也一样。霍萨克会将重点放到关键一点上——庇护所的力量,无眠者的力量。桑达罗

---

①墨西哥裔美国人或在美国讲西班牙语的拉丁美洲人后裔。

斯不会让詹妮弗公开出庭，她的冷静在均为睡眠者的陪审团看来更像是冷血无情。在外界看来，她想要保护自己的行为更像是一种攻击——

也确实是种攻击。

陪审团可能做出两种选择：由于这个三角感情关系而宣告詹妮弗无罪，那么詹妮弗就会逃脱法律制裁；或者因为她是个有力量的无眠者而宣告其有罪，那么詹妮弗将会死在和她同牢房的人手上。庇护所就会更加畏缩不前，更深地隐藏自己，宛如一只强大的蜘蛛，为了保护自己而在睡眠者的世界周围布下电网。然后睡眠者中恐惧害怕的人越来越多，他们无法理解无眠者，永远不愿与之有瓜葛，更加不会与之交易，唯恐无眠者摧毁他们赖以生存的经济，因为没人能确定到底会怎么样。他们暗中操纵，你知道的，他们想奴役我们，他们和全球的竞争对手联手，想让我们屈服，就算杀人他们也在所不惜。

这倒证明了詹妮弗要保护自己的决定是正确的。

就像一条在吞食自己尾巴的蛇。法律在努力做到公正以及平等对待的同时也遗漏了很多东西。它所包含的范围还不够大，不能覆盖到基因和科技的未来，而这个未来因为发展得太快而和法律不适应，由此成为法律的一个盲点。

在一片黑暗中，坐在旅馆房间的床沿上，蕾莎觉得她对法律的信赖感已经消失了，就像空气被抽离了房间。她感觉窒息，似乎跌进一片寒冷黑暗的虚空中。法律还不够全面,它无法让睡眠者和无眠者团结起来,不能提供任何伦理道德依据作为评判标准,而没有判断就没有一切,只有无法无天的混乱和空虚——

她想站起来,但膝盖僵硬。以前从没有发生过这种情况。她发现自己跌倒在了地板上。蕾莎用手和膝盖支撑着身体,脑海里有个理智的声音在说,心脏病发作。但这不可能,无眠者的心脏不会出问题。

寒冷——

黑暗——

虚空——

爸爸——

旅馆房间的门打开了,这让她恢复了神智。门是从外面打开的,没有警报声。蕾莎趔趔趄趄着站起来。隔着床,一个身影站在门口,身形矮胖,还提着什么沉重物品。蕾莎没有动。她的自己人——凯文的手下——已经给这个房间安装了安全系统,确保这里和她在芝加哥的公寓一样安全。在科恩万戈没人知道开门的密码。

如果那是个陌生人,如果庇护所像策划盗窃那样策划暗杀……

刺客至少是专业的。无眠者总是很专业。

那个黑乎乎的身影伸出一只手,在摸索着开关。

"开灯。"蕾莎清晰地说道,用语音打开灯。

那个物品四四方方的,是个手提箱。艾丽斯站在突如其来的亮光下眨着眼,"蕾莎?你一直摸黑坐着?"

"艾丽斯!"

"你公寓的密码和这里的一样……你不觉得该换个密码吗?大厅里有一大堆记者——"

"艾丽斯!"蕾莎哭着穿过房间,从来不哭的她扑到艾丽斯的怀里。

"你不知道我要来?"艾丽斯说。

蕾莎靠在艾丽斯的胸口上,摇摇头。

"我就知道。"艾丽斯推开她,蕾莎看见艾丽斯的脸庞因为某种强烈的情感而焕发出光彩,"我就知道今天对你来说不好过,今晚你会如坠深渊,我昨天就知道了,我感觉到了。"她突然笑起来,显得非常激动,"我感觉到了,蕾莎,你明白吗?就好像是被一大堆砖头砸中,我感觉你今晚会陷入最糟糕的困境中,我知道我必须来。"

蕾莎停止抽泣。

"我感觉到了,"艾丽斯又重复了一遍,"隔着三千英里。就和其他双胞胎一样!"

"艾丽斯——"

"别,什么也别说,蕾莎。你当时不在场,我知道我感觉到了什么。"

蕾莎明白了,让艾丽斯的脸庞焕发出光彩的强烈情绪正是胜利感。

"我知道你需要我,我来了。没事了,蕾莎,亲爱的,我了解那种无助的感觉,我曾经历过——"她再次抓住蕾莎,让蕾莎搂着自己又是笑又是哭,"我知道,亲爱的,没事了。你不是孤身一人。我也经历过,我理解……"

蕾莎用尽全身力气紧拥住她的妹妹。艾丽斯正把她从黑暗之地拉回来,远离那虚空、那深渊。艾丽斯敦实的身体在蕾莎够不着岸的时候牢牢支撑住她,像大地一样坚实。艾丽斯现在再也不是无法接近的了。不仅仅是因为艾丽斯在蕾莎告诉她之前就感应到了一些事,也不是因为她打破心理壁垒救了蕾莎。

"我就知道。"艾丽斯喃喃低语,然后,她提高声音说,"现在我可以停止送你那些花了。"

时间流逝,她们畅谈了好几个钟头,艾丽斯开始昏昏欲睡了。这时通信器响起来。蕾莎已经关掉了它,只有通过一个有优先权的密码才可以打进来。蕾莎把头转向通信屏幕,有两个来电号码在闪烁。通信连线的模糊逻辑系统认定它们是同时打进来的,于是给两个来电者各分配了一条音频线路:

"我是苏珊·梅林。我必须——"

"我是斯特娜·贝温顿。我刚访问了网站。那个挂坠——"

"——立刻和你谈谈。打电话——"

"——新闻网上说是——"

"——给我,用保密——"

"——在停车库发现的——"

"——线路尽快打给我!"

"——那个挂坠是我的。"

"我们已经完成了研究。"苏珊出现在通信屏幕上。她把油亮的发辫随意盘成发髻,细碎的白头发从中散落出来。她的眼里闪着光芒。"加斯帕尔-蒂埃卢和我。关于沃尔科特研究的DNA中的无眠者冗余编码。"

蕾莎平静地问:"怎么样?"

"这是保密线路吗? 咳,别管它了,就让媒体窃听吧,让庇护所窃听吧。嗨,布卢门撒尔——你在听吗?"

"苏珊,请——"

"不必对它抱希望。不必感谢我,什么也不必。这就是为什么我要亲自把消息告诉你。一无所获。方程式根本没用。"

"没用——"

"有个障碍不能解决。胚胎发育到第八天左右开始分化出大脑,用基因改造手法在胚胎发育前期关闭睡眠机制和在大脑发育成熟以后再做同样的事情有很大差异。这个差异无法排除,其原因非常明了、非常独特,从生理上讲是具有决定性的——你不需要知道细节,总之结果就是我们永远不能把睡眠者改造成无眠者。永远不能。没人可以。沃尔科特不行。庇护所里的超级天才们不行。就算聚集所有国王的马,就算聚集所有国王的臣民也不行①。沃尔科特在撒谎。"

"我……我不明白。"

"他捏造了整个事件。乍看之下很有道理,足够让优秀的研究员信以为真,并费上一番功夫来核实。但根本上讲,它就是个谎言,而且对研究保留了关键性的最后一步的科学家是不可能不知道这点的。沃尔科特知道他的研究是个骗局。他来找你,告诉你这个惊人的发现,而他知道它最终会被证明是个谎言。所以庇护所偷窃的专利一文不值,詹妮弗·沙里夫因为一个谎言而被控谋杀。"

蕾莎不能接受,没法消化听到的内容。她注意到艾丽斯穿过房间,一动不动地站在那儿。"他为什么这么做?"

"我不知道。"苏珊说,"但它就是个骗局。你们听见了吗,新闻媒体?你们听见了吗,庇护所?这是个谎言!"

她开始哭泣。

"苏珊……噢,苏珊……"

"不,不,什么都别说。我很抱歉。我本不想哭的。这是件我不想做的事……谁和你在一起?你不是一个人?"

"是艾丽斯,"蕾莎说,"她——"

---

① 语出《鹅妈妈》,这是一本英国家喻户晓的童谣集,18世纪在伦敦首次出版。

"我只是以为我也有可能变成你们，成为我所创造的人的样子。是个愚蠢的想法，嗯？所有的书上都说创造者不可能变成被创造者。"

蕾莎无言以对。苏珊就像开始哭泣时那样突然停止了哭泣，泪水在她苍老、布满皱纹但柔和的脸上慢慢变干。"毕竟，蕾莎，那是不可能的，是吗？创造者变成被创造者？如果我们都死了，谁来继续完善这门艺术？"随后，她的语气一转，"沃尔科特必须受到惩罚，蕾莎。他和那些骗子一样，把毫无价值的希望卖给濒死的人。让这个杂种受到惩罚。"

"我会的。"蕾莎说。但她并不是指沃尔科特。在一阵头晕目眩之后，她终于弄明白是谁犯了罪，怎么做的，以及为什么这么做。

15

乔丹睡眼惺忪地打开公寓的门,心中不免诧异。现在是清晨四点半,蕾莎·卡姆登带着三个沉默不语的保镖站在门外。

"蕾莎! 出了什么……"

"跟我来,快,我相信霍克现在知道我在这儿了。没办法告诉你我要来,否则他会窃听的。穿好衣服,乔丹,我们去'我们睡觉'厂。"

"我——"

"就现在! 赶快!"

乔丹想告诉她他不去工厂——现在不去,永远不去。但在打量过蕾莎后,他相信蕾莎会一个人去工厂,他不希望发生这种事。蕾莎穿了件蓝色的长毛衣,里面是件黑色的紧身T恤。在她瞳仁的深处汇集着一抹忧郁的暗影。她弓起足背、身体略往前倾,似乎正要靠向他,乔丹突然觉得自己有必要和她一起去。不是为了保护她——即使没算上武器,那三个保镖加起来也有六百四十磅重——而是因为别的他没法说清的理由。

"我去穿上衣服。"他说。

黑暗的走廊里,乔伊从他那特大号的帆布床上抬起头。"等到了你车上再说吧。"乔丹说。"好的。"蕾莎应道。

一架飞行器——不是飞行车,它的的确确是架飞机,控制面板上没有可识别的标志——在空中自行展开,掠过沉睡的小镇,朝着密西西比河的方向急速飞去。

"好了,蕾莎,告诉我怎么回事。"

"霍克杀了蒂莫西·赫林格。"

有什么东西在乔丹体内搅动。他知道那是什么:真相。微小的、致命的,就像一颗有毒的小药丸,它会溶解在自杀者的心脏里。你所必须做的就是吞下它,那么最艰难的部分就过去了,剩下的则不可避免也无法停止。乔丹感觉到它的悸动,知道在蕾莎开口之前它就已经在那儿了。在公益集会的时候,在乔丹对霍克的钦佩中,在关于乔伊的争论中,甚至在梅利恩的新马桶和带花边的枕套中,真相早就已经在那儿了。它就在"我们睡觉"运动中。

他看着蕾莎。她似乎在发光,一种强烈的苍白的光芒,和那种警告人们当心危险机器的Y能量场的光芒很像。她又重复了一遍,"是霍克杀了赫林格博士。是他策划的。"

乔丹听见自己说:"而你很高兴——"

她震惊地转过脸看着他。在狭小的飞机座舱里,他们互相对视着,他们身后的三个保镖成了一片静止的模糊阴影。乔丹本不想这么说,但当话脱口而出时,他明白这也是真话。她是高兴,因为犯罪的是霍克而不是一个无眠者。喜悦——这就是苍白光芒的来源,这就是她需要他陪伴的原因。

"——为这起陷害做证人。"他说,声音完全不像他自己的。

蕾莎问:"什么?"

"没什么。告诉我吧。"

她没有犹豫,"视觉影像扫描仪的图像会和斯特娜·贝温顿吻合,你母亲在新房子里为贝科开生日宴会的那天,霍克一定是进行了偷拍,当时大家都在喝酒,没人注意。那个派对正是霍克逼着你带他去的,他也是在那时候拿到了斯特娜的挂坠。詹妮弗送过斯特娜一个挂坠,她希望斯特娜去庇护所,而且正试图逼她做出选择。斯特娜本来戴着那个坠饰,但她在聚会上摘下来了,因为她看到了像你母亲那样和蔼可亲、宽容的睡眠者。"……哦,爸爸,这就是艾丽斯的特殊之处!"霍克从她的手提包里拿走了挂坠。她告诉过詹妮弗挂坠丢了,但没有细讲。因为我……"

蕾莎别过头去。乔丹告诫自己不要怜悯,不要同情。他想,蕾莎什么也没有失去。杀人犯是个睡眠者。

"詹妮弗知道没人能这么巧猜出挂坠是干什么用的,而如果有人想要使用它,它会自毁,所以斯特娜弄丢了它并没让她过于担心。詹妮弗在专利权的事情上已经中了霍克设下的圈套。乔丹,根本没有任何方法可以把睡眠者变成无眠者。霍克雇用了沃尔科特和赫林格布下骗局，设置虚假的线索，让它看上去具备科学上的合理性……上帝，他周密地策划了整件事，所以庇护所会入侵政府网络，抢先登记。然后他利用沃尔科特报告失窃，引起媒体关注。就算没有诉诸法律，庇护所也会遭受打击，'我们睡觉'的成员数量会猛增。"

这点确实已经发生了，乔丹想，霍克一直就是个杰出的谋略家，由工厂开始将计划一点一点付诸实践。

"但赫林格改变了主意。他良心发现，打算揭露沃尔科特和霍克，所以霍克杀了他。"

真是典型的蕾莎式推断，乔丹想。她就没想过，赫林格是想敲诈他的同伙，所以才被他们杀掉。或者，赫林格和霍克陷入了一种权利之争，所以霍克就杀了他。没有，她设想的是"良心发现"，即使是在这样的情况下，她设想的仍是正派动机。"一个十八世纪的感性家伙。"霍克曾经这么说过，带着不屑的口气。

乔丹说："你并不知道自己说的是否正确。如果你说的是真的，霍克一直在监视我，那他肯定已经知道我们要来了……等我们到了那里，肯定不会有证据留下的。"

蕾莎转过脸，目光灼灼地注视着他，"本来就不会有什么证据留下。不会有可以证实的证据。"

"那我们干吗去？"

她没有回答。

工厂的大门没有关。门卫——不是梅利恩——挥手让他们进去。

霍克在他的办公室等着，怡然自得地倚靠在办公桌前，手掌撑在身后的木桌上。桌上放着所有拙劣的展示品：切罗基人的木偶，哈佛的咖啡杯，"我们睡觉"牌的摩托车模型，以及感激涕零的员工为他们多年来得到的第一份工作写来的一叠错字连篇的感谢信，还有由"我们睡觉"各行业制造的装饰板、笔筒、镀金的小雕像。有些东西乔丹从没见到过，霍克肯定是把它们一件件地拿出来，仔细地排列在桌上。它们全都是些来自捉襟见肘的商行的廉价嘉奖品，以表达对霍克的支持。看着它们，乔丹感觉寒意袭遍全身。那么，这是确实的了。确实是真的：霍克杀了人。

"卡姆登女士。"霍克说。

蕾莎没有多费口舌。她的声音是有节制的，但那种苍白的光仍从她身上散发出来，"你杀了蒂莫西·赫林格。"

霍克微笑着，"不，我没有。"

"不，你做了。"蕾莎说，在乔丹听来，蕾莎并不是在争论，或想强迫他承认，她只是在陈述事实，"你计划用沃尔科特子虚乌有的研究煽动起对无眠者的仇恨。当你发现有个可以以谋杀罪控告一个无眠者的机会时，你没有放过。"

"我不明白你在说什么。"霍克笑嘻嘻地说。

蕾莎只当他没开过口，继续说："你这么做就是为了增加'我们睡觉'行业的收益。或者更确切地说，你以为你是因为这个原因才这么做的。收益确实在增加，但你这么做的真正原因是你不是个无眠者，而且永远也不可能是。你是个仇恨者，所以你总是要毁掉自己无法得到的好东西。"

霍克胸口上方的那块肌肉开始泛红，这显然不是他想听到的话。乔丹提醒说："蕾莎……"

"没事的，乔丹。"她清楚地说道，"这三个保镖都受过严格训练，飞机上安装了跟踪我的监视设备，同时我也在录音，这些霍克先生全都知道。不会有危险。"她转向霍克，"当然，对你来说，也没有危险。因为没有证据可以证实你的所作所为，既没有可以对付你的、也没有可以对付詹妮弗的证据。一旦证实视觉影像图片是斯特娜·贝温顿，斯特娜不仅可以解释清楚她是怎么丢失挂坠的，而且她也可以解释清楚在赫林格死的那天早晨她在什么地方。她当时在宾夕法尼亚州的哈里斯堡和十四个执行主管在开一个商务会议。你知道，所有一切终会水落石出的，不是吗，霍克先生？只要挂坠被作为证物展示出来，斯特娜意识到那就是她的挂坠，一切就会真相大白。你早就料到庭审会失败，没人会被判有罪，但仇恨的烈火会越烧越旺，这对你才是重要的。"

"你在胡说八道，卡姆登女士。"霍克说，"但我还是会回应你最后的那句话。我来告诉你什么才是重要的，这才是——"他拿起身后的一沓信件，"——重要的，来自那些以前没有工作、丧失尊严的人的感谢。因为'我们睡觉'厂，他们现在拥有了尊严，这才是重要的。"

"尊严？建立在欺骗、偷窃和谋杀上的尊严吗？"

"我所知道的唯一的偷窃是庇护所干的，他们偷了沃尔科特的专利。至少我听新闻网是这么说的。"

"哈。"蕾莎说，"那么让我来告诉你更多的偷窃，霍克先生，这样你就会明白了。你还偷了其他的东西。你从我妹妹艾丽斯那儿偷了'它'，从我的朋友苏珊·梅林那儿偷了'它'，从每个相信有机会得到不眠基因获得长寿和更强能力的睡眠者那里偷了'它'。有那么一段时间，他们相信能梦想成真。在夜深人静的几个小时里，他们期望着，他们睁眼躺在床上思考着生存、死亡和不眠。你肯定在猜我是如何知道的。让我告诉你我是如何知道的。我知道这些，是因为苏珊·梅林得了一种无法治愈的脑部疾病，她快死了，当她得知这项研究时，她非常想活下来；我知道这些，是因为我的妹妹在庭审期间和我说的话——就是那场你为了扩充自己的队伍而蓄谋的庭审——她说：'我所经历的最艰难的事，蕾莎，不是独自抚养乔丹、挣钱养家或接受爸爸不爱我的事实，我所经历的最艰难的事是没有出路。'你向大家指明了一条出路，霍克先生，然后又从艾丽斯那里夺走了它。从艾丽斯、苏珊，以及所有不想把仇恨当作解决之道的睡眠者那里夺走了它。你没有抢夺仇恨者，但你抢夺了其他人，这些人只想对被仇恨者更公正些。这就是你偷走的东西和被偷的对象。"

霍克的微笑凝固了。一阵长时间的沉默。最后,他嘲讽地说:"非常精彩,卡姆登女士,你可以很容易就找到一份撰写贺卡祝词的工作。"

蕾莎的表情没有改变,她转身就走,这个代表鄙夷的动作让乔丹明白她对这次会面根本没抱多少希望。她没有和霍克针锋相对以期改变他,或从他那里获悉什么消息,或只为发泄她的愤怒,那些都不是她来这里的目的,也不是需要乔丹和她一起来的原因。

他们离开工厂的时候没有受到阻挠。大家都默不作声,直到飞机掠过被更为幽黑的河流分割开的黝黑田野。乔丹望着他的姨妈。她还不知道乔伊的事,也不知道乔丹已经离开霍克了。"你来这儿是为了我,让我看清霍克的为人。"

蕾莎抓住他的手,她的手指冰凉,"是的,我来这儿就是为了你。仅此而已,乔丹。我原以为还有更多更大的理由,但我错了。事情总要一件一件慢慢来。仅此而已。"

"集体——"詹妮弗·沙里夫冷静地对纳吉拉和里基说,"——必须是第一位的。所以爸爸不会再回家了,爸爸破坏了他和集体的团结。"

孩子们低头看着他们的鞋。他们对她心存畏惧,詹妮弗明白,但这并不是坏事。惧怕正是尊敬的开始。

纳吉拉最后用很轻的声音问道："为什么我们必须离开庇护所?"

"我们没有离开庇护所,纳吉拉。庇护所和我们在一起。集体在的地方就是庇护所。你会喜欢新地方的,我们要把庇护所搬过去。那里对我们更加安全。"

里基抬起头看着他的母亲,里基有张酷似理查德的脸,他的眼睛几乎和理查德的一模一样,"轨道站什么时候能建好?"

"五年。我们必须花时间为整个工程拟定规划、开展建设,并支付费用。"

五年,这比之前已经建造好的那个轨道站所花的时间要短——那个轨道站还是建立在从一个远东国家购买的现成轨道站框架上的,而那个远东政府现在不得不重新建造属于自己的轨道站。

里基问:"我们再也不回地球了吗?"

"你当然会回地球。"詹妮弗说,"等你长大了,出差时就会回来。我们的很多业务仍然在这里,和少数几个不是乞丐或寄生虫的睡眠者做生意。但我们会在轨道站上管理我们的生意,我们会找到利用基因改造建设一个前所未有的最强大社会的办法。"

纳吉拉怀疑地说:"那合法吗?"

詹妮弗站起来,两个孩子也站起来。纳吉拉仍很怀疑,里基则有些困惑。"它会合法的。"詹妮弗说,"为了你们和所有我们未来的孩子,我们会让它合法的。合法、稳固、安全。"

"妈妈——"里基欲言又止。

"怎么了,里基?"

他看着她,小脸蛋上闪过一丝黯然。不管他本来想说什么,他还是把话都吞进了肚子里。詹妮弗弯下腰吻了他,吻了纳吉拉,转身朝另一所房子走去。她晚些时候会再和孩子们谈,用他们能接受的方式,一点点仔细解释给他们听,把话讲清楚。晚些时候。现在还有这么多其他事情要处理。要计划,要掌控。

16

在新墨西哥州沙漠中苏珊家的屋顶上,苏珊·梅林和蕾莎·卡姆登坐在休闲躺椅里,望着乔丹和斯特娜悠然闲适地走向小溪边的一大片三叶杨林。头顶上,织女星、牛郎星和天津四构成的夏季大三角正在一轮明亮皎洁的满月边隐隐闪烁着。西边的地平线上,最后一抹红霞在低低的云层间消退了。漫长的夜幕正穿越沙漠,向山脉蔓延——那些山尖仍然在发散着余晖。苏珊打了个寒战。

"我去给你拿件毛衣。"蕾莎说。

"不用,我很好。"苏珊说。

"听我的。"

蕾莎沿着屋顶的梯子爬下去,在苏珊杂乱的书房里找到了毛衣。她在客厅停留了一会儿,发现所有白得发亮的头骨都不见了。她爬上梯子,把毛衣披在苏珊的肩上。

"瞧他们。"苏珊高兴地说道。在三叶杨林深处,乔丹和斯特娜的身影贴合在了一起。蕾莎笑了,苏珊的眼睛还是很敏锐。

两个女人默默无语地坐着。最后苏珊说:"凯文又来电话了。"

"不接。"蕾莎简洁明了地回应道。

老妇人痛苦地在躺椅里略微挪了挪身子,"难道你不相信有'原谅'这回事吗,蕾莎?"

"是的,我相信。但凯文都不知道他做了什么需要被原谅的事。"

"我想他也不知道理查德和你在这里。"

"我不知道他知道些什么,"蕾莎冷漠地说,"谁还能搞得清楚?"

"比如你。你没搞清楚詹妮弗·沙里夫并没有杀人。比起让你原谅凯文,你更加不能原谅自己。"

蕾莎偏过脸去。月光像把解剖刀似的,从她脸颊上划过。从三叶杨林传来低低的笑声。蕾莎冷不丁说道:"真希望艾丽斯在这儿。"

苏珊笑了,笑容有些牵强,需要再加大她的止痛药剂量。"如果你对她的想念足够强烈,也许她会再次突然出现。"

"这不好玩。"

"你不相信发生的事,对吗,蕾莎?你不相信艾丽斯和你存在心灵感应。"

"我相信她所相信的。"蕾莎谨慎地说。现在她和艾丽斯之间的关系完全不一样了,这种变化太珍贵了,不能冒险破坏。艾丽斯是她今年灾难性的大损失中唯一赢回的。艾丽斯和苏珊都是她所珍视的,但苏珊快死了。

不过她总是能够和苏珊坦诚相见,"你知道我不相信超自然现象。光是要理解正常现象就已经很花力气了。"

"超自然现象严重干扰了你的世界观,对吗?"过了一分钟,苏珊用更为温柔的声音补充说,"你担心艾丽斯会反对乔丹和斯特娜在一起,对吗? 一个睡眠者和一个无眠者?"

"老天,当然不。我知道她会赞成的。"她突然爆发出一阵沙哑的笑声,"艾丽斯大概就是世界上不会反对的十二人之一[①]。"

苏珊突然冒出一句不着边际的话,"斯图尔特·萨特、凯特·亚当斯、谷贝美雪,还有你的秘书,叫什么来着,他们打电话找你,我告诉他们你会打回去的。"

"我不会。"蕾莎说。

"并不止十二人。"苏珊说。蕾莎没有应声。

在屋顶下面,理查德从前门出来,向远处的丘陵走去。他步履缓慢、垂头丧气,似乎根本不在意往哪个方向走。蕾莎猜想他可能确实不在意,漠不关心。他之所以在这里完全是因为乔丹,是乔丹不由分说把理查德推进了汽车带他来到了这里。如今乔丹再也不会犹豫不决了,他将行动付诸实践。过了一会儿,乔伊巨大的身影——他喜欢到处瞎逛——摇摇晃晃地跟在理查德身后。

---

① 意指《圣经》中的十二圣徒。

苏珊说:"你认为沙里夫一案断绝了大家——睡眠者和无眠者、'我们睡觉'和主流经济、有产阶级和无产阶级——摒弃前嫌、握手言欢的机会。"

"是的。"

"凡事都会有转机的,蕾莎。"

"真的吗? 那你怎么会快要死了呢?"过了一会儿,蕾莎补充了一句,"我很抱歉。"

"你不能因为对法律大失所望就永远躲在这里,蕾莎。"

"我没有躲。"

"那你这叫什么?"

"我在生活。"蕾莎说,"这就是生活。"

"你确实要生活,但不该像这样,不该是你。别和我争,我可拥有和上帝相媲美的洞察力。"

蕾莎不禁笑了,笑声刺痛了她自己。

苏珊说:"确实好笑。所以给斯图尔特、凯特、美雪还有那个秘书打个电话吧。"

"不。"

理查德消失在黑暗中,后面跟着乔伊。乔丹和斯特娜手拉着手,朝屋子这边走来。苏珊说:"真希望艾丽斯在这儿。"

蕾莎点点头。

"啊,"苏珊又说,"把你们整个群体团结起来肯定很棒。"

蕾莎看着她,苏珊正全神贯注地欣赏着沙漠上的月光。那边有些看不见的小动物在窜来窜去。在她们头顶上,星星出来了,一颗接着一颗,一颗接着一颗。

第三卷　梦想家

2075年

"平静的旧日信条已不适用于天翻地覆的今天。现在的局势危难重重,我们必须肩负起历史使命。面对前所未有的局面,我们必须采用新思维、新行动。我们必须解放自己。"

——亚伯拉罕·林肯致国会咨文

1862年12月1日

17

六十七岁生日的那天早晨,在位于新墨西哥州的寓所里,蕾莎·卡姆登坐在一把椅子上,凝视着自己的脚。

她的脚很纤细,足弓很高,脚上的皮肤健康柔嫩,脚趾伸缩有力,红润的脚指甲修剪得整整齐齐。要是苏珊·梅林看到她的脚一定会感兴趣的。苏珊曾收集了不少关于脚的资料,建立了一个庞大的数据库:包括脚的强度、血管和骨头的情况——这些通常被当作衡量衰老与否的晴雨表。

她不禁莞尔。脚,让她想起了苏珊。虽然可以通过脚来估计年纪,但苏珊用不到了,她已经去世二十三年了。就算不是苏珊的脚,别人的脚也是顺应时间慢慢衰老的,蕾莎的脚却不受岁月影响,这多少让她觉得有些荒谬。陷入回忆的两足动物。

什么时候她开始注意像脚这样有趣的东西的? 当然,不是在她年轻的时候,不是在她二十来岁、三十来岁或五十来岁的时候。那时她动辄关注世界的安危,总是不能放松。不单是国家大事,而是事事都严肃。她累了。也许对于年轻人来说,本来就没办法做到保持严肃而又不会疲倦,因为他们缺乏物理学上的一种量:力矩。前面一端逝去的时间太少,后面一端余下的时间又太多,就像一个人抓住梯子的一头,想将一架梯子横着扛起,即使他满腔热忱,充满了使命感,也不能很好地使之平衡。当梯子不停晃悠,他必须费力保持平衡时,他怎么还会觉得有趣呢?

"你在笑什么?"斯特娜问道,她敲了门,不由分说便走进蕾莎的办公室,"那个记者在接待室等着见你。"

"已经来了?"

"早就来了。"斯特娜嗤之以鼻,她不希望蕾莎和什么记者交谈。"他们要搞美国独立三百周年庆祝活动就去搞吧,没我们也一样。"斯特娜曾这么说道,"那和我们有什么关系呢?何况是现在?"蕾莎无言以对,但她还是同意了见那位记者,也许正是基于此,斯特娜才会这么不以为然。可惜斯特娜只有五十二岁,很少想到去发掘事物中的有趣之处。

"告诉他我这就来。"蕾莎说,"但要等我先看望过艾丽斯。给那位记者先生上点儿咖啡或别的。让孩子们吹长笛给他听听,他应该会喜欢的。"塞斯和埃里克已经学会用他们在沙漠中寻觅到的动物骨头制作长笛了。斯特娜又哼了一声,走了出去。

艾丽斯已经醒了。

她坐在床沿上，护士正在把她的睡袍从头顶脱下来，蕾莎悄悄退回到走廊上——艾丽斯讨厌让蕾莎看到她的裸体。直到听见护士说"好了，沃特罗斯夫人"，蕾莎这才走进房间。

艾丽斯穿着宽大的棉质长裤和白色上衣。衣服剪裁得很宽松，可以让她单用右手就把衣服穿上——她的左胳膊自中风后就不能再活动了。艾丽斯雪白的鬈发已经被梳理过，护士跪在地板上，把她肿胀的双脚塞进柔软的拖鞋里。

"蕾莎，"艾丽斯高兴地说，"生日快乐。"

"我本想先对你说这句话的！"

"可惜啊，"艾丽斯说，"六十七岁了。"

"是啊。"蕾莎说。两个女人互相凝视着：蕾莎穿着白色的短裤和肚兜式背心，腰杆笔直；艾丽斯用一只布满青筋的手支撑着，在床沿坐稳。

"生日快乐，艾丽斯。"

"蕾莎！"斯特娜又出现了，用一种高层管理者的口吻说，"九点你有个电话会议，如果你打算见那个记者的话……"

艾丽斯的右嘴角牵动了一下，喃喃自语着，声音很轻柔，斯特娜听不见，"我可怜的乔丹……"

蕾莎轻声回应："你知道他爱的就是斯特娜这点。"然后前往接待室会见那位记者。

眼前的男孩让她有些惊讶。他看起来也就十六岁，身形瘦长，皮肤糟糕,穿着估计是时下青少年最流行的服饰:气球状的短裤,塑胶纤维的宽松衬衫,上面缀着红色、白色、蓝色的塑料小摩托车。埃里克和塞斯在他周围摇来晃去起劲儿吹着长笛,而他在椅子上如坐针毡。蕾莎让她的孙甥们离开房间。塞斯高高兴兴地走了,埃里克离开时拉长着脸,用力地摔上了门。房间里立刻安静下来,蕾莎面对那个男孩坐下。

"你说你代表的是哪个新闻网,卡瓦诺——先生?"

"只是我的高中校园网,"他脱口而出,"预约的时候我没有告诉那位女士。"

"显然是没有。"蕾莎说。忘了她的脚吧——这事才叫有趣呢。十年来这是她第一次同意接受采访,结果对方却是个负责高中校园网的孩子。苏珊肯定也会觉得这件事很好笑的。

"哦,那我们开始吧。"她说。她知道这个男孩以前从没和无眠者交谈过,这全写在他脸上了。好奇、不安、暗自揣测,但没有任何具敌意的妒忌。这个平凡男孩身上看不到妒忌的存在——这一点值得注意。

他实际上比他的外表看起来有条理,"我妈妈说过去的情况和现在是不一样的。她说那时候顽固者,甚至还有生活者,都嫉恨无眠者。为什么会那样?"

"为什么你不是那样呢?"

这个问题似乎让他相当错愕。他皱了皱眉,然后颇为尴尬地侧着脸看她,其神情比言语更加清楚地说明了他的正直。他对蕾莎说:"嗯,我不想冒犯您,或任何人,但是……我干吗要嫉恨你们呢?我是说,顽固者什么都想干,不过无眠者也是真正的超级顽固者,不是吗?我们生活者只是坐享其成,只是去生活。要知道——"他突然用一种非常坦诚而且充满信任的口吻说,"我永远搞不懂为什么顽固者就不理解我们,还要讨厌我们。"

"万变不离其宗。①"

"什么意思?"

"没什么,卡瓦诺先生。你的学校里有顽固者吗?"

"没有。他们有他们自己的学校。"他看蕾莎的表情仿佛她早该知道这些似的。她当然知道。美国社会如今分成三个等级:由于受到神秘的"真正生活享乐主义哲学"麻痹,一无所有者变成了坐享其成者,他们就是生活者,占人口的80%。他们把原来大多数人都赞同的"劳动光荣"的行为准则改成了更古老的贵族式的生活信条:幸运的人不必工作。在他们之上一或之下一是顽固者,基因得到改良的睡眠者。他们维持着经济和政治机器的运转,为了得到贵族派头十足的新一代悠闲阶级的投票,他们甘愿被生活者指使,并与之交易。顽固者负责管理,他们的机器人负责工作。最后就是无眠者,他们待在庇护所里,行踪莫测,不是被生活者漠视就是被顽固者漠视。这一切形成了三叶草式的组合——某些聪明家伙已经嘲弄地

①此处原文为法语。

305

将它们分别和本我、自我、超我①对上号——其基础是随处可见的廉价Y能量，Y能量为自动化工厂提供动力，工厂则资助建立一个慷慨的救济福利体系，为了拉选票而提供面包和马戏团演出。蕾莎在想，整件事就是崇尚拜金主义的美国人要把民主和物质、平庸和狂热、权利的真相和下层掌握控制权的假象结合起来。

"告诉我，卡瓦诺先生，你和你的朋友们在闲暇时间都干些什么？"

"干些什么？"他似乎吓了一跳。

"是的，干些什么。比如说今天，等你结束了这次采访，你要干些什么？"

"嗯，把录音交到学校。我猜老师会把它放到学校的新闻网上。如果他想的话。"

"他是生活者还是顽固者？"

"当然是生活者。"他有点不屑地说。蕾莎感觉自己的信心指数正在迅速下降，"然后我就继续上课直到学校中午放学。虽然还不够流畅，但我现在已经能独立阅读了。读书真的很没用，但我妈妈想要我念书。然后中午有场足球赛，我要和朋友们一起——"

①弗洛伊德认为人格结构由本我、自我、超我三部分构成。本我是指最原始的、与生俱来的无意识的结构部分。本我按照快乐原则，急切寻找出路，一味追求满足；自我是指意识的结构部分，是来自本我经外部世界影响而形成的知觉系统，代表理性与机智，处于本我与超我之间；超我指人格中最道德的部分，代表良心、自我理想，处于人格的最高层。弗氏认为上述三者保持平衡就会实现人格的正常发展；如果三者失调乃至被破坏，就会导致神经症。

"是谁花钱组织这些的?"

"当然是我们地区的议员凯茜·米勒。她是个顽固者。"

"果不其然。"

"然后朋友们要举办一个迷幻派对,我们的集会者从科罗拉多州还是别的什么地方弄来了一些新品种迷幻药,接着我们会放一部虚拟现实的全息录像,我想——"

"叫什么名字?"

"《火星海的塔玛拉》。你想看看吗?挺刺激的。"

"也许我会看的。"蕾莎说。脚、记者、火星海的塔玛拉。莫伊拉——艾丽斯的女儿——已经移民到一个外星殖民地,"火星上其实是没有海洋的,你知道吗?"

"是吗?"他并不怎么感兴趣,"然后一些朋友要和我去打球,接下来我和我的女朋友打算亲热亲热。之后,如果有时间,我会去我父母家,因为他们要开舞会。如果没时间——卡姆登女士,这很可笑吗?"

"不。"蕾莎笑得直喘气,她说,"对不起,我没有嘲笑的意思。实际上,就算是十八世纪的贵族也安排不出比这更充实的社交活动日程表了。"

"是啊,哦,我是个忙碌的生活者。"男孩谦虚地说,"我想问您些问题。现在,是……不,等一下……您管理的这个基金是什么?它有什么用?"

"它负责询问乞丐为什么他们是乞丐,并为那些想打造崭新人生的人提供资助。"

男孩似乎糊涂了。

"比如说,"蕾莎说,"如果你想成为顽固者,苏珊·梅林基金会就可以帮助你,送你去上学,在你需要的时候,给你提供资助。"

"为什么我会想要那么做?"

"是啊,为什么呢?"蕾莎说,"但有人会这么做的。"

"我没听说过有这种人。"男孩斩钉截铁地说,"听起来有点卑躬屈膝。还有个问题,为什么你要做这个,管理这个基金?"

"因为,"蕾莎仔细地说明,"这是强者亏欠乞丐的——所以我们会询问他们每个人成为乞丐的原因,然后采取相应的行动。因为作为社会的一员,我们身上负有责任,不能袖手旁观,要采取相应的措施,使不具备生产力的人获得和优秀者相同的品格,这是必须对西班牙乞丐履行的义务。"

她发现男孩一个字都没听懂,但他也没提出疑义。男孩站起来,拿上他的录音设备,明显松了口气——当天的工作结束了!他伸出手,"哦,我想就这些了,老师说四个问题足够了。谢谢,卡姆登女士。"

她握住男孩的手。真是个有礼貌的孩子,完全不存嫉妒或仇恨之心,这么知足,这么愚笨。"也谢谢你,卡瓦诺先生,谢谢你回答了我的问题。你愿意再回答我一个问题吗?"

"当然。"

"如果你的老师把这次采访内容放到学校的新闻网上,会有人去看吗?"他移开了目光,蕾莎明白他是不想让她因为问题的答案而窘迫。真是个有礼貌的孩子,"你上新闻网吗,卡瓦诺先生?"

这回他没有躲开蕾莎的视线,他年轻的脸庞显得有些震惊。"当然上!我们全家人都看!否则我爸妈怎么知道哪些顽固者为了拉到我们的选票会给予更多好处?"

"哈,"蕾莎说,"美国的宪法还真有效。"

"明年就是美国独立三百周年纪念了。"男孩自豪地说,生活者都很爱国,"噢,再次感谢。"

"也谢谢你。"蕾莎说。斯特娜站在门口,引导男孩出去。

"你的电话会议两分钟后开始,蕾莎,现在有个——"

"斯特娜,这个季度基金会处理了多少份申请?"

"一百一十六份。"斯特娜准确无误地答道。她保存着基金会的所有记录,包括财政上的。

"比上个季度下降了百分之多少?

"百分之六。"

"那么比去年全年呢?"

"下降了百分之八。这些你都知道的。"蕾莎的确知道。如果基金会以头几年的速度一直飞速发展,斯特娜会更加忙碌。她没法既做秘书又做母亲,她一流的大脑里塞不下这么多事情,也无法指望其他任何人。斯特娜肯定在思考蕾莎在想什么，因为她突然开口道："你可以回到法律界，或者再写本书，或者再开家公司。不管什么工作，如果要和顽固者竞争起来，你肯定能做得更好。"

"庇护所在竞争。"蕾莎温和地说，"更何况新的经济秩序并非建立在竞争上，而是建立在优越的生活上。一个年轻人刚才这么告诉我的。别再对我念叨了，斯特娜，今天是我的生日。外面这么闹是怎么回事？"

"我正要告诉你。门口有个小孩子，吵着要见你，别人都不行，非要见你不可。"

"一个无眠孩子？"蕾莎问道，她的血流速度加快了。无眠儿童找上门来的事情也不是没发生过。情况多半是这样的：一次非法的基因改造，诞下一个无眠者，这个迷惑的孩子花了好几年时间才逐渐明白自己的不同。为了融入朋友圈，他去看摩托车比赛和全息录像，参加迷幻派对，但这些还是不够。然后，他在偶然间听说了苏珊·梅林基金会——通常会是某个和蔼可亲的顽固者透露给他的信息。他先是惶恐不安，然后就下定决心出发，寻找自己的归属——即便还没搞清楚这个归属到底意味着什么。这把那些无眠儿童、青少年无眠者，甚至成年无眠者带到这所庄园来，帮助他们成为他们本该成为的样子——过去二十五年里，在这片与世隔绝的沙漠上，蕾莎最大的乐趣就是做这类事。

但斯特娜说："不，不是个无眠者。大约十岁，是个脏不溜丢的小孩,扯着嗓子大喊大叫,非要见你不可,别人都不行。我让埃里克出去告诉他明天的接待日你可以见他,但他打了埃里克的眼睛,还说他等不了。”

“埃里克揍他了吗?”蕾莎问。斯特娜这个十二岁的儿子体格强壮,而且学过空手道,性格也和别的无眠者大相径庭。

“没有。”斯特娜带着母亲特有的骄傲说,“埃里克长大了,他知道不能随便打架,除非是在遭到严重攻击而不得不自卫的情况下。”

蕾莎很怀疑,埃里克·贝温顿-沃特罗斯总让她头疼,但她只说了句:“让那男孩进来吧,我现在就见他。”

“蕾莎! 东京的电话会议就要开始了!”

“告诉他们我会打回去的。别和我争了,斯特娜,今天是我的生日。我老了。”

“艾丽斯才老了呢。”斯特娜立刻改变了语气说道。过了一会儿她又补充了一句,“我很抱歉。”

“让那孩子进来吧,至少他就不会再尖叫了。你说他叫什么名字来着?”

“德鲁·阿伦。”斯特娜说。

位于太平洋上空的轨道站内,庇护所委员会的委员们情不自禁地鼓起掌来。

这间圆顶舱室是委员会专用的,此时房间里有十四个人正围坐在光可鉴人的金属会议桌前。

詹妮弗·沙里夫，委员会终身主席，她乌黑的眼眸中闪烁着喜悦的光彩。她说道："所有的大脑扫描、血液分析、脊椎检测，当然还有DNA分析的结果都非常好，没有任何问题。我们成功了。在这里向托里维瑞博士和克莱门特博士表示热烈的祝贺。当然，还有里基和埃米奥纳。"她热情地对儿子和媳妇微笑着。里基也朝她报以微笑。埃米奥纳羞涩地垂下头，她无与伦比的美丽容颜上显露出一丝激动。庇护所里有一半家庭满足于无眠带来的智力和心理上的优势，已经不再改造基因，希望保留家庭成员的相似之处，而拥有紫罗兰色眼睛和修长四肢的埃米奥纳，显然是属于另一半家庭的。

委员维克托·林急切地说："我们能不能看看婴儿？当然，为了婴儿的健康考虑，这个房间事先已经经过彻底消毒了。"有几个人笑了起来。

"是啊，求你了。"委员露西·艾姆斯羞红了脸说。她只有二十一岁，出生在轨道站上，在公民抽签选举委员时被选中，对担当委员还有点不适应。詹妮弗朝她笑笑。

"好吧。当然，我们可以看看婴儿，但我要重申之前已经和大家讲过的话。这次基因改造的进程已经远远超出了我们大家所参与的任何一个项目的进程。如果我们希望保持优势，超越地球上的睡眠者，就必须探究每一条能够让我们更加优秀的途径。有时，我们在前进的过程中会付出一些不可避免的、但相对较轻的代价。"

这番话让所有人都冷静了下来。抽签选出的八名委员面面相觑,他们都不是沙里夫家族的人。沙里夫家族控制了庇护所51%的金融财政,因此也控制了委员会51%的得票数。六位终身委员里,詹妮弗、里基、纳吉拉、纳吉拉的丈夫拉斯·约翰逊,以及詹妮弗的丈夫威尔·桑达罗斯继续坚定地微笑着,但埃米奥纳没有。

"把婴儿抱过来吧。"詹妮弗对她说。埃米奥纳离开了。里基在妻子路过身旁时下意识地伸出手,但没有碰到她。他收回手,朝太空舱的窗户外望去。全场一片安静,直到埃米奥纳抱着婴儿回来。

"这个,"詹妮弗说,"就是米兰达·塞丽娜·沙里夫。我们的未来。"

埃米奥纳把婴儿放在会议桌上,解开了包裹她的黄色毯子。米兰达只有十周大。她的皮肤苍白,没有血色,一头黑发十分浓密。她用黑黝黝的明亮眼睛打量着会议桌四周。那双眼睛从眼眶中突起,不停地转动,无法保持静止。精瘦的小身体不停地抽搐着。小小的拳头飞快地松开又攥起,速度快得让人难以数清她的手指头。她表现出狂躁症才具有的好动和强烈的过度紧张情绪,只见她死死地盯着舱壁,仿佛是要用目光在墙壁上撕出一道锯齿状的口子。

年轻的艾姆斯委员用牙咬着自己的拳头。

"乍看之下,"詹妮弗用她一贯的镇静口吻说,"你们可能以为我们的米兰达得了神经系统紊乱症——就是那些没做过基因改造的乞丐们会有的毛病,或者以为她是安非他命①服用过量。实际上完

---

①在治疗某种病状如发作性嗜睡症和精神抑郁时,可用作中枢神经系统兴奋剂。

全不是那么回事。米丽[1]大脑的运行速度是我们的三四倍,她具有超强的记忆能力和与之相配的高度的精神集中力。尽管作为基因改造后的一种副作用,她的运动神经的控制受到点影响,但其他神经组织控制方面没有任何问题。米丽的基因改造结果包括拥有了高智商,但那些改良过的神经系统会让她如何运用自己的高智商,目前还无法预料。这个改造对于解决众所周知的智力衰退现象——如杰出的父母生出智力普通的孩子——是最好的办法,并由此提供了一个更加易于着手的平台,让新的基因改造项目能够起步。"

围在桌子边的一些人点点头,对詹妮弗的说法表示赞同,还有几个和纳吉拉、里基较稔熟的人则低头望着桌子,而艾姆斯委员则用手捂着嘴,睁大双眼,一直盯着抽搐的婴儿。

"米兰达是第一个,"詹妮弗说,"但不是最后一个。我们庇护所代表了美国最杰出的头脑,我们的职责就是保持这个优势。这是为了我们所有人的利益。"

林委员平静地说:"我们无眠者已经开始用基因改造孩子了。"

"是的。"詹妮弗灿烂地笑着说,"但地球上的乞丐们随时随地都可以扭转他们目光短浅的现状,也开始自行做这些事。我们需要所有的创造力。我们要敢于最大限度地利用基因科技,而他们却不行——思想、科技、防御……"

威尔·桑达罗斯把手轻轻搭在她的胳膊上。

---

①米兰达的昵称。

有那么一瞬间,詹妮弗的眼睛里闪现出一丝愤怒,但这愤怒很快就消失了。她朝威尔微笑,威尔温柔地凝视着她。接着詹妮弗大笑起来,"我是不是又在滔滔不绝了?真是抱歉。我知道你们都像我一样明白庇护所哲学。"

有几个人笑了,有几个人不自在地把视线转移到锃亮的桌面上。艾姆斯委员的眼睛仍旧睁得大大的,继续望着痉挛的婴儿。埃米奥纳看见了这个年轻女人惊骇的目光,她立刻用毯子把米兰达裹好。毯子的边缘绣着白色的蝴蝶和深蓝色的星星。黄色的襁褓中,婴儿瘦小的身体还在抽搐。

德鲁·阿伦两腿叉开,稳稳地站在蕾莎·卡姆登的面前。蕾莎从没有看见过这样的对照——这个孩子和那个十来岁的少年记者之间的对照。那个记者刚刚离开,但蕾莎已经记不起他的名字了。

德鲁是蕾莎所见过的最脏的十岁小孩。泥浆在他的褐色头发上凝结成块,还沾在他塑胶纤维的衬衫、裤子和救济会发放的破烂鞋子上,到处污迹斑斑。在他裸露的左胳膊上有道很深的伤口,上面黏附了不少脏东西——蕾莎判断伤口肯定会感染。他胳膊肘周围的皮肤上有些像凿子凿出的伤口,已经红肿发炎了。他还被打落了一颗牙齿。德鲁脸上最引人注意的是那双和蕾莎一样的绿眼睛以及一副固执的戒备神情,仿佛时刻准备好为他的肮脏、瘦小、非顽固者的明显身份与人扭作一团。

"我叫德鲁·阿伦,我。"他说道。有点虚张声势。

"我是蕾莎·卡姆登。"蕾莎严肃地说,"你坚持要见我。"

"我想进你的基紧会。"

"是基金会。你在哪儿听说我的基金会的?"

德鲁不以为然地挥挥手,"是从别人那里听来的。那人告诉我以后,我走了很长的路才来到这里,我。从路易斯安那。"

"走路来? 你自己?"

"有时候我搭顺风车。"男孩再次做了个手势,仿佛这事不值得一提,"花了很长时间。但现在我到达这里了,我,而且我准备好开始了。"

蕾莎对机器人管家说:"从冰箱里拿些三明治过来,还有牛奶。"机器人悄无声息地退下。德鲁完全被它吸引住了,全神贯注地看着它,直到它离开房间。他转回头瞧着蕾莎,"那东西可以和你摔跤吗,作为肌肉锻炼? 在新闻网上我看见过它们,我。"

"不,它只是个用于取物和记录的低级机器人。现在你打算做什么呢,德鲁?"

他不耐烦地说:"开始呀。你的基紧会。让我成为某种人。"

"这对你有什么意义呢?"

"你知道的呀,你是基紧会的头儿嘛! 重获新生,我,受教育,还有成为某种人!"

"你想变成个顽固者?"

男孩皱皱眉,"不,但我要从顽固者开始做起,我,不是吗? 然后再继续。"

机器人回来了。德鲁一脸渴望地盯着食物。蕾莎做了个许可的手势,他立刻像只脏巴巴的小狗般扑向食物。他用左侧的牙齿撕着三明治,时不时因为右边牙床上的空洞碰到了面包或肉而痛得瑟缩一下。蕾莎瞅着他。

"你上次吃东西是在什么时候?"

"昨天早上。这个真好吃。"

"你的父母知道你在这里吗?"

德鲁从地板上捡起一点碎屑,吃掉了,"我妈才不在乎呢。她现在整天泡在迷幻派对上。我爸死了。"他表情冷酷地说完最后一句话,碧绿的双瞳直勾勾地盯着蕾莎,仿佛她早就应该知道他父亲死了似的。蕾莎打开了墙上的电脑终端。

"你联系不上他们的。"德鲁说,"我们家没有终端,我们。"

"我不是要联系他们,德鲁,我是要找出关于你的一些信息。你住在路易斯安那州的什么地方?"

"蒙特昂斯镇。"

"个人情况调查,调出所有基础数据库。"蕾莎对着电脑命令道,然后她转向德鲁,"德鲁,你的社会保障号码是多少?"

"842 – 06 – 3421 – 889。"

蒙特昂斯是个小型卫星城镇,没有顽固者的经济支持。总共有一千九百二十二个居民,62%的老师是志愿教师,他们努力让学校维持每年五十八天的授课时间。就学率只有16%,德鲁是16%中的一个,不过这学上得断断续续。他没有医疗记录,但他的父母和两个妹妹都有。蕾莎安静地听着有关他全部情况的介绍。

等电脑报告完毕,她开口说:"就算是在蒙特昂斯那所质量糟糕的学校里,你的成绩也不算好。"

"是的。"男孩表示同意。他的目光没有离开过蕾莎的脸庞。

"看起来你在运动、音乐或其他方面也没什么过人之处。"

"是的,我没有,我。"

"你也不是真想为了获得一份顽固者的工作而接受教育。"

"对,"他盛气凌人地说,"但我愿意当顽固者。"

"但你不是真的想。苏珊·梅林基金会是帮助人们成为他们想要成为的人。你希望你的未来是什么样的呢?"向一个十岁的小孩子询问这样的问题有些可笑,特别是这样的一个十岁的小孩:比大多数生活者还要穷困,没有特别的才能,骨瘦如柴,臭气熏天,还是个睡眠者。

然而,并不平庸——这双看着蕾莎的清亮的绿眼睛具有一种大多数成年睡眠者所没有的直率。这种直率是在美国独立三百年来的当今社会,在如此安逸、享乐、宽容的社会气候下也很少见的。实际上,蕾莎觉得德鲁的眼眸中不只有直率,还有更多东西,比如自信。他自信会得到蕾莎的帮助,而蕾莎还从没在以往的基金会申请人身上见到过这种自信。他们中的大多数人看她时的眼神都是不确定的（"为什么你要帮助我？"），或是怀疑的（"为什么你应该帮助我？"），或是一种惴惴不安的顺从巴结，不可避免地让她联想到摇尾乞怜的小狗。而德鲁的神情看起来好像他和蕾莎是理所当然的生意伙伴。

"你听电脑里说了我爷爷是怎么死的吗，他？"

蕾莎说："他是建造庇护所的工人。当时太空中的一根金属支架脱落了，撕裂了他的太空服。"

德鲁点点头。他的声音保持着原有的轻快、自信，没有一丝忧伤，"我爸爸那时还是个小孩子。福利局几乎什么都没给他。"

"我记得。"蕾莎冷讽地说。那时候的福利局所提供的东西根本不能和现在的顽固者及政府所提供的东西相提并论。福利局的供应是基于廉价的Y能量和社会良心，顽固者和政府的供应则是基于对选票的需求。其实这种利用小恩小惠收买人心的把戏古来有之，野蛮的古代罗马人就很善于利用面包和马戏团。长期沉溺于舒适和享受，已经让现在的生活者丧失了角斗士所具有的压抑的激情和愤怒。

蕾莎希望德鲁不会就他父辈的过往向她刨根究底。大多数孩子对陈年往事并不热衷，但他却让蕾莎吃惊不已。"你记得，你？怎么可能？你多大了，蕾莎？"

他还不知道不应该直接叫我的名字，蕾莎想，而且她立刻发觉

——她头一次发觉了德鲁的闪光点。从他闪闪发亮的绿眸中可以看出他对蕾莎有着浓厚的兴趣。见他这么孩子气十足,蕾莎情不自禁地想要宠爱他。德鲁浑身散发着纯真。蕾莎开始明白他怎么能够从路易斯安那州一路来到新墨西哥州却仍旧健健康康的:人们愿意帮助他。实际上,他胳膊上的血迹是新鲜的,被打落的牙齿也是新伤。可能一路上他都没遇到过什么麻烦,直到在蕾莎的屋外碰到埃里克·贝温顿-沃特罗斯。

而他还只是个十岁的孩子。

蕾莎回答说:"我六十七岁了。"

他的眼睛瞪得特别大,"噢!你看起来并不像个老太太,你!"

你应该看看我的脚。她笑起来,孩子也微笑着。"谢谢你,德鲁。但你还没有回答我的问题。你想从基金会得到什么呢?"

"我爸从小就没有了爸爸,所以他长大后变得很凶,他,喝酒太多。"德鲁说道,似乎这就是答案,"他打我妈妈。他打我妹妹。他打我。但我妈告诉我这不思他的错①,如果他的爸爸还活着,他就不会变成这个样子了。他本该是个不同的人,一个温和善良的人。"

蕾莎能够理解,被虐待的母亲,自己还不到三十岁,还要为那个男人虐待自己孩子的行为开脱,到最后连自己也相信了编造的谎言,因为她太需要一个借口了,否则根本无法继续生活下去。想必一开始她就用"那不是他的错"为丈夫开脱,最后越来越难说服自

①德鲁发音不标准,所以把"不是"说成了"不思"。

己,只能自欺欺人地想,"那不是我的错"。

她现在整天泡在迷幻派对上,德鲁曾这么说过。有寻求迷幻的人就有用来迷幻的药。不是所有药都符合食品及药物管理局的标准,它们的药性也并非都是温和、无副作用的。

"不思我爸爸的错。"德鲁重复道,"但我想,也不思我的错,我。所以我必须离开蒙特昂斯。"

"是的,不过……你想要什么呢?"

绿眸中的目光一变。蕾莎没想到一个孩子会有这样的眼神。仇恨,是的,她曾在孩子的眼睛中看到过彻彻底底的仇恨,但这不是仇恨,不是愤怒,也不是孩子气的苦恼——这完全是成人的眼神,甚至是成人都不再有的眼神,一种旧时代的眼神:冰冷的决断。

德鲁说:"我想要庇护所。"

"要它?你什么意思,你要它?要它做什么?毁掉?伤害别人?"

绿眸柔和下来。一双眸子带着笑意,更加成人化,也更加令人不安。蕾莎站起,又坐下。

"当然不是,傻瓜。"德鲁说,"我不想伤害别人,我。我也不想毁掉庇护所。"

"那么——"

"总有一天,我,我要拥有它。"

警报声响彻整个轨道站,声音高亢,清晰无比。技术人员抓起太空服,母亲们抱起在噪声中哭闹的宝宝,用颤抖得几乎无法让电脑识别的声音给电脑终端下达指令。庇护所的交易所立即终止了所有交易。没人会在这场灾难中得到任何好处,不管这灾难是什么。

"准备好飞行器。"詹妮弗对威尔·桑达罗斯说。威尔已经穿好了防化太空服,詹妮弗也穿上太空服,跑出他们的舱室。这次警报可能是真的——任何一次警报都可能是真的。

威尔升起飞行器。他们沿着轨道站的中心轴向零重力区域进发。通信器中有人通报:"四号舱壁。是个抛射物,威尔。机器人距离那里还有三十三秒。技术小组大约一分半钟后到达。注意真空牵引——"

"我们没法及时赶到那里。"威尔简洁地说,詹妮弗听出了他话语中的轻快。威尔不喜欢她亲自到遭受破坏的区域去。只要能让她远离,他会拖住她的。

她现在能看见那个洞了,在农业区的一处舱壁上有道裂口。机器人已经到达那里了,它们由 Y 能量驱动的吸力底座固定着——这些底座似乎连小行星都能吸附起来。机器人正往裂口上喷射第一道塑胶涂层,阻止宝贵的空气喷涌而出。当一个机器人需要移动时,只要切断底座能量,用机械脚交替行走就可以了。技术小组的飞行器优雅地盘旋着,几秒钟后,技术人员穿着防化太空服出现了,他们用一种特殊的密封剂对着农作物大面积喷洒。不管那里有什么，在DNA检测结果还没出来以前，密封剂都能隔离开所有的有害物质，不让任何东西危害到大家的身体。

地球上不是所有国家都认可基因研究的，怀恨于心者大有人在。抛射体如果是武器的话只意味着有一半危险存在，更糟的一半是会造成污染。

"那个抛射体在哪里？"詹妮弗通过通信器问技术组主管。主管的太空服只能接收音频信号，但他不必问也清楚地知道是谁在讲话。

"在H区。他们已经把它密封起来了。冲击力迫使它撞凹了另一侧舱壁，但没有洞穿。"很好，抛射体还在，可以用于分析，不用到茫茫太空中把它找回来。"它看起来像什么？"

"陨石。"

"有可能只是陨石。"詹妮弗沉吟道，身旁的威尔点了点头。她很高兴是威尔在她身边，如果换作理查德面对警报，他肯定会显得沉闷无聊。

威尔降低了飞行速度，准备返回。他是个优秀的飞行员，对自己的飞行技术颇为骄傲。在他们身下，庇护所的景象一览无余——农田、道路和能源工厂，不断有专门的微型机器人负责清洁窗户。明亮和煦的人造阳光让空气蒙上了一层金色的薄雾。等他们一着陆，一股大豆花的香辣气息——这是最新研发的一种既可观赏又可食用的基因植物——立即朝詹妮弗扑面而来。

"我要召集委员会听一下实验室的报告。"她说。

威尔脱下头盔,起初有点讶异,随后恍然领会,"我去通知他们。"

你永远不能休息。美国历史至少在这点上是一致的,"他们为了兑现承诺,毅然忍受着不幸、灾难和危险——在他们的信仰中,这些是必需的。"然后,"自由的代价是永远保持警惕。"

庇护所还没有得到真正的自由。

詹妮弗站在她的委员们面前。里基朝她望了望,又看向面前升起的电脑。纳吉拉看着窗外。林委员向前倾着身体。艾姆斯委员把双手紧握在一起,靠在金属桌面上。

"这一次,"詹妮弗说,"实验室的报告否定了攻击的可能性,这个抛射体的合成物成分与J等级陨石一致。当然,还不能排除有人意图利用这种陨石,把它当作一种武器,故意用它撞击轨道站的可能性。看起来它没有携带活性细菌,在它上面找到的孢子在J等级陨石上很常见。农业区的土壤里没有发现任何外来微生物,或基因改造过的细菌,或别的什么东西。这点我们可以确定,当然这并不意味着这些物质根本不存在。也许它们通过基因工程被伪装成普通的微生物DNA,等待以后激活。"

"母亲,"里基谨慎地说,"除了我们,没人有能力做这样水平的基因改造。就连我们也还没有完全掌握这个技术呢。"

詹妮弗朝他露出灿烂的笑容,"那只是就我们所知道的而言。"

"我们一直在监视地球上的每个实验室,实际上,通过窃听所有的数据——"

"注意这个词,'实际上'。"詹妮弗说,"实际上我们并不确定是否完全了解他们,不是吗?"

里基在椅子上挪了挪身体。他三十一岁,身材结实,浓密的头发覆在低低的额头和一双黑眼睛上。"母亲,这已经是两年里的第十六次危险警报了,但没有一次是真正的袭击。八次是陨石撞击,其中三次洞穿而过,三次是一般故障,几乎立刻就排除了,两次是由于我们无法阻挡的太空射线引发的微生物突变。一次——"

"我们已知的是十六次。"詹妮弗说,"你能保证现在就没有拟态成普通微生物DNA的病毒在你呼吸的空气中,或者在你宝宝呼吸的空气中吗?"

艾姆斯委员怯生生地说:"但缺乏证据——"

"政治性证据是那些乞丐的概念。"詹妮弗说,"你不了解,露西,因为你从没去过地球。在那里,科学性证据的概念是被歪曲的。他们有选择地利用证据,促使政府支持他们的声明。他们能在他们的法庭上、在他们的新闻网上、在他们的金融市场上'证明'任何事。去年你向美国国税局交纳了多少税,露西?向纽约州政府呢?然而你得到了什么回报?美国总统会向你提供证据,说你有义务帮助弱势群体向政府付账,还有更进一步的证据说如果你不这么做,他的军队就有权来查封或摧毁你和你的群体赖以为生的组织。"

"但是，"艾姆斯委员一脸疑惑，"庇护所已经交了税。虽然不公平，但我们还是交税了。"

詹妮弗没有回应。过了一会儿，威尔·桑达罗斯沉稳地说："是的，我们交了。"

里基·凯勒说："问题在于，这些事故没有一次是真正的袭击，而我们总是假设它们都是袭击，即使证据显示与假设相反仍然要怀疑。我们是不是过于偏执了？"

詹妮弗看着她的儿子：强壮、忠诚、能力强，是集体中可以引以为傲的一分子。她为儿子骄傲。在他和纳吉拉还是孩子时，她就爱他们，但她的爱对他们造成了危害。她现在明白了，由于她的保护、她强硬的防御手段，他们避免了受到乞丐们可能造成的伤害，但这样一来就使他们生活太安逸、太无忧无虑了，他们没有理解目前是怎样的状况。外面这块被包围的土地，这块让集体强大、安全、生存的地方，能够让一个人毕其一生施展才华。她的孩子们不明白那些伸着爪子、红着眼睛、虎视眈眈的乞丐们是不会放过他们的，因为，乞丐如果不掠夺比他们优秀的人，就永远不会感到餍足。里基和纳吉拉只是通过来自地球新闻网的广播——通常是即时广播——间接地知道一些。乞丐们在救济政策下生活无忧，而且无眠者也不再出现在他们眼前，这就和野生的掠食者吃得过饱，一时不再对它们的猎物感兴趣一个道理。目前的局面只是表现出相对的平静，他们在 Y 能量的廉价灯光下打瞌睡,这很容易让人忘却他们实际上有多么危险。尤其是她的孩子们以及生活经历相似的无眠者,他们已经忘记了危机的存在。

不过詹妮弗永远不会忘记。她会记得所有的人和事。

她说:"警惕不是偏执。信赖集体以外的事物不是生存之道,这会危及我们所有人。"

里基没再说什么。他永远不会危及集体。他们中的任何人,詹妮弗知道,都不会干那样的事。

"我有个建议提供给大家。"詹妮弗说。威尔——唯一知道她会说什么的人——变得紧张起来,严阵以待。

"我们所有的安全措施都是防御性的,甚至都谈不上是报复性的防御,只是控制相应的破坏程度的防御。但我们能否存在的关键在于集体的生存和集体的权利,集体的权利之一是自我防御。庇护所是时候依靠防御性武器来增强谈判的威慑力了。他们一直在提防我们这么做,不论有多隐蔽,他们都在一丝不苟地监视着庇护所在全球开设的每个交易所和每笔生意。二十四年来,乞丐们之所以没有来过庇护所,是因为我们从没有犯过法,甚至连最微不足道的法规都没触犯过,因而杜绝了他们发放搜查令的机会。"

詹妮弗观察着她的听众们的表情,暗自盘算:威尔和维克托·林坚定地站在她这一边——很好,林是有影响力的;两个人侧耳聆听着,其身体语言表明他们可以接受;还有两个变了脸色,皱着眉;八个脸上流露出惊讶和不确定的神色，包括年轻的露西·艾姆斯，以及她的两个孩子。

她继续冷静地说："唯一可以既避免睡眠者对庇护所的渗透，又发展我们的防御武器的办法，就是利用我们的一项无可争辩的尖端科技：基因技术。我们已经成功地让米兰达以及其他孩子接受了新的基因改造。现在我们需要考虑利用我们的力量来创造防御性武器。"

房间里立刻炸开了锅，大多是反对的声音。她和威尔已经预料到了。庇护所，一个避难所，没有军事传统。他们仔细听着，反对的人没有支持的人多。有些可以被说服，有些永远说服不了，有些对于树形决策框架的发展方向持开放态度。尽管意见不一，但大家的原则是一致的：集体至上——但集体的概念改变了。八个非家族成员的委员在委员会才待了两年时间。就连家族成员也有明显的变化。拉斯·约翰逊是纳吉拉的第二任丈夫，纳吉拉可能还会找第三任，里基也可能会另寻新欢。十四个人，作为基因改造的无眠者，已经有足够的能力做出明智的选择了。

詹妮弗和威尔可以等待，他们不会逼迫任何人，这就是一个群体运作方式。不是指乞丐们的运作方式，而是指这里——庇护所，是庇护所这个集体运作的方式：在集体中慢慢改变多数人的意见。生产力是赋予成员发表个人观点的资格依据，而他们本来就具有生产力。詹妮弗可以等待她的集体采取行动。

但沙里夫实验室的研究设备不属于集体，它们都是她的，是用她的钱建造、购买的，没有启用庇护所的企业资金，所以她可以让实验室立刻开始工作，那样的话，在集体需要生物武器的时候，它们就能准备就绪了。

"我想，"纳吉拉说，"我们应该等到下一代主持委员会的时候再讨论这个问题。二十年后我们和联邦政府的关系会如何？如果我们把所有的变量都输入吉尔利-托乐斯的社会动态方程式……"

这就是她的女儿，聪明、有建设性、忠诚。詹妮弗隔着桌子朝纳吉拉充满慈爱地微笑着。她会保护好她的女儿。

启动基因工程的生物武器研究项目。

在蕾莎位于沙漠的这幢房子里，德鲁面临两个难题：埃里克·贝温顿-沃特罗斯和食物。

他发现，除了他自己，没人把这些当成问题。而另一方面，他们认为他有各种各样的问题，但德鲁自己根本没觉得它们有多令人烦恼。他们以为他之所以忧虑，是因为陌生感、一大堆人、以前从未听过的顽固者的谈论，还有只有几个人和他一样会睡觉。而且在这段等待的日子里，他什么都没做，直到九月他们把他送进顽固者的学校。

但那些都不是德鲁的问题，尤其是"什么都不做"这件事。在他短暂的人生里他也没见别人做过什么事。但到这儿的第一天他就发现,在这里什么都不做的话,就算骑上摩托车也会追赶不上别人的。在这里不能不做事。这里的人害怕什么都不做。

所以他就保持忙碌状态,确保每个人都看见他在忙碌,让他们以为所有事情都是他的难题。他知道了这个庄园里每个人的名字——他们就是这么称呼它的,一座"庄园"。在这之前,德鲁还以为"庄园"这个词是指迷幻派对上的双人滥交。他怀着极大兴趣观察着他们,弄清了他们之间的关系:蕾莎和她的妹妹(那个中过风的老太太是个睡眠者);老太太的睡眠者儿子乔丹和他的无眠者妻子斯特娜。德鲁看出,乔丹和斯特娜这两个人是有相当重要的地位的,他最好管他们叫"沃特罗斯先生"和"贝温顿-沃特罗斯夫人"——大家都是这么叫的。乔丹夫妇有三个孩子,艾丽西娅、埃里克和塞斯。艾丽西娅已经长大了——她大概有十八岁——但还没有结婚,这让德鲁觉得奇怪,在蒙特昂斯,十八岁的女人通常已经有了她们的第一个孩子。

还有些其他人,大多数是无眠者,但不总是住在这里。德鲁搞清楚了他们这些人在做什么——法律、赚钱、顽固者,诸如此类的事情——他努力让自己对它们感兴趣。等他不能保持兴趣了,他就力图至少让自己能派上用场,跑跑腿,问大家是否需要什么。"奉承谄媚的小马屁精。"他曾经听到艾丽西娅这么说自己,但那位中过风的老太太立刻用非常严厉的声音打断她说:"你怎么胆敢这样污蔑他,年轻的小姐。他在尽最大的努力做事情,我不会允许你如此粗鲁地

伤害他的感情!"德鲁没有感觉受到伤害,他也不知道"奉承谄媚"和
"马屁精"到底是什么意思,但他明白老太太喜欢他,从那以后他就
花很多时间为她做事。既然她这么老了,她肯定是最需要帮助的
人。

"你有胞兄吗,德鲁?"有一次艾丽斯问德鲁。她正在一台电脑
前工作,动作非常迟缓。

"没有,夫人。"他机灵地回答道。这个问题给了他一个突然而
至的启发——没人和他相像!

"噢。"老太太微微一笑,"死机了。"

他们说的许多话德鲁都不明白。他们谈论选举权的变更——
那是什么东西?它和Y能量有什么区别吗?还谈论关于种植在马
达加斯加的经过基因改良过的硅藻,以及关于绕月轨道和更早以前
建立的绕地球轨道的优劣比较。他们告诉他要用叉子和刀子切肉,
嘴里塞着食物时不要讲话,即使得到的是自己不想吃的东西时也要
说声谢谢。他照单全收了。他们告诉他必须学会阅读,所以他每天
都在电脑前学习。尽管电脑已经运行得很慢了,但德鲁还是不知道
该如何使用它。电脑终端能告诉你你想知道的任何事情,但是,当
屏幕上都是字的时候就没有多余地方搁置图形了。对德鲁来说,图
形总比字要容易理解。图形一直都存在。在他的大脑深处,他通过
图案、色彩和形状感知事物。不知怎么的,这些东西总会浮现到眼
前,然后充满他的脑袋。比如说,一想到那位老太太,他的脑海里就

会出现一个棕色的螺旋图形;夜晚的沙漠在他的脑海里是温柔顺滑的紫色。诸如此类。但他们说要学会阅读,所以他去学了。

他们还要他和埃里克·贝温顿-沃特罗斯好好相处,但这比读书还要困难。是埃里克首先注意到了德鲁的食物问题。他很聪明,他们所有人都聪明透顶。

"你适应不了真正的食物,对吗?"埃里克嘲笑他,"还是吃生活者的合成大豆吧,真正的食物会让你肠穿肚烂的。你怎么不直接把屎拉在这里,你这个没规矩的小寄生虫?"

"你到底有什么问题,你?"德鲁镇静地问道。埃里克已经跟着他来到了小溪边一片巨大的三叶杨林中,德鲁平时喜欢一个人来这里待着。现在德鲁紧张地站立着,缓慢地转身面对溪水。

"你就是我的问题,害人虫。"埃里克说,"你是这里的寄生虫。你不贡献,你不属于这里,你不会阅读,你甚至连吃都不会。你还很脏。你干吗不立刻跳到大洋里,让海浪冲冲你的屁股!"

当德鲁缓缓转时,埃里克也在这么做。很好,埃里克比他大两岁,大概比他重二十磅,但打架时他不知道怎样利用自然的优势。太阳光出现在德鲁的左肩头。他继续转身。

他说:"我可没看见你贡献了多少,你。你的奶奶说你是她最担心的,她。"

埃里克的脸都气紫了,"你永远不许和我的家里人谈论我!"他吼叫着,向前冲过来。

　　德鲁单膝跪地，打算用一侧肩膀撞倒埃里克，把他掀进小溪里。但就在双方要碰到时，埃里克突然腾空跃起，一个控制好的跳跃，一阵令人眩晕的气浪立刻扫过德鲁的胸口——德鲁犯了个严重错误，埃里克受过搏击训练，而那恰好是德鲁还不了解的一种训练。埃里克的靴尖踢中了德鲁的下巴。疼痛瞬间从下颚处蔓延开来。德鲁的头向后仰去，他感觉到脊椎的某个位置折断了。这一脚把他向后踢飞了出去，越过浅浅的河堤落入溪水中。

　　他全身湿透，到处一片殷红。

　　等他醒过来，人已经躺在床上了。各种管子和针头从他的身体连接到机器上，机器在呼呼旋转，发出嗡嗡声，他的头也在呼呼旋转，嗡嗡直响。他想从枕头上抬起头。

　　脖子不能动弹。

　　于是他用尽全力缓慢地向一侧转动脖子，大约转了几英寸。一个魁梧的身影坐在他床边的椅子上，是乔丹·沃特罗斯。

　　"德鲁！"乔丹从椅子上跳起来，"护士！他醒了！"

　　许多人拥进了他的房间，其中的大多数不在德鲁精心编写的庄园居住者名单里。他没有看见蕾莎。他的头很疼，脖子也很疼。"蕾莎！"

　　"我在这儿，德鲁。"她出现在他的脑袋边，把手放在他脸颊上，很凉。

"我……怎么了？"

"你和埃里克打了一架。"

他想起来了。德鲁看着蕾莎，他惊讶地发现她的眼里噙满了泪水。她为什么要哭？答案慢慢地浮现出来——她是在为他哭泣。为他。德鲁。

"我受伤了。"

"我知道，亲爱的。"

"我没法动我的脖子，我。"

蕾莎和乔丹交换了一下眼神。她说："它被固定住了，你的脖子不会有事的。但你的腿——"

"蕾莎——还不是时候。"乔丹乞求道，德鲁痛苦地慢慢转动脑袋，看向乔丹。德鲁从没听见过一个成年男人会发出这样的声音。在老爸把他的妈妈和妹妹们一顿狠揍后，她们就会发出这种声音，但他从未听过这声音从一个成年男人口中发出。

有个声音在他的脑袋里悄声说：这很重要。

"不，就现在。"蕾莎沉声道，"最好的方法就是说出真相，德鲁是坚强的。亲爱的，你的脊椎断了。我们做了大量修补工作，但神经组织没法恢复……至少一些人比如像……医生给你做了肌肉增强术和其他一些手术。我知道你还不明白那是什么意思，你只要知道你的脖子没事就可以了，一个月左右就能痊愈。你的胳膊和身体都很好，但你的腿……"蕾莎别过脸去。头顶上刺眼的灯光照亮了她的泪珠。"你再也不能走路了,德鲁。你身体其他部分的功能都很正常,但你不能走路了。你会得到一辆动力轮椅,是我们能买到的、能造出的、能发明出的最好的轮椅,但是……你不能走路了。"

德鲁沉默了。这个信息太庞大,也来得太迅猛,他不能全盘接受下来。然后,很突然地,他领悟了。色彩和形状一下充斥在了他的脑海里。

他激动地问:"这是不是意味着九月我不能去上学了,我?"

蕾莎吃了一惊,"亲爱的,九月已经过了。但当然,如果你想去的话,你也可以在下学期去上学。你当然可以去。"她看着乔丹,眼神里充满了痛苦,德鲁也一样。

乔丹看起来像是被激怒了。德鲁知道被激怒是什么样子,他在那些摩托车手身上见到过,当他们非法改装过的摩托车在烈火中被焚毁时,他们就带着这副神情。他也曾在一个女人身上看见过,当时她的孩子淹死在一条大河里。他也曾在自己妈妈身上看见过。那种眼神背后的含义是任何人都不愿意去体会的,因为那会让你非常痛苦却无能为力,你帮不了任何人的忙,即便是对你自己。德鲁以前经常在想,那种眼神应该是想向别人求助,否则人们干吗一定要在脸上挂出这副表情来折磨自己呢?

他说:"沃特罗斯先生,先生——"他已经学会用这个词了,这里的人喜欢这个词,"不是埃里克的错,是我先动手的。"

乔丹的脸色倏地一变。他眼中的怒火先是消失,接着又浮现,他的目光显得更加坚毅,有了不一样的意味。很快,他的神态又恢复如初,不过,这样只会让人觉得情况似乎比先前更糟了。

蕾莎说:"我们知道那不是真的。埃里克告诉我们发生的事情了。"

德鲁思索了一下。他真这样说了!毕竟,他完全不了解埃里克,他现在知道了。如果时间倒转,德鲁也许会是那个让埃里克不能走路的人……

不能走路。

"亲爱的,别难过。"蕾莎现在也在乞求了,"我知道看起来很糟糕,但这不是世界末日。你仍然可以去上学,就像你说的,学做'某种人'……要勇敢,德鲁。我知道你很勇敢。"

哦,他是的,他是个勇敢的孩子,他,人人都这么说,即使是在令人讨厌的蒙特昂斯。他是德鲁·阿伦,有朝一日要拥有庇护所的人。而且他永远、永远、永远不会像现在的沃特罗斯先生那样怒气冲冲。不会是他,德鲁·阿伦。

他问蕾莎:"动力轮椅是那种能在离地三英寸的高度飘浮着下楼梯的轮椅吗?"

"它会是那种能飞到月球上的轮椅,假如你想让它那么做的话!"

德鲁笑了。他要自己微笑。

他现在明白了一些事情,某些感触明晃晃地浮现在脑海中,看上去就像个闪光的大泡泡,他不知道以前他怎么就没注意到。这个泡泡很大、很温暖、闪闪发亮,他不仅看见了它,还能从身体的每块小骨头里感觉到它。

沃特罗斯先生喃喃地说:"德鲁,什么都不能弥补你,但我们会尽我们所能,任何事……"

他们会的。德鲁心里非常清楚他们会为他做任何事,那个泡泡让他有这种感觉。

德鲁没有词语可以用来形容那个泡泡——不知怎么的他就是找不出词语来形容,除非有人能把正确的形容词告诉他——但就是那个泡泡,它就在那里。他明白,自己再也不必为老太太跑腿了,再也不必学他们强迫他学的那些礼仪了,甚至再也不必吃真正的食物了。

不过他会继续做这些事,因为其中一些是他想学的,另外有一些是他喜欢的,但他不必非做不可了。现在他们会为了他做任何事。他们必须做了。从现在开始,包括他的整个余生。

他终于抓住他们了。

"我知道您会的,您。"他对乔丹说。泡泡在他身体里停留了很长时间。蕾莎和乔丹在他的头顶上交换着惊诧的眼色。然后泡泡破裂了,他不能拥有它了,但它并没有完全消失,它仍然存在而且还会回来,只是现在不能拥有它了。他的腿断了,他永远都不能再走路了,于是德鲁哭了起来—— 一个十岁的小男孩,被固定在一张病床上无法动弹,周围全是些永远不睡觉的陌生人。

18

"接下来请看：国泰民安——美国独立三百周年纪念日庆典，"新闻网的主持人说，"社区新闻网特别报道。"

"哈，"蕾莎说，"他们不会深入报道一个合成大豆烹饪大会吧？"

"嘘，我想听听。"艾丽斯说，"德鲁，请把桌上的眼镜递给我。"

二十六个人或坐、或站、或斜靠着墙，围着全息新闻网形成一个半圆。德鲁把眼镜递给了艾丽斯。蕾莎在无聊的演播间隙抽出时间瞥了眼德鲁。德鲁已经在动力轮椅中坐了一年了，他现在能像穿鞋一样毫不费力地驱动这架轮椅。他在学校度过了几个月，尽管还是很瘦，但他长高了。他变得更安静，但没以前开朗了，不过对于一个临近青春期的男孩来说，这不是很正常吗？德鲁似乎过得很好，他习惯了他的轮椅，适应了他的新生活。蕾莎把注意力转回到全息新闻网上。

全息影像仪代表了尖端的顽固者科技，它是一个紧扣在天花板上的扁平长方体装置,表面布满了各种孔和凸起。全息影像仪把三维全息画面投射在下方高度为五英尺的范围内。画面色彩比真实生活中的更鲜艳,但轮廓没那么清晰,所有影像都像儿童图画一样带有一种柔和的朦胧效果。

"三百年前的今天,"一位英俊至极的解说员侃侃而谈——他显然是做过基因改造,穿着件一尘不染的乔治·华盛顿时期的军服,"我们国家的奠基者们签署了举世闻名的最具历史意义的文件《独立宣言》。古老的言语依然激励着我们:'在人类历史事件的进程中,当一个民族有必要解除其与另一民族相联结的政治桎梏,并按照自然法则和上帝的旨意在世界列强中取得独立与平等的地位时,出于对人类意志的尊重,他们必须宣布不得不独立的原因。我们认为以下真理是不言而喻的:人人生而平等——'"

艾丽斯哼了一声。

蕾莎朝她瞄了一眼,但艾丽斯是在微笑。

"'——造物主赋予他们某些不可剥夺的权利,其中包括生存权、自由权和追求幸福的权利——'"

德鲁皱了皱眉,蕾莎想知道他是否明白这些话的含义,他在学校的成绩并不出类拔萃。站在对面的是埃里克,阴沉着脸,闷闷不乐,慵懒地靠着一堵墙。他从没有正眼看过德鲁,但蕾莎已经注意到了,德鲁几乎是绞尽脑汁想要驱动轮椅靠近埃里克,和他说说话,朝他展现德鲁式的灿烂微笑。报复?就十一岁的男孩而言,如果用这种方法来报复就显得太过狡猾了。和解？需求？"三者都有。"艾丽斯曾经这么说过，"不过，蕾莎，你永远都不会对戏剧表演有很敏锐的感受。"

解说员朗诵完《独立宣言》后便从画面上消失了。接下来是全国各地的国庆景象：乔治亚州，生活者在合成大豆野餐会上烧烤；加利福尼亚州，红、白、蓝三色的摩托车在游行；纽约州的顽固者舞会上，妇女们身上的崭新长裙仿佛是一袭袭拖曳在地的丝绸瀑布，这些晚礼服款式简约，但在领口和袖口处精心镶嵌了华丽的珠宝。

电子合成的画外音提高音量说："独立实际上源自渴望，源自需要，源自分裂我们这么长时间的党派之争，源自外来障碍——正如三百年前乔治·华盛顿所警告的，源自嫉妒，源自阶级斗争，源自革新——但距离上一项科研项目，美国已经有十年没有新的建树了。自满和不思进取滋生了众所周知的安逸享乐。这是开国元勋们希望的吗？他们希望看到这种怡然自得的安逸状态，这种未受侵扰的政治平衡？在美国独立三百周年纪念日到来之际，看看我们是在向着目的地前进，还是在一潭死水里停滞不前。"

蕾莎大吃一惊，她最后一次在顽固者新闻网上听到这个问题是什么时候？乔丹和斯特娜都把身体往前倾，脸上现出关注的神情。

"还有，"画外音继续，"这个虚浮的太平景象会对我们年轻一代产生什么影响？劳动者阶级——"画面切换到纽约证券交易所、国会会议现场、财富500强CEO会议现场，"——仍然在忙忙碌碌。但占人口80%的所谓的生活者,却只是纯粹靠人数取胜,他们控制着选举,不劳而获。能够创造美国未来的最优秀、最智慧的人是和这些畏缩不前的贪图安逸者截然不同的。要成为最优秀最智慧的人,首先必须具有一种渴望,渴望胜过——"

"呃,换频道吧!"埃里克大声说。斯特娜瞪了他一眼,她的眼神很生气。乔丹低头看着地板。这个孩子让他们夫妻俩操透了心。

"——而且逆境本身必然会孕育出这种渴望。遭人质疑的谷贝主义理想在四十年前曾具有强大的影响力,当——"

华尔街和摩托车游行的画面消失了。解说员继续描述着已经消失的全息景象,但全息平台上只剩下一团漆黑的投影。"怎么了——"塞斯说。

在一片黑暗中,星辰慢慢显现。是太空。解说员的声音正继续描述在白宫举行的三百周年庆祝集会。在星辰前面出现了一座缓慢旋转着的轨道站,画面下方打出了一条来自另一个时代的一位总统——亚伯拉罕·林肯的引言:没人杰出到可以不经他人同意就统治对方。

房间里充满了窃窃私语。蕾莎呆坐了一阵,很快就明白过来。这不是普通的电视信号传送。庇护所拥有一批通信卫星,负责监视地球上的广播,管理数据网络事务,他们有能力精确地以某个频率有针对性地进行发送。

庇护所的画面不是随意、而是特意向这栋住宅发送的,不是为别人、而是专为她发送的。蕾莎已经有二十五年没有和庇护所联系了，不管是它的公开企业，还是它隐蔽的秘密商业伙伴，蕾莎都没再接触过。缺乏联系，迫使他们——包括她、乔丹和乔丹的孩子们赋闲下来，停滞不前。二十五年了，她却突然收到这么一条信息。

詹妮弗是在提醒她，庇护所还在。

米丽最早的记忆是星空。其次就是托尼。

在对那些星星的记忆里，她的奶奶抱起她走到长长的弧形窗户边，窗外是一片黑色，上面布满了星星点点恒久的光亮，亮闪闪的，奇妙的光。米丽观望时，它们中的一个亮点突然划过天空。"一颗流星。"奶奶说道。米丽伸出两只胳膊想碰碰美丽的星星，奶奶笑了，"它们太远了，你的手碰不到。但你的思想可以。一定要铭记这点，米兰达。

她做到了。她总是记得所有事情，发生在她身上的一点一滴。可要说记得所有的事情又不尽然，因为她不记得托尼出生前的事情。爸爸妈妈告诉她，在托尼以和她同样的方式出生时，她才一岁，所以可以肯定她至少有一年是不记事的。

她记得尼克斯和克里斯蒂娜·德米特里厄斯刚来时的情形。紧随着这对双胞胎，艾伦·谢菲尔德也来了，然后是萨拉·塞瑞利。加上托尼，他们总共六个人。

在帕特森女士和谢菲尔德奶奶小心翼翼的呵护下，大家在保育室里跌跌撞撞地学步，有时他们会和父母回自家的舱室小住，有时他们的头上会被安上电极，然后和托里维瑞博士、克莱门特博士做游戏。他们都喜欢托里维瑞博士，因为他总是笑口常开。他们也喜欢克莱门特博士，尽管他并不常笑。他们什么都喜欢，因为一切都是那么有趣。

他们的保育室和另一间保育室在同一个舱室里，每"天"的某些时候——米丽还不太确定"天"这个字眼的含义，只知道它和计算有关，她喜欢计算——两个保育室之间的塑胶墙会打开，另一个保育室的孩子们就会冲进米丽他们的房间，或者反之。米丽和琼在地板上蹒跚学步，或者和罗比争抢玩具，或者和肯德尔一起往对方的头顶上堆积木。

她还记得这一切结束的那天。

是琼·卢卡斯引起的，她比米丽大，一头光洁的褐色鬈发像星星一样闪闪发亮。琼问她："你为什么要那样扭动？"

"我不不不知知道。"米丽说。她当然已经注意到在这个保育室的她和托尼等人会一直抽搐，而另一个保育室里的琼和其他人就不会这样。琼也不结巴，而米丽、托尼、克里斯蒂娜、艾伦全都有口吃。只是米丽以前从没在意过这些问题。就像琼的头发是褐色的，她的是黑色，艾伦的是黄色。抽搐应该和头发的颜色一样，是大家各有不同吧。

琼说："你的头太大了。"

米丽当然知道。

不过它也并不比以前感觉到的更大。

"我不想和你一起玩。"琼突然说。她走开了。米丽在她身后望着她。帕特森女士立刻出现了,"琼,有什么问题吗?"

琼停下脚步望着帕特森女士。所有孩子都知道帕特森女士的那种语气意味着什么。琼的面孔拉了下来。

"你的行为很糟糕。"帕特森女士说,"米丽是你们集体中的一员,是庇护所的一员,你现在要和她一起玩。"

"是,夫人。"琼说。孩子们都不太清楚"集体"是什么,但当大人们说这个词时,他们都服从。琼捡起洋娃娃,她和米丽本来是要给它穿衣服的。但琼的脸仍旧拉长着。过了一会儿,米丽也不想玩了。

这件事她一直记得。

每"天"他们都上课,孩子们聚在一起学习。米丽清楚地记得那一刻——她终于弄明白了电脑终端不是只用来看或听的,还可以让它做事情,让它告诉你事情。米丽问它"天"是什么,为什么天花板在上面,托尼早餐吃的什么,爸爸几岁了,离她的生日还有几天——这些它都知道,它知道的比奶奶、妈妈、爸爸都多。它非常聪明,它也教你做事情,如果你做对了它就给出一张笑脸,如果你做错了就得再试一次。

她还记得那天,她第一次注意到电脑有时也会出错。

是琼让米丽明白这点的。当时她们正一同在一台电脑前学习，所有人都必须每天学习——现在，米丽已经搞懂"天"这个字的含义了——因为他们是一个集体。米丽不喜欢和琼一起学习，琼的速度太慢了。如果分开来做，在米丽做第十道题时，琼还在做第二道题。有时她觉得琼也不喜欢和她一起学习。

这台电脑只采用可视化模式，他们现在在练习阅读理解。题目是"洋娃娃：塑胶宝宝：？"米丽说："该该我我我了。"然后在问号处键入"上帝"。电脑显示出一张皱着眉头的面孔。

"答错了。"琼说道，话语中夹杂着一丝幸灾乐祸。

"对对对的，是是这个。"米丽困惑地说，"电电电脑错错错了。"

"难道你比电脑知道得还多！"

"是是'上上上帝'，"米丽坚持说，"根根据四四四层线线索推推推导。"

除了她本人，琼似乎也很感兴趣，"你什么意思，'根据四层线索推导'？这个问题里没有线索。"

"不不不在这这个问问问题里。"米丽说。她在考虑该如何解释。她能在脑海里看见它，但要解释起来就困难了，尤其是要对琼解释。正当她要开口，帕特森女士出现了。

"有什么问题吗，姑娘们？"

琼并没表现出不高兴，她说："米丽答错了，但她坚持说自己是对的。"

帕特森女士看了看屏幕。她在孩子们身边蹲下,"为什么你认为自己是对的,米丽?"

米丽努力去表达清楚,"根根据四四层线线索推推推导,帕帕特森女女女士。看,'洋洋娃娃'就就是'玩玩玩具'——第第第一层线线索是是从从洋洋洋娃娃到玩玩具。'玩玩具'是'假假的',同同时时我我我们把把一颗流流星也当当成一颗真真真正的星星星,这这也是是'假假的'。所以你可可以把'流流流星'放放在'假的'下下面。这这是是为了让让推推导模模模式继继续进进行下下去。"说这么多话实在太吃力了,米丽宁愿自己不必这么认真地解释,"然然后一颗流流流星星实实际上是一一颗陨陨陨石。现现在我们要把线线索往'真实'方方方向推推导导,因为前前面是是在在往'假假假的'方向向推推导的——要要让让让让线线索回回归归归真真实实实。所所以'洋洋娃娃'的最最后,根根据四四层线线索推推推导,得得出的结结结论论是'陨陨陨石'。"

帕特森女士注视着她,"继续,米丽。"

"然然后是'塑塑胶',"米丽费力地说,"第第第一层线线索推推导出'创创造出的',就就就是这这样,你你明明白,因因因为'玩玩具'推推导出'假假的'。"她想找到办法解释整个事情,这些线索虽然是相互独立的,但它们是完整推论的一部分,她打算用同样的方式解释,但很难讲得清楚。她只能解释线索本身,却没法把整个全局框架解释透彻,这让她很烦恼,因为全局才是重要的。但要她用结结巴巴的语言解释清楚整个构架得花很长很长时间。"'创创造出的'推推导出了'人人',当当当然,因因因为人人人创创造东西。'人'推推导出'集集集体',就就是有许许许多人,然后这这个线线索必然引引出了'轨轨道道站'。所以两两个并并并列的条条条件经经过推推推导导得得出的结结果就是:'陨陨陨石:轨轨道道站'。"

帕特森女士饶有兴趣地说:"这是个合理的推导。陨石与轨道站之间具有一定的联系;一个是天然的、不适合人类的;一个是人工建造的、适合人类的。"

米丽不确定自己是否理解了帕特森女士话里的全部含义。似乎有些不对劲。帕特森女士看起来有点不安,而琼显得有些失落。反正黢出去了。"然然后是'宝宝',第第第一层线线索推推导出了'小'。然然后推推导出了'保保护',就就就像我我对对托托托尼,因因因为他他比我我我小小,如如果他爬爬爬太太高就就会会受受伤。然后这这个线线索推推导出了'集集体',因因为集集体保保护个个人,第第四层线线线索必必定和和'人'有有关,因因为一个集集集体是由'人'组组成的。"

帕特森女士仍然兴味盎然,"所以三个条件根据四层线索推导出的结果——琼,先不要动电脑屏幕——可以得出:如同'陨石'之于'轨道站','人'也之于'空格',然后你就在空格处填上'上帝'。"

"是是是的。"米丽说,感觉现在开心多了——帕特森女士理解了!"因因因为轨轨道站是一个被创创造出的集集集体,而陨陨石只只是一一块孤孤零零的石石头；上上上帝是一一个被创创造出的精精精神集集中体，而人人在单单独一一个时，也也是孤孤零零的。"

帕特森女士带她去见奶奶。米丽还得再把整个过程解释一遍，但这次容易些，因为奶奶在米丽说的时候画了张图表。米丽疑惑自己怎么就没想到呢。米丽又在图表中添上箭头，这样一来就清晰多了，尽管她画的线条歪歪扭扭的——这是她头一回使用光笔，还不能把线画得和她脑海里想的一样笔直。

等她画完，她看到图表非常简洁明了。

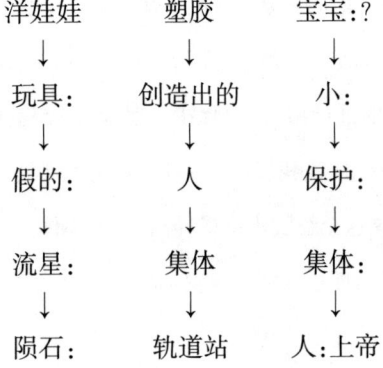

解释完毕后，奶奶沉默了很长时间。

"米丽，你一直是这样思考问题的吗？通过推导建立框架？"

"是是是的。"米丽回答，她吃惊地问，"难难难道你你不不是吗？"

奶奶没有回答，"为什么你把向下推导四层得出的结果作为电脑习题的答案？"

"你你是说要改改为向向下推八八八层或十十十层吗？"米丽问。奶奶的眼睛瞪得非常大。

"应该是……不进行推导。电脑需要的是直接得出的答案——你不知道这才是它想要的吗？"

"知知道。但但是……"米丽在椅子里扭动着，"……我我觉觉得得得表表面就能能看看出出的答答案案很很没没意思思。有有有时候。"

"哦。"奶奶说。又沉默了很长时间，然后她说："你从哪儿听说上帝是被创造出的一个精神集中体？"

"在一个新新新闻网上。我回回家小小住时妈妈在看看它。"

"我明白了。"奶奶站起来，"你非常特别，米丽。"

"托托托尼也也一样。还有尼尼尼克斯、克克克里斯蒂娜、艾艾艾伦和萨萨拉。奶奶，妈妈要要生的那那个新新宝宝是是不是也也很特特别别？"

"是的。"

"它会会像像我一样抽抽搐吗？还有口口口吃？还有吃吃吃这这么多食食物？"

"是的。"

"也通过过推推导考考虑问问题？"

"是的。"奶奶说。米丽一直记得奶奶说这话时脸上的表情。

不再有来自地球的新闻报道了。他们也不用再回那间保育室了，只去爸爸妈妈住的舱室，不过现在米丽从没有在那里见到过他们。"等你再大些，"奶奶说，"你很快就必须面对乞丐的理念了，但不是现在。现在首先要学习什么是正确的。"

奶奶，有时是威尔爷爷，由他们决定什么是正确的。爸爸总是忙于生意不见人影；米丽觉得妈妈并不想见到自己，因为当她和托尼遇见妈妈时，妈妈会别开脸。

"是因因因为我我们抽抽抽搐、结结结巴。"她对托尼说，"妈妈不不不喜欢我我们。"

托尼哭了起来，米丽用胳膊搂着他也跟着哭了，但她不想收回那些话。它们都是实话，妈妈太漂亮了，所以不喜欢任何抽搐、结巴还淌口水的人，真相对一个集体来说是很重要的。"我我是你你的集集集体。"她告诉托尼。这是个有趣的句子，因为它是真话，同时又是受限制的真话，引申出的条件和线索又推导出十六条线索，形成一个框架图形。这是她依据正在学习的数学、天文学和生物学知识画出的，是一个复杂但又保持平衡的庞大图形，如同一个晶体的分子结构。这样的图形差不多值得让托尼哭一场。差不多。

等她长大些，米丽开始觉得在她的图形中缺少了点什么，但她说不上来到底是什么。她曾经为奶奶和托里维瑞博士画了一些图形,但图形越画越复杂——她明白她遗漏了一些东西。每当她构架起一个推导图形,进行思考,并把它画出来时,就会衍生出新的图形。每个新图形又都有多个层次的线索和推论条件。她不能把它们画出来,因为她一旦这么做就会产生更多的图形。画画和阐述永远跟不上思考的速度,所以到后来只要一想到要这么做,就会让米丽感到不耐烦。

八岁的时候,她明白了她和同伴接受过什么样的生物手术。超级无眠者,人们这么叫他们。她也明白了庇护所有两条真理是绝对不允许干涉的:生产力和集体——这也是庇护所建立的基础。要具备生产力就要有人。以严谨的公平原则为基础,和集体分享你的生产力,并为所有人提供力量和保护。任何胆敢企图违背这两条真理的人——享用集体的利益却没有为之贡献出生产力的人——是令人厌恶的,是野蛮的乞丐。米丽归纳出了结论:没人会在精神上如此堕落。在地球上,这种人确实存在,他们全都是被奶奶称为"西班牙乞丐"的人,其中有些人甚至是无眠者。但在庇护所从来没有这种人。

对她的神经系统的改造——也是对托尼、克里斯蒂娜、艾伦、马克、乔安娜的神经改造——让她具有更高的生产力,对集体、对自己更加有用,比所有人更有智慧。他们都学习过这些理论,包括那些普通无眠者,最终他们都接受了这些观点。现在,米丽每天都和琼一起玩,米丽觉得非常开心。

她很喜欢琼,也很羡慕琼有一头长长的褐色鬈发,还羡慕她弹吉他和大声甜笑的本领。但米丽心中明白,其他的超级无眠者也明白,只有超级无眠者的集体才是她所属的集体。她试图掩饰这种想法,因为这是错误的想法。不过她从不需在托尼面前掩饰,当然,因为他是她的弟弟,而且有朝一日他会和米丽还有宝宝特里——奶奶说过特里也会是个超级无眠者——加入沙里夫集团。集团控制了庇护所51%的股份,加上家族的金融产业,这些能确保他们不会成为乞丐。

庇护所的经济结构让她着迷,每件事她都很感兴趣。她学会了下国际象棋,有一个月她什么都不做,只管下棋——在这类游戏中你需要计算许多步骤,设计错综复杂的棋局,应对对手的棋路——但一个月后,她就觉得象棋索然无味了。毕竟,其中只有两方对垒,只有两组条件线索,虽然它们也很复杂。

神经学更让她感兴趣。大脑有一千亿个神经细胞,每个细胞都有多个接收神经传递素的接收器,神经传递素又有那么多的种类,这些线索所能构建的图形几乎是无穷无尽的。在米丽十岁的时候,她开始做有关神经传递素剂量的实验,她自己和志愿者托尼是主要的研究对象,尼克斯和克里斯蒂娜来控制剂量。托里维瑞博士鼓励她说:"很快你就会做出自己的贡献了,米兰达,为下一代的超级无眠者做贡献!"

但这还不够。在她构建的思维导图中仍然缺少点什么,对这个缺少的东西,米丽只有一些非常模糊的感受。除了托尼,她没法和别人讨论这个东西,而托尼显然不知道她正在谈论的是什么。

"你你你是是说,米米丽,一些线线索有薄薄弱弱环节是因因因为得得不到足足够的数数据支支持持理理论?"

她听见了托尼说出的话,不过远不止这些。这些句子所引发的推论在托尼的脑海里也形成了一个框架,她能猜到那是个什么样的框架,因为她太了解托尼了。和其他超级无眠者一样,托尼也有一个习惯动作,就是用双手撑着自己的大脑袋坐着,他的嘴巴、眼皮、太阳穴下的青筋都在抽动,那头浓密的黑发随着身体的痉挛有节奏地在前额震颤着。他的推导结构是活跃的、强大的、尖锐的,不过米丽知道它们的广度和她自己的一样,推论过程也和自己的一样复杂。那年托尼九岁。

"不不不,"她慢条斯理地说,"不不是缺缺乏足足够的数数数据,而是更更像像是缺缺乏空空间让让另一个个维维度的推推导线线索索延延伸。"

"一种三三维维思思想。"他高兴地说,"太太太棒了。但但是为为为什么? 它适适合的是是两两维空空间。简简简单的设设计是优优优秀秀的设设计。"

她听出了这个观点是出自奥克姆剃刀原则[①]、极简主义、设计上

_____

① 由十四世纪逻辑学家奥克姆阐述的简单性原则,也称为奥克姆剃刀原则。奥克姆规定,如果有一组理论都能解释同一件事,则可取的总是最简单的、需要最少假设的那一个。

的典雅要求、几何学法则。她笨拙地挥挥手。就肉体而言,他们都不太灵活,所以他们尽力避免做那些需要手工处理大量原材料的研究。如果这种工作不可避免,他们就花时间设计程序让机器人做。"我不不不知知道。"

托尼拥抱了她。他们之间不需要说话,有第三种语言弥补言辞的简单,简化了推理的复杂。

詹妮弗平生头一次露出如此震惊的神情。

"怎么会发生这种事?"佩里利昂委员问道。他的脸色和詹妮弗一样苍白。

那位医生——仍然穿着可再生无菌服的年轻女人——摇了摇头。她衣服的前襟沾满了血迹。她是直接从医院的产房跑到詹妮弗这里来的,詹妮弗召集了委员会成员开紧急会议。医生看起来都快哭出来了。她刚从地球完成医务实习(这种实习制度是政府强制执行的),回到庇护所才两个月时间。和离开庇护所的时候相比,她现在瘦多了。

佩里利昂问:"你已经提交出生证明了吗?"

"没有。"医生说。她很聪明,詹妮弗想,也很能干。会议桌周围弥漫着的紧张气氛并没有减弱,不过还是能感觉到大家有了一丝几乎难以觉察的放松感。幸好官方文件还没有传送给华盛顿。

"那么我们还有一点对间。"詹妮弗说。

"如果我们不是仍旧受制于纽约州和美国政府,我们会有更多的时间。"佩里利昂说,"提交出生证明,获取一个社会保障号码——"他嗤之以鼻,"上税务局注册——"

"现在用不着考虑这些。"里基有点不耐烦地说。

"不对,要考虑。"佩里利昂强调说。詹妮弗看着他,他固执的长脸上线条分明。佩里利昂今年七十二岁,只比詹妮弗小几岁,是来自美国的第一批移居者,曾目睹在美国发生的事,他还记得当年无眠者所遭受的境遇。他的选票对詹妮弗为庇护所所奋斗的目标很有助益。他任期结束时詹妮弗会想念他的。

"我们必须面对的问题,"纳吉拉说,"是该如何处理……这个婴儿。我们时间紧迫。如果出生证上填上'畸形儿',某个该死的机构或其他什么人就会拿到搜查令。"

这正是他们大家所担心的。这个婴儿会成为让睡眠者堂而皇之来到庇护所的合法理由。二十六年来,他们小心翼翼地应对纽约州政府和美国政府的每个官僚要求。庇护所,作为在纽约州注册的一个企业实体,也受到纽约州的合法控制。庇护所在那里填报法律申请,注册律师和医生,交纳税款,每年送更多的律师去哈佛学习如何保持"那里"和"这里"之间的合法独立。

现在,这个新生儿将会打破这种独立。

詹妮弗已经恢复了原有的沉着。她的脸色依旧苍白,但她那有着一头乌黑秀发的脑袋已然高高昂起,"让我们先从公开事实说起。如果这个婴儿死亡，他的尸体会被送到纽约州做尸体解剖，就像他们通常做的那样。"

佩里利昂点点头，他已经猜到詹妮弗的打算，他点头是表示支持。

詹妮弗继续沉稳地说："如果真要那样做，睡眠者就会有合法的理由进入庇护所，控告谋杀。"

没人提起二十五年前那场荒唐的审判。不过这次会大不相同，庇护所会被判有罪。

"不过，"詹妮弗用清晰的声音说，"从医学上讲，这个婴儿也有可能死于婴儿猝死综合征，或者其他某些难以治疗的病症。如果这个婴儿活下来，那么我们将不得不养育他，在这里，由我们自己养育。依据他的……情况，根据所有可能性，"她略做停顿，"我想我们的选择很清楚。"

"但是怎么会发生这种事呢！"基万内委员叫出声。她非常年轻，有些多愁善感。她任期结束的时候詹妮弗可不会想念她。

托里维瑞博士说："对于遗传信息传递，我们并没有自以为的了如指掌。只有两代自然出生的无眠者……"他的声音越来越轻，显然这位庇护所首席遗传学家在自责。这是多么的不公平，詹妮弗感到愤怒。雷蒙德·托里维瑞是个杰出的遗传学家，是他创造出了她珍贵的米兰达……然而这个婴儿却正在导致集体内的分裂和冲突。

但他们不总是如此吗？

基万内委员对年轻的女医生说:"再告诉我们一次发生了什么。"

医生的声音已经平稳下来,"生产过程很正常,是个九磅重的男婴。他一生下来就开始啼哭。护士把他擦干净,放到麦凯维-沃勒扫描仪上做新生儿大脑扫描。这大约要花十分钟。当他躺在扫描仪下加衬垫的篮筐里时,那个婴儿,他……睡着了。"一时全场静默。最后托里维瑞博士说:"核糖核酸的退化……说明……我们在冗余遗传密码领域所知甚少……"

詹妮弗话语干脆地说:"这不是你的错,博士。"她把这件事公布于众就是为了让他们所有人都看到,一个睡眠者——即使睡眠者是个婴儿——会把罪过施加给无辜的人。然后她让委员会开始进行讨论。

委员会研究了所有的可能性:如果他们提交了出生证明但伪造虚假信息,在空白栏里填上"无眠者"而不是"睡眠者"会怎样?只要这个孩子不会因为过早衰老而死亡,那么在政府要求做尸检之前,会有大约八十年的时间。但孩子在七岁时要接受纽约州教育局的强制测试。对于测试,那些乞丐们拥有多少标准数据足以区别睡眠者和无眠者?还要做视网膜扫描,以查验是否睡眠……

在威尔和佩里利昂的帮助下,詹妮弗一次又一次地把讨论拉回到正题上:集体利益与一个局外人利益的权衡。这个婴儿不仅仅是局外人,还是个导致分裂的因素,一个导致外界政府合法闯入的潜在危机，一个永远不能和其他人有相同生产力水平的人，一个永远是得到多过给予的人。

一个乞丐。

投票结果是八比六。

"我不想去做那种事。"年轻的女医生突然说，"我不想。"

"你不必做。"詹妮弗说，"我是最高行政长官，伪造的出生证上将会是我的签名。我来做这件事。你确定吗，托里维瑞博士，这种针剂引发的症状和婴儿猝死综合征毫无差别？"

托里维瑞点点头，他脸色惨白。里基低着头望着桌面。基万内委员用拳头堵着嘴。年轻的女医生表情痛苦。

但他们在投票结果出来后都没有出声反对。因为他们是一个集体。

稍后，这些事了结后，詹妮弗哭了。流泪让她觉得羞愧，仿佛几滴热泪是滚烫的盐粒。威尔搂着她，轻拍她的背，詹妮弗能感觉到他的僵直。这不是他希望看到的詹妮弗，这也不是詹妮弗自己希望看到的。

但他努力安慰她："我最亲爱的，他没有痛苦，心脏立刻就停止了跳动。"

"我知道。"她淡然地说。

"好了……"

"原谅我,我并不想这么做。"

等她恢复正常,她没有再说道歉的话。在轨道站的农业区,当两人走在充当天空的弧形拱顶下时,她对威尔说:"过错在于政府,无论我们做什么,他们的规章都迫使我们制造欺骗。这又为我们从前说过的话增加了一个例证。如果我们不是美国的一部分……"

威尔点点头。

他们先走到儿童区看望米兰达,然后去了特殊企业部的沙里夫实验室,这座实验室和米兰达一样重要,在庇护所牢不可破的天空下受到最严密的保护。

春天降临到了沙漠。多刺的梨树上开出了嫩黄的花朵。溪流边的三叶杨林泛起绿色的光芒。冬天往往形单影只的雀鹰现在都成双人对地栖息着。蕾莎望着这繁花盛开的景象,感觉和密歇根湖边的春景相比,这里更显质朴自然。蕾莎揶揄地想,沙漠的纯朴是否和它的与世隔绝一样吸引她。这里,没有任何东西接受过基因改造。

她站在自己的电脑终端前,一边啃着苹果,一边听着电脑朗读她所写的关于托马斯·佩因①的书的第四章。房间里充满了阳光,亮堂堂的。艾丽斯的床已经移到了窗户边,这样她就能看见花了。蕾莎匆匆咽下一口苹果,对着电脑口授:

①托马斯·佩因(1737~1809):美裔英国作家和革命领导人。

"原文改动:把'佩因赶向费城'改为'佩因赶往费城'。"

"修改完毕。"电脑回答。

艾丽斯说:"你真以为现在还会有人注意那些古老的语法?"

"我会注意的。"蕾莎说,"艾丽斯,你的午饭一点儿都没碰。"

"我不饿。你不是在意语法,你只是在打发时间。听,房子前面好吵。"

"不管饿不饿,你都得吃。你必须吃。"

艾丽斯现在七十五岁,但看上去要比真实年龄苍老许多。原来让她苦恼了一辈子的矮胖身材不见了,现在她的皮肤松弛下来,薄薄地耷拉在骨头上,层层叠叠的。她又患了一次中风,从那以后她放弃了使用电脑。蕾莎曾经建议艾丽斯重新开始对双胞胎超自然心理学的研究,但艾丽斯悲伤地笑笑——双胞胎研究是唯一一桩她们俩从未能好好讨论过的事情——然后摇摇头,"不,亲爱的,要使你相信已经太迟了。"

但中风没有削弱艾丽斯对家人的爱。当房子前门的喧哗声一路冲进房间时,她咧开嘴笑了。

"德鲁!"

"我回来了,艾丽斯奶奶! 嗨,蕾莎!"

艾丽斯急切地伸出手臂,德鲁驱动轮椅驶向她。与拥有尽善尽美的健康体魄的艾丽斯的孙子孙女们不一样的是,德鲁从来不会排斥艾丽斯僵硬的左侧脸颊,他对她左边嘴角流出的口水、有些吐字不清的讲话也从不反感。艾丽斯紧紧拥住了他。

蕾莎放下苹果——它的味道实在不怎么样，不管农业基因技术这次结合了什么东西，就凭苹果的这种味道，只能说是一种退步——收紧她的脚趾头，等着。等德鲁终于转过身对着她时，她说："你又不打算回学校了？"

德鲁露起迷人的笑容，不过在更加仔细地观察了蕾莎的脸孔后，他收起了微笑，"是的。"

"这次是什么原因？"

"不是因为成绩，蕾莎。这次我好好学习了。"

"哦，那么？"

"打架。"

"谁受伤了？"

他愠怒地说："一个名叫卢·博金的狗杂种。"

"我想我很快就会收到博金先生的律师送来的律师函。"

"是他先挑起的，蕾莎。我不过是做个了断。"

蕾莎凝视着德鲁。

他十六岁了，尽管坐轮椅，或者说就是因为坐轮椅，所以他拼命地锻炼，以保持上半身的强壮健硕。她确信他是个打架好手。时值青春期，德鲁的外貌显得不太协调，鼻子太长，下巴太小，满脸的粉刺，他的面孔不再因为婴儿肥而圆嘟嘟的。唯独他的眼睛还是那么漂亮，灵动的绿色眼眸周围覆着浓密的黑色睫毛。当他的目光凝聚时,几乎所有人都会被他十足的魅力所吸引。但蕾莎是个例外。过去两年里,他与她总是处于剑拔弩张的对抗状态,通过双方笨拙的努力,这种状况会周期性地减缓。因为在德鲁那边,他还记得自己亏欠蕾莎多少,而蕾莎那边,她还记得德鲁曾经是个可爱的孩子。

这已经是他离开的第四所学校了。第一次,蕾莎纵容了他。他是个幼小的身有残疾的生活者,而一所全是顽固者孩子——他们大多数都做过针对智商和生理的基因改良——的学校对智力上的要求肯定让他难以承受。第二次她已经没有那么放任他了。德鲁每门功课都不及格,他干脆不去上课,独自一人花好几个小时弹他的半自动吉他或是打电脑游戏。没人打扰他。学校希望自己的学生——他们中的大多数人有朝一日会管理这个国家——是自觉的。

到了第三次,蕾莎把他送到了她所能找到的规模最完备的学校。德鲁立刻就喜欢上了那里,因为他发现了戏剧课。他成了他所在戏剧班上的明星。"我找到了我的归宿!"他在打回家的电话里这么说。蕾莎吓了一跳,艾丽斯则哈哈大笑。但四个月后德鲁回来了,人变得痛苦而沉默。他既没争取到《推销员之死》里的角色,也没得到《晨光》①中的角色。艾丽斯温柔地问:"是因为他们不想要一个坐在轮椅上的威利·罗曼或凯兰·凡?"

"这就是顽固者的政治见解,"德鲁啐了口唾沫,"一向如此。"

蕾莎只好艰难地再为他找寻学校,要有轻松的课程,浓厚的艺

---

①《晨光》是作者杜撰的戏剧作品,凯兰·凡是该剧中的主角。

术气息,纪律严明,学校的学生要尽可能多的来自没有太大政治影响力、没有雄厚经济背景或辉煌家族史的家庭。最后她终于找到了一所看起来符合条件的学校,它位于马萨诸塞州的斯普林菲尔德市。德鲁似乎也很喜欢那所学校,蕾莎原以为事情会顺利的,结果现在他又回来了。

"瞧你的脸色。"德鲁怏怏地说,"为什么你不把话说出来呢?'德鲁又回来了,笨蛋德鲁打算成个人物,结果却什么事都有始无终。我们到底该拿这个可怜的小生活者德鲁怎么办?'"

"我们该怎么办?"蕾莎阴郁地说。

"为什么你们不干脆放弃我呢?"

艾丽斯说:"噢,不,德鲁。"

"不是说你,艾丽斯奶奶。是说她,她的那些坚持认为'人都是美好的,否则他们就不存在'的理论。"

蕾莎说:"也可以反过来说:他们之所以是美好的,就是因为他们存在,但无所事事怎么能够实现他们自身的存在价值呢?"

艾丽斯呵斥道:"够了,你们两个!"

但蕾莎觉得还不够。德鲁的嘲讽已经伤害到了她内心的一部分——她都不知道仍旧存在的那部分。她说:"既然你回家了,德鲁,你该见见埃里克。他现在已经洗心革面了,正在研究全球的大气环流。乔丹非常为他骄傲。"

德鲁的碧眼闪烁了一下。蕾莎转过身。她突然对自己心生反感,心中顿觉惭愧。她七十五岁了——一个难以置信的事实,她从没觉得自己有七十五岁——而这个男孩只有十六岁,没有接受过基因改造,又是一个睡眠者,甚至都没有从顽固者的学校毕业……她年纪变大了,却失去了同情心。在新墨西哥州的这座堡垒里,她怎么会让自己与世隔绝,从一个她曾希望帮助每个人进步的国家中退却?帮助别人进步曾是她年少时的梦想。

而这些梦想德鲁甚至都还没拥有过。

艾丽斯疲惫地说:"好了,蕾莎。德鲁,埃里克要我给你带个口信。"

"什么?"她听见德鲁在吼叫,但那声吼叫是温柔的,他永远不会对艾丽斯发脾气。不会针对艾丽斯。

艾丽斯说:"埃里克要我告诉你,作为他的研究内容之一,他跳进太平洋洗了他的屁股。这话是什么意思?"

德鲁笑了,"是吗?埃里克是那样说的?我想他真的变了。"他的声音里夹杂着回忆的苦涩。

斯特娜心急火燎地跑进房间。她的体重增加了,犹如提香①的画中人,朝气蓬勃的红发以及丰腴健康的身体。"蕾莎,有个——德鲁!你回家干吗?"

"他回来看看。"艾丽斯说,"是不是,德鲁?"

"有个拜访者要见蕾莎——实际上是三个访客。"斯特娜微笑

---

①意大利文艺复兴时期的威尼斯画家,作品以红发的丰腴女人为主。

着,她的双下巴兴奋地抖动着,"他们来了!"

"理查德!"

蕾莎迅速穿过房间冲向他。理查德笑着抱住她,然后放开手。蕾莎又看向他的妻子——艾达,一个苗条的玻利尼西亚女孩,她羞涩地微笑着。她的英语还不太流利。

理查德第一次把艾达带到新墨西哥州的这个庄园时,蕾莎的态度是有所保留的,毕竟他已经孑然一身,漫无目的地在全世界瞎转悠了二十年。

她和理查德没有再成为情侣,蕾莎一想到自己是和詹妮弗的丈夫发生关系就畏缩了。理查德也从没要求过,因为失去孩子们——纳吉拉和里基——让他伤心了好几年,那种充满辛酸和悲痛的消沉模样一点都不像无眠者会有的样子,蕾莎都不知道该如何应对。所以,每当他带着自己的衣服和唯一的一张信用卡消失时,蕾莎都会着实松一口气。理查德背着行囊一走就是好几年。他跑到印度、南极洲殖民地、南美洲中部沙漠——都是些科技落后的地方,那里仍和谷贝贤三创造出新能源以前一样原始。蕾莎从没询问过他旅行的情况,他也从没主动告诉过她什么。她怀疑理查德是以睡眠者的身份去旅行的。

然后,四年前,在他少有的逗留美国期间,他带着他的妻子艾达回来了。艾达来自南太平洋的一个文化自治保留地。她身材苗条,一身褐色皮肤,一头亮泽的乌黑长发,还有个和任何人说话都会迅速垂下头的习惯。她不会说英语。那年她十五岁。

蕾莎很欢迎她，并开始学习萨摩亚语①。尽管感觉受到了伤害，蕾莎还是把一切都隐藏在心底。她伤心并不是因为理查德离开了她，而是因为他抛弃了作为无眠者的所有机会，放弃了选择成就一番事业，放弃选择雄心壮志，放弃选择思想的机会。

不过蕾莎逐渐开始明白，对理查德来说，放弃的关键不仅仅是因为艾达——她有着娇羞的微笑，欲说还休的谈吐，对理查德充满崇拜的爱慕，这些和蕾莎是如此的不一样——关键是艾达和詹妮弗·沙里夫截然不同。

理查德看上去很幸福。他已经做到了蕾莎没做到的事——面对他们无眠者的过去，他创造出了属于自己的平和。如果说这种平和像是放弃，那么，蕾莎能够说她自己的解决之道——她开创了已经濒临绝境、去年只有十份申请的苏珊·梅林基金会——真的更好吗？

"看见你，蕾莎，"艾达用英语说，"很高兴见到你。"

"我也很高兴见到你。"蕾莎热情地说。对艾达而言，这是个很长的句子，要费很多脑力来表达。

"很高兴看见你，米拉米艾丽斯。"理查德曾经解释过，"米拉米"是对德高望重的老人的尊称。艾达还是坚定地——她很害羞、可爱，但仍旧是很坚定地——拒绝相信艾丽斯和蕾莎是双胞胎。

①玻利尼西亚的一种方言。

366

"我也很高兴见到你，亲爱的。"艾丽斯说，"你还记得德鲁吗？"

"嗨。"德鲁微笑着打招呼。艾达淡淡一笑后就转过脸去，一如一个已婚妇女对待陌生男性的传统态度。理查德亲切地回应，"嗨，德鲁。"他和德鲁说话时，蕾莎吃惊地眨了眨眼，理查德原来眼神里常常浮现的阴郁痛苦都不见了。她从没有真正了解过那种痛苦。而德鲁呢，他比理查德失去的儿子还要年轻，而且他还是个睡眠者，他自然也很难理解那种感受。

艾丽斯的声音在颤抖，说明她累了，"斯特娜说一共有三个来访者……"

斯特娜正好进来了，手里抱着个婴儿。

"哦，理查德，"蕾莎叫道，"噢，理查德……"

"这是肖恩。用我父亲的名字。"

这个婴儿与理查德出奇地相像，低额头，浓密的黑发，黑眼睛，只有他的咖啡色皮肤显示出艾达的基因——显然他们根本没有给他做基因改造。蕾莎把婴儿抱在怀里，心中的感受难以言说。肖恩认真地凝视着她，蕾莎的内心翻腾着。

"他真漂亮……"

"让我抱抱他。"艾丽斯迫不及待地说，蕾莎把宝宝交给她。蕾莎很为理查德高兴，他一直想要一个家，一种安定，一个亲密无间的集体……两年前蕾莎做了医学检测，确定自己的卵子已经失去了活性。

凯文·贝克——唯一留在美国的成就突出的无眠者——和他年轻的无眠者妻子已经有了四个孩子。

蕾莎查看美国出生记录后得知,詹妮弗·沙里夫有两个孩子和四个孙子孙女。

艾丽斯可以说已经失去了莫伊拉,莫伊拉移民去了外星殖民地,但艾丽斯还有乔丹和他的三个孩子。

别想了,她告诉自己。

婴儿被轮流抱了一圈。斯特娜匆忙准备好小甜饼和咖啡。艾丽斯累了,她被推回自己的房间休息。乔丹刚从田里回来,他正在尝试种植基因改良过的向日葵。理查德侃侃而谈,看上去很轻松,但神情却怪怪的。他谈到他和艾达曾在靠近非洲海岸线的人造小岛上漫游,还横穿了岛上的动物保护区。

"嘿,"德鲁叫起来,他的声调让每个人都抬起了头,"嘿,这个宝宝在睡觉。"

蕾莎静静地坐着。然后她站起来,走到德鲁的轮椅边,低头看着放在德鲁脚边的旅行用婴儿摇篮。肖恩躺在里面,小拳头放在头旁边,睡着了。他紧闭的眼皮在跳动。蕾莎的心揪紧了,理查德居然对自己的同类、自己人厌恶到如此程度——他竟然通过体外基因手术改换了无眠基因。

理查德正注视着蕾莎。"不,蕾莎。"他平静地说,"我没有。这是天生的。"

"天生的……"

"是的,上个月——就在漫游人工岛之后,我们去了个地方。我们去了芝加哥医学研究所,想对这种自然退化现象寻求答案。但没有人能帮忙。见鬼,那里没有遗传学家,他们只会搞农业研究,没人能帮助我们。"他陷入沉默。其实蕾莎和理查德都知道,并非没人能帮助他们,庇护所里就有遗传学专家。

蕾莎含糊地说:"那么,你们起码应该知道这种退化现象是否广泛存在,或是有增加……参数统计……"

"看起来这种情况相当罕见。当然,现在这里只有很少的几个无眠者,他们建立不了任何统计分析图。"

静默再次降临,四周气氛沉闷压抑。

是艾达打破了沉默——蕾莎和她丈夫之间的大多数谈话她都听不懂。只见艾达优雅地站起来,走到蕾莎身边。她停下来抱起她的宝宝,温柔地低头注视着他,说道:"很高兴见到你,肖恩。我要看你睡觉。"然后她抬起头把目光转向了蕾莎,这是她第一次直视蕾莎,那神情蕾莎永远都忘不了。

19

詹妮弗、威尔、两名遗传学家托里维瑞博士和布勒博士,以及他们的技术人员站在那儿,看着一个人造的微型世界。

在五百英里远的太空,一个塑胶泡泡飘浮着。庇护所的科研小组成员在特殊企业部的沙里夫实验室里通过屏幕观察着它。只见泡泡膨胀到了最大限度,在泡泡内部,数千张塑胶薄膜拉紧了。泡泡内部呈蜂窝状,由薄膜分隔成无数通道和舱室,全都不超过四英寸高。等泡泡加压到标准大气压时,实验室天花板上的全息投影仪投射出泡泡的三维模型,以及它内部的分区。

二十只老鼠被分别从泡泡外部的四个隔间放进泡泡内。老鼠慌张地吱吱乱叫,奋力挤过通道——通道很窄,这样它们就不会因为零重力的缘故漂浮起来。在全息三维模型上有二十个黑点追踪着它们的运动轨迹。另一面墙的屏幕上显示着每只老鼠体内被植入的生物计①读数。

遗传学家任老鼠自由自在地跑了十分钟,然后从泡泡内部的中心位置释放出一种基因改造过的有机体,它和病毒有远亲关系,是托里维瑞和布勒花费七年时间才研制出的。

生物计的读数开始一个接一个地跳动起来,传送过来的老鼠的尖叫声也很快消失了。头三只老鼠的信号传送在三分钟后停止,它们是最先死亡的一批;接下来有六只的信号在数分钟以后停止;另外五只是在十分钟后死亡的;最后六只的信号差不多是在三十一分钟后才停止。

布勒博士皱着眉把数据输入分析程序。他非常年轻,还不到二十五岁,金发碧眼,大概他急于快些长大,所以特意蓄了胡子,不过那还是些柔软得像绒毛的胡茬儿。"不太理想。按病毒的这个扩散速度,即使是最小的轨道站都要一个小时以上才能全部覆盖到。对一座乞丐的城市则要一整天,还得额外加五小时才能彻底渗透。"

"太慢了。"威尔·桑达罗斯说,"这样不能让人信服。"

"是的。"布勒说,"但我们离目标更为接近了。"他又瞥了眼呈一条直线的生物计读数,"很难想象谁会真的使用这样一个东西。"

"乞丐们会。"詹妮弗·沙里夫说。

没人反驳她。

---

①用来监测生物生命体征的仪器。

米丽和托尼坐在四号科学楼他们共用的实验室里。普通的孩子们用学校的实验室而不是专业实验室做他们的课堂实验,因为轨道站上的空间太宝贵了,不能不加区别地乱占用。但米丽和托尼不是普通的孩子,他们的实验也不是课堂练习。庇护所委员会、沙里夫实验室,还有教育部已经开会提出了问题:米丽的神经学实验和托尼的数据系统改进实验该看成是课堂实验,还是有特许权的私人研究计划?或者该把他们当作直接受雇于庇护所集团的科研人员?实验所具备的潜在收益应该属于家族企业,还是集团,抑或是归米丽和托尼的信托基金所有(按照纽约州法律,这些收益直到他们成年才能动用)?会议上每个人都满面笑容,讨论得很愉快,都为超级无眠者能够超越他们而万分自豪。最后决定,研究成果属于庇护所,但在孩子们需要任何经济支持的时候都可以分享60%的知识版税,上大学的费用另计。这一年米丽十二岁,托尼十一岁。

"看看看这这个。"托尼说。等了四十五秒钟米丽都没有反应,这说明她的思绪正处在思维导图的某个十字交叉点上。托尼兴高采烈地等待着。他总是很快乐,当他把自己的思维框架的全息图绘制出来给米丽看时,米丽很少能在其中发现黑色的线条。实际上,绘制全息思维导图正是托尼目前正在进行的课题:描绘出超级无眠者是如何思考的。他用一句话作为实验的素材:"没有哪个成年人会不经思考就宣称另一个人的成果是自己的,弱势群体不能假借道义之名就宣称强势群体的成果是他们的。"托尼花了几个星期时间,得到了十二个超级无眠者根据这句话所推导出的每一条线索、条件、结论,然后他把所有东西都输入自己编写好的程序里。

这是件冗长枯燥的工作。乔纳森·马克威茨和鲁迪·卡尔文——这个实验中最年轻的超级无眠者——用结结巴巴缓慢的语速诚实地表达了自己的不耐烦,他们已经两次从托尼的实验中开溜了。马克·迈耶的思维导图是如此神奇,程序一直拒绝把它们识别为有效数据,直到托尼重写了部分程序代码。尼克斯·德米特里厄斯的思维导图结构清晰,而且他总是积极配合托尼,但在实验期间他患了感冒,被隔离了三天,等他回来面对同一句话时,却有了完全不同的推导构架,托尼只好把他之前所有的思维导图数据删除。

托尼仍然坚持不懈。他边抽搐边嘟囔着坐在米丽对面,终日守在全息电脑终端前,比米丽待的时间还长。现在他朝米丽微笑,"快快快来来看!"

米丽绕过他们的双人工作台走到托尼那边。全息电脑上的三维图像已经成形。等最终看到托尼实验的初步结果时,米丽高兴得直喘气。

这是她为托尼实验用的那句话提供的推导框架,上面的每个概念都有标注,用小小的图形表示具象概念,用词汇表示抽象概念。她从没看见过如此完整的对她思维的记录,"真漂漂漂亮!"

托尼说:"你你你的很简简简洁、优优雅。"

"我知知道这这个形形形状!"米丽面对着电脑屏幕,"电电脑启启动。打开图图图书馆。地球数数数据库。法法法国,沙沙沙特尔大大教堂①,玫玫玫瑰窗窗户。图图图片显显示。"

屏幕上闪烁着来自十三世纪的错综复杂的彩色玻璃图案。托尼用数学家的挑剔眼光审视着图片,"不不不……不是和真真真的的一一样。"

"感感感觉觉上就就是它。"米丽说道,挫败感令她很是沮丧,在她脑海里形成了弯弯曲曲的螺旋形线条。在玫瑰窗户和托尼的电脑模型之间有某种很重要的联系,这种联系虽不明显,但它确实存在。不知怎的,她就是觉得它肯定具有一种难以明察的重大意义,但她的思想无法描述。在她的思维线索中有什么缺失了,而且很久以前就不见了。

托尼说:"看看看乔乔乔纳森的。"米丽的思维导图模型消失了,乔纳森的显现出来。米丽吸了口气,"他他怎怎么会这样思思考!"

和米丽的不同,乔纳森的模型不是对称的形状,而是一种不规则的变形虫②模样,线条向四面八方发散,逐渐消失,突然又从意想不到的地方折回来。连米丽都不能一下子就理解,葛底斯堡战役③

---

①位于法国北方的沙特尔城,始建于1145年~1165年间,是法国四大哥特式教堂之一。沙特尔教堂内高大的玫瑰窗户相当著名,上面有法国和卡斯带列王室的徽标,被称为"法国玫瑰"。

②即阿米巴虫,没有固定形体,身体主要由原生质组成。

③美国内战中一次较重要的联邦军的胜仗,这次胜利抑制了罗伯特·E.李对北方的入侵。

怎么能和哈勃常数①联系在一起？这大概只有乔纳森自己知道了。

托尼说："迄迄今为止我只只只完完成了这这这两两个。接下来来该是我我我自己的。然后程程程序会分分析它它们，寻寻寻找找思维的传传传送规规律。总总有有一天，米米米丽，我我们可以用用用终终端进行思思想交交交流，而而不不不用这这种——维的语语语言！"

米丽爱怜地看着他。他的研究是对集体有真正贡献的研究。哦，也许有一天她的研究也会那样。她正在研究人工合成大脑中语言中心的神经传递素。她希望有一天能超越现在科学家所做出的努力，创造出既可以控制口吃又不会产生副作用的东西。她伸出手抚摸着托尼的大脑袋，他的脑袋垂在脖子上，颤动着。

琼·卢卡斯没有敲门就闯进了他们的实验室，"米丽！托尼！运动场开放了！"

米丽顿时就把神经传递素抛到了脑后。运动场开放了！所有孩子——普通的和超级的孩子——都为之等待了好几个星期。她抓住托尼的手，跟在琼身后跑出去。到了外面，琼的长腿更加敏捷，轻松地把她甩在了后头。不过，庇护所里没有孩子需要别人为他或她指明去运动场的路，他们只需抬头看。

在这个圆桶状世界的中心位置，结实粗大的缆绳固定着一个胀鼓鼓的塑胶泡，它就悬在轨道站的轴线中间。这里的重力非常小，

---

①计量单位，根据哈勃定律计算行星运行速度时使用。

几乎趋近于零,对孩子们来说已经足够有趣了。

米丽和托尼挤进拥堵的电梯,电梯把他们送到上面。大伙儿都兴奋地尖叫着,一窝蜂拥进了巨大的球体里。球体内部由透明的粉红色支柱支撑,所有东西都具有弹性,里面还有用于躲藏的不透明箱子、小洞穴和延伸到半空中的通道。米丽一头栽进空中,飘过一个塑胶隔间,又让自己往回飞,结果和琼撞了个满怀。两个女孩咯咯直笑,互相紧抓着对方,缓慢地向下飘。托尼也和一个男孩撞在了一起。

米丽的思维线在她的脑袋里泛起了涟漪,其中夹杂了混沌理论、神话想象、天使、飞鸟、伊卡洛斯①,还有加速度、奥维尔·莱特②、水星宇航员、具有细胞膜的哺乳动物、逃逸速率,还有快乐。

"到这里面来!"琼的声音盖过喧嚣大喊着,"我有个秘密要告诉你!"她拽住米丽,把她塞进一个悬空的半透明盒子里,随后跟在米丽后面挤了进去。米丽待在里面,心理上感觉嘈杂声变小了些。

琼说:"米丽,猜猜是什么——我妈妈怀孕了!"

"好好好棒啊!"米丽说。琼的妈妈的卵子是R-14型的,就算在试管中也很难受精。琼十三岁了,米丽知道她非常想要个妹妹或弟弟,其渴望程度和托尼想要一个李托夫-霍尔联动存储器③不相上

①传说中的建筑师和雕刻家代达罗斯之子。他用蜡和羽毛造成翼翅逃出克里特岛时,因过分飞近太阳,蜡翼受热后融化,坠海而死。
②奥维尔·莱特(1871～1948):美国航空先驱,和他的兄弟威尔伯·莱特(1867～1912)发明了飞机。
③作者杜撰的。

下。"我真真真为你你你高高兴!"

琼搂着她,"你是我最好的朋友,米丽!"突然她冲出了盒子,"来抓我啊!"

当然,米丽永远都抓不到的,比起琼的灵动,她显得太笨手笨脚了。但这没有关系。她急急地在琼身后追逐着,和其他人一道尖叫,享受发出噪声的快感。在这大塑胶泡的下方,水田、楼房、公园的景象不断地交替出现,和思维导图一样美丽。

运动场开放日之后的那个星期二是"纪念日"。米丽仔细穿好了黑色短裤和束腰外衣。她能感觉到自己的思维导图的形状,她的思维导图现在转换成了扁平紧致的椭圆形,颜色和大家穿的衣服一样。在庇护所,各个家庭过的宗教节日都有所不同。一些家庭保留了圣诞节、斋月、复活节、赎罪日、排灯节①,很多家庭则什么节日也不保留。但有两个节日是大家都过的:一个是7月4日国庆节,一个是4月15日"纪念日"。

人群聚集在中央区域。公园已经进行了扩建,面积大到可以容纳庇护所的所有成员。周围葱郁的植物用一种泡沫塑料格栅隔离开,强度足够承受人潮的挤压。不能离开工作岗位或正巧在生病的少数人就通过通信终端观看。一个为演说者临时搭建的平台在人群上方若隐若现。在平台的更高处飘浮着空无一人的运动场。

①印度的重大宗教节日之一。

大多数人和家人站在一起。米丽、托尼总是和其他超级无眠者聚集在一起。他们中年龄最小的也有八九岁了，其中一半的人现在都隐身在一个动力舱的阴影下。超级无眠者们很高兴能远离那些普通人群，因为那些人在基因上无法与超级无眠者媲美，自然也就不能开怀地和超级无眠者待在一起。米丽认为母亲不会来找她或托尼或特里。埃米奥纳已经有了一个她深爱的小宝宝。没人向米丽解释为什么母亲的这个新生儿小丽贝卡是个普通无眠者。米丽也没问过。

琼在哪里？米丽扭动着转过身，但她找不到卢卡斯一家在什么地方。

詹妮弗·沙里夫穿了件黑色阿巴亚出现在讲坛上，米丽心中感到万分骄傲。奶奶很漂亮，甚至比母亲或纳吉拉姑姑都漂亮。她像琼一样漂亮。奶奶的脸上始终带着一成不变的镇静神情，这总唤起米丽脑海中关于人类智慧和意志的思维导图。没人能像奶奶这样。

"庇护所的公民们。"詹妮弗开始讲话了，无须提高音量，她的声音被放大传送到轨道站的各个角落，"我这么称呼你们，是因为虽然美国政府称我们为美国的公民，但我们自己很清楚：我们知道，未征得被管理者的同意就建立起来的政府无权来统治我们；我们知道，没有能力分辨人们已经创造了不平等这一事实的政府不会有远见来统治我们；我们也知道，允许乞丐有权夺取他人劳动成果的政府不会有高尚的道德品行来统治我们。

"在这个纪念日,4月15日,我们认识到庇护所有权支持它自己的政府,有权清醒过来,面对现实,有权掌握自己的劳动成果。我们对这些都有权利,但我们还不能支配这些权利。因为我们没有自由。我们还没得到允许'按照自然法则和上帝的旨意取得独立与平等的地位'。我们拥有庇护所,这要感谢对无眠者未来具有远见卓识的奠基人安东尼·英迪维诺,但我们还没能拥有自由。"

"不不不过——"托尼神情严肃地对米丽悄悄说道。米丽捏了捏他的手,踮起脚尖在人群里搜寻琼。

"不过我们已经为自己开辟出了尽可能大的自由空间。"詹妮弗继续说,"在未经我们同意就把我们划归纽约州管辖以来这三十二年里,我们从没有提出或招惹上一桩诉讼官司。与此同时,我们已经建立起自己的司法体系,由我们自己管理,这些下面的乞丐并不知道。他们未经我们同意就为我们的经纪人、医生、律师,甚至教育我们自己孩子的教师设立了专门的注册制度。我们必须遵守所有的规章。我们遵守了,即便这意味着我们必须和乞丐们生活上一段时间。他们还硬要我们遵守那些毫无意义的统计制度——为了要和乞丐们保持平衡而控制我们的人数,我们必须根据要求计算、调节、检查我们自己,然后拒绝毫不相关的政治恩惠。"

米丽看见了琼,她正挤过拥堵的人群,用手肘推搡着旁边的人往前走。米丽诧异地看到琼没有换上纪念日的黑衣服,她只穿了件深绿色的背心,还有一条短裤。米丽从动力舱的阴影下走出来,抬起胳膊使劲地向她挥舞着。

"但有一个要求我们无法拒绝乞丐们。"詹妮弗说,"乞丐们不工作,坐享其成,依靠被他们怒骂、比他们优秀的人来养活。为了养活美国数百万毫无生产力的'生活者',作为一个实体暨个体的庇护所每年都被硬生生地剥削掉它生产值的64.8%。我们无法为此斗争,不能让庇护所冒险。我们不能反抗,我们所能做的,就是记住在道德上、事实上、政治上和历史上这意味着什么。每年的4月15日都在提醒我们记住:我们的辛苦所得被剥削,却得不到丝毫回报。"

琼的漂亮脸蛋有些红肿,还挂着泪痕。她刚哭过。米丽回忆最后一次看见像琼这么大的人哭是什么时候。当小孩子在摔倒或某道电脑习题做不出,或和别的小孩争抢玩具时才会哭,但琼已经十三岁了。在琼推搡着前进时,大人们瞧见她的脸,都来关切地询问她,但琼丝毫不理会他们,只管挤到米丽跟前。

"我们要记住地球上对无眠者的仇恨。我们要记住——"

"跟我来。"琼激动地对米丽说。她抓住好友的手,半拉半拽地带她绕过动力舱,直到黑色的舱壁完全遮挡住詹妮弗。但詹妮弗的声音还是飘了过来,清晰得如同她就站在浑身发抖的琼身边一样。米丽脑袋里的思维线跳跃、混乱,像炸开了锅,她从没有见过正常人抽搐。

"你知道他们都干了什么?知道吗,米丽?"

"是是是谁?什什什么事事情?"

"他们要杀死胎儿!"

米丽只觉得眼前一黑,膝盖一软跌坐到了地上。"是是是乞乞乞
丐吗? 怎怎怎么么回事?"琼的妈妈才怀孕几个星期,没离开过庇护
所。这是不是意味着有乞丐在这里……

"不是乞丐! 是委员会! 你敬爱的奶奶领导的委员会!"

思维线散开、断裂了,米丽紧紧抓住线的末端,她的神经系统想
要避开。米丽闭上眼睛深呼吸,直到自己恢复了控制。

"发发发生了什什什么事,琼琼?"

琼跳过一丛青草来到米丽身旁,把胳膊搭在米丽的膝盖上。琼
左边小腿上有一道擦伤,还没有完全愈合。

"就在我准备为纪念日换衣服时,我妈妈把我叫到书房里告诉
我的。她正在哭。她就躺在书房里那张简陋的小床上。"

米丽点点头。她的脑袋在重新建立思维线。

琼说:"她告诉我委员会已经做出决定要让这个胎儿流产。我
觉得很奇怪——假如怀孕前期的检查就表明有大范围的DNA问题,
父母自然会决定流产。是什么原因让委员会这么坚持呢?""是是是
什什么?"

"我问什么地方出现了DNA问题。妈妈说一个问题都没有。"

詹妮弗的声音飘荡在她们周围,"——这样假设,是因为他们是
弱者,他们天生亏欠强者的劳动成果——"

"我问妈妈如果胎儿是正常的,为什么委员会命令流产。她说

这不是命令，而是'强烈的建议'，她和爸爸打算同意。她又开始哭。她对我说基因分析显示这个胎儿是……"

她说不下去了。米丽用一只胳膊搂着她的好友。

"……是个睡眠者。"

米丽放下了她的胳膊，下一刻她就后悔了自己的这个举动，但太迟了。琼迅速站起身，"你也认为我妈妈应该流产！"

她是这样认为的吗？米丽不确定。她脑袋里的思维线旋转着：基因退化、DNA信息冗余、在运动场玩耍的孩子们、保育室、实验室、生产力……乞丐们。一个婴儿，软软地躺在琼的母亲的怀抱中。她想起了托尼在她母亲怀中的样子，还有她的奶奶抱着她看星星……

詹妮弗的声音更响亮了，"最重要的是要记住，道德被定义成为生活付出，而不是从中榨取……"

琼哭泣道："你再也不是我的朋友了，米兰达·沙里夫！"她跑开了，修长的双腿在绿色短裤下——她不该在纪念日穿这样的衣服——时隐时现。

"等等等一下！"米丽叫着，"等等一一下！我想委委委员会是是错错错的！"但琼没有停下。

米丽永远追不上她。

她从地上笨拙地慢慢爬起来，走到四号科学楼的实验室里。她和托尼的科研电脑都开着，正在运行程序。米丽把它们一一关掉，然后单臂猛地一扫，把她桌上所有的打印文件都推到地上。

"该该该死！"这个词还不够，一定有更加确切的类似词语，一定有……某个和这种痛苦相关的词语。她的思维线不够用。它们的不完备再次让她紧张起来，就像一个方程式缺失了一部分，你确实清楚少点什么，尽管你以前从没有见过它，但就是能感应到在这个概念的中心有个漏洞。在米丽的思想里就有个洞，一个睡眠者婴儿盘旋着穿过这个洞——琼的睡眠者弟弟。明天的这个时候他就不复存在了，他被排除开了，而米丽思维架构中缺失的部分却依然缺失，找不到答案。现在琼恨她。

米丽蜷缩在托尼的桌子底下，抽泣着。

两小时后，纪念日演说结束了，然后一大笔等同于劳动成果的税款将被送往地球上的美国政府——政府自然是不会有分毫回馈的。这之后，詹妮弗来找她。米丽听见她的奶奶停在门口，然后毫不犹豫地穿过房间，似乎她早就知道米丽在哪里。

"米兰达。快出来。"

"不不不不要。"

"琼告诉你她母亲怀着的一个睡眠者胎儿必须流产。"

"不不不是'必必须'。婴婴儿可可以活活活下来的，他在其其其他方面都正正正常的，而而且他他他们想想要他！"

"父母才是做决定的人，米丽。没人能替他们做决定。"

"那么为为为什么琼和她的母母母亲在在在哭？"

"因为有时候做非做不可的事是很艰难的。因为他们都还没有学会接受艰难的必要性，一味后悔只能把事情弄得更糟。这是个重要的教训，米丽，悔恨是没有价值的。内疚也好，悲伤也好，都是没有价值的——面对庇护所里那五个睡眠者胎儿时，我也有这些感觉。"

"五五五个？"

"到目前为止。三十一年来，五个。每对父母都做出了和琼的父母同样的决定，因为每对父母都明白这种必要性。睡眠者孩子是乞丐，具备生产力的强者不会认可乞丐们的寄生要求。也许会有施舍，但这是两码事。要是提出要求就会得到，如同弱者对强者有道义上的权利，以某种方式胜过了强者——不行，我们不承认。"

"一个睡睡睡眠者孩孩子会有生生生产产力的！他在其其其他方方方面是正正正常的！"

詹妮弗优雅地坐到托尼的椅子上，她的黑色阿巴亚的褶条拖曳在地上，铺展在米丽蜷缩的身体边。"没错，生产力是他生命的基本组成部分，但生产力是相对的。如果从二十岁算起，一个睡眠者大概有五十年时间可以创造价值。和我们不同的是，到了六十或七十岁，他们的身体就衰弱了，受疾病折磨而逐渐衰竭，筋疲力尽。然而他们还可以这样活上三十年或者更长，成为社会的一个负担，成为他们自己的耻辱。因为当别人在工作时他却没有干活，这是种耻辱。即使这个睡眠者很勤劳，存了钱来养老，付钱雇用机器人来照顾自己,他还是会孤独地死去,无法参与庇护所的日常生活,他会渐渐颓丧下去,慢慢死亡。父母如果爱这个孩子,会愿意让他遭受这样的宿命吗?一个社会能够维持这么多人的生活而不给自身造成精神负担吗?是的,也许会有几个人持肯定意见——但其中牵涉到的原则呢?

"一个在我们中间长大的睡眠者,不仅会成为这里的局外人——大脑每天都要停止活动八个小时,失去意识,而没有他的这个集体却仍在运转。他也会有可怕的心理负担,想着自己有一天会中风,得心脏病,或是癌症,或是其他乞丐们常会得的种种疾病,知道自己会成为一个累赘。一个有原则的男人或女人怎么能够这样生活呢?你知道他将不得不做什么吗?"

米丽心中已了然,但她没有说出来。

"他会不得不自杀。让这样一件可怕的事情降临在你深爱的孩子身上!"

米丽从桌子底下爬出来,"但但但是,奶奶奶奶——我我我我们有有一天都都都会死死的。即即便是是你。"

"当然。"詹妮弗镇静自若地说,"但到那个时候,作为我的集体——庇护所的一员,作为我们的心脏的血液,我已经度过了一个漫长而富有生产力价值的一生。我对我的孩子或孙辈们寄予厚望,我也满足于此。琼的母亲也会这样的。"

米丽思索着,在她的头脑里,复杂的思维网络相互连接纠结。

最后,她痛苦地点点头。

詹妮弗只当自己还没说服她,继续讲道:"我想,米丽,你的年纪已经够大了,可以开始看来自地球的电视广播了。我们规定要到十四岁才能看,是因为我们认为在给你们看被地球人人为歪曲的事实前,先让你们——你和其他的孩子们——形成原则是最重要的。也许我们错了,特别是对你们这些超级无眠者。对你们,我们仍然在摸索中,宝贝儿。但也许这样最好,让你看看那些乞丐们颓废的寄生生活,现在他们称自己为'生活者',他们实际上就是喜欢坐享其成。"

对于去看来自地球的电视广播,米丽有种奇怪的不情愿感,一种她以前从没感受过的勉为其难。但她还是点点头。她的奶奶身上带着股香皂味,显得干净清透。奶奶把长发编成一根辫子,发辫像黑色琉璃一样隐隐发亮。米丽羞涩地把一只手搭在詹妮弗的膝盖上。

"还有一件事,宝贝儿。"詹妮弗说,"十二岁的年纪够大了,不能再哭了,米丽,尤其在面对艰难时。独自生存让我们哭得够多了。记住这点。"

"我会会会的。"米丽说。

第二天,她看见琼从她父母的屋子里出来,向公园走去,米丽叫她,但琼继续走路,没有回头。过了一会儿,米丽昂起头朝着另一个方向走了。

20

　　五个年轻人蹑手蹑脚地向金属防护网前进,不时躲到没有修剪过的灌木和歪斜的废弃长椅的阴影里。这里过去可能是个公园。月亮从东方高高升起,为防护网镀上一层银白的光泽。防护网的连接处相隔很远,而且防护网卷翘起来,显得很不牢固。毋庸置疑,这道防护网只是个摆设,Y能量防护罩才是真正的安全措施。防护罩的能量场散发的光线相当微弱,在黑暗中几乎难以察觉,自然也就没办法估算防护罩的高度。

　　"向高处扔。"德鲁在他的轮椅上小声地对身边的男孩说,也不管身边的是谁。五个人都穿着黑色的塑胶纤维衣服和黑色靴子。德鲁只记得四个人中三个的名字。他是今天下午进小镇后不久在一个酒吧遇见他们的。德鲁今年十九岁,他估计那些人的年龄要比他小。这没关系。他们有救济金可以买酒和迷幻药,所以为什么要大惊小怪呢? 干吗什么事都要大惊小怪呢?

"就现在!"有人叫起来。

他们向前冲去。德鲁的轮椅撞进了一大丛茂密坚韧、没有修剪过的杂草里,于是他在杂草堆中跌跌撞撞地前行。他绑着安全带,轮椅自行调整平衡往前行,而其他人现在已经先到达了Y能量防护罩边。他们掷出临时凑合做的土制燃烧瓶——瓶里的汽油是从一座废弃农场搜刮来的。

"他妈的!"最年轻的男孩嚷嚷着。他的燃烧瓶击中了能量防护罩的顶端,爆炸了,火焰和塑料撒落回干枯的草地上,草地烧着了。其他两个燃烧瓶也造成了同样的效果。第四个男孩扔下他的燃烧瓶,尖叫着四处乱跑,他的衬衫被爆炸的碎片烧着了。

德鲁把轮椅停在距离防护罩六英尺的地方,向后抡起胳膊,然后把燃烧瓶扔出去。他那肌肉结实的手臂是不懈锻炼的结果。德鲁把燃烧瓶扔过了Y能量防护罩的顶端。防护罩两边的草地都烧起来了。

"卡尔被击中了!"有人大喊起来。其他三个人往回向他们的摩托车跑去。他们中的一个按倒卡尔,让尖叫着的他在草地上打滚。德鲁坐在他的轮椅里没有动,他望着大火,倾听比烧着的男孩的尖叫声更响亮的警笛的鸣响。

"有人保你出来,没脑子的浑球儿。"当班警长说。他撤销Y能量锁,"砰"地打开监狱门。德鲁从泡沫石牢房的小床上抬起头,显出一脸的傲慢,当他的解救者进来时,德鲁的傲慢神情立刻消失了。

"是你!你来干吗?"

"还指望蕾莎再来吗?"埃里克·贝温顿-沃特罗斯说,"太糟了。你明白我是什么意思。"

德鲁懒洋洋地说:"她对保我出来感到厌倦了?"

"就算她现在没厌倦,以后也会厌倦的。"

德鲁打量着埃里克,衡量他眼中冷冷的鄙视。那个曾经在三叶杨林和他打架的火爆男孩可能永远都不存在了。埃里克穿了条黑色的棉质裤子,一件黑色外套,样式虽然保守,但很时髦。他的靴子是阿根廷皮革制的,头发经过精心打理,容光焕发。他看起来就像个有权有势的英俊的顽固者,而德鲁也清楚自己看起来就像个连生活都很失败的生活者。

是谁首先对这个畸形物下手的?是谁让他残废的?是谁的该死的施舍让他看到自己是多么的一文不值,几乎和世界上所有的顽固者浑球儿一样?

"如果我不想被保释呢?"

"那就烂在这里。"埃里克说,"我不在乎。"

"你干吗要在乎?有了这身高级的顽固者西装和无眠者优势还有你阿姨的钞票,你干吗在乎?"

埃里克对眼前这种紧张局势置若罔闻,"现在,我用我自己的钱。我挣的。不像你,阿伦。"

"挣钱对我们这些人来说有点困难。"

"噢,难道我们就必须为此对你们感到抱歉吗?可怜的德鲁。可怜的烂醉如泥的残废的小罪犯德鲁。"埃里克用一种漫不经心的口气说道。他的成熟让德鲁忍不住眨了眨眼。埃里克只比德鲁大两岁,就连蕾莎也做不到如此超然。

如果蕾莎也像埃里克那样超然,德鲁还会在这间牢房里吗?

这种想法就像条毛毛虫,钻进了他的脑袋里,留下一行黏液,在黑暗中闪闪发亮。

"狱警。"埃里克说,"我们要走了。"

没人回答。

德鲁用胳膊肘拖动身体穿过房间,爬上停在栅栏外的轮椅。没人帮助他。他跟在埃里克身后——为什么不呢?他是蹲监狱还是出去,是烂在一座乡下小镇还是烂在别的地方有他妈的什么不同呢?

一辆地行车等在外面。德鲁正打算把轮椅转向车的另一边,但埃里克抢先一步按住轮椅扶手上的控制面板,启动Y能量锁定住轮椅。

"嘿!"

"闭嘴!"埃里克低吼一声。德鲁瞥见一记右勾拳朝他袭来,但躲闪不及,因为埃里克动作很快,又有灵活性上的优势。埃里克的拳头击中了德鲁的下巴,虽然力量没有重到会打破下颚,不过也足以让疼痛穿过脸颊清晰地传到太阳穴了。等疼痛感稍微减轻些,德鲁被铐上了。

他开始谩骂，把在十八个月的旅途里学到的所有脏话都倾泻出来。埃里克对此毫不理会。他把德鲁从轮椅里拎出来，扔进汽车的后座，那里已经坐了个保镖。那个保镖死死地盯着德鲁，钳制住他，随后简单吐出一句："别动。"

埃里克钻进驾驶座。这在顽固者中间很流行——亲自手动驾驶。德鲁也不管那个保镖就在身侧，他把铐在一起的双手高举过头，铆足力气朝埃里克的脖子砸下去。埃里克甚至连头都没回一下，保镖在德鲁行动的关键时刻抓住了他的胳膊，在他的肩膀上一使劲，他就疼得两眼发黑瘫软下去。德鲁坐在后座上啜泣起来。

埃里克发动了汽车。

他们带他来到一家生活者的汽车旅馆，那种可以用救济金租借来开迷幻派对或性派对的旅店。埃里克和保镖剥光了德鲁的衣服，把他扔进大得足以容纳四个人的廉价澡盆中。德鲁头冲下栽在水里。他费力让自己坐好，这才避免一直呛水，而埃里克和保镖在一边袖手旁观。接着埃里克往水里倒了半瓶基因改良过的活性清洁剂。保镖脱光了衣服，爬进澡盆，开始帮德鲁搓洗干净。

之后，迎接德鲁的还有床上的皮带。

失去了轮椅的德鲁根本没法行动，他被皮带捆绑着，无助地躺在床上，为自己不争气流下的泪水咒骂连连。与此同时，保镖走了出去，埃里克则靠过来，凑到他的脑袋边。

"我不知道她为什么要为你这样操心,阿伦,但我可以告诉你我为什么会来这里。原因有两个:第一,如果我不来她就会亲自来这里;第二,要是你站起来我就可以亲手把你揍倒。这是你活该。已经给了你这么多的机会,这么多的呵护关心,你却把它们全毁了。你愚蠢、任性、粗俗,十九岁了,却连最起码的道德观都没有。还记得那天受你怂恿扔燃烧瓶搞无聊破坏的家伙们吗?你有想过你那个被火烧到的朋友怎么样了吗?你作为一个人——就算只是个生活者,却是个祸害。但我再给你一次机会,好好听着,将要发生在你身上的事情没有一件是蕾莎的主意,她对此完全不知情。这算是我送你的礼物。"

德鲁朝他吐了口唾沫,但力道不够,口水没飞多远便落在了泡沫石地板上。埃里克在转身离开时眉头都没皱一下。

他们就这样把他绑在床上一整夜。

第二天早晨,保镖像对待婴儿那样,用一把调羹喂德鲁吃早饭,德鲁把食物全吐到了他的脸上。于是保镖面无表情地朝他的下巴就是一拳,正好打在埃里克打过的地方,然后就把剩下的早饭扔进了垃圾处理槽。接着,保镖丢给德鲁一套新的机械传动装置帮助他走路,另外还有一套最便宜的救济衣服——抽绳长裤和没染过色的宽松衬衫,灰白色的衬衫是可生物降解的。德鲁费劲地穿上裤子,因为他猜想要是不穿,他们就会直接把全裸的他扔进汽车后座。戴着手铐,德鲁没法穿衬衫,保镖带他离开时,他只好把衬衫抓在手里,光脚出去了。

他们开了四五个小时的车,中间只停过一次。在他们停车前,保镖先把德鲁的眼睛蒙住。埃里克下车的时候德鲁专心地倾听着,但听见的只有很轻的咕哝声,似乎是西班牙语,又不太确定。汽车再次发动。保镖终于解开了他的蒙眼布,一路他看到的都是单调荒凉的沙漠景色。德鲁的膀胱胀得发疼,他实在憋不住尿了,最后只好尿在车里。另外两人一言不发,任凭浸透尿液的裤子贴附在德鲁的皮肤上。

他们再次停下,是在一幢低矮、占地面积巨大、没有窗户的建筑前面,像是间封闭的飞机场机库。德鲁不知道他们现在在哪个州哪个镇里。埃里克整个早上一句话都没说过。

"我不进去!"

"帕特,先把他的湿裤子脱下来。"埃里克厌恶地说。保镖抓住他的裤腰猛地一拽。德鲁挣扎着,但他徒劳的反抗在一只走鹃①悠闲地从他的视野里走过时停止了。这只走鹃的嘴里叼着一条晃晃悠悠的蛇,其中一半蛇身已经下肚了。蛇皮是绿色的,带着橙色的条纹,是字母,正好拼出了"婊子"一词。

这说明他们在此处搞非法基因工程项目,而且根本没想对警察刻意隐瞒。

这幢建筑的内部到处是无穷无尽的灰色走廊,每道走廊都用Y

---

① 一种生长在北美洲西南部能迅捷奔跑的鸟,长有冠和有褐色条纹的羽毛及长尾。

能量场严加封锁。埃里克每走近一道关卡都要做视网膜扫描,随后无须开口就撤销了防护场。看来,不管里面是什么,都是事先安排好的。

德鲁感觉到自己的恐惧就像一摊逐渐扩散的没有形状的深色淤泥,而没有形状正是它让人害怕的地方。

他们最终来到一个小房间,里面有张干净的白色病床。帕特把德鲁往床上一扔,德鲁滚下床,啪的一声摔在了地板上。他想拖着赤条条的身体爬到门口去,但帕特不费吹灰之力一把拎起他,把他扔回到盖尼式床①上绑好。有人拿了个电极碰他的脑袋。

德鲁大声尖叫。房间转成了橙色,然后又变成红色,有无数明亮的灼热的小点,每个都在炙烧着他的身体。这些只是他脑海里的幻象,实际上,除了冰冷的金属外没有任何东西碰过他。但他们正在准备,他们正准备灼烧他的脑子——

"德鲁,"埃里克贴近他的耳朵柔声说,"听我说,这不是脑白质电子切除术②,这是一项新的基因改造技术。他们要用一种改良过的病毒感染你的大脑,这样能够让你的那些从大脑边缘系统传输到脑皮层的影像不再堵塞——边缘系统是大脑里更为古老更为原始的部分。然后用生物反馈疗法③调整你的脑波,直到脑皮层学会如

---

①一种装有轮子的金属担架,用于搬运病人。

②一种外科手术,即切除连接脑部额叶和其他脑区之间的神经束。以前经常用于治疗精神错乱症,但现已废除。

③利用机械医疗作用,使病人自动控制和调整机能的医疗技术。

何让影像进入到θ波①的活跃性状态。你明白了吗?"

他什么都没听明白。恐惧吞噬了他剩余的理智,他只看到泛着泡沫的灰色泥浆夹杂着一簇簇灼热的红色火焰。听见有人在尖叫,他顿觉羞愧不已,因为那人就是他自己。然后机器启动了,德鲁只觉得房间在消失,随即失去了意识。

他在床上躺了六天。一根静脉点滴管把营养液注入他的胳膊,一根导尿管用来排泄:这两样东西德鲁都没注意到。六天来,利用电子化学技术,细弱的脑神经在他的大脑里被加固、加宽了,犹如一条公路被筑路队拓宽,并且建设得更加牢固,但还不知道什么东西会从这条路上通过。因为没有使用化学抑制剂来削弱大脑的活动,所以德鲁的脑海里自由流动着各种影像和画面。这些影像来自德鲁的潜意识,来自他生活的记忆。影像从脑袋里陈旧腐烂的部分流动到焕然一新、功能完备的大脑皮质。大脑皮质通常不加过滤地全盘接受它们,再把影像以梦境的方式展现出来。要不是有基因手术后的专门药物作为坚韧的脚手架把德鲁支撑起来,他一定会在混乱的意识中尖叫着垮掉。

他蹲伏在阳光下的一块石头上,身上长有爪子、毛皮、羽毛、鳞片。他用下颚牙齿撕扯着一只正在无助哀号的东西,鲜血溅到了他的脸上、疣鼻上、肉冠上。鲜血的味道刺激了他,他的耳畔充斥着一阵无声的话语:"我的、我的、我的、我的……"

---

①脑波的一种,θ波与脑部边缘系统有非常直接的关系,对触发深层记忆、强化长期记忆等帮助极大,所以科学界称θ波为"通往记忆与学习的闸门"。

他的后腿像活塞一样有力,他用后腿高高跃起,拿起一块石头朝另一个人的脑袋砸下去。他的父亲双手紧握,高举过头,乞求宽恕。德鲁使劲举起石头砸了下去。他的母亲蜷缩在洞穴的角落里——她的皮毛因为迷幻药的作用而闪着光彩——等待着因为杀戮刺激而点燃的情欲……

他们在追他,他们所有人,蕾莎和他的父亲还有想要咬断他脖子的号叫着的东西。他一直在一片不断变幻的地方跑啊跑:这里的树木不是一动不动地伫立,灌木丛张开大口猛地朝他咬来,河流总是想把他吸入河底的黑暗中……然后,景象变成了沙漠里的那座庄园,蕾莎也在那儿,朝他詈叫着,骂他是个失败者,咒他活该死掉,因为他永远做不来正确的事情,就连头脑清醒地生活这种任何人都能做到的事都做不好。他抓住蕾莎把她推倒,这个举动带来的自由感是如此令人惊奇,他觉得自己充满了生机,于是放声大笑。他和蕾莎都一丝不挂,蕾莎被绑了起来,他环顾蕾莎的书房,沾沾自喜地说:"这里的一切都是我的、我的、我的……"

"他并不痛苦。"医生说他身体的扭曲只是一种条件反射,是大脑皮质受到刺激后促使肌肉绷紧的结果。这种情况就和做梦差不多。"

"做梦。"埃里克重复着,目光始终注视着德鲁扭曲的身体,"做梦……"

医生耸耸肩,一副并非漠不关心而是相当紧张的态势。这只是第四次应用这种试验性的精神病治疗技术。其他三个病人都没有什么有权势的亲戚,也不知床上的这个史密森先生和贝温顿-沃特罗斯先生到底是什么关系。其实医生并不在乎他到底是谁。他们都在美国的国界外。在墨西哥,只要肯花钱,就可以买到基因改造手术的许可证。医生自己就有这么张许可证。当然,不是许可他做现在所做的事情。不过话说回来,如果不做这种事,要许可证有什么用? 他又耸了耸肩。

"已经三天了。"埃里克说,"这段疗程什么时候……停止?"

"今天下午我们就开始人工增强肌肉的疗程。我们——哦,护士,有什么事?"

"电话,找贝温顿-沃特罗斯先生。"年轻的墨西哥护士怯生生地说,"是蕾莎·卡姆登女士。"

埃里克缓慢地转过身来,"她怎么找到我们的?"

"我不知道,先生。你要……你要接这个电话吗?"

"不。"埃里克说。

一分半钟后护士又回来了,"先生,卡姆登女士说如果你不和她说话,她会在两小时后赶到这里。"

"我不和她说话。"埃里克固执地说,但他的瞳孔放大了,这让他一下子显得更年轻了,"医生,如果这个疗程现在中断会怎么样?"

"它现在不能中断。我们实在不知道会怎么样——但肯定会造成严重的精神后果。肯定。"

埃里克继续注视着德鲁。

影像变成了图形。与此同时，影像并没有失去特征，而是得到特征，添加了更多附属特征的影像就成为图形。影像是图形的基础，它们中有属于德鲁的图形也有不属于德鲁的图形，其中有象征他自己内心世界的天使、魔鬼、英雄、害怕、向往、冲动的图形，也有象征了其他人内心世界的图形。除了德鲁，没人能看见它们，没人曾经看见过它们，但它们就是他对世间万物的诠释，他很清楚。即使是在陌生药物、电极的控制下处在半昏迷状态，他的一部分有知觉的思维仍然很清楚这点。他认出了那些影像，德鲁知道自己永远不会忘记它们，也不会放弃制造它们。

"现在我们正在激活θ脑波。"医生说，"我们正用电击[①]方式迫使他的大脑皮质进入慢波睡眠的脑波状态。"

埃里克默不作声。墙上的钟一闪一闪地显示着时间，他的目光始终定格在钟面上。

"当然，贝温顿-沃特罗斯先生，你为史密森先生的这次治疗签署了放弃追究法律责任的弃权声明书，你也向我们保证如果有引渡条款你能够——"

"不是所有无眠者都本领相当的，大夫。比如说我，我有能力对付引渡权限，但没有能力对付我的阿姨。你现在最好也接受这个事实，因为她肯定会认为我们两个是同谋。"

---

①是一种缓解和治疗精神分裂等精神病的方法，又称电融合法。

德鲁睡着了。然而那不是睡觉。来自大脑边缘系统的影像在加固的"公路"上源源不断地涌向他有意识的思维,他看见了它们,他了解它们,但现在他加入了它们的队伍。德鲁,他似乎成了自己梦境中的梦游者,具有了梦游症患者特有的两重性:既在熟睡,又在控制着自己的肌肉行动。他在图形中游走,在梦境中,他改变它们,重塑它们,给它们定形。

"脑电图分析显示δ波①已经被激活,因为他现在处于深度的慢波睡眠中。"医生说。不清楚他是在对埃里克还是在对自己说这些话。"大多数梦都是在快速眼动睡眠时产生的,但有一些是在慢波睡眠时产生的,而这点非常重要。整个治疗就是基于这个事实——通常,精神分裂症、暴力倾向、睡眠调节能力弱都是和慢波睡眠的减少有关。在促使病人进入慢波睡眠的无意识状态时,通过人为干预,强迫病人大脑克服因病人原有的各种失调行为给大脑带来的刺激。说到底,这个理论就是让病人进入一种深度的平静状态。通常所用的镇静药物会让病人呆滞迟缓,而在这种平静状态下就不会出现那样的症状。实际上,这种平静源自大脑为它原本不能接受的刺激建立起了新连接——没人能通过这幢建筑的Y能量场安全系统,贝温顿-沃特罗斯先生。"

"谁设计的这个安全系统?"

"凯文·贝克。当然,是通过我们的一家完全不知情的子公司。"

---

①脑波的一种,在深度熟睡中才会出现。

埃里克微微一笑。

德鲁深深的呼吸很均匀，他的双眼紧闭，强健有力的躯干和残废的双腿一动不动。

他是宇宙的主人。蕴涵其中的万物都通过他的思想运转，他在梦境中意识清醒地为万物塑形——清醒地做梦，它们属于他。他，曾经一无所有的人，曾经一文不名的人，现在是万物的主宰。

迷迷蒙蒙间，透过梦，德鲁听见了第一声警报。

为了追踪他们花了四天时间，她到底成功了，因为她最后还是给凯文打了电话，请求他的帮助。

注视着被机器五花大绑的德鲁，注视着用一只手托着胳膊肘、就像个叛逆男生的埃里克，蕾莎心想，现在我们没法回头了。这种想法非常清晰，她不在意它是那么地具有戏剧性，且又让人不知所措。艾丽斯的孙子居高临下地看着与他曾有过瓜葛的睡眠者，仿佛德鲁是只实验鼠或是个有缺陷的染色体，仿佛他自己是个在四分之三个世纪里把无眠者当作实验品或缺陷看待的憎恨者，仿佛他自己就是卡尔文·霍克、戴夫·汉纳维，或亚当·沃尔科特，或詹妮弗·沙里夫。

艾丽斯的孙子。一个无眠者。

德鲁一丝不挂地躺着，脸上的痛苦因为熟睡而变得平和起来。他看起来比十九岁要年轻，更像是个孩子——她在沙漠的庄园中第一次见到的那个狂妄自大、自信满满的孩子："我要拥有庇护所，我。"残废的双腿看上去似乎不属于这具肌肉发达的成熟躯体。他的胸口有条刀疤，右肩上有道新鲜的烧伤伤痕，下巴上有瘀伤。蕾莎明白她和她的人要对这一切负责。九年前根本就不应该让德鲁进来，应该让他离去，永远不应该试图把他变成他不可能成为的人。

"爸爸，等我长大了，我要想办法让艾丽斯也变特别！"你从来都没有停止尝试，不是吗，蕾莎？对所有的艾丽斯们，对所有的一无所有者们，对所有的乞丐们——如果你让他们去，不再死抱着你那些自以为是的特别不放，他们会活得更好。

托尼——你是对的，他们和我们太不一样了。

托尼……

她冷冷地对埃里克说："告诉我你都对他做了些什么，还有为什么要这么做。"

小个子医生急切地说，"卡姆登女士，这是个实验——"

"你，"蕾莎对埃里克说，"你来告诉我。"保镖们站在她和医生之间，把医生阻挡在外。房间里全是保镖。

埃里克简短地说："我欠他的。"

"什么？"

"最后一次做人的机会。"

"他就是人！你怎么能把实验用在——"

"我们就是实验品，而且我们现在都很好啊。"埃里克说，语气里表达出对这个简化逻辑的信念,这让蕾莎倒抽了口凉气。她年轻时也是这样的吗?

埃里克继续说:"你凡事总喜欢往最坏处想,蕾莎。我是冒了点风险,是的,但另外四个实验病人都从中受益——"

"冒风险!对一个不属于你的生命!这甚至都不是个注册过的正规医疗机构!"

"打扰一下,"医生说,"我有许可证——"

"有多少实验是不需要冒风险的呢?"埃里克说,"顽固者不允许。他们杜绝了基因改造研究,生怕它转变成一种更为强大的武器摧毁他们的生活,这不是——蕾莎,其他四个做过手术的病人的情况都很好。他们更加冷静,看起来更加懂得控制自己的情绪——"

"埃里克,这不是你能决定的,你听见没有?德鲁没有这样选择!"

有那么一阵,埃里克又变成了过去那个阴郁、愠怒的孩子,"我也没有要求成为现在这个样子。爸爸娶了个无眠者,替我做了选择。究竟是谁在做选择?"

蕾莎盯着他看。他不明白这种区别——他确实不明白。艾丽斯的孙子,他在生活里既能享受到特权,也会遭受到排挤,而他曾以为那些不同于普通人的优势能够赋予他智慧。

过去他们不都是这样以为的吗?在托尼去世之前。

德鲁还在沉沉的熟睡中,他的嘴唇微动,像是在吮吸一个不存在的乳房。

房间慢慢变亮了，一开始是灰色的暗影，随后珍珠色的朦胧迷雾穿过那些暗影，然后就是清晰苍白的光线。德鲁想要挪动他的脑袋，他感觉嘴角有口水流出来。

什么东西在他的脑袋里移动，一些非常非常重要的东西。德鲁把注意力从它们身上转移开。他能做到的，他很清楚，完全自信，不管在他脑袋里的新玩意儿是什么，在他没搞清楚之前它是不会消失的。它永远不会消失，他拥有它，它是他的。他不清楚的是这个房间。这里发生了什么事。谁在这里。为什么。

一个穿白大褂的人说："他醒了。"

好多面孔凑到了他面前，挤挤挨挨地乱成一片，然后又慢慢地散开。护士们面面相觑。有个五短身材、橄榄色皮肤的医生，他的左眼不停地跳动。这种抽搐令德鲁有所反应。他看见了那个人的紧张、恐惧，在德鲁的脑海里，那人的紧张恐惧就是一条突然大起大伏的锯齿状红线，随后线条又形成一个三维图形。在它变化的时候，德鲁脑袋里的另一样东西优雅地移动过去与之相遇。那是从他身上分离出来的、仍旧属于他的恐惧和内疚，这些图形来自他大脑的角落。象征医生的恐惧的图形和象征德鲁的恐惧的图形融合——埃里克、燃烧瓶、卡尔烧着了——德鲁看着那些形状，感受着它们，然后他了解这个男人了。这个医生，他一生都在恐惧的边缘冒险,不是因为冒险可以带来财富,而是因为冒险可以让他逃避内心的空虚。对他来说,成功是永远不够的——我能做得更好吗？其他人能做得更好吗？但一旦失败就是毁灭性的。德鲁只要看着这些图形,就能知道这个医生面对一场失败的医学考试时会做何反应,去和其他人约会时会做何反应,若因为经营这家非法医疗机构而被捕时又会如何反应。前两个反应会是隆起的代表失败的图形,第三个会是在失败中燃起火光的快乐图形,不过这个失败并非他的原因,而是受外部影响,所以这也算是一种胜利。德鲁看着这些图形,这些没有语言的形状,它们并没有揪住他的心——他没有感觉同情——而是穿过他头脑中的一层层思维,像棵植物似的扎下深深的根。一棵屹立不倒的大树。这棵无声的智慧之树就像所有树那样默默无语地面对沉寂的天空。

德鲁眨了眨眼。刚才那一切只发生在一瞬间,但他会一辈子记住的。

"抬起你的头。"医生严肃地说,那神情仿佛德鲁要伤害他,而他又无路可逃似的。德鲁也看见了那些严肃的图形。在他自己的脑海深处,又有另一些图形向这些严肃的图形流动过来,和它们融合了。德鲁观察着。那些图形就是他,不过他也是别的什么东西,在观察、在理解的某样单独的东西。

他抬起头,右边的一个屏幕开始发出轻柔的不成调的哔哔声。医生专心致志地研究着屏幕。

蕾莎冲进了房间。

一看见她,德鲁脑袋里他说不上来的许多形状立刻炸开了锅。

她朝他弯下腰,瞄了瞄屏幕,把一只凉凉的手放在他的前额,"德鲁……"

"你好,蕾莎。"

"你……你感觉怎么样?"

他笑了笑,因为这个问题根本没法回答。

她肯定地说:"你会好起来的,但有很多事你有权知道。"蕾莎的这句话——"有权知道。"——在德鲁的脑海里转化成一个图形。他可以清晰地看见那个形状,是个错综复杂的平衡体,是她穷尽一生都在为之努力的权利和特权问题,那已经成为她的生活。他看见了蕾莎自己的干净质朴的图形,它在和其他那些混乱的形状斗争。它们伸展出枝丫、伪足,让人无法捕捉,而她依靠原则和法律坚持斗争。斗争本身就有形状,他摸索着想找个词形容它,但词语不在那里。他从来就没什么词汇量。他能发现的最接近的词是个古老的词汇"骑士",但不太准确。蕾莎为了把一个无法无天的世界法律化而进行的奋斗,其图形表现出的辛酸之意是如此强烈,相比之下"骑士"一词实在太苍白了。这个词不对。他紧蹙着眉头。

蕾莎说:"哦,别哭,德鲁,亲爱的!"

他根本没想要哭。她不明白。她怎么能明白呢?就连他自己都不明白发生在他身上的这件事,或是已经对他做过的所有事,或其他任何事。埃里克以前想伤害他,是的,但这次不是伤害,只是让德鲁更能做回自己,就像一个本来可以跑两英里的人现在能跑十英里了。他仍然是他,他的肉、他的骨、他的心,但不止于此,还有更多别的东西把他从普通人变成什么……其他的人。非凡的人。他认为自己就是非凡的。

蕾莎说:"大夫,他不能说话!"

"他能说话。"医生言简意赅地说,代表医生的图形又出现在德鲁的头脑中:因为恐惧也因为无法言明的成就感,这个隆起的歇斯底里的形状显得很兴奋。"大脑扫描显示语言中枢没有损伤!"

"说点儿什么吧,德鲁!"蕾莎恳求道。

"你真漂亮!"

他以前从没有注意到这点——他怎么会没注意到这点呢?蕾莎面对他,欠着身,她的金发就和年轻姑娘的一样美丽,她的脸庞散发出年轻女子独有的坚韧不拔的光彩。德鲁看见了形成那种力量的形状:它们是智慧和磨难的图形。他以前怎么没有注意到呢?她的乳房在薄薄的衬衫下显得很丰满,从衣领探出的脖颈像段温润的圆柱,白皙光滑的皮肤上显现出细致的蓝色静脉。他以前从没有注意到这些。一点儿都没有。蕾莎是多么漂亮啊。

蕾莎皱着眉头稍稍往后仰起头,她说:"德鲁,现在是哪一年?你被逮捕时是在哪个镇上?"

他大笑起来,直笑得胸口发疼,这才觉察到肋骨周围的带子

——他的胳膊还被绑着。埃里克走进房间,站在德鲁的床边。看见埃里克严肃的面孔,更多图形充斥在德鲁的大脑里。他明白了埃里克为什么要做这些事,所有一切都要回溯到那天的三叶杨林。那天两个男孩几乎要置对方于死地——如果他们中的任何一个有能力这么做的话。接着是德鲁父亲的图形——借助醉醺醺的狂怒殴打他的孩子们。还有卡尔向前冲刺——因为扔得不够高而被燃烧瓶烧到了。实际上,他们都是同一个图形,这个形状真的很难看。德鲁第一次感觉到了另一个独立的自我,这个自我看着这些形状,内心忍受着煎熬。他闭上了眼睛。

"他昏过去了!"蕾莎叫道。医生立刻反驳说:"不,他没有!"即使眼睛闭着,德鲁仍能看见他和埃里克的图形,所以他闭着眼也没关系。忽然他睁开眼睛,他现在知道关键是什么了,也知道将会发生什么了。

"蕾莎……"他的声音让自己都吓了一跳——听起来是那么虚弱无力,然而他并没有感到虚弱。他又试着说了一次,"蕾莎,我需要……"

"好的!要什么?随便什么,德鲁,任何东西。"

他回想起了另外一天,那天他残废了,就像现在这样躺在床上,埃里克的父亲弯腰朝向他,说:"会尽我们所能,任何事……"然后他想,现在我抓住他们了。同样的图形。都是要穷尽人的一辈子——比他自己的一生还要长——才能证实的。在他头脑深处,正甩动尾巴鼓动鳃游弋的奇妙图形。

"什么,德鲁?你需要什么?"

"一台斯丹顿-凯里程式化全息放映机①。"

"一台——"

"是的。"德鲁用他最后的力气轻声说道,"现在。我现在就需

要。"

①作者杜撰的机器。

21

米丽十三岁了，她收看睡眠者的节目已经有一年时间，既在生活者的新闻网，也在顽固者的新闻网上看。

头几个月里，睡眠者的新闻网吸引住了她，因为它们带出了如此多的问题：为什么摩托车比赛这么重要？为什么在"午夜故事"节目里，漂亮的年轻男女要如此频繁地更换性伴侣——特别是在他们看上去和已有的伴侣相当情投意合的时候？为什么那些女人有如此丰满的乳房，男人有这么大的生殖器？为什么来自爱荷华州的国会女议员要进行这么愤世嫉俗的演讲，斥责得克萨斯州男议员的开销问题——尤其值得注意的是，这个女议员的开销似乎也同样很多。他们不是同一个集体的成员吗？现在看来，至少他们不像他们自己定义的那样。为什么生活者都无所事事，所有新闻网却还要赞美他们，称他们的"休闲是具有创造力的"，同时却几乎绝口不提那些奔波忙碌的人们——而那些奔波忙碌的人实际上正管理着这些新闻网。

最后，米丽通过搜索数据库，以及和父亲、奶奶交谈，找到了这些问题的答案。

烦心的是，答案并不十分有趣。摩托车比赛之所以很重要，是因为生活者认为它们是重要的——答案就是这些吗？全凭一时兴起？

她在头脑中建立起有关这个问题的长长的思维线，涉及海森堡原理①、伊壁鸠鲁②、已经失传的存在主义③哲学、拉沃里神经中枢增强恒量④、神秘主义、社会民主主义、社会有机体，以及伊索寓言。这条思维线很棒，只不过这部分内容在本质上仍然是无趣的。

米丽的其他问题的答案也是同样无趣的。她发觉从美国的政治体制和资源分配的角度看，选票和权利的相互制约使生活者和顽固者处在一种并不稳定的平衡状态中，这种平衡似乎并不是来自规划或法则，它更像是一次偶然的社会演变所产生的结果。在美国，事情会怎么样就怎么样，反正就那么回事。如果有更深层的东西，新闻网是不会报道的。

---

①即测不准原理。

②伊壁鸠鲁（公元前341～前270）：古希腊哲学家、杰出唯物主义和无神论者，于公元前306年在雅典创立了其颇具影响力的伊壁鸠鲁学派。认为欢乐或者避免痛苦和感情上的困扰是最高的幸福。

③一种强调在怀有敌意或冷漠的世界中个人经历的独特性和孤立性的哲学，它认为人的存在是不可解释的，并强调选择的自由和对自己行为的结果负责。

④作者杜撰的。

她断定美国正像她奶奶说的那样颓废,因为廉价的Y能量而变得娇生惯养,通过对外销售专利权而发财致富。她学习了俄语、法语、日语,花了几个月时间看了相关语种的新闻网。答案有所不同,但并没太多新鲜的。事情发生了只是因为它们发生了,他们维持原状只是因为他们想要这样。少数国家的边境上在打仗,或者不打仗。贸易协定被签署,或者不签署。重要的睡眠者死了,或者做了手术康复起来。有位法国广播员,最杰出的人物之一,在他的节目尾声总是用同样的一句结束语:一切都好。

在那些大众新闻网中,米丽没有找到哪里提及科学研究或突破性的发现,也没有看出政治热情,也无法找到提及数据库中的巴赫、莫扎特或奥尼尔等音乐家的复杂音乐的地方,也没有她和托尼每天讨论的那些同样复杂的观点。

六个月后,她停止看新闻网了。

不过,有一件事已经改变了。她的奶奶总是忙忙碌碌,在沙里夫实验室花费越来越多的时间,米丽只好向她的父亲提问。他并没有全部问题的答案。米丽把他给出的一些回答构建成曲折简短的思维线。他告诉米丽,十岁的时候他离开了地球,虽然有时也回那儿做生意,但他很少和睡眠者长时间相处。他通常通过一个中间人做生意,一个生活在地球、名叫凯文·贝克的无眠者。

米丽了解贝克的情况,数据库里有他的很多资料。她对他并不十分感兴趣。在米丽模模糊糊的下意识里其实有些瞧不起他,一个和乞丐共同生活的人,从乞丐那儿获取利益,而且相比和集体之间的联系,他更看重那些利益——那些利益无疑是巨大的。父亲谈论这些的时候她就倾听着,渐渐地对父亲感兴趣起来。和她母亲不同,父亲会直接看着米丽抽搐的脸庞、超大的脑袋和颤抖的身体而不会偏过脸去。他能倾听她结结巴巴的话语。这个黑头发、低额头的男人坐在那儿,把双手平静地放在膝盖上,耐心地听她说话。在他的黑眸中有着米丽说不上来的东西,不管她用多少条思维线去分析它都无济于事。但能看到所有的思维线都起始于痛苦。

"爸爸,你你你在在哪儿?"

"沙里夫实验室,和詹妮弗在一起。"她的父亲和纳吉拉姑姑不一样,总是对他母亲直呼其名,米丽不清楚这是从什么时候开始的。

米丽看着父亲。尽管米丽以为沙里夫实验室是凉快的,但他的额头上还是渗出点点汗珠,脸色看起来很是震惊。她问:"实实实验室在在在做做什么?"

里基·凯勒摇摇头,接着他突然说道:"你会在什么时候加入委员会?"

"十十十六岁。还还还有两两年零零两两个月。"

她父亲笑起来,微笑引发了一根单独盘旋的思维线。令人惊讶的是,它连接上了米丽几个月前看过之后就再没有想起的睡眠者新闻网里的一个故事——显然是篇小说,出自一本讲述睡眠者宗教信仰的神秘书籍。讲的是一个叫约伯的男人一次又一次地被人打劫,失去了他的财产。他没有自我防御和为之斗争之心,也没有想办法重新夺回或赚回那些财产。米丽认为约伯很软弱,要么就是愚蠢,要么是两者皆有,然后不等看完,米丽就对这个故事失去了兴趣。但她父亲的微笑让她想起了那个男主人公听天由命的面孔。她父亲所能说的,并且说出口的就是:"很好。我们委员会需要你。"

"为为为为什么?"米丽提高声音问道,气愤他花了那么长时间才憋出这么句话——虽然这时候米丽因为听见他开口说需要她觉得心里暖融融的。

他没有回答。

威尔·桑达罗斯说:"就现在。"

詹妮弗向前倾身,盯着泡泡的三维全息图像。在一千英里外的太空,泡泡已经膨胀起来,球体内的几个角落放出了实验鼠。老鼠的项圈上有个微型注射装置,可以在最短的时间里让它们的生理系统恢复到最佳状态。在几分钟内,项圈上的生物计就显示它们已经分散开,正穿过球体的内部——这个球体的内部结构和华盛顿特区的地形一样复杂。

"准备好。"托里维瑞博士说,"倒计时,六、五、四、三、二、一,放。"

基因改造过的病毒被释放了。气体以每小时五英里的速度从西南方向袭去。詹妮弗转而把注意力集中到墙面显示屏幕上的生物计读数上。三分钟后，读数表明已无生命活动迹象了。

"好。"威尔说。他没有微笑，但他抓住詹妮弗的手。"好。"

詹妮弗点点头，对托里维瑞、布勒和三个技术工作人员说："干得漂亮。"她转向威尔，声音非常低沉，"准备下一阶段。"

"好。"他又说了一遍。

"开始进行神乐轨道站的购买谈判。不要通过凯文·贝克，一定要秘密进行。"

其实在好几年前威尔和詹妮弗就已经决定要做这件事了，不过威尔·桑达罗斯现在装作才听说似的。他显然了解他的妻子喜欢下达命令。然后他再次目光灼灼地看向显示屏上的读数。

米丽打开托尼实验室的门。六个月前，托尼搬到二号科学楼里自己的工作区去了，因为一间实验室已经容不下他们两个人开展研究项目。每次看着对面空出的工作台，米丽就感到十分难过，尽管她认为部分原因是自己的工作进展得不顺利。两年里，她模拟了所有能想到的基因改造方式，但没一个能对超级无眠者的口吃和抽搐有更进一步疗效。对她来说，工作开始变得枯燥乏味起来，时刻提醒她想起思维导图中缺失的部分——不管缺失的到底是什么。停滞不前、枯燥乏味、没有生产价值。今天又是失败的，她的心情糟透了，无聊烦乱的心情形成一条可怕的、快速运动的、混乱的思维线。她需要托尼的安慰和鼓励。她想见托尼。

他实验室的门锁上了,但米丽可以通过视网膜扫描开门。实验室门上显示"无菌环境"字样的灯没有亮着,说明可以进入。于是她把右眼靠在扫描仪上,然后推开了门。

托尼趴在地板上,抽搐颤动着,他的身下躺着克里斯蒂娜·德米特里厄斯。越过他正在快速抽动的身体,米丽看见克里斯蒂①的眼睛睁大了,随即暗淡下来。"噢!"克里斯蒂轻声呻吟。托尼什么也没说。可能他没听见米丽进来,或许克里斯蒂也没听见。米丽退出了实验室,关上门,跑回她自己的实验室。

她耷拉着脑袋,双手颤抖着紧握在一起,坐在桌子前。托尼没告诉过她——哦,他为什么要告诉她呢? 这是他的事,不是米丽的,米丽只是他的姐姐,不是他的情人——是他的姐姐。思维线在她的脑袋里形成,又分散,重新组合。生平第一次,米丽对那些曾感到晦涩难懂的古老故事——她之所以还记得是因为她能记住所有事情——恍然大悟。赫拉②和艾奥③。奥赛罗和黛丝德蒙娜④。尽管她对性生理学了如指掌——比如影响激素的分泌物,血管的充血,信息素的产生——但她对于男女之间的情感仍懵懂无知。她什么都知道。她也什么都不知道。

现在她明白了,这是嫉妒,一种最容易摧毁集体的情感。一种

①克里斯蒂娜的昵称。
②宙斯神的妻子。好妒忌。
③宙斯所爱的少女,被赫拉变成了小母牛。
④莎士比亚四大悲剧之一《奥赛罗》中的男女主人公。

乞丐的情感。

米丽站起来,心烦意乱地踱着步。不,她不会屈服于低级的嫉妒心。她可是更为出类拔萃的人类。托尼理应得到更好的,他想要的是米丽这个做姐姐的所给不了的东西。米丽现在的思维线纷扰繁杂(理想主义、斯多噶哲学①、伊壁鸠鲁学说、托尼趴在克里斯蒂娜身上……),她会用自己的方式解决这个问题(黑暗、充实、悸动的疼痛、把可燃气体输送进热核反应堆、造父变星②)③。

米丽洗了脸和手。她穿上一条干净的白色短裤,在黑头发上系了条红色缎带。她的嘴唇总是紧抿着——不断抽搐时除外。她不用去考虑要选谁亲近自己,她已经想好了,她很清楚自己的想法,也很了解那些想法背后隐含的可能性。

他的名字叫戴维·阿伦森。他比米丽大三岁,是个普通无眠者,但相当聪明,是庇护所团结誓言的忠实信徒,而且拥护她奶奶的领导。他有一头乌黑的鬈发,就像米丽的头发一样黑,但在浓密的黑色睫毛下的是一双明亮清澈的灰色眼眸。他的双腿修长,肩膀像十八岁的成年男性一样宽阔有力。他的嘴唇丰满,唇线十分坚毅。米丽已经花了六个月的时间观察戴维的嘴唇。

她在自认为能遇见他的地方找到了他:轨道站的航空港。他正

---

①讲究苦修和禁欲。

②变星的一类,其代表是仙王座δ星,它们的亮度呈脉动变化。造父变星越亮,它的脉动就越缓慢。

③这些都是米丽脑海中混乱的思维片段和意识流。

全神贯注于机器的电脑图形设计上。两个月后他将第一次去地球，到斯坦福大学学习工程学的博士课程。

"你好，米丽。"他声音低沉，有点沙哑。米丽喜欢这种沙哑。她也不知道是为什么。

"戴戴戴维，我想想想要要问你你你点儿事。"

戴维没有看米丽，他仍全神贯注地望着米丽身旁电脑屏幕上的全息图形，"什么事？"

直截了当对米丽来讲并不困难，在她的生活中，交流的困难主要来自她的口吃，以及很难用简单的语言表达清楚庞大而又极其复杂的思想。她习惯于在面对普通无眠者时把事情都尽可能地简化，而这件事本来就是很简单的事情，就米丽在语言交流上的局限性来说，直截了当的对话是再合适不过的，几乎没什么能比开门见山地说话更好了。

"你你你愿愿意和我我做做做爱吗？"

戴维直起身，两颊绯红。他继续看着图像，说："对不起，米丽，那是不可能的。"

"为为为什么不不不可能？"

"我已经有女朋友了。"

"是是是谁？"

"你不认为这是我的私事吗？"

他的声音听起来很冷漠，米丽不知道是什么原因。据米丽所知,非商业信息也是供集体使用的,那戴维为什么不肯把他女朋友的信息公开呢? 她习惯了让问题得到答案。如果它们没有答案,她习惯于探寻为什么没有。"为为为什什么你不不不愿愿意告诉我她是是是谁?"

戴维佯装弓背,更加凑近他的屏幕。他漂亮的嘴唇抿了起来,"我认为这个对话结束了,米丽。"

"为为为什么?"

他没有回答她。米丽的思维线突然混乱起来,像绞索一样勒紧了她,"因因因为我很很很丑? 我还痉痉挛?"

"我说了我没什么可说的!"他的语气里带了丝挫败和尴尬,或是些许气恼,破坏了他一贯彬彬有礼的形象。他在怒气冲冲地走开之前终于直视了米丽。米丽认出了这种眼神,她常会在母亲埃米奥纳的脸上看到这种眼神。米丽也认识到自己就是引起挫败感、尴尬或愤怒的源头。他不想要她,她就没有权利强迫他——但她想要得到的只是答案。逼迫他,只会让米丽自己受辱。他不想要她。她抽搐,她的头太大,她结巴,她不像琼那么漂亮,没有一个正常无眠者会要她。

米丽小心翼翼地走回自己的实验室,那缓慢谨慎的模样仿佛自己是某种随时可能爆炸的化合物。她再次握紧双手坐在桌子前,抽动痉挛着,试着让自己平静下来。去思考,去有序地构想,平衡好对这个问题有用的所有思维框架,纳入所有相关的事物,包括每件有生产力价值的东西。过了二十分钟,她再次站起来离开了实验室。

尼克斯·德米特里厄斯和克里斯蒂娜是孪生兄妹,他着迷于金钱。他曾对米丽说过,货币的国际流通、波动起伏、使用、兑换、符号体系比地球上任何生物圈模式都更加复杂,但同样有助于人类在生理上的生存,而且要更为有趣。十四岁时,他已经在对庇护所证券交易所的普通成年无眠者提出关于国际贸易方面的意见了。他们花钱购买他对于全球的投资商机的建议:在首尔发展新的风切变探测技术①,在摩洛哥投资新兴航天产业。米丽在中央区域的通信大楼找到了他,他坐在一个小型办公室里,被数台电脑所环绕。

"尼尼尼尼克斯……"

"你你你你好,米米米米米丽。"

"你你你想想和我做做做爱吗?"

尼克斯沉稳地注视着她,红晕从他的脖子蔓延到前额。米丽明白了,和戴维·阿伦森一样,尼克斯也尴尬了。但和戴维不同的是,他看起来不是因为这个问题的直截了当而窘迫。她想到了唯一会令他尴尬的理由——他是真的有女朋友了。米丽随即转身踉踉跄跄地离开了办公室。

尼克斯叫着:"等等等一下! 米米丽!"他的声音是真的很难受。他们长久以来一直都是玩伴,而他的协调行动能力甚至没有米丽好,所以米丽很轻易就把他甩在了后头。

---

①作者杜撰的技术术语。

回到实验室,锁上门,开启"无菌环境"的指示灯,使房间处于密封状态,米丽端坐着,拼命忍住泪水。奶奶说得对,有些事很难做到但必须去做,这就是所谓的"艰难的必要性",其中之一就是不能哭。

从那以后,她和尼克斯保持着礼貌的距离,而对方似乎也不知如何应对。后来,米丽看到他和一个普通无眠者,一个名叫帕特丽夏的十四岁漂亮女孩在一起,女孩似乎对尼克斯运用金钱的本领很着迷。米丽本来就不太和克里斯蒂娜说话,现在说得更少了。

她再也没有见过戴维。她一如既往地对待托尼,他是她的工作伙伴、朋友、心爱的知己,她的弟弟。现在唯一有所变化的是,她不再向托尼敞开心扉、毫无保留地倾诉。仅此而已。反正这种倾诉也并不重要。这也是"艰难的必要性"的一种。

两星期后,米丽开始恢复收看来自地球的新闻网,但只看情色频道。这种频道有很多,她在其中找到一个她喜欢的。她把实验室门口的视网膜识别程序做了修改,删除了除自己之外的所有人的视网膜图像资料。托尼也从来没问过她为什么未经许可就再也不能进入她的实验室了。这种问题不需要提,他很清楚。因为他是米丽的弟弟。

坐在德鲁指定的椅子上,蕾莎冒出个有趣的想法:我想要抽烟。她记得她的父亲就抽烟,每次他都伸手掏出那个带有压花字母的烟盒,再点燃香烟。他的眼睛眯缝着,双颊因为深吸第一口烟而凹陷下去。罗杰总是说这能让他放松下来。蕾莎后来知道他是在撒谎，吸烟其实是为了让他自己打起精神。

她现在想要的是哪个，悠闲地放松还是打起精神？似乎两者她都需要，但只怕德鲁待会儿要向她展示的东西会让她两者都得不到。

他坚持要蕾莎第一个，而且要单独一个人来看。"一种新的艺术形式，蕾莎。"他带着异样的热情说道，这股热情自埃里克的那次非法实验以后就没消退过。德鲁本来就是热情的，但这次有所不同。他透过浓密的黑色睫毛凝视着蕾莎，令蕾莎不免为他担心。这种担心，感觉就像是家长害怕自己的孩子不能够得到他所渴望的东西，担心他会失败。要真是那样，你会比你自己失败更加难过。艾丽斯怎么忍受得了这种感觉？斯特娜怎么忍受得了？

但罗杰没有这种困扰。他从一开始就确信无疑，他的孩子不会失败。可是，爸爸，如果你看到我现在的样子，一定会惊讶不已吧。蕾莎在这片沙漠里郁郁寡欢且懒散地度过了二十年。仿佛阿喀琉斯[1]和阿伽门农[2]，蕾莎在进行一场自己人打自己人的愚蠢战争——她养育的儿子的主要才能就是惹事。为此两人时有冲突，更糟糕的是，实际上德鲁根本不是她真正的儿子。

---

[1] 荷马史诗《伊利亚特》中的英雄，是珀琉斯和西蒂斯之子，杀害赫克托耳的人。

[2] 特洛伊战争中希腊军队的统帅。阿喀琉斯和他属同一阵营，却时有冲突。

她不太客气地对德鲁说:"你要知道我从来对艺术——任何形式的艺术——都没什么特殊的敏感性。也许别人——"

"我知道你没有,所以我才想让你先看。"

她在椅子上坐稳。"好吧,开始吧。"口气听起来像是彻底认命了。

"关灯。"德鲁说。房间暗了下来。在新墨西哥州的这座庄园里,他一共用了七个月时间、花了五十万美元为这个房间安置了剧院设备。蕾莎听见德鲁的轮椅驶过地板。天花板上的全息投影仪开启了,他就坐在正下方,腿上放着个控制面板。他周围什么都没有,没有地板没有墙壁没有天花板,德鲁悬浮在一片黑暗中,这片纯粹的虚空仿佛拥有天鹅绒一般的柔软度。

他开始用低沉的嗓音说话。蕾莎听见平静悦耳的声音——她从没意识到德鲁有如此动人的嗓音,在普通的环境里,你是不会注意到这些的。然后语言逐渐渗透弥漫开来。是诗歌。德鲁正在朗诵一首古老的诗歌,关于一片凋零的金色小树林……蕾莎记得以前曾经听到过这首诗,但想不起作者是谁了。德鲁的嗓音舒缓动听。图形从黑暗中向她漂浮过来。

它们不太好辨别,但蕾莎还是认出了它们。在他念完诗,再次开始朗诵时,图形从德鲁的上面、后面、前面一掠而过,有些甚至从他的身体中间穿过。还是同一首诗,至少她认为是同一首诗。蕾莎不能肯定,因为,她一直都对诗不感兴趣,很难把注意力集中到语句上。但即便她喜欢诗,此刻她也难以集中注意力。她无法把视线从那些图形上挪开。它们在德鲁身后滑动,蕾莎试图用目光追踪它们,透过德鲁的身体看着它们,但她不能。这种努力很费劲。当摇晃的图形从德鲁身后显露出来时,它们变幻了形状。蕾莎使劲向前探着身子,想弄清楚它们到底是什么……她认出了它们……

德鲁第三次重复那首诗:"'什么,玛格丽特,你在哀悼那凋零的金色小树林……'"

她在哀悼,但不是为了哀悼那些凋零的落叶。图形在她的脑海里溜进溜出,突然,德鲁消失了……他肯定非常善于操纵程序……蕾莎心中漾起无限哀伤。最终她认出了一个图形:那是她的父亲,罗杰。他站在密歇根湖边的老宅的温室里,那所房子二十六年前就拆掉了。他手里捏着一朵异国花卉,厚厚的花瓣,奶白色,花蕊泛着粉红。她喊出了声,只听见罗杰话音清晰地说:"你没有失败,蕾莎。你对庇护所所做的努力,对把艾丽斯也变得特别所做的努力,对理查德所做的努力,对法律所做的努力并没有白费。唯一的遗憾不是你没有使用个人的能力,而是你耗费一生都在使用它们。你努力过了。"

蕾莎轻轻尖叫一声,从椅子上站起来。她朝她的父亲走去,他没有消失,即使她直接和他一起站在了全息投影仪下面,他也没有消失。但他手里的花卉不见了,他握住她的双手,温柔地说:"你就是我个人奋斗的全部意义。"蕾莎拼命地摇头。她的头上有条蓝色缎带,她又成了小孩子。马赛尔和艾丽斯一起走了进来,艾丽斯说:

"你从没对我做错任何事,蕾莎。从来没有。没什么需要原谅的。"然后艾丽斯和罗杰都消失了,而蕾莎正在一片充满阳光的树林里奔跑,光线透过树木投射下金色的斑点。蕾莎置身在阳光下,她大声欢笑,她能感受到植物充满生机的暖意、春天的香甜气息和宽恕的味道。蕾莎从没有体验过如此的自由和快乐,仿佛她正在做命中注定该做的事情。她再次大笑起来,更加使劲地奔跑,因为在阳光明媚、开满鲜花的小径尽头站着她的母亲。母亲环抱着自己,也在笑,她的脸庞散发着爱意。

蕾莎的脸颊上淌着泪水。她仍坐在房间的椅子上。灯光亮了起来,她立刻感到一阵眩晕。

德鲁急切地问:"你看见了什么?"

蕾莎弯着腰,对付她的胃疼。最后,她喘息着问:"你……你做了什么?"

"告诉我你看见了什么。"他固执地又问了一遍,那神情还真像个年轻艺术家。

"我不想说!"

"看来我做的工作是富有成效的。"他微笑着靠在轮椅椅背上。

蕾莎慢慢直起身,德鲁一脸的洋洋得意。她感觉平静些了,于是又问:"你做了什么?"

他说:"我让你做了个梦。"

梦。睡眠。树林里的六个少年,一小瓶白细胞介素1……但那时什么都没有。什么都没有。

就像在詹妮弗·沙里夫的庭审时期，艾丽斯来到她在科恩万戈的旅馆房间的那晚。那晚，蕾莎已经对自己的信念——用司法力量创造一个共同群体的信念——感到绝望，当时她正站在深渊边缘战栗——

黑暗——

虚空——

但德鲁让她做的这个梦是光明的，不是一片黑暗。不过这次的情况和上次有其相同之处，蕾莎确信这点。本质上，两者都像是某种庞大的不受法律束缚的东西，它们都能吞噬掉她的理智仅剩的那簇微弱火光……幸好那时候艾丽斯来了。相隔那么遥远的距离，艾丽斯不知怎么的就听见了蕾莎的心声。我就是知道，艾丽斯轻声说。然后她就直接来找蕾莎，没有任何理由。

现在是德鲁，没有任何理由，不知怎么的就操纵了她头脑中不为人知的一部分……

德鲁急切地解释道："这源自一种催眠术，普通催眠主要是触发大脑皮质，呼唤出所有的……图形——我是这么认为的。但这种方法不止于此，不过我还没有词语来形容，蕾莎，你知道我从来不善于描述，我只是知道这些图形就在我的身体里，在所有人的身体里。我让它们现形，叫它们出来，这样它们就能在人的梦境里组成它们自己的形状。这是在清醒地做梦，是部分受控制的，可以用意识控制梦境。但还不止如此。这个方法是崭新的。"他深吸一口气，"它是我独创的。"

她冷静了下来。"半受控制的？你是说你能决定我做什么……梦？"她正在感受太多的东西，虽然它们并不全都是好的，"德鲁——做梦就是这样吗？就像睡眠者做梦那样？"

他摇摇头，"我不清楚。我想我真的不知道发生了什么。你是第一个，蕾莎！"

"我……梦见了我的父亲。还有我的母亲。"

他的眼睛里散发出光芒，"对啊，对啊，我调动的图形原型正是你的父母。"他快活的神色突然黯淡下来，整个人似乎陷入了往日回忆中不能自拔。蕾莎不想去刺探他过去的痛苦。但是做梦……这太随便，太荒谬，太放纵自我了，这是一种屈服。但如果是对阳光，对甜蜜的屈服……不，它不是真实的。梦境是在逃避，她早就知道，她从来没有做过梦。梦是一种逃避现实世界的借口，就和艾丽斯的"双胞胎理论"那样的伪科学一样。但她从德鲁那里体验到的是什么……

"我太老了，没办法接受这个，这简直是要把我的世界像只袜子似的翻个底朝天！"

德鲁突然咧开嘴笑了，一种纯粹的胜利者的微笑，没有掺杂一点挫败感。这种笑容让蕾莎着了迷，但她继续保持着自己的理性态度。她说："德鲁，另外四个病人——和你在那个墨西哥人的诊所做同样手术的那些人,他们没有表现出任何与此相似的本领来,没有任何变化,任何……"她一时找不出恰当的词。

"因为他们不是艺术家,"这个重获新生的年轻人带着十足的自信口吻肯定地说,"但我是。"

"可是——"蕾莎想开口,但没再说下去,因为德鲁仍在微笑,仍旧一副洋洋得意的模样,他从轮椅上倾过身体,用力地吻着蕾莎的嘴唇。

蕾莎一动不动地坐着。她能感觉到自己身体的反应,这么多年来的第一次……有多久没这样了? 好多年了。她的乳头发硬,腹部收紧……他的皮肤、头发都散发出男性的气息。蕾莎不觉嘴唇微启。但随即她猛地向后一缩。

"不行,德鲁。"

"可以的!"

蕾莎讨厌自己在德鲁享受成功的喜悦时破坏他的兴致。他将拥有伟大的成就——他让她做了梦。但在感情这件事上她必须果断。"不行。"

"为什么不行?"他现在的脸色变得苍白,瞳孔放大了,但仍保持镇定。

"因为我已经七十八岁了,而你只有二十岁。我知道你不在乎这个,但在我的脑子里——我的脑子里,德鲁,你还是个孩子。而且对我来说,你永远都是个孩子。"

"就因为我是睡眠者!"

"不是,是因为我比你多活了五十八年。"

"难道你认为我不能理解这些?"德鲁激动地说。

"是的,我认为你不理解。你不知道那意味着什么。"她用手捂着胸口,"我把你当作儿子,德鲁。儿子,而不是恋人。"

他直愣愣地盯着她,"你的关于母亲、父亲和孩子的梦是那么可怕吗?"

有那么一会儿,蕾莎再次感受到了梦境,她瞥见了这个梦背后的东西,某种正面的、积极的东西:在阳光照耀的小径上,双手捧满异国鲜花的微笑的罗杰,还有从来没有真正对她如此充满爱意的伊丽莎白。蕾莎不是很清楚这个正面的东西是什么,但它就在那儿,在她脑海深处。一种维持世界秩序的方式,它和法律、经济、政治一体化或所有她为之奉献一生的事情都没有关系。它不是更糟糕的或更好的方式,而是不同的、相反的……惊鸿一瞥之后,它渐渐消失了。

她满怀同情地说:"我很抱歉,德鲁。"

在她离开房间的时候,德鲁在她身后平静地说:"我会更加娴熟地掌握我的艺术,蕾莎。我会从你的潜意识里得到更多实情,我会给你展示你从没……蕾莎!"

她不能回应他,那只会让事情更糟。她走出去轻轻关上了门。到了晚上,她已经考虑好该如何和他讨论这个问题,该说些什么才能把令人眩晕的插曲纠正到理性的观点上来。就在这个时候,斯特娜告诉她,德鲁收拾了行李,已经走了。

在委员会大楼里,米丽坐在她自己的座位上。这是个新座位,是在她十六岁生日时添置进这个房间的。在铮亮的金属会议桌边,新装上了第十五把椅子。从现在开始,沙里夫家族拥有的51%的庇护所股票将被分为七等份。明年,等托尼进入委员会,股票将被分为八等份。米丽坐下的时候,椅子发出轻轻的吱嘎声。

"庇护所委员会自豪地欢迎米兰达·塞丽娜·沙里夫成为具有投票权的委员。"詹妮弗正式宣布。委员们纷纷鼓掌。米丽笑了笑。她的奶奶用了点时间缓和房间里紧张的气氛,这种气氛是如此浓烈,浓烈得仿佛已经形成了气流,简直都可以通过海勒矩阵程序画出该气流的图表了。米丽透过低垂的眼帘瞥了眼桌子四周。她现在习惯于低垂脑袋,因为这种姿势能让她的抽搐和痉挛表现得最不明显。她的母亲在一旁鼓掌,但没有直接看着米丽。她的父亲微笑着,现在他的眼神里总是带有逆来顺受的忧郁神情。美丽的纳吉拉姑姑,她怀了另一个超级无眠者,正神情坚定地注视着米丽。

这期间委员们都微笑着,但她不太了解他们,不清楚这种微笑意味着什么。她不知道他们是否嫉妒她获得从天而降的特权。她从图书馆了解到,地球上可没有任何一个家族企业能像她的家族这样,从庇护所宪章的条文中得到这么多的荫庇。在新闻网的"戏剧频道"可以看到,地球上的人为了获得权利,通常的程序是:家族的第二代成员里,年轻的儿子杀死掌管诸如商业帝国、大农场或轨道企业集团的父亲,然后他们还要迎娶死去父亲的年轻的第三任妻子。米丽断定,乞丐们在现实社会中争夺权利时,不会真的使用如此野蛮而骇人听闻的方式。他们之所以这么演,肯定是因为他们喜欢通过"戏剧"方式来探究与现实毫不相同的境遇。这种爱好实在是太愚蠢,只看了两次,米丽就厌恶地放弃了戏剧频道,转回到情色节目上。

詹妮弗用悦耳的声音说:"德雷克斯勒委员,你可以开始财务报告了吗?"

财务报告是例行公事,尽管报告内容积极,但对减缓紧张的氛围没有任何益处。米丽趁着没人注意,从她低垂的眼帘下一个一个地仔细审视他们的脸。有什么事很不对劲。是什么呢?

农业、司法、医疗的主管委员都做了相关报告。埃米奥纳用一根手指绞着自己的一缕蜜糖色头发(米丽最后一次触摸她母亲的头发是什么时候? 好多年前了),然后又把发卷转移到第二根手指上,绕来绕去,绞动着。纳吉拉揉抚着她凸起的腹部。德沃尔委员,一个消瘦的有双温柔大眼睛的年轻男人,看起来像正坐在滚烫的煤块上。

最后,詹妮弗说:"对医疗报告再补充一点,我要求德沃尔委员把医疗报告中提到的这桩事故留下来做集体讨论。正如大多数人

所知道的,我们发生了一次事故。"詹妮弗突然低下头。米丽惊讶地
发现詹妮弗需要花些时间才能把话说下去,她一向以为她的奶奶是
无比坚强的。

"凯恩国际部的塔比瑟·塞兰斯基在修补三号商业大楼的能源转
换输入装置时,遭到一次电击……目前她所有的肌体组织正处在非
常缓慢的愈合过程中,但部分神经系统损坏严重,无法修复。虽然她
还有部分意识,但再也不会完全清醒了,现在只能达到动物的智力水
平……她将需要全天候看护,包括换尿布、喂食、清洁身体等最基本
的照顾。她将永远无法再成为这个集体中有生产力的一员了。"

詹妮弗依次看向每个委员。米丽的思维线纠结成了可怕的网
络。成为一个没用的、凡事都要依赖他人的人,消耗别人的时间和精
力却无回报可言……

一个乞丐。

她明白问题是什么了,她的胃抽紧了。

"我曾经认识地球上的一个女人,"詹妮弗说,"那时我还是个孩
子,而她是我一位朋友的母亲。生了我朋友之后,这个女人又有了另
一个孩子,一个神经系统严重失调的孩子。在所谓的治疗中,医生要
求这位母亲有节奏地移动孩子的胳膊和腿,模仿缓慢爬行的动作,试
图把这些动作印刻在孩子大脑中,刺激大脑的发育。她不得不每天
重复六次这些动作,每次一小时。这期间,她还要给这个孩子喂食,
吸掉结肠里的大便,播放一些规定的磁带以刺激他的感官,给他洗

澡,和他一天三次、每次半小时不停地说话。这个女人曾经是位职业钢琴师,但从那以后她再也没碰过钢琴。等孩子长到四岁,医生增加了更多的治疗内容,要求母亲每天四次推着轮椅带孩子在院子里散步,每次十五分钟。就算遇到不同的天气条件,也要按照相同的路线、以相同的顺序让孩子看相同的景物,这也是为了让孩子的大脑建立起对事物的某种反应。我的朋友也帮着母亲做这些事情,但枯燥繁重的生活让她憎恨回家。她的父亲后来也一样,最终也不回家了。最后,趁着父女俩不在家,那个母亲枪杀了自己的孩子,又饮弹自尽。"

詹妮弗停顿了一下,拿起一张纸,"委员会收到了塔比瑟·塞兰斯基丈夫的一份请愿书,要求结束她的痛苦。我们必须现在做出决定。"

莱蒂·鲁宾委员,一个脸部棱角分明、像是被车床切割过似的年轻女人,激动地说:"塔比瑟仍然能微笑,仍然能做出一点反应。我看望过她,在听见我的声音时她还试图微笑!不管现在是怎样的活法,她都有活下去的权利!"

詹妮弗说:"我朋友母亲的那个孩子也能微笑。真正的问题在于,我们有权让别人牺牲自己的生活来照顾她吗?"

"这不一定是对生活的牺牲!如果我们轮流照顾她,比如每两个小时轮一次班,负担就可以由多人分担,没人会真的需要牺牲。"

威尔·桑达罗斯说:"原则是仍然存在的。弱者因为软弱无能而对强者提出要求,乞丐总是提出要求,嚷嚷说一个人的劳动成果也应该属于不能自食其力的人。不过这种弱者反倒有恃无恐的情况也可以有所改变,比如我们不承认因为软弱就有资格提出道德上的要求。"

嘉米森委员摇了摇头,他是个工程师,几乎和米丽的奶奶一样年纪,却只改造了无眠基因。他有张平淡无奇的长脸,尖尖的下巴上满是疙瘩。

"这是条人命,桑达罗斯委员,是我们集体里的一名成员。集体不该对它的成员负责吗?"

威尔说:"可是,是什么让一个人能成为集体的成员的?难道成员资格是自动赋予的吗———一旦加入,你就永远是其中一员了吗?这只能导致机构组成上的不健全。另一方面,成为集体的一员不就意味着你要继续积极地支持这个集体、积极地为它做贡献吗?比方说,你的保险公司,嘉米森委员,如果一个客户停止支付保险费了,你还会继续把他列入保险用户名单吗?"

嘉米森委员沉默了。

莱蒂·鲁宾叫起来:"但一个集体不能和一项商业买卖相提并论!集体意味着更多含义!"

詹妮弗尖锐的声音打断了莱蒂·鲁宾的最后一句话,"意味着塔比瑟·塞兰斯基不想成为集体的负担,她有原则,有尊严,不希望继续这种乞丐式的所谓的生活;意味着她应该有按她的意愿终止生命的权利。我有,威尔有,你也有,莱蒂。既然塔比瑟已经成为集体的负担,而她并没有终止生命,说明她已经放弃了这个集体的原则,也就宣布了她本人不再是其中的成员了。"

里基·沙里夫说:"母亲,求生是一种本能。"

詹妮弗说:"本能可以为了文明的利益而被改变。这是经常发生的。性忠诚、解决争端的法律、乱伦的禁忌——这些全都是大家为了集体的利益依靠意志而做出的改变。如果它们不是集体的原则,那它们是什么?本能会因为报复而杀人,因为欲火焚身而行为放荡。"

米丽注视着奶奶——她从来,从来没有听见过詹妮弗这样讲话。奶奶说话总是很正式,遣词造句都带着学究气。但很快她就明白了——奶奶现在这样说话是故意的,她在故意制造戏剧效果。随着胃部的阵阵搅动,米丽感到一丝嫌恶。显然她的奶奶不认为用其原有的学究式语言能说服委员会杀死塔比瑟·塞兰斯基。

杀人。

思维线在她的脑袋里旋转起来。

让-米歇尔·德沃尔紧张地说:"如果抛弃为了集体利益而对本能冲动所进行的改造,又该如何来定义'无眠者'这个集体呢?"

詹妮弗朝他笑了笑。

纳吉拉·沙里夫说:"定义集体的关键就在这儿。我认为我们对此都看法一致。'无眠者'的定义应该要包含一些显著的特点

——比如无眠——以及具有一定的能力和一定的原则。但其中哪些是至关重要的,哪些是可以加以选择的?"

"提得好。"威尔·桑达罗斯赞同地说。

詹妮弗说:"这个集体的成员必须拥有三个条件:'无眠'的特性、贡献的能力要超过索取的能力以及视集体的长远利益高于个人喜好的原则。任何不能拥有这三个条件的人不仅和我们大不相同,而且还是个活生生的危险因素。"她身体前倾,双手撑在桌面上,"相信我,我很清楚。"

一阵短暂的沉默。

寂静中,埃米奥纳平静地开口道:"任何被认为和大家非常不同的人都不是我们集体真正的一员——即便他是无眠者。"

米丽猛地抬起头,注视着她的母亲,埃米奥纳没有看她。米丽头脑里所有的思维线缓慢地彻底颠倒过来。一时间,她都无法呼吸了。

但她的母亲没有说有不同原则的人也不是集体的……

几十个不同语种的词汇自动编织进她的思维线中:神的子民①。被排斥者。粪土②。宗教审判所③。水晶之夜④。古拉格⑤。

①指印度社会最底层的"贱民"。
②特指越战时期美国兵和越南姑娘所生的混血儿。当时这些混血儿备受歧视,生活艰难。
③中世纪由西班牙国王建立,专门迫害非天主教徒。
④1938年11月9日和10日,纳粹党徒对德国犹太人进行第一次大规模迫害,即所谓"水晶之夜"。
⑤指苏联关押政治犯的地方。

"一个集集集体的的的——"她不能,在她的情感中,她没法把这句话说出口,"——根根根基基基上的分分裂会会摧毁它它自己。"

"这正是我们为什么不能把自己划分成有能力者和寄生者的原因。"詹妮弗迅即说道。

"我不不不是那那那个意意思!"

他们争论了五个小时。其间纳吉拉因为怀孕引起后背疼痛而提早离开了,后来由她的丈夫代表她。最后,投票结果是九对六,塔比瑟·塞兰斯基必须离开这个集体。如果她的丈夫有所希望,她可以被送往地球,到乞丐中去。

米丽投票支持少数派。让她惊讶的是,她的父亲也和她一样。虽然她理所当然会听从决定,但多数派的决定还是让她很难过。她要对庇护所忠诚,但她感到困惑。她要把这一切和托尼做一番讨论,然后尽他们所能,深入而广泛地把各类数据、多层逻辑连接、推导的结论架构成思维线。托尼已经成功设计出相关的电脑程序,超级无眠者们现在定期依靠它来互相交流,交换庞大的思维导图,而不用再受永无止境的结巴语言的阻碍。她匆匆去找托尼。

在委员会大楼外面,她父亲叫住了她。里基·凯勒眼神空洞。大多数人都会觉得他母亲詹妮弗与他相比,反而更年轻些。里基的态度一年比一年温和。他一只手按在米丽的肩膀上,说:"我希望你能遇到我的父亲,米丽。"

"你你你的父父亲?"没人提起过理查德·凯勒。米丽曾经听说过那场审判,他对他的妻子詹妮弗做的事情是可怕的。

"我想除了你是个超级无眠者外,有很多方面你和他很像。尽管我们自以为对基因了如指掌,但实际上'遗传'这种事比我们所了解的更加微妙。遗传的东西并不全在可以计量的染色体里。"

他走开了。米丽不知道是该高兴还是该气愤,理查德·凯勒是庇护所的叛徒。大家通常都说她像奶奶,"一个坚强的、有主见的女人"。但她父亲忧郁的眼睛显得那么温柔。米丽望着他伛偻的身影渐渐远去。

第二天,塔比瑟·塞兰斯基死于致命的注射。统一的谣言是塔比瑟自己注射的药物,但米丽不相信。如果塔比瑟有能力这么做,委员会就不会投票表决了。塔比瑟几乎是个植物人,这才是事实——米丽的奶奶曾这么说过。

第四卷 乞 丐

2091 年

"没人杰出到可以不经他人同意就统治对方。"

——亚伯拉罕·林肯,皮奥里亚市①

1854年10月16日

---

①美国伊利诺伊州中部偏西北的一城市,位于斯普林菲尔德北部伊利诺伊
河畔。

22

　　第一百五十二届美国国会依旧逃避不了一年一度的贸易赤字问题。赤字在过去十年里已经增长了600%,联邦债务已经翻了三倍多,其中26%是税收债务。作为谷贝贤三古怪遗嘱中的明确条款,在将近一个世纪的时间里,Y能量的专利权都由谷贝贤三的继承人独家授予了美国企业,这促成了美国历史上持续时间最长的经济繁荣时期的形成。依靠Y能量衍生的科技,美国还从世纪初的全球经济衰退和更加危险的国内经济大萧条中恢复了过来。美国人发明和建设了每个众所周知的Y能量应用项目,人人都需要Y能量。美国设计并为其提供动力的轨道站在环绕地球运行;美国建造的航天器驰骋在天际;美国制造的武器在世界各主要国家的非法武器市场上交易;火星和月球上的殖民地依靠Y能量发生器生存。在地球上,成千项技术使空气变得清洁,让垃圾充分循环利用,给城市供暖,给自动化工厂提供能源,生产出转基因高能食物,使制度化的福利机构正常运作,保证情报资料不断流向那些一年比一年更为富有、鼠目寸光、利欲熏心的企业。这些企业面对金钱利益的贪婪模样和过去玩法罗牌①的贵族猛地解开背心纽扣、押上全部财产作赌注时一个样。

2080年,专利到期了。

国际贸易委员会对Y能量专利放开了国际市场。那些曾经在美国的繁荣昌盛下苟延残喘的国家现在都准备好了。它们原来只能依靠牵线搭桥来生存。它们已经筹备了多年,工厂早已建造就绪,工程师已经在伟大美国的顽固者大学里受过了训练,规划也各就各位。十年后,美国失去了全球60%的Y能量市场。赤字就像夏尔巴人②爬山似的节节攀升。

生活者并不担心。这是他们选举出的国会男女议员们要做的事情——操心,然后用他们顽固者的工作方式去手忙脚乱地找到解决之道,去处理那些问题——如果问题存在的话。即便是那些一直关注着的老百姓也没发现什么问题。每天照旧能看到大型摩托车比赛、新闻网的娱乐节目、政治家赞助的群众集会(有很多食物和啤酒的那种),社区大楼在继续建造,能源供应量在继续增加。社区里,那些政治家只有当能够得到回报——获得选票时,他们才会积极地赞助各项活动。毕竟还是选票相对更重要些——美国人总是

①一种牌戏,游戏者对庄家一组牌中的顶张下赌注。

②居住在喜马拉雅山脉南侧、尼泊尔和锡金境内的西藏人后裔,以登山能力高超而闻名。

相信这点。

国内赤字上升到了临界点。

国会提高了企业税率。2087年提高了一次，然后2090年又提高了一次。顽固者的企业派出他们的女儿们、父亲们、兄弟姐妹们向国会抗议。到了2091年，问题再也不能被视而不见了。10月，议会讨论持续了六天六夜，议员们恢复了用冗长发言故意阻挠议案通过的本领。这些场景在新闻网上播出，几乎很少有圈外的顽固者观看它。少数几个会留意的，一个是蕾莎·卡姆登，另一个是威尔·桑达罗斯。

到了第六天，会议结束，国会通过了一项税收政策，企业税率再次调整，税率之高，居历年浮动税率之冠。企业实体被要求交纳的最高税率是以总利润的92%作为税款，而且免税要求被严格限制，理由是这些企业也享受美国政府提供的服务。比最高税率稍低一级的企业税率是78%。从三级税率开始，税率就迅速减少了。

税率为78%的企业中，有54%的企业都建立在庇护所轨道站上；轨道站上只有一个企业达到了交纳92%税款的税收标准，庇护所本身。

蕾莎一面在新墨西哥州看着新闻网，一面不自觉地瞥着窗外，望着天空。天空湛蓝，万里无云。

威尔·桑达罗斯做了份全面报告交给詹妮弗·沙里夫，詹妮弗已经离开庇护所到神乐轨道站上去了，因为那里正在开展一个重大项目。詹妮弗冷静地聆听着,她的白色阿巴亚的皱褶优雅地散落在她的脚边,她的黑色眼眸里闪烁着光彩。

"嗯,詹妮,"威尔说,"计划在明年1月1日起开始执行。"

詹妮弗点点头。她的眼睛转向挂在舱室墙上的托尼·英迪维诺的全息肖像,片刻之后她又看向威尔。威尔正盯着那些针对庇护所的征税分析的打印件,没有注意到她的目光。

米丽无法把塔比瑟·塞兰斯基的死从脑海中赶走。不管她在思考什么——她的神经化学研究,和托尼开的玩笑,洗头发,任何事——塔比瑟·塞兰斯基,这个米丽从未见过的人,总会纠缠扭结在米丽的思维线上,堵在那儿。

窒息而死。她已经调查了让塔比瑟致死的针剂,这种针剂能让心脏立刻停止跳动。没有心脏跳动,肺就不能吸进空气。塔比瑟是被窒息致死的——她根本就无法呼吸,因为针剂注入后她的大脑就麻痹了。

米丽独自待在悬浮于庇护所核心位置的运动场内,思索着塔比瑟·塞兰斯基的事情。米丽已经不是小孩子了,不适合来这个运动场,然而,在运动场闲置着的时候,她还是喜欢到这里来。她慢悠悠地从一个把手飘到另一个把手,因为没有了重力,她行动时的笨拙样子也随之消失了。今天她的思维线似乎和这个体育场一样孤零零的。

不,不是孤零零的,这里有六个人,他们不在乎塔比瑟是否像个乞丐——米丽的父亲、米丽自己,以及另外四位委员都投票支持让塔比瑟在庇护所生活。但他们投票的理由是不同的,他们也为同情与否进行过争论。米丽感觉到了不同,但又说不上来究竟是什么,用语言或思维线都无法表达,这让她感到特别灰心丧气。这是个老问题——在她的思想中缺失了什么东西,缺失了某种不知类型的联系或连接。为什么她不能根据她和其他人投票之间的不同点引导出一条探索性的思维线,并通过这种方法来了解那个不同到底是什么? 解释它,检验它,把它和伦理体系结合,塔比瑟·塞兰斯基的意外事故已经撼动了整个伦理体系,这是千真万确的,正如这件事也让米丽感到惶惑一样。这里丢失了什么东西,某种对米丽来说很重要的东西。在应该有所解释的地方有个漏洞。

她望着运动场下面的田地、舱室、道路。过滤掉紫外线的柔和阳光下的庇护所显得格外美丽。远处有云朵在飘动,维护小组肯定正在准备降雨。她得查一下轨道站的天气日历①。

庇护所。(庇护→教堂→法律→保护人和财产→个人和他们社会的权利平衡→洛克→佩因②→起义→甘地→在一个更高的道德层面上的孤独的改革者……)对于无眠者来说,庇护所就是一切。她的集体。那么,为什么她感觉到塔比瑟的死把她推向了一个得不到

---

①轨道站在固定的日子制造固定的气候。

②托马斯·佩因(1737~1809):美裔英国作家和革命领导人。

保护的地方(大教堂里的贝克特①,鲜血流淌在石地板上……),推向一个没有任何安全可言的地域?

米丽慢慢地从运动场下来去找托尼,他也不会有答案的,但起码他会理解这些问题。他能够和她理解得同样深刻,如此一来,这些问题反倒显得不那么晦涩了。有些非常重要的部分不见了。

是什么呢?

十月末,艾丽斯的心脏出了一次问题。她在八十三岁之后就一直安静地躺在床上,依靠药物来减轻疼痛。蕾莎整日整夜地坐在她床边,明白她的时间不会太多了。大多数时候艾丽斯都在睡觉,即便醒着,她也是在药物引起的幻觉中徘徊,她苍老的脸上常会露出一抹微笑。握着她的手,蕾莎不知道她妹妹的思绪飘到了什么地方。

直到那天夜里,艾丽斯的眼睛突然清澈起来,目光显得很明亮,她热情地朝蕾莎微笑。蕾莎屏住呼吸向她靠近,"哦,艾丽斯? 怎么啦?"

艾丽斯轻声说:"爸爸正在浇花!"

蕾莎的眼睛一阵酸楚,"是的,艾丽斯。是的,他在浇花。"

"他给了我一朵花。"

蕾莎点点头。艾丽斯微笑着重又陷入昏睡中,成为那个拥有父

---

①托马斯·贝克特(1118~1170):英国的罗马天主教殉教者。

爱的小姑娘。

几小时后她又醒了一次,用意想不到的力气拽住蕾莎的手。她的眼神很激动,喘着气试图坐起来,"我成功了! 我做到了,我还在这里,我没有死!"接着她向后又倒到枕头上。

站在蕾莎身旁的乔丹把脸转了过去。

艾丽斯最后一次清醒过来。她慈爱地看着乔丹,蕾莎明白她不会对乔丹说什么,因为一切都不重要了。艾丽斯已经把她的一切都给了儿子,给了他需要的一切,他是安全的。她对蕾莎轻声说:"照顾……照顾好德鲁。"

是德鲁,不是乔丹、埃里克或其他的孙辈。艾丽斯知道,不知怎么她就是知道什么人是最需要关心的。她总是什么都知道吗?

"好的,我会的。艾丽斯——"

但艾丽斯已经闭上了眼睛,她抽搐的嘴角边的微笑渐渐褪去。

之后,斯特娜和她的女儿替艾丽斯梳理好稀疏的白发,然后开始向州政府申请下葬的特殊许可证。蕾莎回到了自己的房间。她脱光衣服站在镜子前。她的肌肤光泽红润,乳房因为几十年的地心引力作用而略微有些下垂,但仍然丰满光滑。在她踮起脚趾时,修长大腿上的肌肉还是那么有弹性。她的头发依然是罗杰·卡姆登指定的那种明亮的金黄色,柔软的波浪秀发披散在脸庞边。她真想拿起剪刀把头发乱剪一气,弄成参差不齐的一堆,但她感觉太疲惫了,没心思完成这个惊人之举。她的双胞胎妹妹因为衰老而去世了,永远地长眠了。

蕾莎穿上衣服，没有再看镜子一眼，去帮助斯特娜和艾丽西娅整理艾丽斯的遗体。

理查德、艾达和他们的儿子来到新墨西哥州参加葬礼。肖恩已经九岁了，还是独子——理查德是害怕再生一个睡眠者孩子吗？理查德看上去很满足，他没有变老，看来他和艾达的漫游生活也过得挺逍遥自在的。他正在绘制印度洋大陆架附近鱼类高产区的洋流地图，工作进行得很顺利。他拥抱了蕾莎，表达了对艾丽斯去世的难过之情。蕾莎知道理查德是真的感到难过。这个男人曾经是她成年时期最重要的人，然而现在面对他的拥抱，她却毫无感觉。他成了个陌生人，他和蕾莎的关系只是依靠着相同的无眠者身份，还有过往有限的回忆维系着。

德鲁也回来参加葬礼了。

尽管一直在新闻网上关注着他轰动一时的辉煌事业，但蕾莎已有四年没看到他了。她在铺着石板的院子里遇见了他。院子里仙人掌花开得正繁盛，潮湿透明的Y能量泡里是珍稀的异国花卉，庭院被它们装点得分外艳丽。他没有丝毫犹豫，驱动轮椅靠近了她，"你好，蕾莎。"

"你好，德鲁。"虽然他在其他方面有了彻底改变，但他那双凝视自己的绿眸仍然充满了热情。蕾莎想起了那个肮脏不堪、瘦骨嶙峋的十岁小男孩,那个笨拙地想竭力在穿着举止上模仿顽固者、摆出一副虚张声势架势的小小少年,以及那个带着阴郁目光和怨恨神情的吊儿郎当的漂泊者。现在的德鲁穿着相当昂贵的衣服,一只闪闪发光的钻石手镯若隐若现。他的身体强壮了,相貌也成熟了。即便不是用恋人的爱慕眼光看德鲁,蕾莎也知道他已是个英俊的男人了。他已经学会了深藏不露。

"艾丽斯去世我很难过。在我所认识的人里面,她的灵魂最高尚。"

"你也这么认为吗?是的,她是这样的,而且,那个高尚的灵魂是她自己形成的,那些本该帮助她的人却没帮什么忙。"

他没问最后这句话什么意思,语言从来都不是德鲁用以沟通的媒介。

他说:"我会非常非常想念她的。我知道自己有好些年没在这儿住了。"他说话时没表现出丝毫的窘迫。在几年前那次和蕾莎的尴尬之后,德鲁显然已经恢复平和。但如果已经恢复平和,为什么还要在外面一待就是四年?蕾莎曾经多次传话给他请他回家来。"即使不住在这里,艾丽斯和我每个星期天也在通电话。有时候一打就是好几个小时。"

蕾莎从来都不知道有这事。她感到了一丝嫉妒。但她是在嫉妒德鲁,还是在嫉妒艾丽斯?

她说:"她爱你,德鲁。你对她很重要。你也在她的遗嘱中,但要等到葬礼结束后才能知道详情。"

"好。"德鲁说,对于留给他的遗产,他没有显露出特别的兴趣。蕾莎为此感到欣慰。孩提时的德鲁还在,就在这个钻石手镯的璀璨光芒和他平步青云的奇特事业后面。尽管德鲁没有提及他的成功,但蕾莎觉得自己应该对此说些什么,难道不应该吗?这是德鲁的工作,是他的成就,他个人的杰出才华。

"我在网上看到了关于你事业发展的报道。你已经非常成功了,我们都为你骄傲。"

他眼里闪现出一抹光彩,"你观看了网上的演出?"

"不,不是演出。就是访问,赞美……"

那抹光彩消失了,但他的微笑仍然灿烂,"没关系的,蕾莎。我知道你不愿看演出的。"

"是不能。"没来得及阻止自己,她的话就脱口而出了。

他笑起来,"不是——不愿意。没关系。就算你再也不让我把你引入清醒的梦境中,你依然是一个对我过去和将来的事业产生了莫大影响的人。"

德鲁话语间所表露出的压抑情感令蕾莎不安,她想说些什么,她明白在这情感下隐藏的痛苦,也知道在这情感之下进退两难的矛盾心理——但在她开口说话前,德鲁补充了一句:"我带了一个人来参加艾丽斯的葬礼。"

"谁?"

"凯文·贝克。"

蕾莎的窘迫消失了。这个不是她亲生儿子的德鲁已经变成了她难以预料也难以理解的人，但凯文是她所了解的。蕾莎认识他有六十年了——在德鲁的父亲出生前就认识了。

"他干吗来这儿?"

"你为什么不亲自去问他呢?"德鲁简短地回答。蕾莎明白了，德鲁肯定已经从凯文或数据网或其他什么地方知道了她和凯文之间发生的所有事。六十年时间相当于一切了。时间只是在累积，蕾莎想，就像尘埃。

"凯文现在在哪儿?"

"在北院。"德鲁在她离开庭院的时候在她身后补充了一句，"蕾莎，还有件事。我没有改变主意——关于我以前说的我想要的东西。"

"我不明白你的意思。"她说，其实她很明白，但只能暗自责备自己小小的怯懦。

他做了个不以为然的手势。他现在确切的年龄有多大? 二十五。"我才不信你说的话呢，蕾莎。这是我一直想要的——你和庇护所。"

这让她吃了一惊，无论如何，至少是对德鲁所说的一部分话感到吃惊。庇护所。已经有十年没听见德鲁向她提及庇护所了。蕾莎以为这念头只是德鲁当年孩子气的梦想，多年前就打消了。德鲁坐在他的轮椅上,尽管腿残废了,仍是个健硕的男人,他的眼神在接触到蕾莎的目光时没有丝毫犹疑。庇护所。

尽管什么都改变了,他依旧是个孩子。

她走到北院。凯文一个人站在那里,研究着一块被沙漠的风蚀刻成圆锥形的长条石块,它像一滴砂岩铸成的泪滴。一看见他,蕾莎就知道她对他的感觉和看见理查德的感觉是一样的。岁月杀死了艾丽斯的躯体,看来也同样在杀死蕾莎的心。

"你好,凯文。"

他迅速转过身,"蕾莎,谢谢你邀请我。"

这么说德鲁欺骗了他。这没什么关系。"欢迎你。"

"我来向艾丽斯致以最诚挚的哀悼。"他不自在地站着,最后无奈地笑笑,"无眠者不太擅长参加葬礼,不是吗?我是说,对于死亡,我们从不考虑它。"

"我就在考虑。"蕾莎说,"你现在想去看看艾丽斯吗?"

"等会儿吧。首先我有件事想告诉你,我不知道是否该另外找个时间。葬礼在一小时以后举行,对吗?"

"凯文,听着,我不想听什么道歉、解释或重翻四十年前陈年旧账之类的话。不是现在。我不想听。"

"我不是要道歉。"他有些生硬地说。蕾莎突然想起她自己在这幢房子的屋顶上对苏珊·梅林说的话,凯文根本不明白有什么需要原谅的,"我想对你说的完全是两码事。我很抱歉在葬礼前告诉你这个,但正如我所说的,也许没有其他合适的时间了。德鲁告诉过你我在为他打理生意吗?"

"我不知道你在为他打理生意。"

"实际上,我在全权负责。不是负责他的巡回演出——已经有专门的经纪公司在做这事——而是关于他的投资和安全问题等等。他——"

"我觉得与你通常合作的客户相比,德鲁赚的钱应该是相当少的。"

"确实如此。"凯文不以为然地说,"但我是为了你才帮德鲁的。我想说的是,他坚持要我确保他的投资以基金或投机买卖的方式和庇护所交易。"

"所以呢?"

"我的大多数生意都是和庇护所往来的,但那些生意都是他们说了算。在他们不希望自己人下来的时候,由我负责和地球这边联络,他们还要我特别注意交易的地球方的安全性。虽然网上有些关于和睦的社会大气候之类的报道,但在庇护所以外仍然有很多人憎恶无眠者,数量之大会让你惊讶的。"

"不,我不会的。"蕾莎说,"你想告诉我什么?"

"庇护所最近有动作。我不知道是什么动作,但我处在一个特殊的位置,可以揣测出他们所计划的事情的大概轮廓。特别是通过德鲁做的一些小投资能看出些端倪,因为他希望自己的投资在他们允许的范围内尽可能靠近庇护所的贸易事务的核心。顺便说一句，德鲁是永远不可能靠近庇护所核心的，现在的他甚至离得更远了。庇护所正在清算资产，无论什么时候只要条件允许，他们就这么做，把所有资金兑换成如黄金、软件乃至艺术品之类的固定资产和有形资产，而不是存入银行。这些是我的监视程序侦测到的。从没有一个无眠者热衷于收藏艺术品。我们对此从不感兴趣。"

这是事实。蕾莎皱起眉头。

凯文继续说："所以我继续深入调查，甚至在我本不涉足的领域展开调查。他们的安全系统比以往更难突破了，他们肯定有一批相当优秀的更年轻的电脑奇才在上面——尽管没有关于这些人的正式记录。去年，庇护所花了一年时间把没有经过清算的资金转移到了国外。威尔·桑达罗斯购买了一个日本的轨道站，神乐，一个非常陈旧、内部已经大范围损坏的轨道站，主要用于对改良的肉食动物进行基因品种实验。轨道贸易对这类肉食品的需求量很大。桑达罗斯是以沙里夫企业集团，而不是庇护所的名义买下那个轨道站的。他们的举动很奇怪，驱逐了轨道站所有的租用者，但没有迁出任何家畜的记录。那里可不是只有一两头能够抵抗疾病的转基因山羊。估计他们会派自己人去照看动物，但我不能破解那些记录。现在他们已经开始逐渐把地球上的自己人召回庇护所了，包括还在上学的孩子、还处于实习期的医生、商务联络员，甚至包括那些偶尔从庇护所下来到贫民窟观光的疯子。他们正计划三三两两、不引人注目地返回庇护所。反正他们都在准备离开。"

蕾莎紧蹙双眉,"你认为这意味着什么?"

"我不知道。"凯文放下风蚀的石头,"我以为你也许能够猜出来,你比我们这儿的任何人都更了解詹妮弗。"

"凯文,我不认为我这辈子真的了解什么人。"话是不经意间脱口而出的。她没打算说这么私人的话题。凯文尴尬地笑了笑。

德鲁坐着轮椅进了北院。他的眼圈发红,"蕾莎,斯特娜叫你。"

蕾莎离开了。

她现在满脑子都是庇护所的行动,艾丽斯的死,国会苛刻的税收政策,德鲁在庇护所的投资,凯文的关注,对德鲁的艺术没来由的惧怕——很荒谬,她知道,她似乎没有精力保持理性态度,保持她更年轻时候所具有的那种理性态度。一下子没法考虑这么多事情。它们太不一样了,人的头脑容纳不了它们。需要一条不同的思考路径。爸爸,你失败了——你本该在进行基因改造时也要求这点的——应该让我拥有更强的综合思维能力。

蕾莎笑起来,但她并不快乐。可怜的罗杰。她们的父亲因为艾丽斯所没有的一切、蕾莎所拥有的一切以及蕾莎所没有的一切而备受责备。

"尘归尘,土归土……"

德鲁知道,这是乔丹选择的优美、悲痛和感伤的悼词。德鲁以前从没听过葬礼悼词,他不太清楚这些古老词语的含义,但望着聚集在艾丽斯·卡姆登·沃特罗斯墓穴周围的面孔,他确信是乔丹选的悼词,蕾莎是不会喜欢这些悼词的,斯特娜则对这些东西感到不耐烦。那艾丽斯呢?她会喜欢它们,德鲁知道,因为这是她的儿子选择的。对艾丽斯来说,这足够了。对德鲁来说也是一样的。

在德鲁的头脑里,图形安静地飘来飘去。

"因为耶和华了解我们的本体;他记得我们不过是尘埃。对世人来说,他的岁月如青草,又仿若田野花朵,灿然怒放。风吹花落,归为乌有;落花之处,亦不再与其相识。"[①]

是埃里克——艾丽斯的孙子,德鲁的旧敌——诵读的这些悼词。看着这个业已成长为英俊男人的严肃的埃里克,德鲁脑海里的图形加快了滑动的速度。不,不要图形,这次他想要个词,他决心要为埃里克找到一个词语。也许埃里克是粒尘埃,但只要是粒高品质的、真金的或是纯钶金的尘埃,就永远不会被忽略,不会化为乌有或不再相识。因为埃里克是无眠者,不论年轻时曾有过多少次叛逆举动,他生来就具备能力和力量。德鲁想要为理查德找个词语,现在他在他的睡眠者妻子和小儿子的身旁低垂着眼睛,假装和他们一样。要为乔丹——艾丽斯的儿子找个词语,他的一生被他的睡眠者母亲和杰出的无眠者阿姨分成了两半,全靠自己的循规蹈矩安分守己,他的生活才不至于被完全分裂。要为蕾莎找个词,她爱——如

①选自《旧约·诗篇》第103章。

果凯文·贝克告诉德鲁的事是真的——她爱睡眠者远远超过了她所爱过的任何一个无眠者同类,比如说她对她父亲的爱,对艾丽斯的爱,还有对德鲁本人的爱。

他找不到合适的词语。

现在轮到乔丹诵读了,悼词选自某本古老的典籍。他们都知道许多古老的典籍:"辛勤劳作后的休息,暴风肆虐后的港湾,战争后的安宁,生活后的死亡……"①

蕾莎的视线从棺木上抬起,神色沉重坚毅。来自沙漠上空的光线扫过她的脸庞和紧闭的苍白嘴唇。她没有看德鲁;她看着艾丽斯的小墓穴两侧已经被风吹刮光滑的石碑:**贝科·爱德华·沃特罗斯和苏珊·凯瑟琳·梅林**,然后目光笔直向前,不再注意其他任何东西。即使她没有瞥过墓碑,德鲁也恍然明白了——根据他脑海里流动的图形和脑海之外蕾莎那坚韧挺拔的身影——他明白了蕾莎是永远不会和自己在一起的。除了对儿子的爱,她永远不会对德鲁存在其他感情,因为在第一眼看见他时,她就把他当儿子看待了,她不会改变她对他的感情。她不能。她就是她。大多数人都是这样,蕾莎就更是如此了。她不会妥协,不会屈服。在她的身体里有某种东西,某种出自不眠特质的东西——不对,应该说是某种本不存在于她身上的东西,某种不眠特质遗漏的东西。德鲁不能定义那是什么。无眠者都具有这种坚毅不屈、毫不通融的性格,正因如此,蕾莎永远不

①出自埃德蒙·斯宾塞的短诗。埃德蒙·斯宾塞(1552~1599):英国诗人,主要以寓言性浪漫史诗《仙后》而闻名。

可能像德鲁爱她那样爱德鲁。永远不可能。

痛苦攫住了他,如此强烈的痛苦令他眼前一片迷蒙,一时间连葬在他脚边墓穴的艾丽斯的棺木都难以看清。艾丽斯,她的爱让德鲁长大成人,她采用的方式是蕾莎永远不可能采用的。德鲁的视线恢复了清晰,他让痛苦自由地游走,直到痛苦在他的脑海里变成另一种形状。尽管它仍拖着道道伤痕,但比原来好多了,比德鲁自己好多了。因此,这种痛苦还是可以忍受的。

他永远不能得到蕾莎。

那么就只剩下庇护所了。

德鲁再次环顾周围的一圈人:斯特娜把脸埋在她丈夫的肩上;他们的女儿艾丽西娅把两只手分别放在自己的两个小女儿肩上;理查德低着头,德鲁看不到他的眼睛;蕾莎独自站着,沙漠上明媚的阳光照耀着她年轻的肌肤、没有皱纹的眼睛和紧抿的双唇。

德鲁找到了那个词语,他一直在搜寻的那个词语,这个词适合在场的所有人。无眠者哀悼着他们深爱的人——她不是他们中的一员,但也正因为这个原因而成为他们的挚爱。

这个词就是"遗憾"。

米丽气急败坏地弓起背,盯着她的电脑终端。显示屏和输出器都在说明同样的结果:这个依据相关神经化学知识合成的基因模型比前一个还要糟糕。也许是比前两个,或前十个都糟。米丽的实验鼠被她的实验弄糊涂了,不知道她到底想要得到什么样的结果。实验鼠在进行脑扫描的围栏里慌慌张张地跑动,三只老鼠里最小的一只放弃了跑动,它躺下来准备睡觉。

"真真真糟糟糕。"米丽喃喃自语。是什么让她以为自己是个生物化学研究者的?就因为自己是超级无眠者吗?超级,对啊,没错,还真是超级——无能者。

有关遗传密码、表现型①、酶、接受体的思维线在她的脑海里形成并重组。没有任何用处。废物,废物。她抓起一个刻度器扔到地上,这下这个刻度器铁定得重新校准了。

"米丽!"

琼·卢卡斯站在门口,她漂亮的脸蛋因为惊慌而变得扭曲了。她和米丽有好多年没说过话了。"米丽……"

"什什什么事,琼?"

"是托尼。快来,他……"琼的脸扭曲得更厉害了。米丽感到心脏里的血液似乎都被抽走了。

"怎怎怎么啦?"

"他掉下去了。从运动场。哦,米丽,快点——"

从运动场。从轨道站的轴心……不,这不可能,运动场是密封的,而且从那个高度掉下来不会有什么——

"我是说,是从电梯上。是在外面。你知道,那些男孩子是怎么

---

① 有机体上可观察到的物理或生化特征,如由遗传组成或由环境影响决定。

互相怂恿对方去骑在电梯的外面,升到建筑的圆顶上,再潜进维修舱——"

米丽从不知道。托尼没有告诉过她。她没法动,没法思考,只是呆呆地注视着琼。琼在哭泣。米丽身后,一只被基因改造过的老鼠发出一声温柔的吱吱声。

"快点!"琼哭喊道,"他还活着!"仅仅是还活着。

医疗小组已经赶到他那儿了,在把他送往医院之前,他们对摔碎的腿和折断的肩膀做了处理。托尼的眼睛紧闭着,脑袋一侧满是鲜血。

米丽乘坐短途紧急飞行艇到达了医院。她一动不动地坐在那里,不理睬任何人,只是在她母亲到来时抬起了头。

"他在哪儿?"埃米奥纳叫喊着。米丽内心有一小部分在冷冷地猜测埃米奥纳是否最终会正眼看看她的长子。就算现在想做什么都来不及了——托尼的微笑,他的眼神,他的嗓音,他结结巴巴的说话声,托尼的语言。

大脑扫描显示有大面积损伤,但奇迹般地,意识竟然还存在。药物缓解了他的痛苦,也减弱了他的大脑功能,托尼不再是原来的托尼了。但米丽知道他还在,就在某处。她坐在托尼身旁,握住他蜷曲的手,一小时接着一小时。人们在她周围来来往往,但她不和任何人说话,也不看任何人。

最后医生拉了把椅子靠近她坐下,把一只手放在她的肩膀上,

"米兰达。"

托尼的眼皮这时候跳动得更厉害了。她仔细地观察着——

"米兰达,听我说。"医生温柔地用手托着她的下巴,把她的头转向自己这边,"有处神经系统损伤不可能愈合了。有可能是——我们不能确定我们所看见的,我们从来没有看到过类似的损伤。"

"不不不会是塔塔塔比瑟·塞塞塞兰斯基那那种吧?"她痛苦地问。

"不是。是不同的。托尼的迈勒瑞扫描①显示有极为异常的大脑活动。你的弟弟还活着,但他的脑干遭受了无法恢复的严重损伤,包括中缝核②和相关组织都损伤了。米兰达,你知道这意味着什么,你研究的就是这个领域,我这里有数据给你——"

"我不不不想想看看看它它们!"

"不,"医生说,"你要看。沙里夫,你来和她谈。"

米丽的爸爸弯下腰。她没注意到他也在这里,"米丽——"

"不不不不要那那那样做! 不不不不要,爸爸爸爸! 不不要那那样对托托托尼!"

里基·凯勒不能假装不明白她的意思,他也不能假装有力量帮助她。通过脑海里混乱得可怕的思维线,米丽知道,他没这个力量。里基看着他支离破碎的儿子,又看看米丽,然后佝偻着肩,慢慢

①作者杜撰的名词。

②位于延髓沿脑干中缝附近一系列核团的总称,导致慢波睡眠,中缝核控制着神经传递素和制造睡眠的肽的平衡。

地离开了房间。

"出出出去!"米丽对着医生、对着护士、对着她的母亲尖叫着。她母亲站在离门最近的地方,抬手做了个不易觉察的手势,他们全都离开了,只留下米丽和托尼在一起。

"不不不会的。"她轻声对托尼说。她的手痉挛着,紧紧地攥住托尼的手。"我不不不会——"话没有说出口。没有复杂的思维线,只是一条笔直狭窄的直线。

我不会让他们这么干的。我要尽我所能、想尽一切办法和他们斗争。我和他们一样强,而且更聪明,我们是超级无眠者,为了你,我要斗争。我不会让他们得逞,他们不能阻止我保护你,没人能阻止我——

詹妮弗·沙里夫站在门口。

"米兰达。"

米丽绕到床脚,站在祖母和托尼之间。她故意缓慢地移动,目光一直没离开詹妮弗。

"米兰达,他在受苦。"

"生生生活就是一种痛痛痛苦。"米丽几乎分辨不出自己的声音,"艰艰艰难的必必必要性。你你你告告诉我我的。"

"他不会康复了。"

"你你你不不知知道! 还还还不知知道!"

"我们非常确定。"詹妮弗动作敏捷地向前靠近,米丽从没见过祖母的动作有这么快,"你不认为我和你一样感到痛苦吗?他是我的孙子!而且是个超级无眠者,是我们为数不多的宝贝之一。几十年后他本会给我们带来巨大改变,但他却在我们最需要他的时候,在我们被地球剥削、在我们的资源越来越少的时候出了这样的事。我们不得不自力更生,自己开发资源。我们要带着我们的资源、基因改造的应用项目和技术离开这个太阳系,找个安全的地方殖民。

"为了这些,为了我们的星空,我们需要托尼——我们需要你们每个人!你不认为失去托尼我和你一样感到痛苦吗?"

"如如如果你你你杀杀死托托托——"她没法把话讲下去,不过最重要的词她已经说出来了,她本不想说出口——

詹妮弗痛苦地说:"没人仅仅因为自己是弱者、无能者,就有权利对强者和生产者提要求。如果对软弱的重视超过对能力的重视,那就是精神上的堕落。"

米丽猛地冲向她的祖母。她用指甲对准詹妮弗的眼睛使劲抠抓,又抬起膝盖尽全力猛击詹妮弗的身体。詹妮弗大叫一声倒了下去,米丽压在她身上,试图用颤抖痉挛的双手勒住詹妮弗的喉咙。有许多只手抓住了她,把她从祖母身上拉下来,她的胳膊被钳制住了。米丽拼命挣扎,撕心裂肺地尖叫着——她必须大声尖叫,好让托尼听见,让他知道发生了什么事情,让他醒过来。

随后就是一片黑暗。

米丽被注射了药物,昏迷了三天。等她最终醒过来时,她父亲坐在她的床边。他耸着双肩,胳膊肘搁在大腿上,两手垂在膝盖之间。他告诉米丽,托尼因为伤势过重已经去世了。米丽瞪着他,什么也没说,然后把脸转向墙壁。泡沫石墙壁很破旧了,上面布满了斑驳的黑色微粒,也许是尘埃,也许是土粒,也许是窗外银河系里已经死去的小恒星的影子。

米丽不离开实验室,也不吃东西,她把自己反锁在实验室里整整两天了,滴水未进。大人们是打不开实验室的门的,锁的安全装置是托尼设计的。不过他们也没有试过要打开,至少米丽认为他们没有尝试过要打开门——反正她什么都不在乎了。

她的母亲用通信器联系过她一次。米丽关掉了屏幕画面,她母亲就没再尝试了。她的父亲则试了好几次。米丽把通信器设置成只能接听的模式,这样父亲既看不到她,也听不到她的声音了,她只是像石头一般听着他不得不说的话,反正也没什么可听的,她没有回答。她的祖母没有试图联络她。

她坐在实验室一角的地板上,屈起膝盖靠在胸口上,用瘦弱抽搐的胳膊抱着膝盖。愤怒在她的身体里肆虐,如狂风般周期性地扫荡过所有的思维线,横扫有秩序的一切和复杂的一切。她被原始狂暴的洪流吞噬,但她毫不畏惧这股洪流,因为头脑中满是愤怒,再没有地方容纳恐惧。愤怒充斥了所有的空间,在米丽的自我意识里只保留下一个思想：这种极度的无眠基因改造对情感的影响和对脑皮层功能的影响是一样多的。这种想法似乎并没能在她头脑中留下深刻的痕迹。没什么能引起她的注意，除了对托尼之死的狂怒。托尼被害死了。

第三天，一个紧急的超驰控制信号①激活了她的实验室里所有的电脑屏幕，甚至也激活了那些没连接到局域网的电脑。米丽抬起头，攥紧拳头。大人们不可能进入她的电脑系统，除非他们比她以为的更聪明。如果他们能超驰控制托尼的程序……但他们不能，没人能像托尼那样对这个系统了如指掌，没人……托尼……

"米米米米米丽，"克里斯蒂娜·德米特里厄斯的面孔出现在屏幕上，"让让让让我们进进来。求求求你了。"还没等米丽回答，她又说，"我我我我也也爱爱爱他！"

托尼在门上安装了一把有Y能量防护罩的复杂门锁，需要手动操作，米丽饿得没力气走路，只能爬到门口去开锁。只爬了短短的一段距离，她就差点昏过去，她没料到自己的身体竟然如此虚弱——基因改造促使新陈代谢变快了，所以米丽平常需要消耗大量食物来维持身体机能的运行。

她打开门，克里斯蒂娜手里端着一大碗合成豌豆进来了。在她身后跟着尼克斯·德米特里厄斯、艾伦·谢菲尔德、萨拉·塞瑞利、乔纳森·马克威茨、马克·迈耶、黛安·克拉克……超过了二十个人。庇

---

①超驰控制装置是用于抵消自动控制的装置或系统。

护所里十岁以上的超级无眠者都来了。他们抽搐着挤进实验室,米丽望着他们畸形的大脑袋,他们大大的面庞上要么流着眼泪,要么一副义愤填膺的沉重神情,要么因为快速思考而不断地眨着眼睛。

尼克斯说:"他他们这这这么做是是因因因为他是是是我我们的——员。"

米丽缓慢地转过脑袋看着他。

"托托托托尼是是是是——"他说不下去了。尼克斯快步走到米丽的电脑前,打开托尼根据尼克斯的思维模式设计的思维线模型程序,另外又打开一个转化程序,好把他的思维导图转化成米丽的思维线模式。他把关键词输入程序,研究着得出的结果,然后又修改几个关键点,就这样再研究再修改。克里斯蒂娜默默地把那碗合成豌豆递给米丽。米丽推开它,又看了看克里斯蒂娜的脸,还是吃了一勺。尼克斯再把他的思维导图的结果转换成米丽的模式。米丽开始研究它。

结果是这样的,超级无眠者有证据确信托尼的死和塔比瑟·塞兰斯基的死是不同的。医学上的不同是,塔比瑟被证实脑皮质已经损毁,但托尼的大脑扫描和验尸报告显示,大脑只有一些不能确定程度的损坏,其中个别数据证明他的大部分意识还保留着。他们完全清楚,托尼的特定部分的脑干组织被损坏了——这部分脑干控制着基因改造过的酶的生产。托尼可能是,也可能不再是原来的托尼了。他可能有,也可能不再有原来程度的智力了。没有足够的时间来找出答案。但不管他到底会怎样，毫无疑问的是，他将每天有一部分时间会熟睡。

他们不留痕迹地侵入庇护所医院的档案系统，获得了医疗证据。在米丽的全息思维导图里，这些证据并不是单独存在的，它们纠结在关于集体的概念的思维线、交叉线上。思维线上还有关于组织的隔离，关于仇视外来人的社会动态，关于米丽在学校、实验室、运动场上区别出的超级无眠者和普通无眠者之间的差异，关于社会动态和对自卑感的心理防御的数学方程式。再把所有内容和地球方面的历史模式联系起来，得出的结果是：同化。镇压异教徒所引发的宗教狂热。阶级斗争。农奴和奴隶制度。卡尔·马克思、约翰·诺克斯[1]、阿克顿勋爵[2]。

这是米丽所见过的最为复杂的一条思维线。不用别人告诉，她就知道这一定是尼克斯在托尼的尸体解剖报告出来后，花了一整天时间思考得出的结论，它代表了其他超级无眠者们的想法和观点，它是米丽这辈子钻研过的、思考过的、感受过的最重要的一条思维线。

然而在里面，有什么东西——仍然——是缺失的。

尼克斯说："托托托尼教教教过我我怎么用的。"米丽没有

---

①约翰·诺克斯(1514～1572)：苏格兰宗教改革家和苏格兰长老会的创建人。

②阿克顿勋爵(1834～1902)：历史学家和政治思想家，19世纪英国知识界和政治界中最有影响的人物之一。

应声,她明白尼克斯所说的话,那是不言而喻的,不需要他把思维导图里隐含的每个复杂片段都说出来:普通无眠者认为我们超级无眠者和他们太不一样了,他们把我们看作一个单独的群体。他们创造出我们,其实是为他们自己的需要服务。他们还没有认识到自己的这种想法,他们会否认——虽然如此,但他们确实在这么做。

她环顾着周围其他孩子的脸庞。他们都理解。他们不算是孩子了,尽管他们中有的连十一岁都不到,也没有体会过米丽在十一岁时的感受。每个新出生的超级无眠者都被开发出了让大脑拥有更多思考路径的潜力。每种新的基因改造都扩大了大脑皮质的功能,那些功能曾经只会在面对强大压力或自身具有强烈洞察力的情况下被发掘。每种新的改造都创造出更多令超级无眠者与普通成年无眠者不同的地方。这些超级无眠者——特别是最年轻的一批——只在最基本的生理角度上算是普通无眠者的孩子。

而她,米丽自己,她到底算不算是埃米奥纳·威尔斯·凯勒的孩子?埃米奥纳连看米丽一眼都忍受不了。她算不算是里基·凯勒的女儿?他一直甘愿受他母亲的控制操纵。她又算不算是詹妮弗·法蒂玛·沙里夫的孙女呢?詹妮弗为了维持一个她能说一不二的集体而杀死了托尼。

克里斯蒂娜温柔地说:“米米米米丽,吃吃吃点吧。”

尼克斯说:“我我我们不不能让让让他他们再再这这么做了。”

艾伦说:"我我们要要要要——"说不好话的挫败感令他的肩膀颤抖不止。和其他超级无眠者相比,说话对艾伦来讲总是更加困难。有时他好几天都不说话。他把米丽从终端控制台前推开,调出他自己的思维线程序,快速地输入,再把结果转换成米丽的程序。米丽看着完成后漂亮有序、组合完美的思维线。如果超级无眠者因为得出的推论就把普通无眠者一棒子全打倒,他们就会和庇护所委员会一样在伦理道德上犯错误。每个人——超级者和普通者——都必须作为个体接受评判,同时也必须顾虑到安全的需要,这两方面要保持谨慎的平衡。为了他们自身的安全需要,他们完全有能力暗中控制住庇护所的各个系统,但他们没把握完全控制住普通无眠者,因为他们的防御目的只是永远不让其他超级无眠者被委员会伤害。要在道德的两难境地掌握平衡是一种冒险,因为他们要防止自己也变成他们正在声讨的委员会那样的人。道德上的某些因素闪烁着,拖曳着穿过艾伦的思维线,而尼克斯的思维线模型并没有把道德因素考虑进去。

米丽研究着整个计划,思维线在她的脑海中缠绕纠结,以最快的速度形成框架。她原先也没有考虑道德方面的因素,她能感觉到的只是对所有参与杀死托尼的人的仇恨。然而她明白艾伦是对的,他们永远不能攻击他们自己的父母、祖父母以及其他的无眠者——他们的集体。他们就是不能。艾伦是对的。

米丽点点头。

"防防防御。我我们的。"艾伦说出来。

"包包包包括那那些……好好好的普普通无无无眠者。"黛安·克拉克说，其他人凭直觉就理解了她所说的"好"所意味的思维线。

乔纳森·马克威茨说："有萨萨萨萨姆·史史史史密斯。"

萨拉·塞瑞利说："琼琼·卢卢卢卡斯。她她的没没没出世的弟弟。"米丽再次回想起纪念日那天她和琼蹲在动力舱边的情形，再次记起面对琼的悲痛时——她当时正为睡眠者弟弟的夭折而伤心——米丽说的那些目光短浅而又冷酷的话。米丽瑟缩了一下。她怎么能如此无情地对待琼？她怎么会没看明白？

因为事情没发生在她身上。

"我我我我们需需需要个名名称。"黛安说。她占据了艾伦在控制台前的位置，调出了她自己的思维线模型程序，然后让出地方让米丽看结果。米丽看见一个复杂的思维导图，关于可供识别的名称所具有的威力、群体的自我识别以及超级无眠者在庇护所的位置——假如他们再次需要自己的防御的话。也许超级无眠者并不需要采取防御措施，也许他们没人会再受到普通无眠者的伤害和威胁，两个群体可以和平共处数十年，只要他们中的一个确实明白他们有两个群体。一个名称所具有的力量。

米丽的嘴唇颤抖着。

她说："一个名名名名称。"

"是是的。一个名名称。"黛安说。

她看着所有的思维线模型。黛安的思维线在全息投影图像中流动,详细描述了他们的独立、他们生理上的众多局限性和情感上的依赖性。一个名称。

"乞乞乞乞丐。"米丽说。

"我别无选择,"詹妮弗说,"我别无选择!"

"是的,你别无选择。"威尔·桑达罗斯说,"她只是太年轻了,还不适合当委员,詹妮。米丽还没有学会控制自己,不懂得发展她的才能全都是为了她自己好。她会学会的。几年后你可以再恢复她的委员职位。这不过是估计失误,亲爱的。仅此而已。"

"但她不会再和我说话了!"詹妮弗叫道。过了一会儿,她又重新控制住自己的情绪。她理顺黑色阿巴亚的皱褶,伸手给自己和威尔再斟上些茶。这种单叶茶是庇护所经过基因改良栽培的。詹妮弗纤细修长的手指稳稳地端着古董茶壶,把芳香四溢的茶水倒入纳吉拉为她的六十寿辰铸造的漂亮合金茶杯中。詹妮弗美丽如初,但在她的鼻翼和嘴角间多了几根明显的线条。看着他的妻子,威尔意识到痛苦也可以像岁月一样催人老去。

"詹妮,"他温和地说,"多给她一点儿时间。她受了很大的打击,她还是个孩子。难道你不记得自己十六岁时的样子了吗?"

詹妮弗目光犀利地看了他一眼,"米丽和我们不一样。"

"是的,不过——"

"不只是米丽,里基也拒绝跟我说话。"

威尔放下茶杯。他说话的语气就像在做严谨的法庭陈述,"作为一个无眠者,里基总是显得有些摇摆不定。有点懦弱。像他的父亲。"

詹妮弗仿佛回应般地说道:"里基和米丽都必须认识到理查德永远不能认识到的事情:一个集体的首要职责就是保护它的法律和它的文化。如果不是积极主动地去做这些,也没有热爱集体的信念,我们就什么都不是,充其量不过是碰巧生活在同一个地方的一群人。庇护所必须保护它自己。"过了一会儿,她补充了一句,"尤其是现在。"

"尤其是现在,"威尔同意道,"给她一点儿时间,詹妮,毕竟她是你的孙女。"

"而里基是我的儿子。"詹妮弗站起身,拿起茶盘,没有看她的丈夫,"威尔。"

"什么?"

"监视里基的办公室和米兰达的实验室。"

"我们不能这样做。至少,对米丽不行。超级无眠者曾经对安全系统的性能做过加强。不管当时托尼在安全系统上设计的是什么程序,都是无法攻克的。总之,要我们监视时不留下明显的痕迹,这无法做到。"

提到托尼的名字,詹妮弗的眼神里闪过一丝悲伤。威尔不顾詹妮弗手里的茶盘,站起来搂住她。但詹妮弗的声音很冷静,"那么就把米丽转移到别的大楼,别的实验室。转移到我们能够有效监控的地方。"

"好的,亲爱的,今天就办。但是詹妮,米丽只是孩子气地伤心和震惊。她是个好孩子。她会回心转意,回到正确的、必经的道路上来的。"

"我知道她会。"詹妮弗回答道,"但还是要在今天就把她转移出来。"

23

托尼死后一个星期,米丽去找她的父亲。轨道站研究所已经让米丽搬出了她的实验室——她和托尼的实验室,她曾在那儿和他共事过、欢笑过、讨论过——让米丽搬到了2号科技楼的一个新实验室里。当天下午,特里·姆瓦卡贝就来到她的新实验室。在系统控制方面,特里是所有超级无眠者中最出色的,甚至比托尼更优秀,但他很少和托尼在一起工作,因为特里奇异的思维线让沟通变得很困难。极端的附加基因改造,加上还没有完全被了解的神经化学反应的结果,使特里显得比其他超级无眠者更古怪。他的大部分思维线源自混沌理论和更为新式的数学规则,从而显得颇为奇特而且杂乱无章,令人难以理解。他今年十二岁。

特里在改装米丽的电脑终端和墙上的控制面板上花了好几个小时。工作的时候,他的眼睛疯狂地眨动着,嘴唇抿成了一条直线,嘴角不时抽动。他什么也没对米丽说,但米丽觉察到了他的沉默所

传达出的是和自己一样强烈的愤怒。特里爱他的父母,他们是普通
无眠者,他们改造了他的基因,并赋予他不可思议、非同寻常的智商
和超级能力。现在那些普通无眠者正在监视米丽,仿佛她——特里
的同类——是某个正在抢掠的乞丐。被出卖的感觉让特里的愤怒
像热气一样充满了整个实验室。

他设置完毕后,委员会的监视设备依旧正常地运行着,它能看
到米丽在和她的电脑没完没了地下着象棋。下棋是一种排解悲痛
的消极手段,对于那些认为她无力应对死亡的人来说,下棋也是一
种证明——证明米丽并没有完全崩溃。红外线监视仪追踪着米丽
的身体,她正趴在全息象棋棋盘前,每走一步都要花很长时间。监
视系统能看清每一盘棋的每一步。虽然下棋时米丽偶尔会草率地
敷衍一下,不过她最终还是赢了所有的棋局——当然,这些都是假
影像。

"好好好好了。"特里说道,然后快速冲出了实验室。这是他开
口说的唯一一句话。

米丽在悬浮的运动场下面的公园里找到了坐在那里的父亲,父
亲与埃米奥纳所生的第二个普通无眠者孩子坐在他的大腿上。婴
儿快两岁了,名叫贾尔斯,是个漂亮的小男孩,有着基因改造过的栗
色鬈发和大大的黑眼睛。里基小心地抓着他,仿佛怕他会被打碎似
的,而贾尔斯扭动着身体想要下地。

"他还不会说话。"这是里基对米丽说的第一句话。她直接跳过

了这句话的含义。

"他他他会会的。普普普普通无无无眠者有有时候就就是先先憋憋憋着，然然后直直直接开开始说说说句子。"

里基把焦躁不安的婴儿抱得更紧，"你怎么知道的，米丽？你又不是母亲，你自己还是个孩子。你怎么什么都知道？"

米丽没有回答他。如果没有思维线和思维导图，她对他真正的问题——你怎么想的，米丽——的回答将会是相当不完善的，与其只做出部分的回答，倒不如不回答。可是，她的父亲又不能领会她的思维线。他甚至都没法去理解。如果米丽不开口他就根本不能了解米丽的想法。

于是米丽转移了话题，"你爱爱爱爱托托托尼。"

他越过婴儿的脑袋看着她，"我当然爱。他是我的儿子。"但过了一会儿，他加了一句，"不，你是对的，你母亲不爱他。"

"也也也不不爱爱我。"

"她想去爱。"贾尔斯开始呜呜地哭了，里基稍稍放松了手的力度，但没有放开贾尔斯，"米丽，你的祖母已经取消了你在委员会的委员资格。她提出了一个决议，要求把家族成员加入委员会的年龄，提高到二十一岁，对其他有任期的委员会成员也是一样的。投票表决通过了。"

米丽点点头，她并不感到惊讶。她的祖母现在当然想要把她赶出委员会，委员会当然也会同意的。虽然沙里夫家族要如何分配他们的选票是他们自己的事情，但总有人会憎恨沙里夫选票分配的规则和普通分配不同。或许那些人对米丽的委员地位的仇视是因为觉得不公正，因为她是个超级无眠者。

贾尔斯胖嘟嘟的双腿乱蹬乱踢，开始号啕大哭起来。里基无奈地笑笑，只得把他放下。"我本以为如果我一直抱着他，时间长了他就会憋出一句完整的话，比如说'求你了，爸爸，让我下来四处看看'，你两岁的时候就会这么说了。"

米丽碰碰贾尔斯，他现在正在快活地研究着基因改造过的青草。这种草的离子泵能很有效率地输送养分，所以这种草只需要很少的营养物质。贾尔斯的头发柔软，像丝绸一样顺滑。"他他他不不不是是我。"

"是的，我必须记住这点。米丽，那晚在你的实验室里，你和其他超级无眠者聚在一起做什么？"

她立刻警觉起来。如果连里基都已经注意到并产生了怀疑，那其他大人呢？他们的怀疑会伤害到"乞丐"集团吗？特里和尼克斯说没人能侵入他们建立的安全系统，但任何人都会首先怀疑为什么要安装如此严密的安全系统。这种疑问会招致报复行动吗？米丽和其他超级无眠者对普通无眠者的真正想法又了解多少呢？

"我猜，"里基谨慎地说，"你们是在私下里用自己的方式进行悼念——如果你们再要集会，遇到某个普通无眠者问起你们在干什么，你就这么告诉他们。"

米丽放开了贾尔斯的头发。她伸出手,将手放在父亲的掌心。因为特殊的新陈代谢,米丽的血液流得特别快,仿佛激流奔腾,她的肌肉也在痉挛,米丽的手指在父亲冰凉的手里颤动。

"好好好好的,爸爸爸爸。"她说,"我我我会会会的。"

他们花了一个半月时间设计针对庇护所的几个主要系统——生命维持系统、外部防御系统、安全系统、通信系统、维修系统和档案系统——的隐蔽的超驰程序。特里·姆瓦卡贝、尼克斯·德米特里厄斯和黛安·克拉克做了大部分工作。有几个自动防故障程序他们无法破解,这些程序大多数是安装在外部防御系统上的。特里在自己设计的反监视系统程序的掩护下坚持不懈地工作,每天工作二十三个小时。这个欺骗程序能用假影像替换掉监视器捕捉到的真实画面。米丽很想知道,普通无眠者在他们的监视系统上会看到特里在干什么,不过她没有问。面对无法破解的最后几个自动防故障装置,特里因挫败感而变得更加沉默,就像轨道站里的气压始终没有变化一样,特里也始终保持着沉默。米丽则相反,她正惊讶于"乞丐"这么快就基本接管了整个轨道站——尽管他们还没有真的改变任何东西。也许他们永远都不会去改变什么。也许他们不必那么做。

到了第三个月月初,特里破解了一个主要的自动防故障程序。他和尼克斯在尼克斯的实验室召集了一次会议。两个男孩的脸色都像盐一样苍白,特里的口罩上方,额头上满是跳动着的毛细血管,清晰可辨。从上个月开始,有不少超级无眠者就戴起了这种塑料纸制作的口罩,用来遮住他们的下半部分面孔,从下巴一直到眼睛,只留一个呼吸孔。有几个女孩还把她们的口罩装饰了一番。米丽注意到,和普通无眠者父母最亲近的孩子们都没有戴口罩。她不知道是否有人对他们干的事已经起了疑心,或者已经把口罩的出现和托尼·沙里夫的死联系起来了。

"沙沙沙沙里夫实实——"特里做了个幅度很大的手势,大致意思就是"该死的"。在过去一个月里,他们的这种非语言信号——这也是超级无眠者交流方式的一部分——已经变得更加粗鲁了。

尼克斯试着说:"沙沙沙里夫实实验室已已经制制制制造并储储存了——一种——"看来尼克斯也激动得说不下去了。特里在自己的电脑上调出思维线。和他的大多数思维线一样,这条思维线除了特里本人,谁都没法理解。尼克斯用自己的思维线建立起一个思维导图,然后把它转换成米丽的模式,再反复修改,直到所有人都能够最大程度地理解它。二十七个孩子拥挤着靠在一起。

沙里夫实验室已经开发并合成了一种能瞬间致命、由空气传播、具高度传染性的基因改造细菌,它的遗传密码来自一种病毒,但在重要的表现型上和原来的病毒有非常大的差异。这些细菌处于冷冻状态,人们可以从庇护所对其进行遥控解冻,并散播开去。庇护所挑选出一些在地球上学习的无眠者研究生,让他们把这种病毒包裹安置在了美国。它们被秘密地放置在纽约、华盛顿、芝加哥、洛杉矶和神乐轨道站。实际上，通过常规手段是发现不了这些包裹的。这些病毒能够在大约七十二小时内杀死各种进行有氧呼吸的生物体，只要这个生物体已经发展进化出了一套神经系统，病毒就能通过神经系统杀死它。和任何已知病毒不同的是，这种病毒不能无限地自我繁殖，所有复制的病毒在解冻七十二小时后就会自毁。这是一种相当厉害的基因工程技术。

大家都一言不发。

最后，艾伦结结巴巴地说："庇庇庇护护所这这样做做是是为为为了自自自自卫。除除除非庇庇庇护护所先受受受受到攻攻攻击，否否否则不不不会会使使使用的！永永永远不不不不会先先先发制制人——"

"对对对对啊！"黛安急切地说，"只是为为为了自自自卫！肯肯肯肯定定是这这这样。我我我们不不不会——"

克里斯蒂娜急切地说："就就就就像我我我们。就就就就像'乞乞乞丐'正正正在做的一一一样。"

房间里一下子炸开了锅，充满了结结巴巴的说话声和喊叫声。他们都想相信庇护所正在做的事和他们自己做的没什么两样——秘密地建立一个自我防御机制，委员会永远也不需要真的启用这个机制。病毒包裹的存在只是为了增加与睡眠者进行口头协商时的砝码，为了虚张声势，毕竟，这是唯一能让睡眠者妥协的做法。每个人都知道这点。如果庇护所受到直接攻击，无眠者有权自卫。无眠者不是杀人犯，睡眠者才是。每个人也都知道这点。

米丽望望特里的脸，然后又看向尼克斯，接着是克里斯蒂娜、艾伦。祖母的生物武器，甚至对委员会都是保密的，只有沙里夫实验室的少数助手知道这种病毒已经合成成功，并且秘密安放在了住着平民和孩子的城市里。

她父亲知道吗？

米丽突然恍惚地想，她也要给自己做个塑料纸口罩。

在大家激动地讨论了几个小时后，"乞丐"最终没有对这个生物武器采取行动。他们什么也不能做。如果他们把得知的事情告诉给委员会，委员会就有可能得知他们的真正能力。如果他们破坏遥控系统，大人们也要怀疑。如果真是这样，"乞丐"就会失去保护他们自己的秘密的机会——就像他们没能够保护托尼一样。无论如何，如果病毒只是用于防御，创造它只是热切地盼望永远不会使用它，那么沙里夫实验室所做的事和"乞丐"自己正在做的事又有什么分别呢？

孩子们除了安装防御性的超驰装置外什么也不愿考虑，所以他们什么也没做。

米丽慢慢走回自己的实验室，特里的反监视程序显示，她正在一盘接一盘地赢着根本不存在的棋局。

"乞丐"的发现让米丽不安了好几天。她试图继续从事她以前抑制口吃的神经学研究。她弄坏了一个精密的生物扫描仪,在电脑上输错了一段重要的代码,还把一只烧杯扔到房间另一边。她继续去看望父亲,她的父亲也总是把拼命扭动的贾尔斯抱在腿上。里基爱她,他非常爱她,所以能够察觉到超级无眠者们正在退缩回他们自己的群体里去,不再……什么? 他又能做什么呢? 他想要做什么呢?

思维线飘浮着穿过米丽的脑海,就像从维修飞机尾部喷出的螺旋状气体云:忠诚,背叛,自卫本能,团结,父母和孩子。通信器响了起来,米丽看见琼·卢卡斯的脸出现在屏幕上,尽管米丽很激动,但仍然尽可能地保持冷静。

"米丽,如果你在的话,请打开双向通话,好吗?"

米丽没有反应。琼曾经哭着给她带来了托尼的死讯。琼是个普通无眠者。琼是她的老友,还是她的新敌? 似乎很难准确定义。

"不论你是否在,或者是否想和我说话——"琼说。几年来,她越发美丽,出落成一个十七岁的基因改造过的美人,有着坚毅的下巴和紫罗兰色的大眼睛,"——都无关紧要。我知道你还在……为托尼伤心。但如果你在的话,我想让你收看美国22频道的新闻网节目。就现在。我经常看,那上面有位艺术家,他帮助我……解决我头脑里的一些问题。去看看吧,说不定对你也有帮助。这只是我的想法。"琼往下瞥了一眼,似乎正在谨慎地斟酌词句,不想让米丽看见她眼睛里的神色，"如果你上那个网，不要把记录留在主电脑日志上。我相信你们超级无眠者知道该怎么做的。"

米丽这才注意到琼正在用一条保密线路通话。

米丽犹豫地站起来，嘴里咬着一缕蓬乱的头发，这是她在托尼死后养成的习惯。观看一个睡眠者"艺术家"怎么帮助琼解决"头脑里的问题"？像琼这样的人会有什么样的问题呢，她和她的集体相处得相当融洽，不是吗？

和米丽的集体毫无共同之处。

她捡起扔出去的烧杯，把它清洗干净，消了毒，回到她的终端上，看着电脑上所模拟出的合成神经传递素的DNA密码，重新开始枯燥漫长的工作——用计算机检验冗长公式上每个微小的假定改动，考虑这个改动会不会是正确的起点。但程序不能运转，什么地方出了一点小故障。米丽重重地敲了敲电脑终端。"该该该该死的！"

尼克斯或特里应该知道如何立刻修复它。或者托尼。

米丽瘫倒在一把椅子上，悲伤的感觉像潮水般向她涌来。等低落的情绪过去，她再次转向终端。即使依靠维修程序，她还是没有发现那个故障。

她转向通信器，进入了美国22频道新闻网。

上面一片漆黑。

又是故障吗？

米丽跳起来，挥起拳头朝着微型全息舞台砸过去，就在这时，舞台中央突然变亮,米丽的拳头正好落在舞台的地板上。一个八英寸高的男人坐在轮椅上,开始说话。

> "'在我天使般的童年,
>
> 那时的岁月幸福快乐、
>
> 熠熠生辉!
>
> 在我了解这个地方之前,
>
> ……'①"

就是这个? 一个坐轮椅的人背诵乞丐的某首诗? 琼打破多年的沉默坚冰就是为了叫米丽看这个?

在这个人开始说话的时候,他身后的黑暗中出现了图形。不——是图形从黑暗中显露出来。图形内容有重复,但又略有不同,显得很怪异,特别引人注目。在米丽的脑海里有思维线形成,她也看见了它们,尽管现在米丽脑海里的思维线属于最平常的一种,但是米丽思维线的图形和坐在轮椅上正在朗诵的人周围滑动的图形居然非常相似。也许黛安可以为她解释这种现象——黛安正在以托尼死前已经做好的工作为基础,研究如何描述思维线形状的方程式。

> "'但透过这身臭皮囊,
>
> 能感觉到永恒的亮光。'"

---

①出自亨利·沃恩的诗篇《回归》。亨利·沃恩(1621~1695):威尔士玄学派诗人,作品包括《闪光的燧石》等。

那人朗诵道。米丽突然注意到他的轮椅是利用高科技改装过的,他肯定是受了伤,或身体残疾了。他不是普通睡眠者。

米丽头脑里的思维线变得更加慵懒、平静。全息舞台上的图形已经改变了。她听见那人在说话,但没听进去,词语不是真正重要的东西,难道不对吗? 词语从来就不重要,只有思维线才重要,思维线的形状像——但又不像——那人周围环绕的图形。那人消失了,很好,因为她,米丽,米兰达·塞丽娜·沙里夫,也在消失,正顺着一条陡直的长斜道往下滑,每往下滑一米,她就变得小一点,直到消失不见,成为一个没有重量的透明幽灵,既不抽搐也不结巴,落在一个她从未见过的房间角落里。

她知道,在这个房间的下面是其他房间。这是个很深的建筑——深,但不高——每个房间都和这间一样,充满了光线,如此生动,仿佛这些光线是有生命的。实际上,它们就是活的,因为光线突然变形成了一个有十五个脑袋的怪物。米丽握着一把剑。"不行!"她大声说,"我是透明的,我用不了剑。"这话显然没起作用,因为怪物已经开始咆哮着向她冲过来了。她砍下它的一个头,头颅落地,她发现那是她祖母的脑袋。詹妮弗的头躺在地板上,当米丽惊恐地望着它时,地板上出现了一个洞,那个头带着淡淡的笑意滑落洞中。米丽知道它会跌到更深处的另一个房间里——这个地方一个房间接着一个房间,相互连通——但那个头不会完全消失。任何东西都不会完全消失掉。怪物再次进攻,她砍掉了另一个脑袋,脑袋落在地上,静静地滚入地板的洞中。那是她父亲的头。

愤怒的情绪突然而至,她不停地砍啊砍。有些脑袋在它们没掉入地板时被她认出来了,有些则认不出。最后一个是托尼的脑袋,它没有掉下去,而是长出了一个身体——不是托尼的身体,而是戴维·阿伦森那经过基因改造的完美身躯,三年前他拒绝米丽时,米丽曾觊觎过这个身体。托尼/戴维开始脱她的衣服,她立刻亢奋起来。"我一直想得到你。"她说。"我知道,"他答道。"但我必须先停止抽搐。"他和她缠绵在一起,他们头顶的天空立刻爆发出许多思维线。

"不,等一下。"米丽说,"那些不是正确的思维线。"她抬起头,聚精会神地看,改变了思维线的几个节点。托尼静静地等待着,漂亮的嘴唇向上弯起,露出微笑。等米丽修改完思维线,他伸出手再次搂住她,米丽恣意享受着如此温柔如此平和的感觉,快乐地说:"虽然母亲那样对我,但我已经不在意了!""再也不用在意了。"托尼说,她笑着向他依偎过去——

清醒过来。

米丽开始惊恐不已。实验室逐渐回到现实存在中来了。它曾经消失过,取而代之的是——

她睡着了。她做梦了。

"不不不不可能。"米丽呻吟着。她怎么可能睡着?她?做梦是睡眠者才会做的事。但大脑研究也表明,理论上梦的形成过程和思维的形成过程相似……全息背景变得漆黑一团。那个人缓慢地向后隐退。

图形。他用设备投射的图形，在她的脑海里有对应的图形。就像思维线的结构——但又不是。是来自她大脑的别的部分，也许，不是来自大脑皮质？但那种平和、快乐、与托尼合为一体的强烈感受只可能来自她的脑皮层。他使用了——米丽搜索着地球上的人使用的词——"催眠术"，他用思维的图形、关于孤独的诗篇对她实施了催眠，然后全息舞台上的图形引出了她自己梦境中的图形……

但还不止这些。米丽改变了梦。她曾经全神贯注于她和托尼头顶上的思维线，并且特意改变了它们。在她的头脑里，她现在就能看见那几种图形。

米丽一动不动地坐着，就像她进入梦境时一样安静。

"德鲁·阿伦。"一个非常热忱的声音在那个坐轮椅男人的全息图像四周响起，"清醒的梦想家。这种新艺术形式一夜之间轰动全国！这个节目名为'全息岛上的生活者'，拒绝免费下载，请付费下载六套不同的德鲁的'清醒的梦境'表演——"

米丽键入托尼的密码进行下载。那个轮椅上的人立刻不动了。

她把头搁在膝盖之间，仍然觉得头昏眼花。她做梦了——她，米兰达·沙里夫，无眠者和超级智慧者。她似乎仍然能看见托尼，感受到他的胳膊搂着自己，感觉到她所在建筑物的深度，还有它无穷无尽的房间。她仍能记起梦中那些曾接触过修改过的思维线，它们就像实物一样历历在目。

米丽从膝盖上抬起头,走到她的终端前。她修复了程序的小故障。修复起来很容易,她所要做的就是跟随自己在梦里看见并修改过的思维线。她回忆着梦中见到的思维线,把一段DNA密码精确地键入电脑,这正是她苦苦搜寻了三年却一直没找到的基因密码。针对她的参数、概率表格、神经化学的相互作用,程序运转起来。对照比较和建模要花点时间才能完成,但米丽已经知道了——这次的基因修改是正确的,它们正是她一直在寻找的。以前她一直在绕圈子,一直没找到正确的方向,直到她在梦境中发现了一条不同的路径,在思维线上添加了所缺少的内容。

现在都对了。她的思维线中已经添加了所缺少的,曾经总是缺失的东西。她缺失的这些思想不是直线性的,不是和思维线交接的,不是和显而易见的路径联系的。它们是梦境。不,是清醒的梦境,它们让她接触到了一个比虚幻故事更深层的世界,引导出了她从来没想到会存在、但毋庸置疑是属于她的东西。利用这些东西,她——清醒的米丽——可以操纵部分的梦境世界。

米丽看着那个轮椅上的艺术家静止的全息图像。他正淡淡地微笑着,有光线照亮了他顺滑光泽的头发。看着他那双明亮的绿色眼睛,米丽再次感觉到了梦里和托尼在一起的激情。她每条狂热的、青春的、坚定的思维线都缠绕着德鲁·阿伦的形象,是他赠送给了米丽这份礼物,是他拯救了米丽。

清醒的梦境。

米丽站起来。她要合成这个作用于神经系统的混合物,测试它,使用它。她知道它会有效果的。它会抑制超级无眠者们的口吃和痉挛,但不会削弱他们的超级能力。它会让他们成为他们自己。

就像清醒的梦境。成为自己,比过去更像自己的自己。

但首先有另外一件事情要做。她调出图书馆程序,给它设置了最大预备搜索范围,包括庇护所档案库的所有数据、合法的地球数据库(庇护所按时交费以获准使用的那种),以及庇护所积极交费以获得使用的地球非法数据库的所有数据。她使用了托尼设计并教她使用的搜索程序,进入了那些数据库拥有者自认为安全无虞的数据库。米丽运行了她能想到的所有辅助程序。她要知道关于德鲁·阿伦的一切。每件事。

然后她会想出得到他的办法。

"乞丐"拥挤在雷欧——另一个生物研究员——的实验室里,坐在长椅上、桌子上、地板上。他们轻声交谈,就像平时那样,老半天才蹦出一个词。大多数时候,他们并不直接看着对方。现在几乎所有人都戴上了口罩,有些口罩还做了精心装饰。

米丽的口罩没有装饰,她并不打算把口罩戴很久。

"核核核核素①蛋蛋蛋蛋白白白质——"

---

① 出现在细胞核中的物质,主要由蛋白质、磷酸和核酸组成。

"——发发发发现一条新新新的带带状状径径流——"

"——又重重重重了两两两磅磅——"

"我我我的新新新妹妹——"

"可可可可可可可——"随着一阵挫败的咕哝声，有人终于放弃使用语言交流。第一台终端被人打开了，显示出一条思维线。

"请等一下，在你们转为思维交流前，"米丽说，"我有样东西给你们看。"

房间里的嘈杂声霎时间冻结住了，只剩下一片静默。米丽摘下她的口罩，捋开挡在眼前的长长的刘海。她平静地看着他们，他们看到了一张没有痉挛、抽搐和颤抖的面孔。

"噢嗯嗯——"有人开口想说点什么，但听他发出的声音，仿佛是肚子上挨了一拳。

"我找到了精确的遗传密码。"米丽说，"这种酶很容易合成，在我自己身上没有预期的副作用和状况发生——至少迄今为止是这样的。"她卷起袖管，给大家看微小的伤疤，在她的左上臂的伤口正在快速愈合。

"公公公公式！"雷欧急不可耐地要求道。

米丽调出她的终端里的思维导图。雷欧冲到电脑前面。

克里斯蒂娜问："什什什么么时候？"

"我在三天前植入了缓释药物。然后我就没离开过实验室。这件事除了你们没人知道。"

尼克斯说："给给给给我我也也也做做植植入！"

米丽已经准备了二十六份皮下植入的药片。"乞丐"们排成一列，由苏珊给每个人的上臂消毒，雷欧负责割切口，米丽插入药片，黛安把伤口紧紧地包扎好。不需要缝合，皮肤会自然愈合的。

"药效的产生需要几个小时。"米丽说，"这种酶会控制大脑产生足够剂量的一种神经传递素。"

超级无眠者们抽搐的眼睛都灼灼有神地看着米丽，她身体前倾，"听着，还有一件事我们要讨论。

"你们知道，为了寻找这种基因修改方法，我花费了将近四年时间。哦，头两年我一直在探究这个问题，但我根本找不到解决办法，要不是我接触到了一样东西，我还会在原地踏步。这样东西叫作'清醒的梦境'。"

她吸引了所有人的注意力。

"听起来像是睡眠者干的某种事情，一个睡眠者引导我做梦。是琼·卢卡斯介绍给我的。我们也能做清醒的梦，尽管我还没有任何大脑扫描数据，但我肯定这种梦对我们和对睡眠者来说是不同的。或许与普通无眠者相比也是不同的。"米丽解释了琼的电话，描述了德鲁·阿伦，描述了在清醒的梦境中看见她自己研究的思维线，接触并修改了它。

"它仿佛是另一种思维线，把联想和分支思维有效地结合起来，而'清醒的梦'是一种工具，一种辅助手段。它利用……故事。从无意识中得到——也许睡眠者就是这样做梦的。但睡眠者没有思维线结构把故事结合在一起。他们不能——我不知道——也许他们不能很好地塑造清醒的梦境，因为他们没有如此连贯的图形来做支持。也许他们能塑造梦境，但没有形象的复杂的思维线，这种塑造只能停留在一种情感的层面上。"米丽耸耸肩。谁能说出睡眠者的大脑是如何运转的呢？

"总之，清醒的梦就好像……重生。进入一个有更多维度的世界。我希望你们都去试试。"

米丽从短裤口袋里掏出录有德鲁演出节目的存储器，是六套中的第二套表演节目。不管那个新闻网对下载有什么样的要求，依靠托尼以前设计的程序，下载全部的六套表演是不成问题的。

会议开始前，特里·姆瓦卡贝就已经在雷欧的实验室周围启动了一个难以攻破的安全防护能量场。米丽把她的存储器插进雷欧的全息终端。

她背对着微型全息舞台。她自己不想睡着，这次不行，她想观察一下其他人。

一个接一个地，尽管都没闭上眼睛，但大家的眼神开始迷离起来。德鲁·阿伦悦耳的声音仿佛轻拂过他们的眼皮。朗诵的词句，暗示的意念逐渐起了作用。超级无眠者们做梦了。

表演结束后，他们几乎同时醒过来。他们笑了，哭了，激动地谈论着他们的梦。所有人都是那么兴奋，除了特里，这个最特殊的基因改造者,最与众不同的一个,他颓然地坐在一个角落,耷拉着脑袋,米丽只能看见他的头发。

在笑声和惊呼声中,米丽的合成酶刺激大脑产生了足量的三种互不相同但又相互依赖的化学物质,改变了脑脊髓液微妙的遗传密码组成。

特里站了起来。他瘦小的身体和巨大的脑袋都稳稳的,没有颤动。他看着所有人,他们的眼睛也没眨巴,也没抽动。

他说:"我知道怎么解除沙里夫实验室最后的自动防故障装置了。我也知道它们后面隐藏着什么了。"

24

　　元旦这天,蕾莎沿着小溪在三叶杨林中漫步。一层薄薄的积雪在地面上闪闪发光。她抬头看见乔丹,没穿外套的他正气喘吁吁地朝她跑来。在他那经受长期日晒的脸上,道道皱纹都绷紧了。他六十七岁了。

　　"蕾莎!庇护所已经脱离美国了!"

　　"嗯。"蕾莎没有表现出惊讶。在艾丽斯的葬礼后不久,她就断定詹妮弗一定会这么做的,时机正好——蕾莎和凯文·贝克可能是这个国家里仅有的两个不感到惊诧的人。或许凯文也会惊讶。自从艾丽斯的葬礼后,蕾莎还没与他联系过。

　　蕾莎弯腰捡起一块石头——它几乎是个完美的椭圆形,经过了远古的风和水持之以恒地打磨后,这块石头变得十分光滑——握着石头的手指感觉冰凉。"是的,"她对乔丹说,"我知道。"

　　"哦,那你近来看新闻网吗?"

"我们不总是在看新闻网吗?"蕾莎反问道。她漫不经心的语气让乔丹有些错愕地盯着她。

庇护所在2092年1月1日上午8点发表了他们的声明。这个声明同时发送给了美国五个最主要的新闻网频道以及美国总统和国会,让他们在元旦早上完全措手不及。声明是没有协商余地的:

在人类历史事件的进程中,当一个民族必须解除其与另一民族相联结的政治桎梏,并按照自然法则和上帝的意旨,在世界列强中取得独立与平等的地位时,出于对人类的真诚尊重,他们必须将不得已而独立的原因予以宣布。

面对审视的目光,我们认为以下事实是不言而喻的:人人并非生而平等。造物主赋予人们生命权、自由权和追求幸福的权利,但这些权利并非以其他人的自由、其他人的劳动,或其他人追求幸福的权利为代价的。为了保障这些权利,人们才建立他们的政府,因此政府的正当权利是由被统治者赋予的。如果一个政府既没能保障公民的这些权利,也没能维护公民对他们的信任,违背了其建立的初衷,人民就有权利去改变或废黜它,并建立一个新的政府。新政府赖以奠基的原则及其组织权力的方式,都要最大可能地增进民众的安全和幸福。

诚然,不应该由于一些微不足道的和暂时的原因而采取此种手段,但当滥用职权和巧取豪夺的行为接连不断、层出不穷,足以证明该政府旨在剥削天经地义本该属于人民的东西,那么,人民就有义务摆脱掉这样一个政府。当今美国政府的历史就是一部反复重演的伤天害理、巧取豪夺的历史。为了证明所言属实,特将事实陈诸于世界公正人士面前。

美国政府坚决拒绝了庇护所在任何立法机构或立法体系的代表权,就因为睡眠者对无眠者无知的、普遍性的仇视。

美国政府对庇护所征收足以令其破产的大比重税款,不容抗议就提出苛捐杂税,对庇护所公民的劳动成果使用威胁性手段进行掠夺。

而美国政府没有为庇护所提供保护、社会福利、合法的代表地位或贸易优惠。庇护所的公民没人使用过联邦或州的道路设施、学校、图书馆、医院、法庭、警察机关、消防部门、救济系统、为了获得选票而建造的公共娱乐设施,或任何其他的政府服务设施。那些进入美国学院学习的庇护所公民都全额支付了他们的学费和花销,没人接受过公共福利机构的施舍。

美国政府用不平等的税收和贸易限额,给庇护所的商业公司设置种种贸易壁垒,迫使庇护所和其他强国合作,因为如果不这么做,我们就得在他们钳制我们的人民、蚕食殆尽我们财力的情况下做生意。

美国政府拒绝批准在庇护所上建立司法机构,从而阻碍其司法行政管理。如此一来,我们就被剥夺了最基本的司法权利——由我们自己人组成的陪审团进行审判的权利。

最后,美国政府用武力威胁来对付庇护所,如果庇护所不遵守这些不公正不道德的条件,就会失去对庇护所的真正管辖权,还会面临触发战争的危险。

因此,我们——集合在委员大会上的庇护所代表们,以庇护所人民的名义,并经他们授权,向全世界最崇高的正义人士呼吁,说明我们的严正意向,同时庄严宣布:这个轨道站殖民地从此成为,并且是名正言顺地成为一个自由、独立的国家;我们再不必履行对美利坚合众国的一切义务,从此全部断绝、而且必须断绝和美国的一切政治联系。作为一个自由、独立的国家,庇护所完全拥有宣战、缔合、结盟、通商和一切独立国家的其他权利。我们庇护所进一步声明,我们作为独立国家的首要行动就是摆脱拥有破坏性的、不公平的"公司评估季度税"——该税法于2092年1月15日生效——这相当于要求外来进贡,是对我们不公平的束缚。同时,我们也拒绝随之而来的其他类似税收,包括美国政府企图在2092年4月15日对我们征收的、将导致我们遭受严重打击和破坏的税收条款。

为了拥护此项宣言,我们,由庇护所谨慎选举并指派的代表们,谨以我们的生命、我们的财产和我们神圣的荣誉,相互宣誓。

新闻网展示了下面的十四个签名。为首的是一个大大的龙飞凤舞的"詹妮弗·法蒂玛·沙里夫"——蕾莎记得詹妮弗平时的字体很小很工整。

斯特娜说:"他们做了。他们真的这么做了。"

乔丹说:"蕾莎,现在会发生什么?"

"美国国税局会等到1月15日,看税收是否真的被拒付。等到他们真的拒付税款的时候,国税局会对庇护所进行紧急资产评估,那就意味着他们有权没收庇护所的有形财产作为抵税品。"

"没收庇护所? 甚至都没有听证会或别的什么?"

"紧急资产评估首先是要没收,随后才会举行听证会。这可能就是詹妮弗选择这时候行动的原因所在。所有人都不得不尽快行动,国会有一半议员都度假去了。"蕾莎注意到自己的语气有多么超然,多么平静。真是令人惊奇。

斯特娜说:"没收庇护所——怎么没收,蕾莎? 他们会动用军队进攻庇护所吗?"

乔丹说:"他们用一枚真理导弹①就可以把庇护所炸掉。"

"但他们不会这样做的,"斯特娜争辩说,"这样会毁掉国税局要没收的财产。肯定是要……入侵,那会对庇护所产生威胁——轨道站的环境是很脆弱的。蕾莎,詹妮弗到底是怎么想的?"

"我不知道。"蕾莎说,"看那些签名:纳吉拉·沙里夫·约翰逊,埃米奥纳·威尔斯·凯勒——理查德的孩子们已经结婚了,我想理查德还不知道这事。"

斯特娜和乔丹面面相觑。"蕾莎,"斯特娜尖刻地说,"对你而言,这个消息好像和一则家庭新闻差不多? 这是内战! 詹妮弗最终还

---

①作者杜撰的导弹名称。

是把所有无眠者从这个国家、从美国的主流社会分离出去了——"

"你是在告诉我——"蕾莎微笑着作答,但心情并不愉快,"——我们这些待在这个被遗忘的沙漠大宅里的十二个人没有做过同样的事情?"

没有人回答她。

斯特娜最后说:"你认为庇护所和美国势均力敌?"

"我不知道。"蕾莎说,斯特娜和乔丹目瞪口呆地互相对视着,"我不是接受提问的合适人选。我这辈子对詹妮弗·沙里夫的了解从来就没有正确过。"

"但是,蕾莎——"

"我要去小溪边了,"蕾莎说,"如果打仗了就叫我。"

斯特娜和乔丹大眼瞪小眼,蕾莎能觉察到他们对她的无动于衷感到难以理解,他们不能看出对犯罪的漠不关心和对犯罪的无能为力之间的区别,而对蕾莎来说,更糟糕的是后者。

头一回,美国国会对庇护所的独立威吓作了严肃对待——这回可是无眠者。分散在各个选区度假的参议员和众议员匆忙汇聚到华盛顿。对于卡尔文·约翰·梅耶霍夫总统——一个行动迟缓、被新闻网称作"沉默的卡尔二世①"的肥硕男人,他其实有一个精明的头脑,善于协调外交政策——来说,这真是莫大的讽刺,在他平淡无奇

———————

①卡尔文·柯立芝(1872～1933):美国第三十任总统,因少言寡语,有"沉默的卡尔"之称。

的第一个任期中所面临的最大的外交危机竟然来自美国内部,因为从法律上讲,庇护所算是纽约州卡塔罗格斯县的一个小区。幸好,即便是讽刺,这个事实至少还没有从美国总统办公室泄露到任何一家媒体。

生活者的新闻网一直在把庇护所的威吓当作是有些疯狂的玩笑,还把它当作两分钟喜剧小品的素材(这种小品是时下最流行的娱乐形式)。鲜有生活者和无眠者打过交道,也很少有生活者听说过或认识什么无眠者,因为无眠者只和顽固者做生意。顽固者管理经济,经济掌控国家。一个生活者新闻网幸灾乐祸地做了预测:"内部消息:下一个要独立的是——俄勒冈州!"街头上有全息电脑合成的演员在表演小品,它们蒙上双眼站在波特兰的市中心,慷慨激昂地对俄勒冈居民诉说:"必须解除其与另一民族相联结的政治桎梏①"。"自由的俄勒冈"的横幅突然出现在摩托车赛场上、迷幻派对上,还有免费舞厅里。一个名叫金佰利·桑德斯的摩托车手赢得了贝尔蒙特冬季大赛,他的摩托车上除了印有美国国旗,还印了俄勒冈州的州旗。

1月3日,白宫发表了一则声明,称庇护所日前发布的是具有煽动性的恐怖言论。庇护所明明隶属于纽约州,是美国的一部分,却声称自己有"宣战的权利",阴谋推翻美国政府。在一个自由的民主国家,恐怖主义和煽动性言论都是不能容忍的。国民警卫队对此发

①《独立宣言》中的话,上文庇护所发表的声明中也有这句话。

出了警告。

白宫的声明也在各家媒体上发布。政府向庇护所发出通告：1月10日，一个由国务院和国税局组成的代表团——在美国历史上曾经有过的外交使团中很少能看到这样的组合——会前往庇护所，"对局势进行磋商"。

庇护所答复说，如果任何飞船或其他太空飞行器接近轨道站，庇护所就会开火。

国会召开了紧急会议。美国国税局对庇护所股份有限公司①和它的主要股东——沙里夫家族的所有财产做了紧急资产评估。小报的新闻网对戏剧性的小道消息比对联邦税收程序更感兴趣，嚷嚷着美国国税局要拍卖掉庇护所来填补赤字："有人想买一艘二手飞船吗？一块有点轻微凹痕的轨道站舱板呢？俄勒冈呢？""狂欢频道"举行了一场模拟拍卖会，俄勒冈州被一对来自加利福尼亚州蒙特里市的夫妇拍得，他们宣布火山口湖国家公园②要从俄勒冈州独立出去。

1月8日，也就是离庇护所要接待联邦代表团的日子还有两天的时候，《纽约时报》——和大型新闻网联合的历史悠久的顽固者报纸，发表了一篇名为《为什么保留俄勒冈州？》的社论。社论的新闻网版本由首席新闻主持人在六个日播全息广播频道上播报，印刷的纸质版本则醒目地占据了报纸的一整个头版。

---

①庇护所本身也是一个企业实体。
②美国俄勒冈州西南部一处颇具特色的保护区。

为什么保留俄勒冈州？

在过去一周里，我国既收到了庇护所（美国无眠者的大本营）要求独立的威吓，也收到了某些小报新闻网的所谓花絮报道。花絮报道可以说是有意思的、庸俗的、刻薄的或无足轻重的——这得根据你的口味而定。无论如何，这些小道消息正如它们在令人头昏眼花的"自由俄勒冈"运动中所表现的那样，是备受瞩目的。实际上，它们起到了一个很好的作用，帮助理解来自庇护所的威胁的实质。

设想，俄勒冈州从联邦脱离出去会怎样？再进一步设想，一个有思想的、客观公正的人——假设在普通生活者的人群里有这样的人存在——认为俄勒冈州无权这样做的真正的、有深度的理由。

那么，会有哪些论据呢？

首先要强调的是，这样的论据必然是引用自类似美国独立战争这样的事例，而不是内战。毕竟内战中有十一个同盟州想分裂联邦，这和俄勒冈州从联邦脱离没有相似之处。并且，那些不负责任的新闻网在对这个事件所有有趣的插科打诨中，我们不记得听见有人提及萨姆特要塞①或杰斐逊·戴维斯②。说到和独立战争的相似处，根据庇护所在所谓的宣言中借鉴《独立宣言》的用句就可见一

---

①位于南卡罗来纳港口城市查尔斯顿，是1861年南北战争第一枪打响的地方，也是南北战争初期激战地之一。

②杰斐逊·戴维斯（1808～1889）：美国军人、南方联盟政府总统，1865年被联盟士兵俘获，在监狱里待了两年。尽管被指控犯了叛国罪，但他从未被判定有罪。

斑。显然，庇护所认为它就和美国最初的北美十三个殖民地一样，是受压迫的殖民地。如果要对庇护所的宣言做个鞭辟入里的辩驳，就需要从分析与之相似的美国独立战争开始。

第一，这个宣言不能够令人心悦诚服。我们反对允许俄勒冈州（或庇护所）独立的第一条理由是"没有可比性"。没有足够的证据来承认这个严肃的决定是可行的，因为 1776 年[①]和 2092 年这两个事件的相似点其实很少。当时的美国殖民地没有代表权，被外来的统治者压迫，殖民地由外国士兵驻扎。当时的母国[②]属于第一等级，而美国殖民地则屈居为第二等级。庇护所则相反，联邦政府只在三十六年前派人到庇护所做过一次视察，从那以后就再没有联邦官员踏上过那个地方。而且庇护所对纽约州议会、联邦国会，乃至总统本人都有选举权——根据可靠消息报道，作为每次选举的一个程序，庇护所的居民每年都会收到所有的缺席选票[③]，但他们的选票从来没有寄回过。

确实，在去年 10 月国会通过的税收政策中，庇护所被征收了非常重的税额。但庇护所是最富有的企业实体，不仅在美国，在全世界也是最富有的。一个浮动的税率是适合的。和美国殖民地不同，庇护所不是第二等级，不处于被剥削的经济地位。如果把全球的投资记录拼凑起来，我们就会发现这样一个明显的事实：庇护所在全

---

①美国独立战争开始于1776年。

②相对于殖民地而言，殖民国家即为母国。

③选举人不在本人所登记的选区时，用邮寄方式事先投的选票。

球经济中享有比美国更高的经济地位，当然它的国际债券评级①级别也就更高。实际上我们会发现，与其说庇护所是处在被剥削的地位，倒不如说它拥有更多剥削的机会。庇护所每年的赤字——如果真有赤字存在的话——要比美国政府少得多。所以相比之下，庇护所需要支付的税额很少。这就好像俄勒冈州仅因为它享受到的联邦服务和它支付的联邦税金都比，比如说，都比得克萨斯州少，所以它就要独立。荒谬。

不，根据原来的《独立宣言》的标准，俄勒冈州和庇护所都必须保留在联邦中。

要保留俄勒冈州的第二条理由是"会产生不良影响"。如果俄勒冈州可以独立，为什么加利福尼亚州就不可以呢？为什么佛罗里达州就不可以呢？为什么宾夕法尼亚州的哈里斯堡②就不可以呢？三百二十五年前，联邦的分裂割据导致了另一场冲突，那场冲突在庇护所的独立宣言中谨慎地没有提及。

俄勒冈州不可以独立的第三条理由是"会破坏紧密关系"。依靠美国的物力和资源，包括美国人民的斗争，俄勒冈州才得以建立并达到繁荣昌盛，才能够在19世纪成为皮货交易中心，在21世纪成为E级通信产品的中心。就算对此感到厌倦，俄勒冈州也必须尊敬这个互惠关系。这就好比一个孩子，他父母供养他从法律学校毕了

---

①债券评级就是对债券的资信评级，是指某一特定机构对债券到期还本付息的履行能力或风险程度所作出的评定。

②美国宾夕法尼亚州首府。

业,根据2048年制定的《民权法》,他必须赡养年迈的父母,使他们的生活水准维持在不低于他在法律学校时的水平上。他不能因为自己现在比父母成功就摆脱他们。他不能从这种关系中脱离出去,摆脱这种使他达到今天这种令人羡慕的社会地位的关系。俄勒冈州也不能。

俄勒冈州不能独立的最后一条很简单,这也是最根本的一条,即"属于非法行为"。对美国主权的挑衅,拒绝支付税款,要发动攻击来维持独立的威胁——根据美国法典,这些全都是违法的。俄勒冈州想要独立是违法行为,如果允许它独立,那无疑就是在每个遵纪守法的公民、州、机构实体脸上打了一巴掌。

为什么要保留俄勒冈州?因为与北美殖民地独立没有可比性、会产生不良影响、会破坏紧密关系和属于非法行为。

既然对俄勒冈州是如此,对庇护所也就一样。

不管上面生活着什么人。

德鲁于1月6日晚到达了新墨西哥州的庄园。天气异乎寻常地寒冷,他脖子上围了条红色围巾,腿上搭了条同色的毛毯。蕾莎注意到,两样都是由质地精良的爱尔兰羊毛织成。他驱动轮椅,穿过宽敞开放的客厅。当初建造这个客厅是为了能供七十五个人聚会,但实际上客厅内的人数从来没有超过十二个:斯特娜的女儿艾丽西娅和她的丈夫以及孩子已经搬回到加利福尼亚,埃里克在南非,塞斯和他的妻子在芝加哥。蕾莎看见，德鲁又有所改变了。

成功的新人艺术家的耀眼光环和过于自负浮夸的炫耀表情最近都已经柔和下来了——德鲁成功地做到了谦逊。他抬头看着蕾莎的脸，向她表达问候。德鲁的凝视是坦率的，目光中不带任何欲望，也没有关切。现在即使没有了蕾莎的肯定，他也能确定自己是谁了。和许多名人不同，他的目光并没有因为不自觉地过多关注自己而把蕾莎排除在外，德鲁仍然充满好奇地看待这个世界，只不过多了一抹挑衅式的淡淡微笑，代表他始终保持着兴趣。

这种表情总是让蕾莎想起她父亲。

"我想我应该回来。"德鲁说，"以防政治局势真的变得很紧张。"

"你认为局势会恶化？"蕾莎干巴巴地说，"不过，你永远不了解詹妮弗·沙里夫。"

"是的。但你了解。蕾莎，告诉我，庇护所会发生什么？"

从德鲁的语气中，蕾莎能听出他对庇护所依旧念念不忘。如今他已长大成人，从事着一份古怪但名声显赫的工作。他从前对庇护所的那份孩子气般的执迷还保留着吗？他还是想得到庇护所吗，那凝聚了他的渴望、唤醒了他清醒的梦的庇护所？

蕾莎说："军队不会把轨道站上的庇护所炸掉——如果你问的是这个问题的话。上面都是老百姓——即使他们是实行恐怖主义的老百姓——而且其中四分之一是孩子。军队一旦使用任何武器，对庇护所都可能是致命的。詹妮弗考虑问题太过于政治化，她总是试图冲撞政府的底线。一旦越过这条界线,她很可能会遭到真正的严厉回击。"

"人在改变。"德鲁说。

"也许。但即使执迷不悟已经侵蚀了詹妮弗的判断力,轨道站上还是会有其他人帮助她找回平衡的。比如那位非常聪明的律师,威尔·桑达罗斯,以及卡西·布卢门撒尔,当然还有她的孩子们,他们肯定已经超过四十岁了——"

蕾莎突然想到了理查德四十年前说的话。"你变得不一样了,和其他无眠者隔绝了几十年……"

德鲁望着她说:"理查德也来了。"

"理查德?"

"和艾达,以及他们的孩子。我进来的时候斯特娜正在招呼他们,显然肖恩患了感冒或别的什么。你似乎很惊讶理查德来这里,蕾莎。"

"是的。"她忽然莞尔一笑,"你是对的,德鲁,人在改变。你不认为这很有趣吗?"

德鲁笑着说:"我一直以为你从来就没有什么幽默感,蕾莎。尽管你有很多其他优点,但我从没想过你还有这个优点。"

她提高嗓音说:"别惹我,德鲁。"

他说:"我没有。"蕾莎这才明白了他微笑的含义,他只是想开玩笑似的说:他本来以为她从没有什么幽默感的。哦,也许他们对幽默的定义大不相同。在许多事情上都是如此。

理查德一个人走了进来。他生硬地说:"你们好,蕾莎,德鲁,希望你们别介意我不请自来。我想……"

她帮他说完了要说的话,"纳吉拉或里基是否已经和你建立什么联系了,他们会通过我来建立联系吗?理查德,亲爱的……我想凯文会是更合适的人选。庇护所和他做生意……"

"不,他们不会利用凯文。"理查德说,蕾莎没问他是怎么知道的,"蕾莎,庇护所会做何打算?"

人人都问她这个问题,人人都当她是庇护所专家了。她已经"闷闷不乐地"——苏珊·梅林就是这么形容她的——在这片沙漠里碌碌无为地生活了三十年。人们脑子里在想什么,她的同胞的脑子里在想什么?"我不知道,理查德。你认为詹妮弗会做什么?"

理查德没有看她,"我想她会炮轰这个世界,如果她认为这样最终能给她带来安全感的话。"

"你是说——你知道你在说什么吗,理查德?庇护所全部的政治哲学就归结为一个人的个人需要?你相信这个?"

"我相信所有的政治哲学都是如此。"理查德说。

"不对,"蕾莎说,"不是全部。"

"是全部。"不是理查德在反驳,而是德鲁。

"不包括宪法的精神。"蕾莎说,她对自己的回答也吃了一惊。

"我们会看到的。"德鲁说道,他抚平了盖在自己萎缩的双腿上精致昂贵的爱尔兰羊毛毯。

庇护所没有白天黑夜,它不分季节,但总是保持着美国东部标准时间。对詹妮弗来说,就在突然间,她感觉到了不同。庇护所,无眠者的避难所和家园,人类下一阶段进化的先行者,这些年就是因为最基本的人为的桎梏——"标准时间"——而和陈腐的美国捆绑在了一起。美国东部标准时间晚上六点整,站在庇护所委员会的会议桌桌首,詹妮弗决心在这次危机结束后,把那些桎梏都打破。庇护所将制订自己的时间计算方式,从以行星为基础的白天黑夜的概念中解脱,从束缚睡眠者的低等的二十四小时生理节律中解脱。庇护所将征服时间。

"现在,"威尔·桑达罗斯说,"行动。"

没有一个委员坐着,他们全都站起来,手掌或撑在光亮如镜的金属桌面上,或在身子两侧攥成拳头,他们都把视线转向房间一头的几个屏幕上。詹妮弗审视着每个人的面孔:兴奋的、决然的、痛苦的。即使少数几个人的神情很痛苦,却也表现出坚定,他们忍痛接受了这次大刀阔斧的行动。她早就用抽签体系代替了选举体系——这种方式已经执行了快十年了。长期以来,都是由她控制着这个特殊的委员会。她拖延委员会的改选时间,有时一拖就是几十年。她给这里一点小小的支持,给那里一点小小的打压。她说服、交易、探查、等待、接受延迟和优柔寡断。现在她拥有一个委员会

——拥有一切,除了一样东西:在这个决定性时刻获得支持。为了世界各地的无眠者,为了所有时代的无眠者,在这个陈腐国家即将终结的时代,在这个关系人类进化的关键时刻,她必须获得支持。

罗伯特·丹,七十五岁,一位德高望重、备受尊敬的老人,是庇护所一个富有大家族的家长。他小时候曾在美国亲眼看见众多无眠者受到虐待和仇视,来到庇护所后,他几十年如一日地不断向家族里的人讲述那些无眠者被欺凌的真实故事。

卡罗琳·瑞雷,二十八岁,一名优秀的通信系统专家,对"无眠者是卓越不凡"的新达尔文主义深信不疑。

卡西·布卢门撒尔,在庇护所开创初期就和詹妮弗在一个阵线战斗了,他在詹妮弗那场审判的前期准备中出了不少力——那些已经被当作是庇护所的古老历史了,但在卡西的记忆中,它们仍然是那么栩栩如生。

保罗·阿利昂,四十一岁,数学家兼经济学家,他不仅预见了在国际专利到期后以Y能量为基础的美国经济的崩溃,而且还设计出一套程序,用于准确预测未来十年里美国政府会耍弄的各种伎俩和由此所带来的经济变化——尽管美国一直试图否认繁荣昌盛的幻象已经像幸福的蓝鸟一样飞走了。阿利昂已经计算出庇护所未来经济利益之所在:庇护所作为一个独立的国家和其他独立国家做生意,比和美国做生意更划算。

约翰·王,四十五岁,律师,也是庇护所很少使用的司法系统的上诉法庭法官,因为无眠者除了通常的合同条款解释,很少需要到法庭诉讼,所以王以此为傲。庇护所极少出现暴力和故意破坏事件,偷窃行为就更少了。但作为一名历史学家,王相信在有争议的变革时期,司法能给遵纪守法的人带来力量,他相信这种力量。

查尔斯·斯陶弗,五十三岁,庇护所对外安全局的头儿。像所有优秀的战士一样,他时刻准备着进行战斗,时刻准备着让自己的行动合理正当。从准备到实行,从准备到渴望,詹妮弗想,这个过程并不需要很长时间。

芭芭拉·巴切斯基,六十三岁,一家经营企业信息模式化业务的公司的老板,为人沉默寡言,做事深思熟虑。詹妮弗在很长时间里都对巴切斯基不太有把握。巴切斯基专门研究政治体系,过去几十年里她曾相信,不受约束的科技发展与对集体的忠诚在根本上是相互矛盾的。她通过对历史上的各种社会进行研究,提出假设,以支持她的论点,从文艺复兴时期到工业革命,再到最近的乌托邦轨道站。詹妮弗知道,一个似是而非的论点研究,几乎不可避免地会导致——但不是必然的——消极评价。詹妮弗等待着。最终,芭芭拉·巴切斯基形成了她的思想体系:如果一个社会必须选择,集体的忠诚给生存带来的长期优势甚至要比科技进步更多。芭芭拉·巴切斯基热爱庇护所。她支持詹妮弗。

雷蒙德·托里维瑞博士,六十一岁,沙里夫实验室最杰出的研究主管。詹妮弗从没有怀疑过他对这个项目的支持,是他创造了它。

让托里维瑞当选委员的困难在于,他疯狂地工作,排得满满的时间表使他成了名副其实的隐士。詹妮弗花了很长时间才说服他在委员会上露面。

然后是威尔·桑达罗斯、纳吉拉和她的丈夫拉斯·约翰逊,以及埃米奥纳·沙里夫,大家都紧张地站着,心中充满骄傲,完全清楚他们要做的事情的后果。他们接受那些结果,没有逃避,没有怯懦,没有借口。

只有里基颓然地靠着委员会大厅最远的一堵墙站着,注视着地板,胳膊交叉在胸前。詹妮弗注意到,埃米奥纳没有看她的丈夫。他们肯定已经为是否支持她争执过了。是埃米奥纳——詹妮弗的媳妇,而不是她亲生的儿子——支持她这正义的一方。詹妮弗心中激起一种复杂的情感——愤怒、痛苦和作为母亲的内疚,但她把这些都推开了。没有更多时间浪费在里基的失败上了。这是庇护所的时间。

"现在,"威尔说,"行动。"他启动了整个庇护所的通信网络、通信显示屏、内部全息成像屏、外部扬声器。詹妮弗理顺白色阿巴亚上的褶皱,然后向前迈出一步。

"庇护所的公民们,我是詹妮弗·沙里夫,现在在委员会大楼向你们发表讲话,这里正在召开全体委员会委员紧急会议。美国对我们的《独立宣言》已经做出答复,正如我们所预料的,他们声称,睡眠者将在明天早晨采取入侵行动。我们绝不允许这种事情发生。允许这个代表团登陆庇护所，就意味着我们在不可妥协的问题上妥协，在需要决断的时候优柔寡断，在我们明明没有错的情况下接受经济和司法的惩处。我们绝不能让代表团登陆庇护所。

"但试图用武力阻止这些乞丐也许会危及他们或伤害到他们，这也会给美国传达一个错误的信息。而且，无眠者是不会在没受到攻击的时候攻击别人的。我们理解自我防卫，我们接受它的必要性，但我们不想打仗。我们只想摆脱束缚，用我们自己的方式，依靠我们自己的努力，来追求生命、自由和幸福的权利。然而迄今为止我们都遭到了拒绝。

"不，我们要阻止乞丐们的最好办法，就是向他们展示我们不曾使用过的武器，这是我们出于自卫不得不使用的武器。因此，接下来的演示实例——由庇护所委员会全体委员授权批准的实验演示——将通过我们自己的超驰播放系统向美国所有新闻网同时发送。"

卡罗琳·瑞雷在她的控制台上键入了手动控制密码。威尔·桑达罗斯用加密线路和庇护所内部安全局通话——这个部门很少露面，大多数人都已经忘记了它的存在，是威尔一手把它建立、加强起来的。庇护所的每个通信频道，地球的每个通信频道都转到了五个最严肃的顽固者新闻网上，屏幕上显示出庇护所从日本人手里买下的破旧居留地的图像——神乐轨道站，其名字的含义是"神的音乐"。

詹妮弗的声音传了出来,"这里是庇护所委员会。美国政府已经宣布了明天早晨对庇护所的一次入侵——以所谓的和平使团的形式。但在肉体和经济受到双重压迫的地方不可能有真正的和平。我们不同意接待这个使团。我们是热爱和平的民族,只希望别人不要来打搅我们。如果美国政府不尊重这个愿望,执意要进入庇护所,他们的这种行为就相当于对我们采取了第一次攻击。我们不会允许庇护所受到攻击。

"为了阻止这次攻击,庇护所提供以下演示实例,以展示我们保卫家园的决心和能力。美国媒体已经在推测庇护所为了保卫自己会使用什么样的武器,而我们不希望我们从美国的脱离被添油加醋地冠以隐瞒重大信息的罪名,我们想避免战争,因此决定通过展示这场战争将会如何可怕来取得支持。

"这里是神乐轨道站,现在归庇护所所有。轨道站上没有人类,但有若干种动物:国产家畜,用于授粉的昆虫,鸟类,用于保持生态平衡的爬虫,还有混杂的啮齿类动物。"

每个全息投影仪和通信屏幕都在显示神乐轨道站的内部情况,先是出现了一个正在狭长洼地上吃草的基因牛和基因羊的特写镜头——日本人对于基因工程要比美国人宽容得多,这些肉用家畜都很肥嫩,行动迟缓,悠然自得。自动摄像机跟踪着一群飞鸟,还有一只在树叶上仓皇逃跑的昆虫。

"在这个轨道站的隐蔽装置中,存储着庇护所的基因工程学家发明的一种病毒。它通过空气传播。它的遗传密码中包含着一组内嵌密码，使它在释放七十二小时后即自毁。该病毒将立刻由庇护所遥控释放。"

整个轨道站里的声音和光线都没有任何变化。一股由生命维护装置送出的柔风让一些树叶簌簌抖动。一头基因奶牛正转动着眼珠用力咀嚼着叶片。它突然发出一声痛苦难耐的声音，一下倒地不起。

鸟从空中跌落下来。昆虫的嗡嗡声停止了。两分钟后，除了树叶在致命的微风中飒飒作响，没有任何活动的东西了。

詹妮弗的声音很平静，"神乐轨道站向所有想要验证这次演示的科研先遣队开放。如果你们在七十二小时之内到达那里，请穿好全身防护服，并保持最大程度的警惕。我们建议你们等到时限过后再去。

"相同的多个装置安置在了纽约、华盛顿、芝加哥和洛杉矶。

"明天不要试图派任何代表团登陆庇护所，或以任何方式向庇护所采取行动。如果你们这么做了，我们将认为我们有理由报复。这个报复将以你们已经看到的形式进行。

"庇护所在此以一句你们自己的伟大政治家的名言作结——托马斯·佩因说过：'我们战斗不是为了奴役，而是为了解放一个国家，给正直的人们生活的空间。'"

卡罗琳·瑞雷切断了发送线路。

委员会大楼里的屏幕全部转为了庇护所内部的画面。人们拥进举行纪念日演说的中央公园。原先围着植物的篱笆已经被撤去了,詹妮弗注意观察着,没人踩踏任何植物,这是个好兆头,她的人民很愤怒,但并没有失控进而大肆破坏。她从一张张面孔上看过去,为各种愤怒分门别类。

庇护所里除了委员会,没人事先知道关于神乐轨道站演示实例的事情。委员会是投票通过的这项决议,他们慎重挑选出一些研究生把病毒装置安放在地球上。威尔·桑达罗斯加强了保安力量,以保障委员会的安全。保密对詹妮弗来说成了一场艰难的斗争,因为挑选出的委员们都对他们的集体无限忠诚,希望和他们的选民讨论这种武器。而从前庇护所还在卡塔罗格斯县的时候,有人在委员会准备公布庇护所宣誓的事情之前,把这事发邮件告诉了蕾莎·卡姆登,结果害得詹妮弗陷入了一场官司。但一直没查出此人是谁。而理查德·凯勒——纳吉拉猛地看向窗外,里基站在那儿——当初把关于庇护所内部运作的情况也告诉了蕾莎·卡姆登,使所有人处于危险之中。类似的事件可能再次发生。委员会最终勉强同意保密。

"庇护所不是战争机器!"通信屏幕上一张面孔咆哮道,是道格拉斯·瓦格纳,一个最早的庇护所移民,他年轻时是个和平运动积极分子。他有高超的组织技巧,极具魄力,不容小觑。

威尔说:"扣押他以后,我会亲自和他谈。"

"悄悄地抓。"詹妮弗的声音非常轻,除了威尔没人能听见,"不要制造出事端。"她立刻又看向屏幕。

"应该让我们知道!"一个女人叫道,"关于我们自己的事情,如果没经我们同意,或没让我们知晓就擅自替我们做决定,那么庇护所和乞丐们的社会又有什么不同呢?我们不是寄生虫,我们也不是杀人犯!这不是我们所了解的独立计划!"一小群人聚集在这个女人周围,听她说话。

"我认识她。"巴切斯基委员说,"威尔,派人把她带到这来,找间会议室,我要和她谈谈。"

一张面孔出现在威尔的安全部门的通信线路上,"B区都很平静,威尔。尽管他们不是很高兴,但大家似乎都认同这个演示是必需的。"

"很好。"威尔说。

丹委员说:"他们来这儿了。"

委员会大楼已经把透明墙壁转换成不透明的。监视屏幕显示,一群公民有目的地向委员会大楼大踏步走来,他们试图打开大门,尝试了几次后,才发现大楼上锁了。一个电脑合成的声音平静地对他们说道:"关于演示实例的争议,委员会将会听取你们大家的意见,但现在我们必须集中关注来自地球的反应。请大家稍后再来。"无眠者面面相觑。愤慨,顺从,恼火,害怕——詹妮弗研究着他们的脸。

十分钟的大声抗议后,他们离开了。

来自地球的播送开始了。

"……一刻钟前,许多人猜测的恐怖主义的空前威胁成为现实,它不仅是背叛,而且十分危险……"

"在庇护所和美国政府之间不断升级的冷战终于爆发了危机,庇护所要脱离……"

"……因为庇护所声称安置了致命病毒,现在四座城市陷入极度恐慌之中,尽管官方……"

"……不要相信庇护所的话。难道就因为一句有可能实现的威胁,就以为这个威胁必定存在?美国基因改造工程专家斯坦利·卡森鲍姆博士现在和我们来……"

"女士们先生们,有请美国总统!"

顽固者的新闻网反应很快,詹妮弗这样评价,她想知道其他的新闻网是否还在继续他们关于俄勒冈州的无聊玩笑。

梅耶霍夫总统用令人安心的缓慢语气安抚着民众,这种语气很少见,就好比一颗三克拉的天然钻石——物以稀为贵。

"我的美国同胞们,就像你们大多数人所知道的,美国受到了来自庇护所轨道站的恐怖主义威胁。他们声称有能力通过非法的基因改造病毒,对美国四个主要城市实施严重伤害。他们威胁说,如果明天联邦代表团试图登陆庇护所,他们就要释放病毒。庇护所的这种行为是让人难以容忍的。美国的长期政策就是,不管出现什么情况,永远不和恐怖主义分子讨价还价。同时,无论如何,最为重要的是,要绝对保证我国公民的安全和安宁。这是永远不能妥协的。

"对于纽约、芝加哥、华盛顿和洛杉矶的市民们,我要说的是,不要恐慌,不要离开你的家园。美国政府不会允许任何会危害你们安全的行动有实施的可能。就在我和你们讲话的时候,生化战争的专家小组正在我们的城市布置安全防御系统;就在我和你们讲话的时候,我们的官员正在全力关注这个难以容忍的、卑劣的威胁。我重复一遍,你们能做的最好的选择就是待在家里……"

新闻网持续播放着相关画面:人们争先恐后地离开华盛顿、芝加哥、纽约、洛杉矶。飞行车在空中汹涌而过;超级有轨电车里挤满了人;地行车堵塞在高速公路上。

白宫在直播中始终没有直接回答这个问题:明天早晨代表团会登陆庇护所吗?

"让他们保留选择的余地——"丹委员严肃地说,"——是个错误。"

"他们不过是睡眠者。"阿利昂委员轻蔑地说道,但他的呼吸急促起来。

神乐轨道站演示实例播出一小时后,庇护所收到了一个来自白宫的高能量集中通信信号,要求他们立刻交出所有非法武器,包括所宣称的邪恶的生物武器。庇护所则引用了连一些生活者也知道的帕特里克·亨利①的一句名言作为答复:"不自由,毋宁死……"

---

①帕特里克·亨利(1736～1799):美国革命领袖,演讲家。

演示实例结束两小时后,庇护所发送了另一条多波段的只有音频的传统广播信号,宣布致命的基因改造病毒包裹不是隐藏在华盛顿、纽约、洛杉矶和芝加哥,而是在华盛顿、达拉斯、新奥尔良和圣路易斯。

圣路易斯的居民倾巢而出,新奥尔良发生了骚乱,而芝加哥、纽约、洛杉矶的撤离并没有减缓。

在亚特兰大,一个歇斯底里的女人报告说她家屋顶平台上的鸽子一下子全都死掉了,于是亚特兰大的居民开始撤离。当疾病控制中心的一组人马穿着防护服赶到时,他们发现鸽子是因为吃了老鼠药致死,但那时新闻网已经转为报道沃思堡①附近死亡的牛了。

詹妮弗前倾身体,靠近屏幕,"他们不会计划。不会协调。不会思考。"

庇护所内部的抗议达到一个高峰后就减弱了。所有自发的领导者不是被关起来与委员们进行理性的辩论,就是被悄悄"隔离"在大楼里——隔离在由桑达罗斯的安全部门准备好的大楼里,或是忙于收集正式请愿书上的签名,而对这种请愿书,庇护所通常的答复是"不同意"。以前总是这样,这是最常用的回复之词。

"乞丐们根本不懂应该如何计划行事,"詹妮弗重复说,"甚至在面对他们自身最重要的利害关系时也做不到先计划后行动。"

威尔·桑达罗斯朝她微笑着。

---

①美国得克萨斯州东北部的一座城市,位于达拉斯以西。

"蕾莎。"斯特娜怯怯地说,"你认为我们是不是应该做点什么,关于……关于安全防护?"

蕾莎没有回答。她坐在通信终端前,打开了三个页面,每个都转到不同的新闻网频道。她从容地坐着,没有丝毫紧张,她的沉静和斯特娜的胆怯不同——斯特娜害怕了!胆怯会传染。

"我早该想到这点!"乔丹说,"我不是……我是说,自从人们仇视无眠者以来,已经过了那么长时间了……斯特娜,这个星期谁在这里? 也许我们可以建立一个轮流守卫小组,以备需要,我是说如果……"

德鲁说:"在庄园周围有个六级 Y 能量场防护罩,还有三个保镖在四周巡逻警戒。"

斯特娜和乔丹瞪着他。德鲁补充说:"今天早上开始的。我很抱歉没有告诉你们。我本希望是我错了——庇护所不会这么做的。"

"你怎能猜到他们会干什么?"斯特娜突然说,她的尖酸刻薄又回来了。

"是凯文·贝克。他猜到的。"

"他倒是挺会猜的。"斯特娜嗤之以鼻。

乔丹说:"谢谢你,德鲁。"斯特娜略显愧意,权当是谢过他了。

蕾莎什么也没说,一动不动。

"我们没有选择。"米丽对尼克斯说。他们——八个超级无眠者——挤在雷欧的实验室里。当神乐轨道站的演示实例像小行星撞地球那样震惊世界时,他们八个人都心有灵犀地跑到同一个地方。其他一些人则跑到米丽的实验室,以躲避抗议者和穿制服的安全部门人员——从什么时候开始庇护所有制服了?还有一些人去了尼克斯的实验室。一道正式的"不得外出"的官方命令已经通过所有的频道向全体广播过了——从什么时候开始庇护所有官方命令了?孩子们在三幢大楼间启动了通信连接——庇护所里普通的通信连接都被切断了。

米丽看着特里·姆瓦卡贝。超级无眠者七嘴八舌,一片喧哗,米丽以前从来没有在脑海里整理过这么多的话。在她的思想中有个独立的角落—— 一个没有纠缠着混乱思维线的地方——注意到她的抑制口吃的合成物与特里数学能力的提高有某些关联,所以特里才能如此游刃有余地做这些事。

他启动了隐藏的通信网络。超级无眠者花了两个月时间控制庇护所每个部门的网络系统,组成隐蔽的第二套轨道站控制系统。它们被隐藏得非常小心,不可能被发现。

"尼克斯?你在吗?谁和你在一起?"

尼克斯的脸出现在屏幕上,"黛安、克里斯蒂娜、艾伦、詹姆斯、俊雄。"

"乔纳森在哪儿?"

"和我在一起,"马克切进了连接中,说道,"米丽,发生了。他们干了。"

"我们该做什么?"克里斯蒂娜说。她用一只胳膊紧紧搂住鲁迪,他是个十一岁的超级无眠者,他正在哭。

"我们什么都不做。"尼克斯说,"我们不该插手。他们没有伤害到超级无眠者,他们正在为我们所有无眠者争取庇护所的自由。"

"他们正在害死我们所有人!"雷欧叫道,"要不就是他们正要以我们的名义杀死成千上万人。不管他们怎么做,我们肯定都要受到伤害!"

"这是对外的自卫事务,"尼克斯争辩道,"不是我们'乞丐'的事情。"

"这是背叛。"艾伦冷冷地说,"不单是对我们。穿制服的警卫,'不得外出'的命令,切断通信——老天,他们正在外面逮捕群众!我看见一个警卫把道格拉斯·瓦格纳从一幢大楼里拖走了。就因为见解不同而获罪! 这和因为托尼变得不一样而杀死他有什么区别? 委员会已经背叛了庇护所的公民,包括我们。其他人对此无能为力,但我们却可以!"

"他们是我们的父母……"黛安极为痛苦地说。通过她的声音,米丽能在脑海里看到黛安想表达的所有思维线。

米丽尽可能表现出坚决。她说:"我们首先要做的就是和所有的'乞丐'联系上，不管他们在哪里。我没有看见彼得，有人知道他在哪儿吗？特里，找到并联系上他，除非他和普通无眠者在一起，然后我们再全面地讨论这件事。根据每个人的意见，我们要做出一个集体的决议。"

为了我们的利益，她对自己又加上一句。但没说出口。

神乐轨道站的演示实例发生三小时后，庇护所又对美国政府宣称他们同样有能力在几个主要城市遥控释放基因改造的一种疫苗，这种疫苗可以在致命病毒释放前完全摧毁掉病毒。庇护所非常乐意这么做，只要国会同意下达一道总统令，让庇护所股份有限公司的企业实体不再属于美国，统治、税收、公民身份等权利收归庇护所所有，并宣布庇护所从今以后和其他独立的国家具有相同的地位。

其他国家对此采取了不同的态度。那些和美国具有紧密政治联系的国家发表官方声明，谴责这种恐怖主义行为和"叛乱"，但拒绝执行贸易封锁。白宫并没有对此据理力争。外国评论员发表意见时的坦率程度各有不同，但他们都指出，白宫的急迫将牵扯出一个显而易见的事实：美国的盟国相当依赖庇护所所控制的遍布全球的金融机构和基因改造研究。

那些目前没有和美国结盟的国家发表声明，对双方都进行了谴责，认为他们道德败坏，甚至不尊重他们自己的法律和公民。这种讲法很普通，没激起什么关注。只有意大利——曾经孕育了意大利式的社会主义和社会主义者,他们曾把独特的混乱的宿命论发扬光大——还保持着原来的态度:罗马认为无眠者是新工人阶级解放运动的领导者,庇护所将会领导世界进入一个新纪元,他们将挣脱美国传媒的压迫,使新闻网能够认真负责地为劳动阶级服务。除了在意大利本国有所响应外,这个莫名其妙的声明基本没得到什么回应。

一艘载着国际科学研究联合小组成员的飞船出发驶向神乐轨道站,美国的示威者立刻尖叫着不允许他们再回到地球。

一个独自居住在纽约的无眠者——一个对任何人都构不成危害的小个子男人,他已经避开其他无眠者有五十年时间了——被人从他的公寓里拖出来,活活打死了。

庇护所发送了另一条信息给美国政府:"'没人杰出到可以不经他人同意就统治对方。'——亚伯拉罕·林肯。"

"那是针对你的——"斯特娜愤怒地说,"——林肯的名言。这是一场错误的战争。他们正在曲解独立战争,不承认庇护所独立是内战。詹妮弗把林肯的话引用在这里,就因为你是个林肯研究者!"

蕾莎没有回答。

"为了我们的利益,在没有任何警告的情况下接管轨道站,和庇护所没有事先警告就向地球释放病毒一样可恶。"尼克斯说。他把他的思维导图发送给聚集在其他大楼里的超级无眠者们。连尼克斯本人都对这个思维导图感到惊讶。他平常的思维线都是粗壮坚韧、纵横交错、清晰有序的，这次的思维导图则特意保持了平衡，对道德规范、历史和集体团结做了仔细的权衡——它们的重要性几乎是相等的。这个图形结构因为内部的压力而显得十分脆弱。它不像尼克斯的风格，更像是艾伦的风格。米丽仔细地研究着它，也看出了在重重压力之下图形所表现出的纤细精致。

这说明尼克斯不是那群强烈反对她的人中的一个。

克里斯蒂娜说："如果我们向他们发出警告呢？"

这个想法在一小时前就提出过了，但克里斯蒂娜的思维线中有些新的要素，出自军事上的理由：先发制人的攻击和斩钉截铁的抉择。在战争法庭上，为了寻求和平，有时就需要承受旁人的无情谴责。统治当局的权力是否被人民认可，很大程度上是取决于统治者是否重视道德的力量，比如珍珠港，以色列人的祖国，广岛，威廉·特库姆塞·谢尔曼将军[1]，巴拉圭政变。超级无眠者们的思维线很少把军事历史考虑进去。米丽没想到克里斯蒂娜会以这些军事事件为基础，推导出相关思维线。

"对啊，"尼克斯徐徐地说，"对……"

只有十一岁的鲁迪说："我不能威胁我的母亲。就算是间接地也不行！"

我能，米丽想。她看着尼克斯、克里斯蒂娜、艾伦，还有神秘莫

---

[1]威廉·特库姆塞·谢尔曼(1820~1891)：美国联邦军将军。

测的特里。

"是啊，"尼克斯说，"如果——"

可能性引发的思维线在旋转、缠绕、连接。

"威尔，又有一封要求进入委员会大楼的公民组织的请愿书。"瑞雷委员说。

桑达罗斯转过身，"他们怎么胆敢违反禁令跑出来？"

"怎么？"巴切斯基委员略带厌恶地说。委员会里的紧张气氛在增长。"他们不是跑，是走来的。你认为你要派出去多少特工？你认为我们的公民对你派出去的人有多害怕？"

詹妮弗冷静地说："没人想要我们的人民害怕。"

"他们不害怕。"芭芭拉·巴切斯基说，"他们要求进来和你谈谈。"

"不行。"桑达罗斯说，"等事情了结，等我们从地球独立出去，我们会谈的。"

"等到人们不再注意你们为了达到目的所干的事。"里基·沙里夫说。这是他三个小时以来第一次开口说话。

卡罗琳·瑞雷说："汉克·金波尔和他们一起。我曾和他一起设计系统。委员会大楼周围的能量防护罩可能会顶不住。"

卡西·布卢门撒尔从她的电脑前抬起头，她泛黄的牙齿闪闪发光，"它会经受住的。"

过了一会儿,抗议者走了。

"詹妮弗,"约翰·王说,"四频道的新闻网正在煽动对我们使用核武器,要在一次彻底的爆炸中把庇护所和我们'所谓的引爆器'炸飞。"

詹妮弗说:"他们不会那么做的。美国不会。"

里基·沙里夫说:"你正在依靠乞丐的正义感和道德感为你赢得战争。"

"我认为,里基,"詹妮弗冷静地说,"如果你还记得威尔和我所记得的那些事情,你就不该谈论什么乞丐的正义。我还认为,你应该对你更进一步的观点保持沉默。"

就算她的声音有些发抖,那也是很细微的,除了里基和詹妮弗自己,没人听得出来。或者,至少,没人表现出他们已经听出来了。

理查德·凯勒悄无声息地进入全息放映室,他太安静了,一开始大家都没注意到他的存在。他坐在斯特娜和乔丹的后面,靠着远处的一堵墙,他留了浓密的胡须,一对黑眸格外深沉、阴郁。德鲁第一个发现了他。德鲁一直不太喜欢理查德,他似乎总在放弃、逃避——虽然德鲁说不上他到底是在逃避什么。理查德毕竟又结了婚,有了另一个孩子,周游了世界,边学习,边工作,这些事情蕾莎一概没做过。不过德鲁仍然认为,蕾莎尽管隐居在沙漠中,但她并没有放弃,而理查德却放弃了。

这毫无意义。德鲁对自己的这些漫无边际的想法琢磨了好一会儿,然后像平常一样,放弃想要用词语来形容自己想法的努力。相反,他任冷漠的图形,由理查德和蕾莎引起的图形,在他的脑海里穿梭。

理查德慵懒地靠着墙,听新闻网播报员刺耳地叫嚣着要他四十年来一直都没见过的孩子们受死。

德鲁突然意识到,如果政府炸掉庇护所,理查德还是能拥有艾达和肖恩。如果肖恩死于——比如某种意外,以德鲁的经验来看,孩子常常会死于意外,那么理查德会有另一个孩子吗?不管是和艾达或其他什么人的孩子?是的,他会的。如果那个孩子也死了,理查德会再生一个代替。他会的。那么另一个……

德鲁开始明白,理查德放弃的是什么了。

"现在是美利坚合众国总统在对庇护所股份有限公司讲话。"梅耶霍夫的脸比现实生活中的要大,充满了庇护所的整个屏幕。典型的睡眠者,詹妮弗想,他们放大自己的影像,就以为现实中的自己也得到了放大。在委员会大楼里,所有没有重要操控任务的人都迅速聚集到屏幕周围。纳吉拉咬着下唇,朝她的母亲靠近一步。保罗·阿利昂把双手紧紧交叉在一起。

这是双向通信。"我是詹妮弗·沙里夫,庇护所股份有限公司的最高行政长官,庇护所轨道站的委员会主席。我们正在接收你的信号,总统先生。请继续。"

"沙里夫女士,你们是在蓄意违犯美国法典。你肯定知道这一点。"

"我们不再是美国公民了,总统先生。"

"你们也违反了2042年签署的联合国协定和《日内瓦公约》。"詹妮弗沉默着,等待总统自己意识到刚才的说法已经暗示了庇护所是独立的国家①。当然,他的话一出口,她就知道那只是他的一时口误。她说:"只要你向国会提交一份决议,说明庇护所是相对于美国的一个独立实体,那么我们双方所担心的情况就不会发生。"

"美国不打算那样做,沙里夫女士,我们不会和恐怖分子妥协。根据法律,我们要做的就是以叛国罪起诉庇护所委员会的每个成员。"

"从专制政权下寻求独立不是叛国。总统先生,如果你没什么新鲜话题要说的话,我认为没有必要再继续这次谈话了。"

总统的声音变严厉了,"我有句话要说,沙里夫女士,如果你们不在今天午夜前向国务卿指明庇护所安放在美国的生物武器的全部位置,那么明天早晨,美国将会进攻庇护所,以我们能够采取的所有方式。"

"我们不会那么做的,总统先生。你们的常规侦查方式查不出安放地点,这些方法我们相当熟悉,而我们用来制作病毒包裹的特殊材料和技术则是美国所不具备和从未了解过的。实际上,总统先生——"

---

①因为联合国协定和《日内瓦公约》是国与国之间签署的,除非庇护所是一个独立的国家,否则不存在违反这些条约的说法。

委员会大楼外警报声大作。卡西·布卢门撒尔不可置信地抬起头——Y能量防护罩被突破了。威尔·桑达罗斯冲过去把窗户转为透明。就在这个时候,大厅的门打开了,米兰达·沙里夫带领着一队超级聪明的孩子走了进来。

"我们没什么可讨论的了。"詹妮弗结束了通话。在警报声变得清晰而尖锐时,她看到了总统的表情。詹妮弗于是切断通信连接,卡西·布卢门撒尔也快速终止了和地球之间的所有传送。

超级无眠者们挤进大厅,他们一共二十七个人。

威尔·桑达罗斯严厉地说:"你们来这里做什么?快回家!"

"不。"米丽说。几个大人面面相觑,他们还不习惯超级无眠者不再结巴和抽搐。不再结巴和抽搐并没有让那些孩子看起来寻常些,而是更不寻常。

"米兰达,回家去!"埃米奥纳吼着。米丽连看都不看她母亲一眼。詹妮弗快步走过来,想要控制住局势。现在绝不允许失控。绝不。

"米兰达,你来这里做什么?你肯定明白这样做既不合适又很危险。"

"是你制造出的这种危险。"米丽说。米丽的眼神让詹妮弗为之一怔,但她没有把自己的惊诧表露出来。

"米兰达,你们有两个选择:你们可以现在就离开这里,或者让卫兵用武力把你们驱逐出去。这里是指挥中心,不是教室。不管你们要对委员会说什么,都得等到这场危机过去后再说。"

"不,不能等,"米丽说,"我们要说的就是这场危机。你没有征得庇护所其他成员的同意,就向美国发出威胁。你说服委员会的其他人,或是威吓,或是买通他们——"

"把孩子们带出去。"詹妮弗对威尔说。对新制服还感觉有些别扭的卫兵已经拥进了挤满人的大厅。一个女人抓住了米丽的胳膊。尼克斯大声说:"别这样!我们超级无眠者已经完全控制了庇护所拥有的所有系统:生命维持系统、通信系统、防御系统……所有的。系统中设置了你们根本不懂的隐蔽程序。"

"与睡眠者不懂得你们的基因改造病毒相比,你们更加不懂得这些程序。"米丽说。

抓住米丽胳膊的女人迷惑了。托里维瑞博士愤怒地说:"这是不可能的!"

尼克斯说:"我们这么做不是为了我们自己。"

詹妮弗扫视着这些孩子们,她的头脑飞快地转动,"特里·姆瓦卡贝在哪里?"

"不在这里。"尼克斯说。然后他对着领口的微型麦克风说:"特里,控制卡西·布卢门撒尔的电脑,把她的终端和查尔斯·斯陶弗的对外防御系统相连接。"

卡西·布卢门撒尔盯着她的电脑,发出一声急促的抽气声。她对着控制台发出命令,但语音命令无效,她又切换到手动操作,快速地按动键盘。然后,她的眼睛睁大了。查尔斯·斯陶弗猛地站了起来,身体前倾,也开始按动键盘。詹妮弗已经有些木愣了,她认为斯陶弗肯定是在键入超驰密码之类的东西。詹妮弗稳住自己的声音。

"斯陶弗委员?"

"我们已经失去了控制。导弹发射舱还开着……现在它们关上了。"

米兰达说:"告诉美国,你将销毁在地球安放的病毒包裹。作为交换,让庇护所的其他人,除了委员会成员外,都得到法律豁免权。告诉他们,你将毁掉病毒,开放庇护所让联邦视察。如果你不这么做……那么我们超级无眠者就会替你们这样做。"

罗伯特·丹急促地呼吸着,靠近她,"你不能。"

艾伦信心十足地说:"不,我们能。请相信这点。"

"你们是孩子!"有人叫起来,声音是那么刺耳,詹妮弗花了一分钟才辨别出是谁的声音,是埃米奥纳。

"你们曾经想把我们造就成什么样子,我们现在就是什么样子。"米丽说。

詹妮弗看着她的孙女。是的……孩子,米丽从没有因为她是个无眠者而被唾弃过;她从没有因为母亲嫉妒女儿的美貌而被母亲锁在房间里过——而詹妮弗的母亲就是这样做的,因为詹妮弗的母亲嫉妒女儿能够青春永驻,难以忍受自己将无可挽回地衰老下去。米丽从没有被关在监牢里被迫和自己的孩子分离过,也从没有被丈夫背叛过,而且这个丈夫居然憎恶自己是个无眠者……现在,这个被宠坏、被溺爱、一切都应有尽有的孩子正在试图阻挠她——詹妮弗·沙里夫,是她用自己的意志力让庇护所成为现在的样子。詹妮弗把一生奉献给了她的人民,而这个小孩居然想要否定她为了无眠者的安宁和独立所做的所有努力、所有磨难,推翻所有的宏图大业……不行。不能让核心成员中一个变得堕落自私的小姑娘毁掉她的人民的未来——她詹妮弗为之奋斗的未来,即将实现的未来。她强打精神不让内心的绝望和空虚压垮自己。不行。

她对卫兵说:"把他们全部押走,把他们送到禁闭楼里,找个牢靠的房间。先把他们每个人身上的数码配件全没收。"她犹豫了一下,"脱光他们的衣服,搜查隐藏的电子工具,确保他们身上没有任何东西,就是看上去无害的衣服也不能留下。什么都不能留下。"

"詹妮弗,你不能这么做!"罗伯特·丹说,"他们是我们的——你的——我们的孩子啊!"

"选择吧,"米兰达说,"也许,你现在下这样的命令就表示你已经做出了选择?"

詹妮弗已经有许多年没这么愤恨过了。一股恨意涌了上来,幽黑黏滞的仇恨从她脑海中、从她不允许自己触及的那些地方涌了出来……过了一会儿,她惊恐地发现自己看不见了。又过了一会儿,她的视力才逐渐清晰起来,她可以做其余的事情了。"找到特里·姆瓦卡贝,立刻,把他和其他人关在一起。尤其要注意别让他身上带任何东西,就算是看着没问题的一块小布片也不行。"

"詹妮弗!"约翰·王叫起来。

"你很清楚,不是吗?"米丽直接对詹妮弗说,"你清楚特里是什么样的人,你对他的了解甚至比对我、对尼克斯或对黛安的了解还要多……说不定了解得比你以为的还要清楚。你以为你了解我们,就和睡眠者总是以为他们了解你们一样。他们从没有给你最基本的人类的信任,不是吗?你是不同的,所以你不是他们社会的一分子。你邪恶、诡计多端、冷酷,比他们更厉害。你认为你更优秀,你们无眠者更优秀,所以你叫他们乞丐。但我们比你们更优秀,所以你杀死了我们的一员,因为你无法再控制他,不是吗?如今我们拥有了你想都想不到的能力。现在到底谁才是乞丐呢,祖母?"

詹妮弗尽力保持冷静,说:"现在就脱光他们的衣服。把他们所有的衣服、工具都拿走——哪怕那些你们认不出来是做什么用的东西——统统拿走。还有……把我的儿子也关押起来,和他们一起。"

里基·沙里夫只是笑。

米丽开始脱下她自己的衣服。怔了一会儿,尼克斯快速发出一个命令——一个詹妮弗听不懂的命令,他们难道有自己的语言?——其他孩子也开始脱衣服。艾伦·谢菲尔德把他的微型对讲机扔到抛光的金属桌面上,对讲机在一片令人麻痹的静默中发出很响的哐当声,艾伦笑了。即使是最年幼的超级无眠者也没有哭。

米丽把她的衬衫从头顶撩开,"你为你的集体付出了一生,但我们超级无眠者现在也有集体,不是吗?你杀死了我们的一员,他本来可以成为我们和你的集体之间的桥梁,他是我们当中最优秀最慷慨的。你杀死他,因为他再也不符合你对一个集体的定义了。现在,我们也不符合了。因为一件事:我们做梦了。你知道吗,詹妮弗?清醒的梦。是一个睡眠者教授给我们的。"米丽踢掉了她的便鞋。

卡西·布卢门撒尔慌慌张张地说道:"我无法重新控制通信系统。"

"别脱了。"查尔斯·斯陶弗说,"孩子们,快穿上你们的衣服吧!"

"不。"米丽说,"这样我们就不像你们集体的成员了,不是吗,詹妮弗?我们不再是了。我们永远都不可能再是了。"

有人通过通信器说:"我们抓住了特里·姆瓦卡贝,他没有抵抗。"

米丽说:"其实你真正关心的并不是你自己的集体,否则你就会按我们提供给你的方法去做,然后再抓我们,那样就只有你会受到叛国罪的起诉。下面的乞丐本来会同意豁免委员会其他成员的,现在他们所有人都会以叛国的罪名受到起诉。你本可以救他们,但你没有,因为那样就意味着放弃你自己对你集体里的人和集体外的人的控制,不是吗?哦,其实你早就已经失去这种控制权了,在你杀死托尼的那天。"米丽脱下她的短裤。她一丝不挂地站着,其他超级无眠者站在她身后。女孩们双臂交叉,遮住自己处于发育阶段的乳房,男孩则用手挡住他们的关键部位。但他们都没有哭。他们平静地注视着詹妮弗,目光里没有一丝孩子气,仿佛她让他们确定了什么,仿佛他们是在思考,思考着不可知的事情……米丽赤身裸体,她畸形的大脑袋高昂着。她在微笑。

里基手里拿着自己的衬衫走过来,把衬衫披在米丽的肩膀上,合拢衣服遮住她的胸,女孩这才看了看詹妮弗身边的其他人。她瞥了眼父亲,羞红了脸,痛苦地悄声说:"谢谢你,爸爸。"

卡西·布卢门撒尔疲惫不堪地说:"一条定时传送信息已经被发送给了白宫。这里有它的备份,它包含了我们在美国安放的所有病毒包裹的位置和清除步骤。"

查尔斯·斯陶弗说:"庇护所的外部防御系统无法运转。"卡罗林·瑞雷说:"禁闭楼的紧急安全系统撤销了。无法重新获得超驰控制……"

卡西·布卢门撒尔说:"第二条定时传送信息是发往……新墨西哥州……"

只有米兰达什么也没说,她在啜泣,一个紧张过度的十六岁女孩,趴在她父亲的肩膀上哭泣。

25

蕾莎观看着全息新闻网上的报道：亚特兰大因为死鸽子引发骚动；在纽约，撤离导致城市地面交通瘫痪，继而引发骚动；在华盛顿，骚动而引发了更大的骚动。几十年前用过的条幅又都出现了：用核武器炸死无眠者！他们特意把这些海报和条幅保存在某个肮脏的地下室，就是为了能在三十或四十年后的紧要关头派上用场？所有那些过去的陈词滥调、过去的态度又都重现了，在最差劲的生活者网络上甚至还贴出了过去关于无眠者的所有笑话。"如果你遇见一个带着斗牛犬的无眠者，你会得到什么呢？一张死咬不放的嘴。"①蕾莎念哈佛时曾经听到过这个笑话，那是在六十七年前。

她大声说："我看到了，我明白了在日光下没有任何新鲜的事，快跑的人未必能赢，力战的人未必得胜，灵巧的人未必得其所爱

①斗牛犬很凶猛，会咬人，借此讽刺无眠者嘴上不饶人。

……"乔丹和斯特娜焦虑地望着蕾莎。用这么夸张的戏剧性手法发表感慨实在不应该,尤其是在经过数小时的沉默后,蕾莎突然这样开口说话,让斯特娜他们很担忧。蕾莎认为自己应该和他们谈谈,向他们解释她的感受……

她是如此疲惫。

七十多年来,她看见的都是同样的事情,从托尼·英迪维诺开始,周而复始。"如果在西班牙的大街上漫步,一百个乞丐每人都向你要一美元,你不想给他们,他们就愤怒地扑向你……"庇护所。法律——虚幻集体的创造者。卡尔文·霍克。又是庇护所。贯穿始终的是美国——乍一看富裕、繁荣、自负、奢华,而仔细瞧却很渺小,总是不愿往人们脑袋里灌输些值得尊敬的东西。想发财、想好运、充满粗俗的个人主义、信仰上帝、有爱国精神、有好相貌、有勇气、有胆识、有肚量,但从来没有复杂的智慧和复杂的思想。引发所有骚乱的不是无眠基因,而是思想和由思想引出的双重结果——改变和挑战。

在其他国家、其他文化中会有所不同吗?蕾莎不知道。八十三年来,她从没有离开美国超过两天时间,也没有特别想去的地方。在这样一个全球化经济时代,这是很特别的吧?

"我一直热爱这个国家。"蕾莎仍然很大声地说,并且立刻意识到这样跳跃性地说话会给人什么样的感觉。

"蕾莎,亲爱的,你想来杯白兰地吗,或者来杯茶?"斯特娜说。

蕾莎情不自禁地笑了，"你说话的语气就像艾丽斯。"

"哦……"斯特娜说。

"蕾莎，"德鲁说，"我想这也许是个好主意，如果你——"

"蕾莎·卡姆登!"全息屏幕上有人叫道。斯特娜倒抽了口气。

关于白宫的新闻报道，纽约市的骚乱，庇护所的卫星照片，全都消失了。一个年轻女孩——她有着略微凸起的大脑袋和深邃的黑色眼眸，正僵直地站在全息屏幕中。她身处一间到处都是奇怪设备的科学实验室。女孩穿了件薄薄的合成衬衫、一条短裤和一双简单便鞋，蓬松的黑发在后脑勺处用根红色缎带扎了起来。理查德——蕾莎都忘了他还在房间里——发出一声哽噎。

那个女孩说："我是庇护所的米兰达·塞丽娜·沙里夫。我是詹妮弗·沙里夫和理查德·凯勒的孙女。我将直接把这条信息发送到你新墨西哥州的设备上。这条信息会通过另一套庇护所通信网络遥控发送，它没有得到庇护所委员会的授权。"

女孩停顿了一下，在她年轻却严肃的脸庞上闪现出一丝踌躇。这个孩子看上去似乎从来不笑。她多大了？十四岁？十六岁？她说话带点儿口音，像是庇护所里那种有点与众不同的英国口音，语言也更加精确更加正式，这两点都和语言通常演变的方向相反。口音的不同也给她的话语增添了严肃性。蕾莎不由自主地向着全息屏幕迈进一步。

"在庇护所，有一群像我们这样的人，我们和普通无眠者不同，我们不仅有无眠基因,还有更多的东西:基因改造过的思维。我们被称为超级无眠者,我是年龄最大的一个。我们有二十八名成员年龄超过了十岁。我们是……和大人们不同的,他们对待我们的方式也不同。我们已经接管了庇护所,把生物武器的位置发送给了美国总统,解除了庇护所的防御,阻止了独立战争的发生。"

"噢,我的上帝,"乔丹说,"孩子们。"

"如果你收到这条信息,就意味着我们超级无眠者已经被我的祖母和庇护所委员会扣押了,但我们认为这不会持续很久。无论如何,我们都不能待在庇护所了。我们没有其他地方可去。我调查过你,蕾莎·卡姆登,我也调查过你的受监护人德鲁·阿伦,清醒的梦想家。我们超级无眠者都是清醒的梦想家。清醒地做梦是我们的思考方式之一。"

蕾莎瞥了眼德鲁。他正全神贯注地凝视着米兰达·沙里夫,当他的碧色眼睛转而看向蕾莎时,蕾莎移开了视线。

"我不知道接下来会发生什么,会在什么时候发生。"米兰达继续说,"庇护所也许会提供给我们一艘小型飞船,也许你们的政府会来接我们,或者你的公司能帮这个忙。一些年纪太小的超级无眠者可能还会继续待在庇护所,但我们这些人必须尽快离开这里去到别处,毕竟是我们让整个庇护所委员会因叛国罪而被捕的。我们需要一个安全的地方,一个有相应设备、可以让我们进一步完善自己的地方,我们需要利用你的法律和经济关系来帮助我们。你曾是个律师,卡姆登女士,我们能到你那里去吗?"

米兰达停顿了一下。蕾莎只觉得眼睛一阵酸涩。

"尽管我不确定,但我想还会有些普通无眠者和你在一起。其中一个很可能是我的祖父,理查德·沙里夫。我不知道你能否直接回复我的这条信息和我联系,我并不太清楚你的能力。"

"不知道他们的能力又如何。"斯特娜有些迷惑地说,德鲁朝她投来一道饶有兴味的目光。

"谢谢你。"米兰达害羞地结束了讲话。她把重心从一只脚尖移动到另一个脚尖,这个轻松的动作让她看上去活泼些了,"如果……如果在你收到这条信息时,德鲁·阿伦和你在一起,如果你愿意让我们超级无眠者到你那里,请让他留下来。我想……我想见见他。"

突然米兰达笑了,如此玩世不恭的笑容让蕾莎吃了一惊,这种笑容毕竟不是孩子该有的。"你瞧。"米兰达说,"我们像乞丐一样投奔你。没有任何东西可以提供,没有任何东西可以交易,只是索取。"她消失了,一个三维的图像突然出现在屏幕上,是个复杂的球体,由成串的词语环绕、交叉、连接组成,每个词或短语的含义和下一个词或短语连接,整个图形用不同的色彩标记出来,用以强调重点、平衡点、交叉点,从互相对立、经过强化、修改过的概念上总结出意义。这个球体悬浮着,缓慢地转动。

"这到底是什么东西?"斯特娜说。

蕾莎靠近球体,并绕着旋转的球体兜了一圈,研究它。她的膝盖在颤抖,"我想……我想这是个哲学上的论点。"

"啊!"德鲁说。

蕾莎看着球体。她的视线停留在球体外层,上面有一组显示为绿色的词语,它们排列成一长条环绕在球体上,分裂的国家:林肯。她一下子坐在地板上。

经过一番激烈的内心挣扎后,斯特娜同意让他们来这里,"如果他们只有二十八个人,如果他们愿意挤一挤,我们可以腾出西边的房间,让理查德和艾达搬到——"

"我不会留在这里。"理查德平静地说。

"但是理查德!你的儿子——"斯特娜打住了,显得有些尴尬。

"那是他们的生活。"

"但是理查德——"斯特娜的脸开始发红。理查德静静地从房间走了出去。他唯一直视过的人是德鲁,德鲁也专注地盯着他。

蕾莎谁都没瞧,她坐在地板上,研究着米兰达的球形思维线模型,直到传送结束,全息图像消失。然后她抬头看着剩下的三个人:斯特娜、乔丹、德鲁。斯特娜猛吸一口气。

"蕾莎……你的脸……"

"事情变了。"蕾莎容光焕发,她盘着腿坐在地板上说,"有第二次第三次机会。还有第四次第五次机会。"

"哦,当然,"斯特娜茫然地说,"蕾莎,起来吧!"

"事情在改变。"蕾莎像个小姑娘似的重复着,"不只是量的变化,还有质的变化。要知道……要知道……要知道……甚至包括我们。"

他们一共有三十六个人,从华盛顿由政府的飞机送来。整件事花费的时间比大家——除了前律师蕾莎——预期的都长。二十七个"超级无眠者":米丽、尼克斯、艾伦、特里、黛安、克里斯蒂娜、乔纳森、马克、鲁迪、乔安娜、俊雄、彼得、萨拉、詹姆斯、雷欧、维多利亚、安妮、马蒂、比尔、奥黛丽、亚历克斯、米盖尔、布赖恩、丽贝卡、凯茜、维克托和简。这些如此陌生的人却有如此耳熟能详的名字。和他们一起的还有四个"普通的"无眠者孩子:琼、萨姆、哈高和安杜拉。有五位父母,他们看上去比他们的孩子还要紧张。其中就有里基·沙里夫。

他的黑眸中隐忍着痛苦,走起路来有些迟疑,仿佛不确定他是否有权利在地球上行走似的。不过蕾莎却见怪不怪。当她明白自己为什么不觉得奇怪时,她做了个鬼脸。是因为理查德——他现在看起来比他的儿子还年轻——在詹妮弗那次审判后的几个月里,曾经也是这个样子。

那是詹妮弗的第一次受审,现在,庇护所委员会的成员全都关押在华盛顿。

"我父亲在这里吗?"在到达的第一天下午,里基一脸平静地问蕾莎。

"不在。他……他离开了，里基。"

里基点点头，没有显露出惊讶，仿佛他一直就期待着这个答案。也许他确实是这样想的。

米兰达·沙里夫在第一批人中头一个出来。抵达后经过一阵忙碌——运设备，运行李箱，安装安全系统，参观斯特娜精心布置的房间——最后米丽和她的父亲来到蕾莎的书房，"谢谢你让我们来到这里，卡姆登女士。只要你们的政府把我们的资产一解冻，我们就可以用租借的方式支付费用。"

"叫我蕾莎。还有，这个政府也是你们的政府。而且，没必要租借，米丽，很高兴你们到这里来。"

米丽的黑眼睛打量着她。这是双奇特的眼睛，蕾莎想，不是因为任何生理特征的奇特，而是因为它们似乎能看见别人看不见的东西。她有些讶异地发觉这个女孩的眼神让她不自在。这种专注的凝视看出了她多少秘密？那个大脑，那个被加强的、与众不同的、更聪明的大脑对蕾莎隐匿的灵魂了解了多少？

这肯定是艾丽斯曾经对蕾莎的感觉。蕾莎过去从不知道，从没意识到。

米丽笑了，微笑改变了她的整张面孔，她的脸庞豁然开朗、神采奕奕，"谢谢你，蕾莎。你太慷慨了。不止这些，我想你把我们当成了自己人，为此我们真的很感谢你。集体对我们来说是个重要的概念，但我们大家都宁愿付钱给你。我们是谷贝主义者，你知道的。"

"我知道。"蕾莎说完忙度起来，如果她对米丽说出心中的赞叹——更好的大脑就是不一样，能够更好地理解事情——米丽会不会以为这是在讽刺她呢，她只有十六岁啊。

"那个……德鲁·阿伦还在这里吗？还是他离开去做巡回演出了？"

"他还在这里。他在等你。"

米丽脸红了。

蕾莎叫来了德鲁。他从轮椅上抬起头看着米丽，英俊的脸庞毫不掩饰对她的兴趣，然后，德鲁伸出了手。

"你好，米兰达。"

"等会儿我想和你谈谈清醒的梦。"米兰达笨拙地说，她的脸红得更厉害了，"还有关于神经化学对大脑的影响。我已经做了一些研究，你大概会对结果感兴趣的。一个从科学角度看待你的艺术形式的机会……"蕾莎明白了这个女孩的喋喋不休是为了什么：一个礼物。她要把自己最好的东西送给德鲁——她的研究。

"谢谢你。"德鲁严肃地说，他的眼里闪烁着光芒，"我很感兴趣。"

蕾莎惊讶于自己的感受。德鲁原来一直对蕾莎存有爱意，面对他在感情上的背叛——其实谈不上是背叛，而且他表现得过于明显——这样说吧，面对他把注意力转到了米丽身上的举动，蕾莎本想看看自己心里是否会感到一丝刺痛，一点点不算太强烈的嫉妒，但她所感受到的可不是只有一点点而已,更不是嫉妒,而是强烈的保护欲。这种保护欲像燎原大火一样在她心中燃烧起来。如果德鲁只是在利用这个非同寻常的孩子来得到庇护所,她会揍扁他的,这毫无疑问。米丽应该得到更好的,需要更好的,一个更优秀的,比那个——

蕾莎诧异于自己的感觉,陷入沉默中。

米丽再一次绽放出笑容,她的手仍被德鲁握着,"我想告诉你,你改变了我们的生活,阿伦先生。"

"请叫我德鲁。"

蕾莎仿佛又看见了那个脏兮兮的、有双义无反顾的绿色眼睛和令人震惊的态度的十岁男孩:我要拥有庇护所,我。她再次看向米兰达,女孩的一头乌发垂落下来,遮住了她羞红的脸庞和畸形的脑袋。丛林大火炽热起来。米兰达从德鲁手中抽回自己的手。

"我想,"里基·沙里夫说,"米丽需要赶紧再吃点东西,她的新陈代谢和我们不一样。蕾莎,我们会成为你的一个大包袱,害你破财的。让我们为你做点什么吧。你还不知道特里、尼克斯和黛安能在你的通信设备上搞出什么名堂来呢。"

里基刚才也望着米兰达和德鲁。他看着蕾莎,微笑中带着不安。蕾莎明白,就像她过去担心德鲁的"清醒的梦"那样,里基对他女儿的力量也是既骄傲又担心。

"我真希望,"蕾莎直接对里基说,"你能认识我的妹妹艾丽斯。

可惜她去年过世了。"

他似乎领悟了蕾莎想在这句简单的话里表达的意思,"我也是这么希望的。"

米丽让话题回到了报答蕾莎恩情的问题上,"等到你们的——我们的——政府把事情彻底调查清楚,把属于我们的财产还给我们,到那时,按你们的标准我们会很富有。实际上,我打算问你是否有兴趣做些法律上的工作,帮助我们在新墨西哥州建立企业。我们的大多数人都从商或做金融研究,你知道的,但在这里我们不够法定年龄。我们需要合法机构以便继续我们的商务活动,让成年人挂名当企业实体的CEO,我们作为兼职雇员。"

"这不在我的职业范围内。"蕾莎谨慎地说,"但我可以推荐一个适合的人选。凯文·贝克。"

"不行。他曾经是庇护所的中间人。"

"他不是一直都诚实可靠吗?"蕾莎问。

"是的,不过——"

"他也会忠诚地为你工作的。"而且会心甘情愿,凯文总是心甘情愿地去做任何有利可图的事情。

米丽说:"我会和其他人商量这件事。"蕾莎已经注意到她和其他超级无眠者经常交换眼神,以此来交流那些她根本不理解的事情。那些眼神中最主要的含义她永远不会懂。在他们为彼此构造的那个球形思维线模型中,或者说在他们奇特大脑里的那些球形思维线中,有多少含义是她永远都不会理解的?

球形思维线让她想起了在德鲁清醒的梦境中让她非常不安的那些图形。

"但即使我们起用凯文·贝克,"米丽继续说,"我们仍然需要一个律师。你愿意代表我们吗?"

"谢谢你,但我不能。"蕾莎说。她没有告诉米丽为什么不能。现在还不行,"但我可以介绍几位优秀律师,比如说贾丝廷·萨特,她是我的一个非常好的老朋友的女儿。"

"一个睡眠者?"米丽说。

"她非常出色,"蕾莎说,"这才是最重要的,不是吗?"

"是的。"米丽答道,然后又说,"一个睡眠者。"

里基·沙里夫说:"也许那样确实最好。毕竟,你们的律师要和美国财产法打交道。一个乞丐也许最了解这些法律。"

蕾莎说:"如果你要住在这里,里基,你就必须停止使用这个词。无论如何都不能这样说话。"

过了一会儿,里基说:"是的。你说得对。"

其实,里基会那样说完全是因为他是詹妮弗·沙里夫的儿子,又是在庇护所长大的。这就是遗传,人类对遗传的了解还远远不够呢!

德鲁突然问米丽:"有一天你会继承庇护所吗?"

米兰达看了他很长时间。蕾莎不知道女孩的脑袋里在想些什么,她自己什么也不明白,看不出一点头绪。"是的。"最后,米丽深思熟虑地说,"而且不会等太久。也许一个世纪,或许更长。但是,总有一天我会继承。"

德鲁没吭声。一个世纪或更长,蕾莎想。德鲁和米丽交换了一个眼神,一种蕾莎无法解读的眼神。她完全不明白它的意思。德鲁最终露出笑容。

"非常好。"他说。

米丽也笑了。

26

在一棵三叶杨的树荫下，蕾莎坐在她最喜欢的一块石头上。她脚边的溪水完全干涸了。四分之一英里外的下游，一个超级无眠者一边缓慢地移动着，一边低头巡视着地面。肯定是乔安娜，她迷恋上了粪化石①，正在构建一个三维的思维导图。蕾莎怎么都没法理解粪化石和轨道站的联系。就是诗意，米丽说，在他们开始做清醒的梦之前，他们没人建造诗意。她用的就是这个词组："建造诗意"。

一只负鼠②钻进了几步之外的一个干燥的土墩。蕾莎看见它短短的前肢像机械螺丝钻般刨动着，然后用长长的后腿推开刨出的土。老鼠突然转身看着她。老鼠有着圆溜溜的耳朵和更加圆溜溜的突出的黑亮眼睛。它的头顶上有个奇怪的肿块，是个早期肿瘤，蕾莎猜想。这个小动物又转身继续工作。负鼠刨土可以顺带翻新

①变成化石的粪便。
②一种有袋类老鼠。

土壤,它粪便中的硝酸盐还可以促使土壤变得肥沃。远处,远离三叶杨树荫的地方,六月初的沙漠在烈日下反射着光芒。

蕾莎知道,如果她转身,她会看见另一种不同的闪光——庄园上空四十英尺的地方,空气分子被特里正在试验的一种新能量场扭曲了。特里说,这种新能量场是应用物理学上的突破性研究成果。凯文·贝克正在就特里的专利许可权和三星、IMB、康尼格–洛特斯勒公司谈判。

蕾莎脱下靴子和袜子。这样做有点危险,她所在的地方很可能有蝎子出没。可是那块石头就算置身于树荫下,也很温暖。蕾莎把赤裸的双脚搁在粗糙的石面上,舒服地摩挲着。她突然想到在她六十七岁生日那天早晨研究自己脚的情形。真奇怪啊,记起了这么一件莫名其妙的事情。这个回忆确实让她快乐,因而也让她忍不住考虑,在八十三年的岁月中,一个无眠者到底会忘记多少东西。

超级无眠者会记得所有的一切。永远。

蕾莎在等米丽从庄园里跑出来指责她。这场爆发已经比预计的延迟了。今天米丽埋头在她实验室的时间肯定比平时更长。或许她是和德鲁在一起,他几天前刚结束春季巡回演出回来。如果是这样,他们会在德鲁的房间。米丽的房间里没有床。

负鼠消失在它的土墩里。

"蕾莎!"

蕾莎转过身。一个穿着绿色短裤的人影正从庄园飞快地跑过来,胳膊和腿在摆动着。八、七、六、五、四、三——

"蕾莎！为什么？"

超级无眠者总是在你期望他们做什么之前就把事情做好了。

"因为我选择这么做,米丽,因为我想这么做。"

"想这么做？让我的祖母免受叛国罪指控？你,蕾莎,这还是研究亚伯拉罕·林肯并出版了相关书籍的你吗？"

蕾莎知道米丽的推论并非不合逻辑。在过去三个月中,她对超级无眠者是如何思考的已经开始有所了解。让联想、推理、联系相互交织,形成一个完整复杂的思维线构架,同时附加上由清醒的梦境产生的灵感之光。蕾莎自己从来没有构建过。她也不想构建。那不是她的风格。不过当这个女孩——对蕾莎来说,她是自艾丽斯死后比谁都重要的女孩——和自己谈话时,她已经能够适应这种跳跃性思维。至少,只要米丽的思维跳跃别那么频繁,蕾莎还是能够适应的。但这次不行。

"坐下,米丽,我要向你解释为什么我要做詹妮弗的辩护律师。我一直等在这里,就是为了等你来问我。"

"我要站着！"

"坐下。"蕾莎说。过了一会儿,米丽顺从了。她把黑发从额前拨开,即使是这么短距离的奔跑也让她汗流浃背。她连看都没看一眼,就怒气冲冲地一屁股坐到蕾莎的大石头上,根本没把蝎子当回事。

地球上还有许多事物有待米丽探索。

蕾莎谨慎地排演过她要说的话，"米丽，你祖母和我都属于美国的特别的一代，我们是第一代无眠者。我们这代人有某些共同的特点，正是这些共同点创造了我们。我们和我们的父辈都明白，要取得'双重'平等是不可能的——'双重'指的是集体凝聚力和个人成就。当个体可以自由地成为想要成为的任何一种人时，一些人会变成天才，而一些人会变成愤怒的乞丐。一些人会使自己和自己的集体受益，而另一些人不能为任何人做贡献，只会掠夺他们能掠夺的一切东西：公平消失了。你不能既拥有公平，又拥有追求个人成就的自由。

"所以我们和我们的父辈只能选择其一。我父亲选择了我，谷贝贤三选择了美国经济。还有一个叫卡尔文·霍克的，你知道他吗，关于——"

"对，我知道。"米丽说。

蕾莎平静地说："你当然知道。真是个愚蠢的问题。哦，霍克选择了站在生来就站在较低位置的人那边，试图尽力改善不平等的关系，然而人只要优秀，就会遭受谴责。我们所有人，只有托尼·英迪维诺和你的祖母试图创造一个集体，并且认为整个集体价值的重要性和成员个人不同成就的重要性是相等的，由此达到集体和成员之间的'平等'。但詹妮弗失败了，因为它不可能实现。詹妮弗越是失败，就越沉湎于要做这件事，并把所有失败归咎于那些不属于这个集体的人身上，'集体'的定义越来越狭隘，距离她所追求的某种平衡也越来越远。我想对此你比我了解得更多。"

蕾莎等待着，但米丽什么也没说。

"但即使当詹妮弗离她集体的梦想越走越远的时候，梦想本身——"托尼的梦想，"——是非常美好的，即便它根本不可能实现。它包含了睡眠者和无眠者这两个伟大人种的需要，它是我们都渴望实现的理想主义梦想。基于这个初衷，你难道不能原谅你的祖母吗？"

"不能。"米丽说，她的神情很严肃。她毕竟还年轻啊，这个年轻人不肯原谅。蕾莎原谅过她自己的母亲吗？

米丽说："这就是你要为她辩护的原因？就因为你理解她最初的梦想？"

"是的。"

米丽站起来。她短裤下方的腿被石头压出几道微小的压痕。她的黑眼睛凝视着蕾莎，"在我的祖母对集体的定义越来越狭隘的时候，她杀死了我的弟弟托尼。"她走开了。

蕾莎震惊了片刻，然后匆忙站起来，连袜子都来不及穿就赤脚去追米丽，"米丽！米丽！"

米丽停下脚步，顺从地转过身。她的脸上没有泪水。蕾莎飞奔过去，踩在一块尖锐的石头上，疼得单脚直跳。在炙热的太阳光下，米丽扶着一瘸一拐的她回到放靴子和袜子的石头那里。

"你在穿上它们之前要先检查一下有没有蝎子。"米丽提醒道，"不然会——你干吗笑？"

"别介意。我永远不知道你要做什么，或者什么是你不知道的。米丽，你会排斥我吗？或者德鲁？或者你父亲？"

"不会！"

"现在你这么想，但我们大家的很多想法在几十年后都会有所改变——比如说，对于什么是可接受的、什么是对的或什么是想要得到的。这才是关键，亲爱的，这才是我要为你祖母辩护的原因。"

"关键是什么？"米丽突然问。

"改变。不可预知的事件能够改变人。米丽，无眠者可以活很长时间，这么漫长的岁月中会有许多事情发生。"时间像尘埃一般堆积，"这也就意味着大量的改变——即便是无眠者也会有改变的。在德鲁来我这里的时候，他是个乞丐。现在他对世界的进程具有巨大的贡献，他改变了你们超级无眠者的思考方式。这就是答案，米丽。你不能规定所有人永远都是不可原谅的，因为事情会改变。即使是你的祖母也能够改变。尤其是你的祖母。米丽，你明白我的意思吗？"

"我会考虑一下的。"米丽沉吟道。

蕾莎叹了口气。米丽的思考肯定会非常复杂，就算蕾莎能明白米丽的思维线全息模型最终所表达的意思，可要蕾莎面对那个模型，恐怕她连其中哪里提到了自己的观点也都辨认不出来吧。

米丽回庄园去了。蕾莎穿上袜子和靴子,用胳膊搂着膝盖,坐在石头上眺望沙漠。

人们在改变。乞丐可以变成艺术家;有能力的律师可以变成绝望的游手好闲者,就像帐篷里的阿基里斯一样闷闷不乐,而且一闷就是好几十年,活脱脱是个世界级的超级大闷罐,然后再次参加律师资格考试,重新成为律师;海洋学专家可以成为流浪者;睡眠研究学者可以成为失败的妻子,然后再自行转变回杰出的研究学者;睡眠者还可能成为无眠者——难道不是吗? 就因为亚当·沃尔科特四十年前失败了,就因为苏珊·梅林说过这事是不可能的,难道就意味着它总是不可能的吗? 毕竟苏珊从没想到过会有超级无眠者。

托尼——蕾莎默默地说——西班牙没有永远的乞丐,任何地方都没有。今天你施舍一美元给他,也许明天他就会改变世界,或者成为某个人的父亲、祖父,或者曾祖父。没有永恒不变的生态系统。正如我在很年轻的时候曾想到的,只要给予足够的时间,凡事都没有一定,更鲜有停滞不前的东西。也没有任何东西是不具备生产力的。乞丐只是两个群体之间暂时的过渡状态。

那只负鼠从它的洞穴里钻出来,嗅着一株樱草花。现在蕾莎把它头上的肿块看得一清二楚。那一处的毛发颜色迥异,长得更长,而且肿块的形状圆得太标准了,不可能是天生的。负鼠前倾身体,用那簇毛发碰了碰樱草花,然后停住了。肿块是某种感应器官,这只动物是基因改造过的——在这个偏远的地方。违反了所有的法则。如此出乎意料。

蕾莎系好鞋带,站起身。她忽然感觉非常美好,她的身体看起来仍和年轻时一样,充满了活力,充满了阳光。

有那么多事情要做。

她转身向着庄园开始奔跑起来。